A RAINHA
DO IGNOTO

EMÍLIA FREITAS

A RAINHA DO IGNOTO

•EDIÇÃO REVISTA E ATUALIZADA•

Copyright © 2019 por Editora 106

Editores:	Fernanda Zacharewicz
	Gisela Armando
	Omar Souza
Preparação de texto	Omar Souza
Revisão	Lucas Nagem
Capa	Rafael Brum
Diagramação	Sonia Peticov

Primeira edição: setembro de 2019

Dados Internacionais de Catalogação na Publicação (CIP)

Ficha catalográfica elaborada por Angélica Ilacqua CRB-8/7057

F936

Freitas, Emília, 1855-1908

   A rainha do Ignoto: romance psicológico / Emília Freitas; edição revista e atualizada, inclui apresentação e notas da professora Constância Lima Duarte. São Paulo: 106, 2019.
   312 p.

   ISBN: 978-65-80905-00-3

1. Ficção brasileira   I. Título   II. Duarte, Constância Lima

19-1755   CDD – B869.3
                                                       CDU 82 – 3 (81)

Índice para catálogo sistemático
1. Ficção brasileira

Este livro foi impresso em setembro de 2019
pela Assahi para Editora 106.
A fonte usada no miolo é Arrus corpo 10.
O papel do miolo é pólen 70g/m².

Publicado com a devida autorização e com
todos os direitos reservados por

EDITORA 106
Av. Angélica, 1814 — Conjunto 702
01228-200 São Paulo S.P.
Tel: (11) 93015.0106
contato@editora106.com.br
www.editora106.com.br

SUMÁRIO

Sobre a nova edição   9

Apresentação   11

Dedicatória   19

Ao leitor   21

    I   A Funesta   23
   II   A fada seduziu o viajante   28
  III   Dois tipos de criado   31
  IV   A visita à gruta   34
    V   A curiosidade da aldeia   38
  VI   Um conhecimento antigo   42
 VII   Ambos pensavam, mas com alvos diferentes   47
VIII   As filhas de dona Matilde ou os defeitos de educação   51
  IX   É poetisa! — exclamou maravilhado   57
    X   Dois anjos   60
  XI   Uma deusa   64
 XII   As primeiras lágrimas   69
XIII   O sarau interrompido   72
XIV   Contrastes da vida   79
 XV   O pombo-correio e a grinalda de flores de laranjeira   84
XVI   A missa e a comunhão das meninas   87
XVII   O enterro de Virgínia   90
XVIII   O túmulo inesperado   95
XIX   As cartas sumidas e o álbum de Carlotinha   98
 XX   Não se define   104
XXI   A noite de São João na fazenda do Poço do Capim   107

XXII	A confidência do caçador de onças	114
XXIII	Um caso dos que vão pelo mundo. Continua a narração do caçador de onças	120
XXIV	Porque não fazes assim? As moças garridas não ficam "titias"	125
XXV	Um curioso na vaga de um anjo	129
XXVI	Maravilhas sobre maravilhas!	132
XXVII	É assim que se esvai uma ilusão	136
XXVIII	Uma sessão da maçonaria das mulheres no Salão do Nevoeiro	140
XXIX	A ingratidão, uma víbora entre flores!	145
XXX	São muitas as ruas da amargura transitadas por pessoas que carregam a cruz	150
XXXI	A Rainha do Ignoto e as Paladinas do Nevoeiro hipnotizando a fim de século	157
XXXII	O almoço à fantasia na Sala das Estações	162
XXXIII	As avezinhas do Ninho dos Anjos e os desbaratos da vida	165
XXXIV	Afinal, o embarque da Rainha do Ignoto não foi comum...	171
XXXV	O que se diz, a bordo, da Rainha do Ignoto e de Odete	174
XXXVI	A procela, o navio naufragado e a temeridade de uma alma sensível	178
XXXVII	O benefício é a semente da ingratidão	181
XXXVIII	O desembarque foi comum	185
XXXIX	É bom achar um amigo em terra estranha	188
XL	O que se passa na casinha do pescador Laureno	192
XLI	Até no monturo e na lama das ruas se encontra um coração de mulher	195
XLII	O mistério se complica	199
XLIII	Não tarda o rebate!	203
XLIV	O incêndio e o sargento de bombeiros Júlio Pequeno	206
XLV	Navegando no Amazonas	211
XLVI	As almas dos soldados	214
XLVII	O amor é o princípio de todas as desgraças	218
XLVIII	Para o hipnotismo há brecha nos muros e entrada nas fortalezas	223
XLIX	O Cônsul Geral do Infortúnio	225

L	Uma lição de caráter, cinquenta moças vingadas	233
LI	Os ciganos e a companhia de mágicos e acrobatas	238
LII	O engenho "Misericórdia", o escravo Gabriel e o cigano Rosendo	242
LIII	O capitão Maturi embaído	245
LIV	Eis como foi o despertar dos que sonhavam com chuva de diamantes	249
LV	Libertou cem escravos e cativou duas moças	253
LVI	O assalto dos capoeiros	257
LVII	A confissão do preso	262
LVIII	Um episódio da vida da Rainha do Ignoto	265
LIX	Domingo de Carnaval	269
LX	O diário da Funesta	273
LXI	Os pobres precisam de pão e Deus não precisa de templo porque tem por altar o Universo	277
LXII	Mais um caso das amarguras da vida	281
LXIII	Probo e o doutor Edmundo de acordo	285
LXIV	O tratado de amor sobre os degraus do túmulo	289
LXV	O coração vence a cabeça	293
LXVI	A volta da felicidade	297
LXVII	Eis o fim dos amores comuns	300
LXVIII	O amor da família era seu culto	302
LXIX	A morte da Rainha do Ignoto	306
LXX	A Ilha do Nevoeiro — Conclusão	310

SOBRE A NOVA EDIÇÃO

Considerado por vários pesquisadores como o primeiro romance fantástico brasileiro e, por outros, como um romance psicológico (entre os quais, a própria autora, que assim o subtitula), *A Rainha do Ignoto*, da escritora, poeta e professora cearense Emília Freitas (1855-1908), teve três edições anteriores dignas de nota. A primeira, de 1899 — quando a autora ainda era viva —, foi publicada pela Typographia Universal de Fortaleza. Tinha 456 páginas. Em 1980, por iniciativa da Secretaria de Cultura e Desporto e da Imprensa Oficial do Ceará, o livro teve nova edição com pouco mais de 360 páginas, organizada pelo professor Otacílio Colares, da Universidade Federal de Santa Catarina, especialista na obra de Emília. Ele adicionou material valioso que contextualiza a história tanto em termos geográficos quanto cronológicos, lançando luz também sobre a vida da autora.

A terceira edição é do início da década de 2000, produzida em parceria formada pela Editora Mulheres e a Editora da Universidade de Santa Cruz do Sul (Edunisc). Em seu texto de apresentação, é informado que os editores cotejaram as edições anteriores para corrigir erros de natureza tipográfica, gramática normativa, saltos e alterações que, de alguma forma, descaracterizavam o texto original, mesmo que em parte. Optou-se por manter os critérios da autora em termos de emprego de letras maiúsculas e minúsculas, abreviações de tratamento, pontuação (particularmente nas interpolações e marcações de diálogo) etc., apesar de muitos terem caído em desuso. Também registra a existência de um só exemplar da primeira edição, guardado na Biblioteca Riograndense, em Rio Grande (RS), e mesmo assim, incompleto.

Para esta nova edição, a Editora 106 decidiu aproximar o texto do público moderno valendo-se de alguns usos e recursos mais atuais.

Assim, mantém-se a força narrativa, o ritmo e o estilo ao mesmo tempo que são evitados possíveis problemas relacionados à fluência da leitura, como confusões com a transferência de voz entre personagens e narrador, quebras de fluidez produzidas pelo uso frequente de abreviações, entre outros. O resultado é um romance íntegro em sua estrutura e prosa, notabilizado pelo vanguardismo de gênero em uma dupla acepção do termo — o primeiro texto longo brasileiro de literatura fantástica produzido por uma mulher no fim do século XIX!

A 106 também resgatou as contribuições preciosas da professora Constância Lima Duarte, graduada em Letras pela Universidade Federal de Minas Gerais (UFMG), mestre pela Pontifícia Universidade Católica (PUC) do Rio de Janeiro, doutora em Literatura Brasileira pela Universidade de São Paulo (USP) e pós-doutora pela Universidade Federal do Rio de Janeiro e Universidade Federal de Santa Catarina. Professora de Literatura Brasileira na Faculdade de Letras da UFMG de 1998 a 2005, ela trabalha atualmente junto ao programa de pós-graduação da Faculdade de Letras e Estudos Literários e é pesquisadora no Núcleo de Estudos Interdisciplinares da Alteridade do Centro de Estudos Literários e Culturais da UFMG, além de coordenar o Grupo de Pesquisa Letras de Minas.

Responsável por importantes pesquisas em literatura que geraram trabalhos como *Dicionário de escritoras portuguesas*; *Mulheres em letras — Antologia*; *Imprensa feminina e feminista no Brasil*; e *Dicionário de escritores mineiros*, entre outros, a especialização de Constância em literatura brasileira e crítica literária feminina conferem a ela autoridade para fazer a apresentação de *A Rainha do Ignoto*, bem como da autora Emília Freitas. A partir de seu texto, que recomendamos com ênfase, os leitores terão uma compreensão ampla não apenas do significado desta obra para as letras brasileiras, mas também, e de uma maneira especial, para o pioneirismo de uma autora que desafiou os axiomas sociais e literários de seu tempo.

Omar Souza
Editor

APRESENTAÇÃO

A Rainha do Ignoto ou a impossibilidade da utopia
Constância Lima Duarte

Nascida em Aracati, interior do Ceará, em 11 de janeiro de 1855, Emília Freitas era filha do tenente-coronel Antônio José de Freitas e de Maria de Jesus Freitas. Com o falecimento do pai, em 1869, a família se transferiu para Fortaleza, onde ela pôde estudar Francês, Inglês, História, Geografia e Aritmética numa conceituada escola particular e, mais tarde, cursar a Escola Normal.

Emília Freitas foi, sem dúvida, uma das principais escritoras de seu tempo, ao lado de Francisca Clotilde e Úrsula Garcia. A partir de 1873, aos 18 anos, começou a participar ativamente da vida cultural da cidade, através da publicação de textos em prosa e de poemas, em jornais como *O Libertador, O Cearense, O Lyrio* e *A Brisa*. Anos mais tarde, ainda em Fortaleza, participou com outras mulheres da Sociedade das Cearenses Libertadoras, de caráter abolicionista, destacando-se na defesa dos escravos. Na sessão solene de instalação dessa Sociedade, em janeiro de 1883, Emília Freitas ocupou a Tribuna e pronunciou um vibrante discurso, sendo muito aplaudida, conforme notícias da imprensa local. E apesar de ser uma escritora conhecida na cidade, ela iniciou o discurso desculpando-se pela ousadia de falar em público, o que nos permite pensar que, no seu caso e no de outras intelectuais da época, aquela devia ser uma espécie de formalidade para justificar o rompimento dos padrões de comportamento da mulher. Vejamos um pequeno trecho:

> Antes de manifestar as minhas ideias, peço desculpas à ilustre Sociedade Cearense Libertadora para aquela que, sem títulos ou conhecimentos que a recomendem, vem felicitá-la pela primeira vitória alcançada na ditosa vila do Acarapé.

Depois imploro ainda permissão para, à sombra de sua imortal bandeira, aliar os meus esforços aos dessas distintas e humanitárias senhoras, oferecendo-lhes com sinceridade os únicos meios de que disponho: os meus serviços e minha pena que, sem ser hábil, é, em compensação, guiada pelo poder da vontade. [...]

As flores de nossos prados querem expulsar de seu solo esse monstro detestável [a escravidão] que, em nossa pátria querida, infamava e enegrecia as risonhas cenas da natureza! [...]

Seja o prêmio de nossos esforços vermos em breve os nossos caros patrícios voltarem do campo da ação coroados de louros, agitando triunfantes o pendão da Liberdade!

Na mesma semana, o jornal O Libertador registra, assim, esta participação:

Declarada aberta a sessão e inaugurada solenemente a Sociedade das Cearenses Libertadoras, a música do 15º Batalhão de Infantaria tocou o hino nacional, sendo depois levantados vivas entusiásticos à santa causa do abolicionismo.

Ocupou depois a tribuna a Exma. Sra. D. Emília Freitas. Já vantajosamente conhecida por suas produções literárias e por seu adiantado espírito abolicionista, a talentosa jovem, em estrofes sublimes de sentimento, arrancou do imenso auditório frenéticos aplausos.

(Fortaleza, 8 de janeiro de 1883)

Em 1891, Emília Freitas reuniu suas poesias no volume intitulado *Canções do lar*. À guisa de introdução, publicou um curioso texto dirigido "Aos censores", em que, ao invés dos frequentes pedidos de desculpas pela "incapacidade intelectual" ou pela "mediocridade" do texto, comumente encontrados nos livros de autoria feminina, a autora "suplica" aos leitores "o respeito devido" aos seus "quadros de família", que chama ainda "fragmentos de minha alma" e "partículas de minha triste vida". Nesse texto, ela não apenas revela a preocupação com a censura implícita aos escritos femininos, mas também denuncia as limitações da vida das mulheres de seu tempo. Segundo o raciocínio de Emília Freitas, não era possível cobrar um desempenho literário excepcional de alguém que "tem vivido encerrada entre paredes de uma estreita habitação, longe da sociedade culta e de todo o movimento literário".

Também se encontram notícias, nos dicionários biobibliográficos, da publicação de outro romance da autora, *O renegado*, mas do qual não

APRESENTAÇÃO

foi possível localizar, até o momento da produção desta apresentação, nenhum exemplar.

No ano seguinte, após o falecimento da mãe, Emília Freitas transferiu-se com um irmão para Manaus, onde foi convidada a lecionar no Instituto Benjamin Constant, uma importante instituição de ensino destinada à instrução primária e secundária de meninos. E passou a colaborar em diversos jornais da Região Norte, como Amazonas Comercial, de Manaus, e Revelação, de Belém do Pará. Em 1900 ela se casa com o jornalista Antônio Vieira, futuro redator do Jornal de Fortaleza, retornando com ele para o Ceará, onde reside até seu falecimento, alguns anos depois. Mas em 18 de outubro de 1908, data de morte da escritora, vamos encontrá-la novamente residindo em Manaus, para onde teria retornado.

E foi na primeira temporada na capital do Amazonas, residindo às margens do Rio Negro, que Emília Freitas escreveu seu principal livro, *A Rainha do Ignoto,* publicado em 1899, a que deu o curioso subtítulo "Romance psicológico". Trata-se de uma trama novelesca absolutamente inusitada, reunindo lendas, mitos, histórias regionais, conhecimentos sobre a hipnose, o espiritismo e a parapsicologia, que deve ser considerada uma das primeiras do gênero fantástico no Brasil.

Antecedendo à narrativa do romance propriamente dito, encontram-se dois textos. No primeiro, com acentuado tom irônico, a autora dirige-se "aos gênios de todos os países e, em particular, aos escritores brasileiros" para oferecer seu livro, nestes termos:

> Vós, que brilhais como estrelas de primeira grandeza no firmamento alteroso da Ciência, da Literatura e das Artes, podereis estranhar o meu oferecimento, e chamá-lo de ousadia, se não reflexionares que o mais poderoso monarca pode, sem humilhação, aceitar um ramalhete de flores silvestres das mãos grosseiras de uma camponesa, que para oferecê-lo curve o joelho e incline a cabeça em sinal de respeito, estima e admiração.
>
> Minha oferta não vos deslustra. Ei-la dilapidada como um diamante arrancado do seio da terra e oferecido por mão selvagem.

O texto que se segue, dirigido ao leitor, pode ser lido quase como uma *profissão de fé* e de modernidade para a época, tal a sua lucidez. Contém ainda indicações da opinião da autora acerca de escritores contemporâneos e de sua consciência a respeito da originalidade de seu trabalho.

> Meu livro não tem padrinho, assim como não teve molde. Tem a feição que lhe é própria, sem atavios emprestados do pedantismo charlatão. Não é, tampouco, o conjunto das impressões recebidas nos salões, nos jardins, nos teatros e nas ruas das grandes cidades; porque foi escrito na solidão absoluta das margens do Rio Negro, entre paredes desguarnecidas duma escola de subúrbio. É, antes, a cogitação íntima de um espírito observador e concentrado que (dentro dos limites de sua ignorância) procurou, numa coleção de fatos triviais, estudar a alma da mulher, sempre sensível e, muitas vezes, fantasiosa.

Resumidamente, a narrativa contém a história da sedução do doutor Edmundo, um jovem formado na Escola do Recife, por Funesta, um dos nomes pelo qual era conhecida uma mulher, figura meio lendária da Amazônia, que vivia em meio à mata e às grutas, liderando um grupo de mulheres, suas "paladinas". A "Rainha do Ignoto", como também era chamada, parece ter pacto com as fadas e com o demônio, e utiliza variadas formas de magias, assim como do hipnotismo e da parapsicologia, a fim de realizar as tarefas que se impõe: guerrear a injustiça, proteger o fraco contra o forte, entrar em cárceres para curar os enfermos, salvar vítimas de incêndios.

O livro torna-se mais interessante à medida que apresenta diálogos e cantigas em outras línguas, como o inglês, o francês e o português com sotaque de Portugal, e também quando se faz porta-voz do modo de falar de pessoas mais humildes, como os criados e os escravos, em comparação com a fala da burguesia ascendente. Doutor Edmundo disfarça-se de mulher para poder circular nos domínios da Rainha na tentativa de desvendar aquele mundo estranho e misterioso, que não é outro, ao fim e ao cabo, além do mundo feminino.

Emília Freitas consegue, com habilidade, acomodar o fantástico num plano de regionalidade, e faz em seu romance ora uma incursão pelo imaginário, do palpável ao mais surpreendente e inverossímil, ora uma descrição detalhada da vida sertaneja, com suas festas, costumes, crendices. Utilizando-se de técnicas narrativas bem modernas, o clima fantástico é instaurado com naturalidade no enredo e assume o predomínio da atmosfera, ora com ingredientes de um fantástico medievo, ora lembrando narrativas inglesas de terror, transportando magicamente o leitor e a leitora de um para o outro extremo, até o fim, surpreendente. A autora aproveita também para criticar a sociedade da época, que valorizava o dote,

APRESENTAÇÃO

o nome de família, a educação superficial para as moças e o *donjuanismo* para os rapazes.

Mas, apesar de tudo isso e do ineditismo da narrativa, Emília Freitas não é citada em nossas histórias literárias mais conhecidas, e sua fortuna crítica permanece injustamente reduzida. Em 1980, o romance foi redescoberto por Otacílio Colares, professor da Universidade Federal do Ceará, que preparou uma segunda edição com notas substanciosas e um extenso prefácio. Nele, defende a autora das críticas que outro conterrâneo, Abelardo Montenegro, havia feito ao romance em 1953, ao considerá-lo "um dramalhão", sem "veracidade" nem "naturalidade dos diálogos". Para Colares, além de apresentar alguns aspectos inusitados do gótico, o romance

> [...] é interessante e por vezes inteligentíssimo repositório de costumes cearenses, ou, melhor dizendo nordestinos, mas foge [...] ao vezo naturalista pelo qual uma crítica apressada em classificar há procurado incluir toda a ficção que no Ceará, e de resto em todo o Brasil, se escreveu, entre as últimas décadas do século XIX e os primeiros anos deste século que se aproxima do epílogo. (FREITAS: 1980, 9-10)

Outro estudioso do romance de Emília Freitas, Luís Filipe Ribeiro, também apontou para o caráter intrigante do livro, concluindo que tal proposta para o Brasil da época, e na tradição do romance entre nós, era de uma "ousadia inédita e só poderia ter caído no vazio e num completo ostracismo, como de fato ocorreu.". São suas palavras:

> Ao construir seu romance sobre as bases de uma "nova cientificidade" — o espiritismo e as experiências de hipnose — Emília Freitas fazia, por outras trilhas, um percurso simétrico ao do Naturalismo. Este apoiado no cientificismo positivista, aquela optando pelos caminhos mais sedutores de um certo espiritualismo em busca das raízes da subjetividade. (RIBEIRO: 1989, 135)

Em 2001, A *Rainha do Ignoto* foi motivo de uma dissertação de mestrado apresentada por Sônia Cristina Bernardino Ribeiro à Universidade Federal do Rio de Janeiro. O trabalho resgata a narrativa de autoria feminina do século XIX através da análise de dois romances: *Lésbia*, de Maria Benedita Bormann, e *A Rainha do Ignoto*, de Emília Freitas. E em 2007, Alcilene Cavalcante de Oliveira defendeu com brilhantismo sua tese de doutorado intitulada "Uma escritora na periferia do Império: vida e obra de Emília Freitas (1855-1908)" junto ao Programa de Pós-Graduação em Letras: Estudos Literários da Faculdade de Letras da UFMG.

A doutrina positivista, que pregava a valorização do papel social da mulher e a predominância do altruísmo sobre o egoísmo, está presente no romance de Emília Freitas através da personagem principal e de seu grupo de paladinas. Da mesma forma, os traços românticos que exaltam a castidade feminina, a nobreza dos sentimentos, o casamento e a felicidade conjugal. Na análise dos romances, há o destaque para a composição das personagens femininas e para a novidade de se tratar da ótica de autoras sobre o papel da mulher, suas lutas e possibilidades de mudança. Dentre os aspectos comuns, chama a atenção para o surgimento de uma consciência feminina: os homens, geralmente vilões e desleais, em oposição à sinceridade e fidelidade femininas, e a tragédia como forma de insubmissão.

Mas, apesar da pertinência dessas leituras, acredito que ainda há muito mais no romance de Emília Freitas a ser considerado. Vejamos. A criação de uma sociedade formada apenas de mulheres que dominam a natureza, a técnica e a ciência, que ocupam cargos e funções com invulgar competência — tais como de general, comandante, maestra, cientista, médica ou advogada —, não sugere uma comunidade utópica, regida por leis femininas, feminista *avant la lettre*, que quer se diferenciar principalmente da realidade patriarcal, a grande responsável pela opressão das mulheres? E a Ilha do Ignoto, representação por excelência de um espaço idealizado e escondido dos olhares, onde apenas as mulheres reinavam, não pode ser lido como o não-lugar, ou como o único espaço possível para a realização feminina? Em outras palavras, como uma tentativa da autora para a superação da doxa patriarcal? Aliás, não apenas na ilha, mas também na gruta e na mata, onde a rainha e suas paladinas circulam, imperam a liberdade e a criatividade femininas.

Considero sinceramente fascinante a leitura desta (quase) ficção científica, em que as mulheres podiam apelar indistintamente para diferentes recursos — como a hipnose, o espiritismo, a inteligência e a esperteza — quando queriam alcançar seus propósitos de fazer o bem, restabelecer a justiça, salvar os condenados. Aliás, Emília Freitas utiliza procedimentos da literatura feminina contemporânea (lembro, por exemplo, de Ângela Carter, e de sua Paixão da Nova Eva), ao apelar para o fantástico e a ficção científica na proposição de um novo mundo em que a mulher não

APRESENTAÇÃO

é oprimida e está livre para realizar seu potencial criativo. E a condição final da protagonista, diferente de representar apenas sua insubmissão, poderia talvez indicar a consciência autoral da incompatibilidade entre o mundo real e o mundo sonhado.

Enfim, estas são algumas das questões que o texto de Emília Freitas me provocou. Cabe-me, agora, convidar aos leitores e leitoras a penetrar nesse mundo sonhado e utópico de uma escritora que viveu no fim do século XIX para buscar nele não as respostas, mas as indagações que, com certeza, surgirão.

Obra de Emília Freitas
Canções do lar. Poesias. Fortaleza: Tipografia Rio Branco, 1891. 310 p.
A Rainha do Ignoto. Romance psicológico. Fortaleza: Tipografia Universal, 1899. 456 p.
O renegado. Romance. Fortaleza: [s.n.]. s/d.

Sobre Emília Freitas
CAVALCANTI, Alcilene de Oliveira. *Emília Freitas: uma escritora na "periferia do Império"*. Florianópolis: Editora Mulheres, 2008.
COLARES, Otacílio. Apresentação crítica e notas. In FREITAS, Emília. *A Rainha do Ignoto*. Romance psicológico. 2ª ed. Fortaleza: Secretaria de Cultura e Desporto, Imprensa Oficial do Ceará, 1980.
_____. *Lembrados e esquecidos*. III. Fortaleza: Imprensa Universitária do Ceará, 1977.
CUNHA, Maryse Weine. Emília de Freitas. In *Mulheres do Brasil*. Fortaleza: Secretaria de Cultura e Desporto, 1986. Vol. 3. p. 281-316.
DUARTE, Constância Lima. "Emília Freitas". In MUZART, Zahidé Lupinacci (Org.) *Escritoras brasileiras do século XIX*. Florianópolis: Editora Mulheres; Santa Cruz do Sul: EDUNISC, 1999.
MONTENEGRO, Abelardo F. *O romance cearense*. Fortaleza: [s.n.], 1953.
RIBEIRO, Luís Filipe. A modernidade e o fantástico em uma romancista do século XIX. In *Cadernos*. III Seminário Nacional Mulher & Literatura. Florianópolis: Universidade Federal de Florianópolis, v. 1, 1989. p. 135-40.
RIBEIRO, Sônia Cristina Bernardino. "A narrativa de autoria feminina do século XIX em resgate: uma leitura de *Lésbia e A Rainha do Ignoto.*" Dissertação de Mestrado em Literatura Comparada. Rio de Janeiro: Universidade Federal do Rio de Janeiro, Faculdade de Letras, 2001. 98 p.

DEDICATÓRIA

*Aos gênios de todos os países e, em particular,
aos escritores brasileiros.*

*Vós, que brilhais como estrelas de primeira grandeza
no firmamento alteroso da Ciência, da Literatura
e das Artes, podereis estranhar o meu oferecimento, e
chamá-lo de ousadia, se não reflexionares que o mais
poderoso monarca pode, sem humilhação, aceitar um
ramalhete de flores silvestres das mãos grosseiras de uma
camponesa, que para oferecê-lo curve o joelho e incline a
cabeça em sinal de respeito, estima e admiração.
Minha oferta não vos deslustra. Ei-la dilapidada
como um diamante arrancado do seio da
terra e oferecido por mão selvagem.*

A autora

AO LEITOR

Meu livro não tem padrinhos, assim como não teve molde. Tem a feição que lhe é própria sem atavios emprestados do pedantismo charlatão. Não é, tampouco, o conjunto das impressões recebidas nos salões, nos jardins, nos teatros e nas ruas das grandes cidades; porque foi escrito na solidão absoluta das margens do Rio Negro, entre as paredes desguarnecidas de uma escola de subúrbio. É, antes, a cogitação íntima de um espírito observador e concentrado que (dentro dos limites de sua ignorância) procurou, numa coleção de fatos triviais, estudar a alma da mulher, sempre sensível e, muitas vezes, fantasiosa.

Tenho a certeza de que alguns ou quase todos os que lerem este livro hão de achar sua protagonista demasiadamente extravagante. Mas se considerarem nos gênios, que são verdadeiras aberrações da natureza, seja o desvio para sumo bem ou sumo mal, verão que a Rainha do Ignoto não é, na realidade, um gênio impossível; é simplesmente um gênio impossibilitado que, passando para o campo da ficção, encontrou os meios de realizar os caprichos de sua imaginação raríssima e da propensão bondosa de seu extraordinário coração.

O feito de Joana D'Arc é um fato que passou para o domínio da História. Mas não nos parece ele uma lenda? Hoje, com mais razão, podemos nos apoderar do inverossímil, pois estamos na época do Espiritismo e das sugestões hipnóticas, nas quais fundamentei o meu romance.

Não me assusta a crítica sincera dos que, sem prevenções malévolas, pautadas pela justiça, me fizerem enxergar defeitos reais que minha ignorância ou meu descuido não pôde ver. Mas embora receie a rivalidade imprópria das almas grandes, do verdadeiro talento, não recuarei. De ouvidos cerrados, seguirei desassombrada no dificultoso caminho da literatura pátria.

Emília Freitas

I

A FUNESTA

Os habitantes das povoações ou aldeias dormem cedo, por isso, na Passagem das Pedras,[1] a pouco mais das dez horas da noite, só se via brilhar uma luz cuja claridade saía da janela do oitão da casa do fim da rua. Tudo mais era treva e silêncio sob a imensidade do céu estrelado.

Do peitoril da mesma janela, debruçava-se um moço, chegado há pouco da cidade, a conversar com um rapazinho, que estava assentado à borda da calçada, e dizia-lhe:

— O sono se esqueceu de ti, Valentim.

— Senhor doutor não me conhece — respondeu o menino com vivacidade —, estou acostumado a tudo! Tenho viajado com meu pai por todo este mundão de meu Deus! Muitas vezes caminhamos com a lua até a meia-noite ou uma hora da madrugada.

— Tu que tens viajado muito — disse o moço gracejando —, diz-me o que é aquilo ali, na linha do horizonte, para o lado do nascente?

— Ali, senhor Edmundo? — apontou Valentim. — É a serra das Antas.

— É fértil aquela serra? — tornou ele.

---

[1] Segundo nota de Otacílio Colares na segunda edição, trata-se do nome de um antigo distrito da cidade de Jaguaruna, no Ceará, que, por sua vez, pertencia ao município de Aracati. O nome Passagem das Pedras vem do fato de ser bastante pedregoso o leito do Rio Jaguaribe por onde se fazia a travessia. A atual palavra "Itaiçaba" é versão típica erudita e data de 1938.

— Assim, assim — volveu o campônio —, fazem roçados nas quebradas e plantam alguma cana, mas coisa pouca.

— Aqui, deste outro lado, vejo outra serra muito alta — disse o doutor Edmundo.

— Qual? Aquele serrote? Parece alto porque está mais perto — volveu o menino —, aquela é a serra do Areré. Mas é encantada, ninguém vai lá.

— Ninguém! Por quê? — disse Edmundo, com espanto.

— Porque, se for, não voltará mais. Dizem que tem uma gruta onde mora uma moça encantada numa cobra, que à noite sai pelos arredores a fazer distúrbios.

— E acreditas nessas bruxarias, Valentim?

— Ora, se acredito! Minha avó também não acreditava, assim como o senhor, mas agora está certa e mais que certa da verdade. Uma noite destas viu, ela mesma, descer da serra e passar cantando pela estrada uma moça bonita, vestida de branco. E o senhor quer saber? Ia seguida pelo diabo, um moleque preto de olhos de fogo, com uma cauda comprida que arrastava no chão!

— Isto é sério, Valentim?

— Ora, se é! Ela trazia também um cachorro preto que dava ondas à claridade da lua! Minha avó quase morre de medo, chamou meu pai, e ele também viu. Conta a quem quiser ouvir, e todos sabem que meu pai não é homem de mentiras.

— Te fazia mais inteligente, Valentim! Não vês que isto é uma história de bruxa sem fundamento, inventada pela superstição do povo?

— Quem disse ao senhor doutor que é história de bruxa? — disse o menino com exaltação. — Acredito porque eu mesmo já vi. Em uma tarde dessas, ia eu com minha irmã Ritinha pastorear umas cabras, lá para as faldas do Areré. Não se ria, senhor doutor, olhe que eu vi, não estou mentindo... ela estava em pé sobre o monte, tinha um livro aberto na mão, mas não lia, olhava para o céu como aquela Nossa Senhora da Penha que está pintada num quadro da igreja do Nosso Senhor do Bonfim.

— Quem estava de pé no monte? — perguntou Edmundo, rindo.

— A moça encantada — respondeu Valentim.

O doutor Edmundo ficou pensativo. Muitas vezes tinha zombado da credulidade do povo, e não podia tomar a sério aquelas histórias incoerentes, mas procurava o fio da realidade perdido naquele labirinto de ideias extravagantes e fantásticas.

Averiguar o fato seria uma distração para a monotonia de seus dias, para o aborrecimento de sua vida cansada das brilhantes misérias das grandes cidades, por isso fingiu acreditar nas ingênuas palavras do camponês e disse-lhe:

— Pois bem, Valentim, se ficar aqui mais alguns dias irei contigo à gruta para ver a moça encantada. Se for bonita, caso-me com ela.

— Não graceje, senhor doutor... ela tem pacto com Satanás! Dizem que, onde aparece, é desgraça certa. Chamam-na "a Funesta". Deus me livre de encontrá-la. Boa-noite, já é tarde e a vovó zanga-se quando me demoro. Sai sempre de madrugada? A que horas quer os cavalos?

— Às quatro, não falte.

— Não, senhor — disse Valentim, e desapareceu correndo pela encosta.

O Jaguaribe corria em frente da janela, onde o doutor Edmundo ficou ainda a cismar; mas sua vista errante parou sobre a lua, erguendo-se no firmamento azul, como uma hóstia de ouro. A solidão era completa, o silêncio era profundo! Nem o vento movia os ramos das árvores. Elas se levantavam do meio da sombra projetada pela copa, como espectros cismadores.

De repente, soou ao longe uma voz doce e triste entoando uma canção francesa, e era tão saudosa, tão cheia de melancolia que as próprias pedras da margem pareciam comover-se, escutando:

> Te souvient tu Marie[2]
> De notre enfance au champs
> Notre jouet a la prairie,
> J'avais alors quinze ans.

A voz era de mulher e vinha se aproximando. Já se distinguia o som de uma harpa com que ela se acompanhava. Deslizando mansamente pelo rio, vinha de longe um pequeno bote; era dele que partia o som melancólico da harpa e as estrofes saudosas da canção, que prosseguia assim:

> Te souvient tu même
> De nos transports brülants,
> Quand je te dis: t'aime...
> J'avais alors quinze ans.

---

[2]"Tu te lembras, Marie/De nossa infância no torrão/Nossa brincadeira nos prados/Quinze anos eu tinha então."

Le bruit de cette fête
Retour dans mon coeur
Le temps que je regrets
C'est le temps de bonheur.

Au présent je soupire...
Mes yeux sont baissés,
Ils ont craint de me dire
Mes beaux jours sont passés.

Ma bouche em vain répète
De regrets superflus!
Les temps que je regret
C'est le temps que n'est plus.[3]

Quando a pequena embarcação passou por defronte da janela, Edmundo pôde contemplar à vontade a formosa bateleira. Ela vestia de branco, tinha os cabelos soltos e a cabeça cingida por uma grinalda de rosas. De pé no meio do bote, encostava a harpa ao peito e tocava com maestria divina! O luar dava-lhe em cheio nas faces esmaecidas pelo sereno da madrugada, e os olhos extremamente belos estavam amortecidos por uma expressão magoada de tristeza indefinível. Algumas gotas de pranto umedeciam-lhe as pálpebras e tremulavam ainda nas negras pestanas.

Vinha, ali também assentado no banco da proa, sustentando o remo e movendo-o com perícia, uma figura negra e peluda, feia de meter medo. E para mais confirmar a sua parecença com o rei das trevas, o tal moleque tinha uma cauda que, achando pouca acomodação no banco, se tinha estendido pela borda do bote, e parecia brincar na superfície das águas. De espaço em espaço, a enorme cabeça de um cão cor de azeviche aparecia e tornava a ocultar-se aos pés da cantora.

O bote passou defronte da janela; a voz foi se perdendo ao longo do rio, até sumir-se. O silêncio se restabeleceu-se. O doutor Edmundo era

---

[3] "Tu mesma te lembras/De nossa ardente exultação,/Ao dizer-te: te amo.../Quinze anos eu tinha então.
O burburinho daquela festa /Volta-me ao coração/O tempo de que me arrependo/É o tempo de satisfação.
Agora, em meus suspiros.../É débil meu olhar,/E temeroso ele me diz/Que os bons tempos no tempo hão de ficar.
Minha boca repete em vão/Uma nostalgia que insiste!/O tempo de que me arrependo/É o tempo que não mais existe."

que não saía do pasmo em que o tinha deixado aquela estranha aparição! Julgava-se alucinado! Duvidava do testemunho de seus próprios olhos, e para certificar-se de que não sonhava, beliscou com força as mãos e sentiu-se acordado.

Fechou a janela e foi deitar-se, mas não podia dormir; a sedutora imagem o perseguia com aferro. O doutor Edmundo havia viajado muito, estivera em Paris, onde gastou quase uma fortuna; mas nunca fora tão singularmente impressionado.

"Quem seria aquela mulher?", pensava ele. Donde vinha? Para onde ia? Seria o anjo da saudade, perdido nas solidões da noite? As melancólicas notas daquele canto traduziriam o poema de um amor infinito sepultado nas cinzas do coração? Por que capricho aquela criatura formosa, romântica e ideal misturava o belo com o horrível? Por que se acompanhava com figuras tão irrisórias? Mistério!

Ele concordou logo que Valentim tinha um pouco de razão, pois estava fora de dúvida que, por aquelas paragens, existia a verdadeira causa que dava origem à crença do povo. Mas em que sítio morava essa rica senhora, que se comprazia em mistificar os simples habitantes daquela povoação com seus caprichos romanescos?

O doutor Edmundo voltava-se no leito, frenético de impaciência porque não podia achar uma explicação razoável para o que acabava de ver. Querendo imaginar que a moça fosse uma harpista e cantora de esquina que por ali aparecesse, rejeitou a ideia porque lhe pareceu inadmissível que uma dessas infelizes pudesse se trajar com tanto luxo, pois tinha visto bem, ao clarão da lua, brilhar no dedo da mão que ela passava nas cordas da harpa um lindo anel de brilhantes.

Fugindo com a ideia para o campo das recordações, o moço pensou em Veneza, nas gôndolas, nas serenatas ao luar. Depois figurou-se na Alemanha, viu seus castelos feudais: uns pendurados às verdes encostas das margens do Reno, outros no gosto da arquitetura normando-gótica, que floresceu no século XII, e levando às nuvens suas torres orgulhosas. Passavam-lhe na vista as belas muralhas, as pontes levadiças, os fossos, as ameias, os mirantes, as arcadas, os jardins cercados de rochas e as fontes murmurantes! Ainda lhe apareceu à mente o rosto formoso de uma fada, e lhe embalaram os ouvidos as notas saudosas do canto melancólico com que dizem que ela seduz os viajantes nas margens daquele rio. Assim, adormeceu enlevado.

II

A FADA SEDUZIU O VIAJANTE

Já os galos amiudavam o canto e as nuvens do alvorecer do dia se espalhavam no céu, deixando ver uma tênue claridade. O doutor Edmundo, adormecido havia pouco tempo, sonhava ainda com a cantora do bote, a náiade do Jaguaribe, quando duas fortes pancadas na porta do quarto o fizeram despertar, sobressaltado:

— Quem bate? O que quer? — perguntou, enfadado.

— O dia já vem rompendo, senhor doutor — disse o criado. — Valentim já está aí com os cavalos.

— Vai-te daí! Deixa-me dormir, não me aborreças!

— Acorde, senhor doutor, são horas.

— Horas de que, marmanjo?

— De partirmos, senhor.

— Para onde?

— Valha-me Deus — dizia o pachorrento criado, continuando a bater devagarinho —, já é muito tarde, o Valentim não quer mais esperar.

— Diz-lhe que vá embora.

Adriano, assim se chamava o criado, estranhou a contraordem, mas obedeceu, e esperou que o amo se levantasse das oito para as nove horas do dia. Enquanto passava o tempo, foi Adriano sentar-se ao batente do portão e observar os costumes matinais daquela aldeia.

Alguns camponeses passavam de enxada ao ombro seguindo para seus rústicos trabalhos. Uma mulher vinha entrando na povoação trazendo à cabeça uma grande cuia de beijus de goma, alvos como jasmins; um pescador vinha mais atrás, trazendo a tiracolo um uru de peixes, outros os levavam em cambadas presas a um pau que traziam ao ombro, e assim os ofereciam pelas portas.

Valentim, apesar da hora adiantada do dia, esperava ainda à porta, tendo um cavalo selado preso à mão pelas cambas do freio, e outros pelos cabrestos. Edmundo, tendo-se levantado, chegou à janela para lançar uma vista aos lugares da visão da noite, e vendo ainda o paciente rapaz a esperar pela última decisão, disse-lhe:

— Leva, Valentim, diz a teu pai que trate da minha cavalgadura. Não pretendo sair já, quando decidir-me, te avisarei.

O menino afastou-se com os três cavalos, e Edmundo foi entender-se com o criado:

— É preciso, Adriano, procurar-me uma cozinheira e arranjar-me alguns móveis mais indispensáveis.

Adriano saiu em busca do necessário, pasmo de admiração daquela resolução repentina do amo.

O doutor Edmundo teria vinte e quatro a vinte e cinco anos. Seu pai fora um rico negociante da Fortaleza; foi nessa bela cidade do Norte que ele passou os seus primeiros anos, onde fez os preparatórios e donde mandaram-no para a Academia de Direito do Recife. Ali fez ele sempre um dos mais brilhantes papéis, apesar de não ser gênio nem um talento de primeira plana. Mas, bem-apessoado e único herdeiro de uma boa fortuna, era o eldorado das moças, e até dos próprios pais. Não havia baile, jantar, batizado ou casamento para o qual não tivesse um convite formal, além de receber muitos recadinhos particulares e íntimos.

Nessas ocasiões, apresentava-se sempre com um figurino da última moda. Além disso, tocava flauta, cantava árias e duetos, recitava ao piano versos próprios ou dos poetas de maior nomeada; contava anedotas, dançava admiravelmente e ninguém o vencia no galanteio!

Em matéria de amor, não admitia a verdade, zombava de meia dúzia de corações, verdadeiros tesouros de sentimento, onde tinha feito despertar o mais sincero e puro afeto, e depois ia escrever folhetins nos rodapés dos jornais dos estudantes contra a inconstância e a leviandade das mulheres, rindo-se ao mesmo tempo com os amigos de ter feito no mesmo jornal, com diversos pseudônimos, quatro ou cinco sonetos: a Marília, Laura, Beatriz, Leonor e Julieta.

Mas isto não privava que o acadêmico gozasse da maior consideração dos pais e da simpatia das filhas. Era tão afável... tão elegante e delicado. Quem poderia deixar de estimá-lo?

Depois, não eram aquelas as qualidades mais próprias para atrair na sociedade?

O nosso herói, aos vinte e dois anos, defendeu tese e recebeu a carta de doutor, formado em Direito pela Academia do Recife. Por esse tempo, perdeu o pai. Já não tinha mãe, portanto recolheu a herança que lhe competia e foi viajar.

Dois anos depois, voltou ao Rio de Janeiro quase pobre. Vinha do estrangeiro farto de divertimentos cortesãos, sentindo fastio e aborrecimento das grandes cidades, então lembrou-se de ir visitar uma fazenda que possuía nos sertões do Ceará, para os campos do Jaguaribe: eis aí por que o encontramos pernoitando na povoação da Passagem das Pedras, onde ficou fascinado pela voz da fada encantada da gruta do Areré.

III

DOIS TIPOS DE CRIADO

Pelas dez horas do dia, entrou Adriano satisfeito. Tinha arranjado tudo, inclusive a cozinheira, uma mulata de quarenta e tantos anos, asseada, bisbilhoteira e alegre. Entrou desembaraçada e começou brigando a arrumar a cozinha e a especular ao criado pela vida do doutor Edmundo. Adriano respondia-lhe com chascos e burlas que a Úrsula, assim se chamava ela, tolerou ao princípio; mas foram tais as gaiatices que ela perdeu a paciência e, deixando os bifes que estava temperando, empertigou-se toda e, pondo as mãos nas ilhargas, disse:

— Eu te arrenego, pé-de-pato. Pensas, endemoninhado, que todos aqui são matutos? Eu também já andei lá pelas outras terras, já cozinhei para muitos senhores e senhoras de bem!

Adriano respondia-lhe com outras graças e piruetas.

— Vai-te para lá, maroto! — dizia a tia Úrsula meio séria, afinal, não teve outro remédio senão rir-se, pois ninguém podia zangar-se com aquele tipo de criado raro.

Ele também, como o amo, tinha seus predicados muito apreciáveis para os de sua laia. Além disso, era fiel, habilidoso, com jeito para tudo, gaiato, e um pouco entremetido dentro dos limites do respeito, falta esta que Edmundo tolerava em atenção às suas outras qualidades necessárias. Eram quase da mesma idade, o servia desde a infância, viajou com ele, portanto o estimava quanto era possível estimar um servo de muitos anos.

Com poucas horas de convivência com o criado do doutor, a gorducha cozinheira reconheceu que o seu gênio folgazão lhe quadrava perfeitamente, e virando-se às boas, com ares de santa, que não critica de nada, enquanto preparava o almoço, contava-lhe a vida da maior parte dos habitantes do lugar, acabando por dizer:

— Ainda agora há pouco, a Carlotinha me perguntou se o senhor doutor é casado ou solteiro, e eu disse: sei lá...

— É casado, sim — afirmou Adriano.

— Deixa-te de prosa, que eu já sei que não é.

— E por que não disse à moça o que sabia?

— Porque ela é um anjo e não quero que vá se engraçar dos enfunados da cidade para depois ficar chorando de saudade enquanto eles se põem ao largo.

— Quem é essa Carlotinha, tia Úrsula? — perguntou Adriano.

— Caluda — disse a tia Úrsula, pondo o indicador sobre os lábios para fazer silêncio. — É a filha de dona Raquel, a professora aqui da casa vizinha, já hoje a vi à janela duas vezes.

— Ah! Já sei, é uma moça loura, bonita — disse Adriano.

— Sim, senhor! Bonita e boa! A primeira cá da terra. O pai é arranjado, tem uma boa fazenda na mata, e depois a mãe também tem seu ordenado e traz a menina que é um gosto vê-la. Quando aparece uma moda, é a primeira a botá-la. E, aqui para nós, é a mais jeitosa, as outras são umas empanturradas, que lhes não acho sal.

E a cozinheira fazia trejeitos, arremedando as moças do lugar.

Adriano aplaudia a comédia e instigava a tia Úrsula a continuar nela; mas, de repente, perguntou:

— Mas que diabo é essa Funesta, de quem ouço falar por toda parte? Ainda pela manhã, quando fui às compras na taverna do Vital, ouvi dizer que é uma moça encantada que vive na gruta do Areré. Isto é verdade?

— Ai! quem dera que fosse mentira... — disse a tia Úrsula, comicamente triste. — Ainda esta noite pela madrugada andou ela por cá a fazer diabruras! Onde aparece deixa o sinal. Olhe, para o amanhecer de hoje, furtaram os porcos do Zé Pereira! Num samba que houve ali para baixo, o pau roncou! E quem ficou com as cacetadas foi o pobre do Chico Timbaúba.

O Adriano deu uma gargalhada:

— Forte admiração, tia Úrsula, em toda a parte não se furta, não se briga? Ora, essa!

— Já vem o desavergonhado com as estúrdias dele — disse a cozinheira, desconfiada. — Bem sei que em toda a parte se furta e se briga, mas isso aqui nunca se dava. Depois que a tal de Funesta começou a sair da gruta e a passear de noite pelo povoado... olha lá furto! Olha barulho! — disse ela, ainda arregalando os olhos e movendo a cabeça em sinal afirmativo.

— Olé! Que povo tolo! — exclamou Adriano.

— Tolos são vocês, lá da cidade, que são uns incréus!

O doutor Edmundo, que andava passeando da sala até a varanda, ouviu a conversa da cozinheira com Adriano, e durante o resto do dia não pensou em outra coisa senão na aparição da noite. O seu maior desejo era visitar a gruta.

IV

A VISITA À GRUTA

Era a hora da tristeza, aquela em que o sol, depois de ter brilhado no firmamento azul, mergulha nas róseas nuvens do ocaso, parecendo dizer um eterno e saudoso adeus ao dia que vai desaparecer para sempre no manto escuro do passado. Saltando, cabeceando sobre as rochas, vinha um bando de cabras acompanhadas por uma rapariguinha de pouco mais de treze anos. Ela trajava vestido de chita roxa com ramagens encarnadas, trazia um fichu a tiracolo e calçava tamancos de marroquim verde.

A cabreira era morena e quase feia, mas sua fisionomia franca e alegre inspirava confiança e simpatia. Acompanhando em zigue-zague o giro de suas cabras, ela trepava de rocha em rocha com a mesma alegria e com a mesma agilidade de seu rebanho! Quedou-se de repente e seguiu pausadamente olhando a furto um elegante cavaleiro que vinha se aproximando. Este parou e disse, familiarmente:

— Por que andas ainda aqui a esta hora, Ritinha? Já não tens medo da Funesta?

— Cada vez tenho mais, senhor Edmundo — respondeu ela —, vou por aqui às carreiras. Mas o que fazer? Não pude voltar mais cedo... as malditas das cabras só me faltaram por doida, trepa aqui, trepa ali, era um nunca acabar.

— E onde estava o Valentim que não veio ajudar-te? — disse Edmundo.

— Ele foi com meu pai cortar um pouco de rama e ainda não voltou — respondeu Ritinha, com desembaraço —, mas o doutor Edmundo também aqui a esta hora... não tem medo da Funesta?

— Tenho, menina, mas ando doido por encontrá-la.

— Deus o defenda, senhor doutor... ela seria capaz de o fazer cair do cavalo e quebrar o pescoço!

— É tão má assim? — perguntou ele, com um risinho de dúvida.

— Ora, se é, disse a menina — e afastou-se, correndo atrás das cabras.

— Espera, Ritinha! — gritou Edmundo. — Ensina-me primeiro o caminho da gruta.

— Vai por aí mesmo — voltou-se ela e apontou —, chegando ao pé daquele monte, sobe-se um bocadinho...

— Obrigado, até logo.

— Deus o leve, e Deus o traga... não vá ficar também encantado!

Edmundo partiu, cravando as esporas no cavalo. O animal tropeçava nas pedras da ladeira e as folhas secas estalavam-lhe nos cascos, mas ele, de cabeça quase a tocar na terra, buscava sempre direção oposta da que lhe dava o cavaleiro. É que os brutos, que nós chamamos irracionais, têm mais exato conhecimento do perigo e sabem melhor livrar-se dele que o mais abalizado sábio! Certamente um cavalo, uma cabra, ou um gato sabe melhor o caminho que lhe convém à borda do precipício que o ser mais inteligente do mundo!

Bem depressa, o cavalo de nosso doutor chegou ao lugar indicado pela cabreira, mas ele foi que não deu com a gruta. Enquanto subia o monte, ia lendo em todas as pedras do caminho a palavra "Solitário'. Era bem merecido o nome, se era ele dado àquele lugar deserto e triste como a própria mágoa. Chegado ao cimo da ladeira, Edmundo avistou uma grande pedra a poucos passos. Subia-se para ela por degraus naturais que chegavam ao assento daquele rústico trono trabalhado caprichosamente pela mão da natureza.

Edmundo estava amarrando o cavalo ao tronco de uma árvore quando viu assomar no alto da pedra a cabeça negra e felpuda do Terra-Nova que ele tinha visto no bote na noite da serenata. Subiu um montezinho de terra vermelha estrelado de malacacheta ou mica, e escondido por trás de uns arbustos, esperou.

Pouco depois, apareceu outro personagem do bote, era um enorme e feio orangotango vestido a marujo e trazendo, pendente do cinturão de couro de lustro, uma pistola.

— O orangotango é um mono[1] sem cauda — disse Edmundo consigo —, mas o que foi aquilo que vi rastejando à borda do bote para a água do rio? Provavelmente alguma corda atirada ao acaso, estou certo que o medo... ou a prevenção faz ver o que não existe.

Era tal o espírito de curiosidade que o dominava que nem ousava mexer-se, tinha os olhos fitos na arma de fogo que o mono afagava de vez em quando, e lhe parecia ver a cada instante brilhar um relâmpago, seu cavalo cair morto! Mas tal não sucedeu, pois o suposto marinheiro contentou-se em dar um salto acrobático e cair escanchado na sela!

O animal, sob o peso do estranho cavaleiro, relinchou. Imediatamente surgiu, no alto da escada de pedra, o vulto majestoso da cantora do bote, da fada do Areré.

— King! — exclamou ela com voz melodiosa e doce.

O orangotango foi sentar-se a seus pés no último degrau, obediente como um rafeiro. Ela continuava de pé com os olhos fitos na extensão dos campos vizinhos. Era uma estátua de mármore. Trajava veludo cor de púrpura ou flor de amaranto, e trazia ao peito, preso por uma roseta de brilhantes, um ramo de saudades. Despregou-o e começou a desfolhar uma a uma as belas flores, fitando tristemente as petalazinhas perdidas em redemoinho pelos ares.

King tirou do bolso um cachimbo italiano e se pôs a fumar sossegadamente. Edmundo estava suspenso, não podia formular uma só ideia sobre tão extraordinária e misteriosa criatura!

As tristes sombras da noite iam se estendendo cada vez mais. As avezinhas da serra chilreando pelos ramos se aproximavam dos ninhos, e os insetos zumbindo procuravam as cavernas, mas ela continuava a olhar os campos e o azul do céu. Tinha a vista embebida nas colunas de ouro que o sol desenhava nas nuvens, mergulhando por trás de um monte escarpado.

O nosso herói curioso, tendo necessidade de voltar antes que as trevas lhe alcançassem em caminhos que mal conhecia, resolveu sair do esconderijo e aparecer, fosse qual fosse o resultado. A fada assustou-se, desceu precipitadamente os degraus de pedra e desapareceu no sopé do monte, seguida por King e o Terra-Nova. Edmundo acompanhou-lhe os passos e

---

[1] Segundo nota da segunda edição, a palavra mono, pouco usada no Brasil para designar macaco, revela a leitura de textos lusos por parte da autora.

descobriu a entrada da gruta; mas tudo ali protestava contra a passagem de um ser humano! Era impossível penetrar naquela caverna escuríssima, onde esvoaçavam em chusma repugnantes morcegos.

Ele partiu à desfilada para a povoação e chegou às sete horas da noite, cada vez mais atraído para a fada do Areré, chamada pelo povo — a Funesta.

A CURIOSIDADE DA ALDEIA

Enquanto o amo satisfazia a sua curiosidade, procurando conhecer o mistério da gruta do Areré, o criado dava azo a seu gênio tagarela e faceta na venda do Vital. Ali, dentre os quatro ou cinco frequentadores da venda, era Adriano o mais letrado, por isso ele passeava em frente do balcão, com as mãos cruzadas nas costas e com ares de importância, a dar opinião sobre tudo.

— Que vem fazer aqui esse doutor? — perguntou um que chamavam Bento da Tapera.

— Vem — disse outro — fazer a eleição, arranjar votos para a chapa do governo. Ele engana-se! O povo daqui é durinho, não vira a casaca com duas risadas!

— Eu cá sei — respondeu outro — que o meu voto, e o de toda a minha parentela, é do partido do vigário.

— Qual! — exclamou Adriano todo apavorado. — O doutor Edmundo não faz política, ele tem outras vistas...

— Disseram-me — acudiu o taverneiro —, pesando um quilograma de café, que ele é engenheiro da comissão de açudes, vem estudar os terrenos.

— Nada disso, senhores — disse Adriano, satisfeito por mostrar conhecimento —, o doutor Edmundo é alquimista.

— Que diabo vem a ser alquimista? — perguntou um sujeito que acabava de esgotar um copo de aguardente.

— Alquimista é aquele que exerce a Alquimia.

Rebentou uma gargalhada geral, e disse uma voz:

— Fala português, homem! Ninguém aqui é *inguilês*, nem *intaliano* para enten...

— Sim, meus senhores — falou Adriano com voz arrogante —, a Alquimia é a arte de transformar os metais em ouro.

— Bravo! — gritou o Bento da Tapera. — O teu amo deve ser muito rico, visto saber feitiçaria!

— Rico como um nababo — afirmou Adriano, contendo o riso e fugindo apressado para a rua pois tinha visto Edmundo apear-se à porta de casa.

O vendilhão ficou dizendo:

— Esse Adriano sabe de coisas!

Os outros continuaram a comentar a chegada do doutor. Nos lugares pequenos, nas aldeias, as novidades são poucas ou, antes, nenhumas. Quando passa ali um viajante, se traz a sobrecasaca abotoada, só faltam desatacá-la para ver se o colete tem botões! Se ele traz consigo mulher, irmã ou filha, a primeira coisa que notam é se ela usa brincos, se os não usa, serve isso de assunto para uma semana de conversação na vizinhança.

Logo à chegada, os garotos tomam posse das portas e janelas, e o pobre viajante não pode mais dar um passo que não seja sob às vistas dessas incômodas sentinelas. Elas passam revista na bagagem e correm à casa a levar as novas às mães ou amas que ficaram à janela, de pescoço estirado, procurando também ver alguma coisa.

Conhecemos uma professora (e não era professora de aldeia, ensinava em uma colônia de emigrantes cearenses no subúrbio de uma capital do norte do Brasil), já fazia mais de um ano que ela ali estava, e ainda todos os homens, todas as mulheres e todos os meninos e meninas que lhe passavam pela porta diziam, em tom de novidade:

— Aqui é a escola! Lá está a professora!

Muitas vezes, esses mesmos rapazes ou raparigas trepavam no peitoril da janela e ali passavam tardes inteiras com os olhos fitos nela, observando-a em todos os movimentos! Se viam um gato deitado no corredor, perguntavam umas às outras:

— Aquele gato é dela?

A princípio, logo na chegada, era uma verdadeira perseguição! Em uma tarde estava a triste desterrada costurando, e assustou-se vendo duas mulheres que, acompanhadas de seus pequenotes, abriam o ferrolho da meia porta, entravam e vinham postarem-se silenciosas e admiradas por trás da cadeira onde ela costurava; ao mesmo tempo, os pequenos trepavam nas carteiras, derribavam as cadeiras e derramavam tinta.

Disse, então, a professora:

— As senhoras têm algum negócio a tratar comigo?

— Não, dona, estamos vendo *vosmicê* costurar.

E retiraram-se como se fossem uns espectros!

De outra vez, em uma manhã, entraram outras dizendo:

— Queremos ver o que a senhora está fazendo lá dentro...

— Estava arrumando a dispensa — disse ela —, mas já acabei, e visto ser a hora da aula, peço licença para mudar de vestido e arranjar-me.

— Pois nós queremos vê-la vestir-se.

Isso parece incrível, mas é um fato. A professora entrou para a alcova com cara de ré, entretanto elas não renunciaram ao propósito (ou, antes, despropósito), enfiaram de porta adentro, tomaram conta do quarto, do leito, dos cabides e até dos baús, não ficando objeto de toucador ou peça de vestuário a que não passassem uma revista em termos.

São esses os costumes, não digo de toda, mas da maior parte das gentes das aldeias. Edmundo, formado, moço bem parecido e apresentando-se no lugar sem uma recomendação, sem dizer a que vinha, era um acontecimento, um caso estranho! Durante a primeira semana, não falaram de outra coisa. Se ele passava por uma calçada onde havia uma roda de homens a conversar, estes diziam de uns para os outros, a meia-voz:

— É o tal doutorzinho!

— Que bisca será essa? — perguntava um.

— E que virá fazer? — perguntava outro.

— Tomar ares — respondia o terceiro.

— Ares! — ria-se o primeiro. — Parece vender saúde!

Mais adiante, das janelas e das portas, as mulheres olhavam-no curiosas, e uma velha beata fazia-lhe cruzes pelas costas, e exclamava, indignada:

— Eu te arrenego, maçom! Eu te desconjuro, protestante! Não filha minha, que casasse contigo... está ouvindo, vizinha? Ele ainda não foi à igreja! E passa pela Santo Cruzeiro com o chapéu na cabeça como um incréu![1]

---

[1] Nota à segunda edição, chama atenção para o fato de as classes menos favorecidas, em fins do século passado no interior do Ceará e provavelmente no restante do país, simplesmente confundirem maçonaria com protestantismo e ateísmo, como se fosse tudo a mesma coisa.

Mas, enquanto os homens murmuravam, as velhas beatas se benziam, as moças ocultas por baixo das rótulas[2] estremeciam de enleio, e cochichavam entre si:

— Como é bonito!

— Nem se parece com os matutos daqui — dizia uma com pretensões a civilizada.

— Credo! Naninha, se o Cazuza soubesse, nunca mais olhava para ti.

— Que me importa? Eu não gosto dele.

— Eu vou dizer-lhe...

— Corre, Sinhá, vai dizer ao Cazuza Melo, que eu, Naninha Azevedo disse: o doutor Edmundo Lemos é o moço mais bonito e mais simpático que já pisou as margens do Jaguaribe!

— Não vá, Sinhá — ponderava uma mais sensata —, isso se passa aqui entre nós, é um gracejo.

E as moças acabavam em risadas e confidências alegres.

Assim ia Edmundo fazendo a preocupação daquela temporada campestre.

---

[2] As portas com rótulas e dobradiças ao alto, que possibilitavam olhar a rua sem ser visto, eram comuns na arquitetura de casas no interior do Ceará. Vem daí a expressão "ficar por baixo das rótulas", que eram comumente chamadas postigos. (Nota da segunda edição.)

VI

UM CONHECIMENTO ANTIGO

Maio, o belo mês das flores, já ia em meio, e nas suas tardes serenas e tépidas, as andorinhas, estas mensageiras do fim do inverno, cortavam os ares e, chilreando, procuravam os ninhos nos velhos muros, nas janelas e cimalhas das casas. Edmundo, acompanhando com a vista os recortados voos dessas aves de passagem ou arribação, sentou-se junto à janela aberta, e repassava pela mente o que tinha visto na tarde anterior sobre o monte Solitário da Serra do Arerê.

De repente, ouviu uma voz de pessoa muito sua conhecida que falava na calçada da casa vizinha, e, surpreendido, escutou:

— Dona Raquel, não me dirá o que tem a Carlotinha, que não vai mais à nossa casa?

— Oh! Dona Matilde, só faz uma semana que deixei de lá ir — dissera de dentro uma voz infantil.

— É ela mesma — disse Edmundo consigo, já um pouco alvoroçado por encontrar na aldeia um conhecimento antigo, da cidade.

Dona Matilde continuou com as queixas:

— Uma semana, para quem ia todos os dias, é muito tempo, vale uma zanga!

— É verdade, dona Matilde — disse a professora vizinha de Edmundo —, essa menina deu em um nervoso... não quer sair, vai até emagrecendo.

— Isso é do crochê, dona Raquel, os médicos dizem que faz muito mal esse trabalho.

— Eu sei disso, dona Matilde, mas as moças de hoje não querem fazer outra coisa porque não lhe dá lugar a estarem à janela... em nosso tempo os trabalhos eram outros.

— Eu já vou desconfiando — disse dona Matilde — que anda mouro na costa... já há mais de uma semana que veio morar, para estes lados, um doutorzinho de quem se fala muito na terra.

— Baixo! Mamãe, baixo! Lá está ele na janela — disse uma moça morena que estava ao lado de dona Matilde.

— Gentes! Que vejo? É o doutor Edmundo... — exclamou ela, voltando-se para o lado da janela.

— Um seu criado, dona Matilde, já vi que não esquece os antigos conhecimentos — respondeu ele, depois de uma cortesia afável.

— Muito bem, mas o senhor esquece, pois chegou já há uma semana, e ainda não foi à nossa casa.

— Não sabia que estava aqui — disse ele, saindo para a calçada, e enquanto apertava a mão de dona Matilde, olhava estranho para as duas moças que estavam a seu lado.

— Não conhece, doutor? Esta é Henriqueta e esta é Malvina. O senhor as viu ainda pequenas, já estão crescidas, umas moças...

— Bonitas! — disse ele familiarmente.

— Não seja lisonjeiro, doutor, veja que estamos na roça, aqui não se usam os galanteios de salão.

— Aqui o que não se usam são os fingimentos de lá — disse a professora, oferecendo cadeiras aos circunstantes.

— Muito bem, minha senhora — confirmou Edmundo, sentando-se, disposto a palestrar.

Todos fizeram o mesmo, com exceção do dono da casa, que mandou vir uma espreguiçadeira e acomodou-se nela o melhor que pôde. O senhor Martins, assim se chamava ele, era um obeso bonachão, sempre pronto para rir. Chamou a filha que tinha ficado na sala:

— Que fazes aí, Carlotinha? Queres que te chamem matuta?

— É porque estou endefluxada — disse a menina —, o sereno me faz mal.

— Deixa da tolice — disse Henriqueta —, vem sentar-te ao pé de mim.

A moça sentou-se entre as outras e começou a falar em voz baixa com elas. Dona Matilde continuou:

— Então, doutor, veio visitar a minha terra?

— Sua, dona Matilde? Sempre julguei que a senhora fosse pernambucana.

— Não, morei lá vinte anos, minhas filhas são pernambucanas, assim como o pai, mas eu sou filha mesmo deste lugarejo e tenho gosto nisto, não troco a minha terra por nenhuma outra.

— Apoiado, dona Matilde! — exclamou o senhor Martins. — Aperte esta mão... — e procurava erguer-se a despeito do grande abdômen.

— É minha patrícia — disse Edmundo —, também sou cearense, nasci na Fortaleza.[1]

— A mamãe também é de lá — lembrou Carlotinha, timidamente.

— E Vossa Excelência? — perguntou Edmundo.

— Eu sou daqui — respondeu a menina, baixando os olhos.

— Que tem? — disse maliciosamente Henriqueta. — A Carlotinha sente um desgosto de ser matuta!

— Se ela é — acudiu a mãe —, não tem para onde fugir.

— Mamãe também — disse a menina tristemente.

Edmundo veio em seu socorro:

— Não importa, dona Carlotinha, vale a pena ser uma flor silvestre quando se pode rivalizar com as rosas dos jardins.

— Oh! Doutor — exclamou dona Matilde —, pelo amor de Deus perca esse costume.... o senhor pensa estar ainda nos salões de Paris.

— Se dona Matilde fosse moça, doutor — observou o senhor Martins —, havia de querer lisonjeiros até na roça.

Edmundo aplaudiu o dito do pai de Carlotinha, e dona Matilde riu-se, contrafeita.

De repente, ele perguntou:

— Sabe o que é feito de Gustavo?

— Qual? — perguntou dona Matilde. — É o Gustavo Mendes?

— Não, falo naquele que foi meu companheiro de república, o Gustavo Braga.

— Ah! Meu Deus! Este é meu genro, casou com a minha Alice e está muito perto, é juiz de direito do Aracati.

— Eu reparei a ausência de dona Alice — disse ele —, mas não perguntei por ela porque supus que tinha ficado em casa.

— Hoje, se o senhor a vir, não a conhece — disse dona Matilde —, está gorda como uma abadessa! Tem dois filhos: um menino que vale um

---

[1] A maior parte dos textos literários ou não, até fins do passado século, registrava "na Fortaleza" (devido ao forte que motivou a denominação da capital cearense), ao invés de "em Fortaleza".

trovão e uma menina que é um relâmpago! Mas ela fica cada vez mais moça! O marido é um pateta com ela, faz-lhe todas as vontades!

— Sempre pensei — observou Edmundo, timidamente — que Gustavo casasse com dona Virgínia, falava-me dela com um tal entusiasmo que eu o julgava verdadeiramente apaixonado.

— Coitada! Doutor, a pobre de minha sobrinha está tísica... faz pena, só tem a pele pegada aos ossos! Mas posso asseverar que ela deve aquela moléstia ao gênio. Quero-lhe muito bem, porque a criei desde pequena como filha... entretanto, só eu sei quem está ali!

— Talvez me tenha enganado — volveu Edmundo —, mas me pareceu sempre muito sensata e dócil.

— Era, sim — confirmou dona Matilde —, mas, de uns anos para cá, mudou tanto que não parece a mesma! O doutor sabe quanto ela era inimiga de festas e passeios, o seu principal entretenimento eram o piano, a costura e os livros. Não levávamos isso a mal porque, apesar de tudo, era alegre e afável para com todos... depois, passava uma semana e mais que ninguém em casa lhe ouvia a voz!

— Mas era falar-se em um baile, em um espetáculo, ela era a mais empenhada em ir — disse Henriqueta. — Às vezes, a maninha ou a mamãe não estavam dispostas a ir a alguma festa para que haviam tido convite, e ela tanto me instigava a pedir-lhes que fossem que, afinal, elas iam.

— Também era só quando se via a Gina alegre — observou Malvina.

— Uma coisa era ver e outra, dizer — tornou dona Matilde —, a minha sobrinha dançava até ficar exausta, sem forças! Nunca valsou em outro tempo, foi aparecer-lhe a moléstia... valsava... valsava até não poder mais!

— Mas em uma ocasião foi-lhe fatal a loucura! — disse Henriqueta. — Depois de dançar assim, arquejante de cansaço caiu sobre uma cadeira quase desmaiada. Levou o lenço à boca e tirou-o manchado de sangue!

— Que agonia para todos nós! — exclamou dona Matilde. — O doutor Clementino Penha estava presente, acudiu de pronto, mas ela rejeitou os seus serviços dizendo que não era nada, que passava logo. Fui com meu genro pedir-lhe que se retirasse do baile. Sabem o que me respondeu? "Deixe-me, tia Matilde, estou aqui muito bem." Já se viu?

— Ora — disse Henriqueta —, cinco minutos depois o Eduardo Gama levou-a para o piano e ela cantou uma ária!

— Serviu de admiração — lembrou Malvina —, houve senhoras que choraram.

— E outras se indignaram, menina — tornou dona Matilde. — Vejam só se isso não é força de gênio.

— Não vejo pelo mesmo prisma, dona Matilde — replicou Edmundo, abstendo-se de patentear o seu juízo sobre o caso.

— Ninguém me convence, doutor. Aquilo era birra, pois Virginia já muito doente, tossindo, ia a um espetáculo lírico (bem contra minha vontade), quando voltávamos, a uma ou duas horas da madrugada, ela sentava-se ao piano e tocava quase até de manhã! Era preciso que eu me levantasse e fosse obrigá-la a deitar-se banhada em suor... desfalecida! No outro dia, não se levantava da cama!

— Pobre moça! — exclamou Edmundo com tristeza.

— Não pense o senhor que minha sobrinha é maltratada, não é, tenho feito por ela o que faria por minhas filhas.

— Desculpe-me, dona Matilde, não me refiro a isso — disse Edmundo, levantando-se para retirar-se.

— Vamos, minhas filhas — disse dona Matilde, também levantando-se —, a noite está escura e nossa casa fica um pouco longe.

— Onde fica? — perguntou o doutor.

— Junto à igreja, sabe? Uma casa de frente amarela com rótulas verdes.

— Sei — disse ele —, se permite que as acompanhe, estou às ordens.

— Sim, agradeço-lhe muito a fineza... A rua já está quase toda fechada... meu Deus, que povo para dormir cedo!

— Por causa da Funesta — disse Edmundo, gracejando.

— Até o senhor, que chegou bem dizer ontem, já ouviu falar nessa patranha — observou o senhor Martins.

— Talvez mais do que o senhor — respondeu Edmundo, já em caminho.

Ele deixou as tagarelas à porta de sua residência e prometeu-lhes em breve voltar ali.

VII

AMBOS PENSAVAM, MAS COM ALVOS DIFERENTES

Logo após a retirada das visitas, Carlotinha entrou para a alcova. Queria estar só, tinha medo que seus pais lessem, em sua fisionomia, o nome, que em clarões como de um sol, vinha aparecendo na alvorada do coração. Acordava do seu descuido de criança como de um sono ermo de sonhos. Pensava no vulto elegante e na fisionomia simpática de Edmundo e tremia. A ingênua moça receava ser descoberto o seu sentir como se fosse ele um crime.

A transformação por que passava seu eu lhe era manifesta, mas o que estava sentindo não podia bem definir. Apesar de saber perfeitamente o que era e como se chamava, não se atrevia a pronunciar, ainda que mentalmente, o nome do novo sentimento que tomou de assalto a fortaleza de sua alma.

Fora escusada a prevenção dos pais de Carlotinha contra os romances, porque amor não se aprende em livro algum, é instintivo, rubrica todas as páginas do livro da alma. Ela ia fazer dezesseis anos, e além dos livros de estudo e de seu manual de missa, só havia lido o *Flos Sanctorum*, que lhe emprestara o seu padrinho, vigário da freguesia. Com as meninas de sua idade tratava somente sobre modas e trabalhos de agulha, ou então sobre os novos cânticos religiosos que sua mãe estava ensaiando para a próxima festividade.

Mas toda essa inocência preparatória não obstou que a filha da professora, na tarde em que viu o doutor Edmundo apear-se à porta da casa vizinha, sentisse os primeiros rebates do amor. E na ingenuidade de seu pensamento, puro como o de um anjo, satisfazia-se com os enlevos do novo sentimento, e não desejava que ele fosse descoberto nem mesmo por aquele que o havia inspirado. Pobre criança! Adiantava-se a noite e ela não dormia; ao mole balanço da rede, passava uma a uma pela mente as ninharias daquela tarde.

Outra pessoa também não dormia: era Edmundo. Mas ouvindo àquela hora ranger o armador da casa vizinha, nem de leve lhe passou pela ideia que, além da parede de seu quarto, estava uma moça bonita pensando em nele.

Recolhera-se preocupado com o que lhe haviam dito de Virgínia, e estava realmente penalizado. Tinha visto em outro tempo aquela moça tão sensata, cujo trato ameno e discreto encantava a todos, e não podia acreditar nessa transformação em que lhe falavam dona Matilde e as filhas. Mas por que seria a preferência de Gustavo por Alice, menos bela, estouvada e namoradeira?

— Explica-se — dizia ele consigo —, Virgínia nada possuía e provavelmente Alice lhe trouxe um dote de trinta ou de quarenta contos de réis; isso para um moço que acaba de se formar à custa de sacrifícios, é uma espécie de sorte grande.[1] A fortuna, pensou ele, é uma casta de corça que não pode ser pegada por quem corre mais, e sim por quem sabe armar-lhe um laço.

Elias de Moura, pai de Virgínia, trabalhou muito desde criança, a começar de caixeiro vassoura até patrão capitalista. Um dia lembrou-se de Tomás de Moura, seu irmão, que vivia pobremente na província do Ceará; mandou chamá-lo, admitiu-o no seu estabelecimento comercial e anos depois deu-lhe sociedade.

Elias de Moura ainda entregou a Tomás a gerência da casa e foi à Europa para deixar Virgínia em um dos melhores colégios da capital do mundo elegante, da festejada e sedutora Paris. De volta para o Brasil, deu-lhe na fantasia visitar o Norte-América, e ali foi, juntamente com a esposa, vítima dum desastre de estrada-de-ferro. Tomás de Moura apenas teve notícia do lamentável acontecimento, deu a casa por quebrada. Fez-se a liquidação, nada havia em caixa, e as mercadorias existentes mal deram para contentar aos credores.

---

[1] Atenta para o costume de valorizar o chamado dote, Emília Freitas emparelhou-se aqui com os melhores romancistas do realismo-naturalismo brasileiro. (Nota da segunda edição.)

AMBOS PENSAVAM, MAS COM ALVOS DIFERENTES

Dona Matilde fez logo ver ao marido que era preciso mandar vir Virgínia, visto não lhe ter o pai deixado com que pagar as despesas de uma educação tão cara. Quando a filha de Elias de Moura, coberta de luto, entrou pela porta do tio, trazia no rosto a resignação e a bondade da órfã que agradece a grande caridade que lhe fazem, mas os curiosos vizinhos de dona Matilde segredavam entre si sobre essa grande caridade.

O consciencioso irmão não tardou muito a estabelecer-se com armazém de molhados, e morrendo dez anos depois, deixou para a família uma fortuna de cento e sessenta contos, sem lembrar-se de Virgínia nem com uma pequena dádiva!

Dona Matilde, passado o competente nojo, o luto de lei, abriu o salão à boa sociedade dos vizinhos, inclusive meia dúzia de estudantes de Direito, no número dos quais entravam Edmundo e Gustavo. Foi então que Alice e Virgínia, ao desabrochar da mocidade, puderam ser apreciadas segundo o caráter de cada uma delas.

Foi ainda por esse belo tempo que, enquanto Gustavo Braga parecia seriamente apaixonado pela sobrinha de dona Matilde, Edmundo Lemos completava o número de sexto namorado da filha dela. A garrida Alice figurara entre as Julietas, Lauras, Marílias e Beatrizes cantadas por nosso doutor. Eis o seu antigo conhecimento com a viúva de Tomás de Moura.

Pensando nesses formosos anos do alvorecer da mocidade, o doutor Edmundo acusava o amigo de falta de caráter e até de ambicioso, mas, reflexionando bem, veio a concluir que Gustavo teve razão e fez o que faria outro em caso semelhante, visto não ser com amor que se manda ao mercado, às lojas de modas, ao joalheiro, ao empresário de teatro e a todos mais que fornecem o que há de útil e recreativo no mundo elegante.

Contudo, indignava-se com a lembrança do procedimento de dona Matilde para com a pobre órfã, desde o berço vítima da ambição, e depois da deslealdade, e, todavia, essa indignação passou para dar lugar ao pensamento senhor de seu espírito, soberano de sua alma! Este pensamento era: a Funesta, a misteriosa bateleira, a visão do monte, a moça encantada do Areré.

Cogitando nos meios de escrever sobre a pedra que tinha visto com o nome de trono de Apolo, perdeu ainda muitas horas de sono. Lembrava-se como Senefelder deveu a descoberta da Litografia a uma pequena circunstância, e chegando ao fim de uma escala de ideias, recordou-se de que possuía um preparado químico próprio para isso. Então decidiu, na primeira ocasião, ir ao monte e começar uma correspondência tão singular como a pessoa a quem era dirigida.

VIII

AS FILHAS DE DONA MATILDE OU OS DEFEITOS DE EDUCAÇÃO

Era domingo, a manhã ia adiantada. Já os habitantes da povoação e os dos arrabaldes se reuniam para a missa paroquial, ordinariamente às dez horas. As mulheres entravam para a igreja e esperavam sentadas no ladrilho a vinda do senhor vigário. Os homens ficavam no adro a conversar em política, em questões de terras e em gado sumido. Tratando deste assunto, algum se inclinava para riscar com o dedo na areia do patamar a forma do ferrete do animal.

Em casa do doutor Edmundo, a tia Úrsula entrava e saía da cozinha para o postigo, resmungando pela demora do Adriano que, conversando na venda do Vital, não voltava com o tempero.

— O sino está tocando — dizia ela — e já é a última chamada! Eu hoje não perco missa nem por São Brás. Parece que senhor doutor vai sair. Quem sabe se já não quer almoçar, e o disfarçado foi buscar a morte.[1]

Edmundo fingiu não ouvir o resmungar da cozinheira e saiu para a rua. As casas estavam com as portas meio cerradas. A rua era quase deserta. Todos tinham corrido ao chamado do último toque de missa, e o bulício que se via antes no adro da igreja tinha sido substituído por um respeitoso silêncio.

---

[1] "Ir buscar a morte" significava não ter que voltar de uma tarefa a que fora mandado fazer.

O doutor Edmundo, passando pelo patamar da igreja, demorou fitando com interesse aqueles homens robustos de rostos tostados que, ajoelhados sobre seus lenços vermelhos ou brancos, firmavam as mãos calosas em seus grossos bastões. E considerando aquelas cabeças expostas aos raios ardentes do sol, com os pensamentos recolhidos, atentas às orações em uma língua estranha, admirou o poder da religião de todos os povos!

Por não ter onde melhor passar as horas ou levado pelo desejo de ver Virgínia, Edmundo dirigiu-se para casa de dona Matilde, que ficava próxima à igreja. Bateu por duas vezes e não aparecia pessoa alguma; da terceira, falou uma voz muito fraca.

— Quem é? Tenha a bondade de entrar para a sala.

Ele entrou e não pôde deixar de recuar um passo e soltar um leve grito de admiração:

— Dona Virgínia!

— Senhor Edmundo! — exclamou ela com os olhos velados pelas lágrimas.

— Está com febre? — disse Edmundo ao apertar a lânguida e descarnada mão que ela lhe apresentava.

— Contudo, sinto frio — respondeu ela, tomando-lhe o chapéu e a bengala e tentando erguer-se na cadeira, onde se reclinava.

— Não se incomode, dona Virgínia, vou eu mesmo colocá-los. Dona Matilde não está em casa?

— Não senhor, foi à missa, mas já deve ter acabado, ela não tardará, sente-se.

Sentando-se o doutor Edmundo, guardava silêncio, absorto na contemplação daquele rosto transformado pela moléstia, mas ainda assim interessante e belo. Virgínia envolvia-se em um fichu de lã cor de creme, e tinha os longos e formosos cabelos separados em duas tranças que caíam-lhe sobre as espáduas. De entre as feições profundamente delineadas na tez branca de cera sobressaíam os olhos com um brilho impressionável!

O doutor Edmundo conhecia toda a história dos amores de Gustavo e de Virgínia, por isso não pôde deixar de recordar os anos passados, pensar em seu tempo de acadêmico, e querendo acusar ao amigo, lembrava-se que talvez com seus protestos levianos e inconsiderados tivesse também roubado a alegria de alguma pobre moça de coração bem formado.

— Era tão amiga da música, dona Virgínia — perguntou —, ainda toca?

— Ah! Senhor Edmundo — disse ela, olhando tristemente para um piano alemão que lhe ficava fronteiro, coberto com uma colcha de damasco verde —, já não me resta nem essa consolação, vão me faltando de todo as forças.

Um ataque de tosse tomou-lhe a voz. Edmundo levantou-se, abriu as janelas que davam para a rua, para que houvesse mais ar, e veio sentar-se ao lado da moça, muito comovido.

— O que dizem os médicos desse mal?

— Os médicos? Nunca tiveram notícia dele...

— Como? Nunca se receitou?

— Nunca. A princípio, queixava-me, mas a Matilde dizia que era nervoso, que eu fosse passear, e não cuidava mais de mim. Vendo o pouco caso que faziam de minha vida, atirei-me aos espetáculos e aos bailes com um verdadeiro delírio. Foi o ano passado, pelo inverno, no aniversário de Luiza Gama, que deitei a primeira golfada de sangue. Cercaram-me de atenções e de cuidados... rejeitei-os, era tarde, estava morta.

Mal Virgínia acabou de falar um sussurro de vozes alegres aproximou-se da porta. Era dona Matilde que chegava com as filhas. A missa havia terminado, e o povo se espalhava em todas as direções. As irmãs do vigário e a professora acompanhavam dona Matilde. Esta apenas foi entrando, atirou com o chapéu de sol a um canto, sacudiu com o leque e o manual para cima de uma mesa e sentou-se, ofegante:

— Que calor! Que sol!

Depois reparando em Edmundo exclamou:

— Oh! Doutor, foi pontual. Entre, senhor Vigário.

— Já estou dentro, dona Matilde — respondeu o vigário, procurando uma cadeira de balanço.

— Dona Paulina, dona Sofia, dona Raquel, estão em suas casas, tirem os chapéus. Ô, Malvina! Ô, Henriqueta, que fazem vocês, meninas? Vieram sentar-se e deixaram a Carlotinha de pé junto à janela!

— Ela quis ficar ali mesmo, mamãe — respondeu Henriqueta com ar zombeteiro —, isto é para ver os moços que vêm da missa... uns papangus de paletó de brim metido na goma e chapéu atolado até as orelhas! — Henriqueta acompanhava as palavras com trejeitos e risos.

— Cala a boca, Quietinha. Não repare, senhor Vigário, esta menina zomba de tudo — disse dona Matilde, com ar de quem manda continuar.

— Parece muito com dona Alice — observou Edmundo.

— Em tudo, sem tirar nem pôr — aprovou a condescendente mamãe.

— Carlotinha — tornou a zombeteira —, que vestido é esse? Esta renda creme não diz bem nesta fazenda cor de azeitona. O teu chapéu também já não está na moda, os que se usam são como este meu, como o de Malvina.

— Sei muito bem o que se usa, Henriqueta — disse Carlotinha —, mas aqui não se pode andar no rigor da moda: manda-se buscar qualquer coisa à capital, vem sempre fora de gosto.

— É certo — acudiu Malvina —, quando nós estávamos no Recife, que entrávamos em alguma loja de modas e que víamos um chapéu ou uma fazenda do tempo dos Afonsinhos,[2] dizíamos logo: isso guarde para vender aos matutos.

Carlotinha estava enfiada, o rubor lhe havia subido dos lábios às faces.

— Não se aflija, Carlotinha — interveio Virgínia —, tudo lhe fica bem. Quem tem essa cabeleira de ouro, esses lábios de coral e olhos de turquesa não pede favor às modas.

A moça abriu um sorriso de anjo e deixou ver, no esplendor de sua ideal beleza, a candura de sua alma. Edmundo reparou então nela pela primeira vez e reconheceu a verdade do que dissera Virgínia. Carlotinha era bonita e naturalmente elegante, só lhe faltava o desembaraço das moças da cidade, mas o seu acanhamento era preferível aos modos desabridos e zombeteiros das filhas de dona Matilde.

Henriqueta, contrariada com o elogio que Virginia teceu a Carlotinha, fez-lhe um momo, e voltando-se para o doutor Edmundo, começou a falar da insipidez do lugar, e contando muitas anedotas da gente da terra, não deixava de fazer referências ao pai de Carlotinha que, apesar de roceiro sem instrução, era inteligente e muito sensato.

Virgínia, que estava atenta aos disparates da prima e via a filha de dona Raquel com olhos súplices para ela, veio outra vez em seu auxílio.

— Então, Henriqueta, julga você que a boa educação consiste somente em saber botar um espartilho, atacar um cinto, fazer um bonito penteado, cobrir as faces de pós-de-arroz, os lábios de carmim, calçar umas luvas, conhecer os artigos da moda, tocar um pouco de piano e dançar quadrilhas e valsas? Há outros conhecimentos muito mais necessários.

---

[2] A expressão "do tempo dos Afonsinhos" costumava ser empregada para significar algo muito antigo.

— Já vem você meter-se onde não foi chamada — disse Henriqueta com enfado —, bem sei a que telhado se dirigem suas pedras, mas não espere que vá me reger pelo delírio de sua febre...

Virgínia sorriu tristemente e replicou, disfarçando a amargura que lhe invadia o coração:

— Eu falo no geral, minha prima, não me refiro a ninguém, quero dizer que a boa educação nem sempre tem a felicidade de sentar-se nas cadeiras estufadas dos ricos salões. Muitas vezes vamos encontrá-la na salinha caiada de branco, costurando ou lendo à luz do candeeiro de querosene.

— Ficaste sabida depois desta moléstia — disse Malvina com petulância —, és uma doutora!

Dona Matilde, que conversava com as outras senhoras e não perdia uma só palavra das filhas, riu-se e perguntou:

— Que tolices são essas, menina? Com quem dizes essas coisas?

— Com ninguém, mamãe, volveu ela, converse para lá com as velhas, nós não precisamos de sua intervenção, basta da conselheira-mor.

O doutor Edmundo, aborrecido com os defeitos de educação das filhas de dona Matilde e preocupado com outra ideia, levantou-se, despediu-se e saiu.

— Doutor! Ô, doutor! — chamou Henriqueta da janela. — Eu lhe espero à tarde para distrairmos um pouco ao piano. Temos aqui uma flauta muito boa, também há uma rabeca. Malvina já vai tocando sofrivelmente.

— Não posso, dona Henriqueta — tornou ele. — Vossa Excelência me desculpe, estou com um passeio campestre projetado.

— E prefere esse passeio ao meu convite?

— Não, mas estou comprometido.

— Com quem? Com esses matutos?

— Sim.

— Ora essa! Se aqui há gente que mereça atenção...

— Há, minha senhora, para exemplo dou-lhe o meu vizinho Martins, que é um perfeito cavalheiro.

— De certo já lhe deve algum favor. Também soube que passeia para o Areré. Não tem medo de ficar encantado?

— Neste caso, virei para a senhora me desencantar.

A garrida moça ficou em dúvida sobre o verdadeiro sentido da última palavra do doutor, por isso entrou para continuar a fazer chacotas das duas beatíssimas e ingênuas irmãs do vigário.

Já nesse tempo, Edmundo estava em casa, e de seu gabinete ouvia a cozinheira ralhar com o Adriano.

— Nunca mais me acontece outra! Foi por tua causa, brejeiro, que hoje não achei canto na igreja. Quando cheguei, já o senhor vigário tinha mudado o missal. E eu, por desconto de meus pecados, fui logo me ajoelhar atrás das cadeiras das duas deslambidas de dona Matilde, não pude rezar nem uma Ave-Maria! Umas risadinhas... um cochicho... que enjoava a Deus e ao mundo.

— Mangaram de você, tia Úrsula? — Perguntou o Adriano.

— Quem! Aquelas mesmas? Duvido! Você não me conhece, senhor Adriano! Se elas vierem com mangação para minha banda, ouvem... as papas não me queimaram a língua!

— Então, de quem zombavam elas?

— Do Boão do Poço, que lá estava todo embasbacado para a Carlotinha.

— Quem é esse Boão do Poço, senhora Úrsula?

— É o moço mais rico aqui do lugar. O filho do capitão Miguel do Poço. Hoje já passou duas vezes pela porta da professora. Vinha esquipando num cavalo baio, vestido num paletó branco muito engomado, o chapéu derreado para trás, botas de couro de lustro, nem sei que mais... Deus nos acuda! Era rua abaixo, rua acima, e quando riscou aqui no canto, tinha ares de quem quer se mostrar. Tolo! A Carlotinha nem está aí, parece que ficou lá pela casa de dona Matilde.

— É tarde, tia Úrsula — observou Adriano —, vá tirar a almoço, a mesa está posta. Creio que o senhor doutor vai sair à tarde, então fica-nos tempo para palestrar.

IX

É POETISA! — EXCLAMOU MARAVILHADO

Eram apenas três horas da tarde, mas o tempo para o doutor Edmundo corria com uma lentidão insuportável! Consultava, de vez em quando, o relógio e exclamava, impaciente:

— Está parado! Não é possível! Que tem este ponteiro que não anda?

Quando o relógio marcou quatro horas, montou a cavalo e saiu. Tendo chegado ao monte muito cedo, subiu alguns degraus toscos de pedra, e no que servia de trono à sua visão, escreveu:

> Por que alagas de pranto este caminho?
> Por que fitas as nuvens sobre o monte?
> Triste viajora... Ave sem ninho...
> Que buscas tu na linha do horizonte?
>
> A fumaça de um barco além perdido?
> Saudades da pátria te consome?
> Segreda à noite em voz sentida
> Qual eterno pesar? Que amor? Que nome?

Ocultou-se atrás de uma árvore fronteira e esperou. Poucos minutos depois, a fada, a rainha daqueles sítios, apareceu. Vinha, como sempre, acompanhada pelo horrível mono e o Terra-Nova. Trazia um vestido de seda cor de lilás, talhado à última-moda: a saia era orlada com fitas da mesma cor da fazenda, em tom mais claro, o corpo era ajustado por umas pregas que abriam no peito em forma de coração sobre um bofe de rendas da Inglaterra, o chapéu de palha rendada era orlado na copa por uma grinalda de *forget me not*.[1] Calçava botinas de veludo preto e trazia luvas de pelica.

Edmundo estava deslumbrado, mas dizia consigo:

— Para que tanto luxo neste ermo? Que mulher fantasiosa!

Ela subia os montes de pedra com ares de princesa, parecia subir os degraus do paço. Lançou a vista à extensa campina, que se desenrolava a seus pés como um verde e imenso tapete, e ficou estática na contemplação dos últimos raios de sol, que ainda banhavam de luz os telhados vermelhos das casas da povoação. Havia naquele olhar uma vaga melancolia, uma tristeza profunda envolvendo-a toda, como em uma densa atmosfera.

O doutor Edmundo continha a respiração, e mesmo assim temia que as palpitações de seu peito pudessem despertá-la daquele cismar. Mas ela voltou-se de repente e cravou a vista nos versos que estavam escritos na pedra. Leu e deixou escapar um sorriso amargo e triste como a desventura. Tirou do bolso uma carteirinha, escreveu a lápis em uma de suas folhas, arrancou-a e a entregou a King, fazendo uma recomendação por meio da mímica. King desapareceu na entrada da gruta.

— Que vai ele fazer? — pensava Edmundo. — Haverá ali outros habitantes? Quem são eles? De que espécie social? Ela será a serva ou a soberana? Donde vem esse luxo supérfluo que ela ostenta na solidão deste monte? Com certeza pertence a alguma quadrilha de salteadores! Mas por que casualidade caiu no poder dos bandidos tão interessante criatura? Será a nobre filha de alguma família reduzida à desgraça por um caso imprevisto? Se assim é, por que não foge? Está só... longe de seus algozes...

Eram milhões de ideias desencontradas que borbulhavam no cérebro de Edmundo. Estava ele nessas cogitações quando King voltou trazendo o necessário para escrever na pedra. A misteriosa, depois de ter escrito, encaminhou-se para a gruta e desapareceu. O moço aproximou-se do lugar, e por baixo das quadras que ele havia escrito, leu:

---

[1] Palavra em inglês para designar a flor miosótis, também conhecida como "não-me-esqueças".

Eu busco, nesse espaço dilatado,
O caminho do céu... de outro planeta
Para onde meu ser vá transportado,
Quando quebrar da vida esta grilheta.

Se eu pudesse sofrer de nostalgia...
Que pátria? Que nação seria a minha?
Se tudo neste mundo me enfastia...
Que afeto posso ter que me definha?

— É poetisa! — exclamou maravilhado, e voltou do monte com um desejo veemente de investigar o mistério, estava preso de uma curiosidade sem limites!

DOIS ANJOS

Era uma formosa manhã de maio. Esplêndido brilhava o sol no azul do céu entre as franjas mimosas de nuvens alvíssimas, e cintilava como diamantes perdidos nas gotas de orvalho que a neblina havia espalhado na relva florida do campo. A natureza parecia em festa naquele dia. Entrava pela janela do quarto de Virgínia o cheiro balsâmico das flores agrestes, assim como o canto alegre dos pássaros, festejando os ninhos nas ramadas das árvores.

Ela passara bem à noite, e despertou confortada, mas uma voz interior lhe dizia que não estava longe o fim de sua peregrinação sobre a terra. Levantou-se, foi a uma cômoda, abriu as gavetas, e delas tirando um a um todos os vestidos, os foi estendendo sobre o leito. Cada uma daquelas peças de seu vestuário lhe trazia à memória uma recordação íntima, uma cena de sua malfadada existência.

Havia sido com aquele vestido azul celeste que, no sarau do aniversário de Alice, ela ouvira pela primeira vez Gustavo jurar-lhe um amor eterno. Com aquele de cassa estampada tinha passado um dia no campo, o mais feliz de sua vida. Aquele outro de seda cor-de-rosa lembrava-lhe o jantar que assistira no dia da formatura dele... ainda um lhe recordava o começo de suas desventuras. Este era branco e se lhe afigurou uma mortalha. Mas sobre cada um deles que lhe recordavam uma alegria ou uma tristeza ela foi derramando lágrimas de eterna despedida. Beijou as fitas, as flores e as joias que foram de sua mãe, depois trancou tudo, dizendo:

— É para os pobres, o meu mal não é contagioso porque é da alma, além disso, só usei estes adornos quando era boa, quando era feliz.

Virgínia havia deixado sobre o toucador um cofrezinho de madrepérola que, com mãos trêmulas, procurou abrir e não pôde. Estava com a mente tão cheia de recordações que, defronte do espelho, não reparou na extraordinária mudança que se havia operado em seu rosto outrora tão belo. Penteou os longos cabelos em duas tranças, pôs um *cache-nez*, tomou o cofrezinho e, firmada ao cabo do chapéu-de-sol, saiu para a sala.

— Para onde vai assim? — disse dona Matilde, vendo-a.

— Vou despedir-me de uma amiga — respondeu ela —, quero que me dê sua licença e também o mulatinho José para ir comigo até a casa de dona Raquel, de lá irei com a Carlotinha. Até à noite, minha tia.

Dona Matilde apressou-se em mandar o José com a sobrinha de seu finado marido, e respirou aliviada, pois a presença da moça lhe era inteiramente incômoda por muitos motivos. Depois, nem ela nem as filhas podiam suportar a vista de uma dor física ou moral. Estavam sempre onde estava o riso, e nunca ao lado do pranto. Se lhe faziam convite para um baile, um jantar, um casamento ou outra qualquer festa, dizia logo dona Matilde às filhas que era indispensável comparecer sob pena de perderem as simpatias das boas e antigas relações, mas, se lhe mandava dizer uma amiga que acabava de perder o filho, o genro, ou o marido, ela, depois de grandes lamentações e fingidos desmaios em presença do portador, mandava dizer que ficava doente do grande pesar e do susto que lhe causara a notícia, por isso não podia ir fazer-lhe companhia na solidão do anojamento.

Também não lhe interessou saber de quem ia Virgínia despedir-se porque, sabendo que as suas relações eram com "gente baixa", no seu modo de falar, não lhes conhecia nem o nome nem a morada. Entretanto, Virgínia, tendo respirado o ar livre e puro da larga rua da povoação, sentiu reanimarem-se-lhe as forças e voltar-lhe ao peito a desmaiada sombra de uma fraca alegria.

Entrando em casa de dona Raquel, encontrou ali as irmãs do vigário e Carlotinha sentadas em roda de uma mesa, onde se via tintas, goma-arábica, papel de cores, arame e folhas de lata. Estavam fazendo flores para o altar e o andor de Nossa Senhora, que tinha de sair em procissão no último dia de maio.

A professora, nas festividades religiosas do lugar, era tão necessária como o vigário. Era ela quem ensaiava os cânticos, preparava as meninas para a comunhão, oferta das flores, coroação de Nossa Senhora no último dia de maio e ainda vestia os anjos para a procissão. Por isso, na véspera dessas grandes solenidades viam-na sempre cansada, agitada, entrando e saindo da igreja. Às vezes, mandando pregar um arco de flores, mudando a toalha do altar por intermédio do sacristão, recebendo dele os castiçais para mandar limpar ou procurando colocar o tapete, que é uma ou duas vezes por ano desenrolado para servir na festa do Padroeiro e na de maio.

— Venho pedir-lhe um favor, dona Raquel — disse Virgínia, entrando —, consinta a Carlotinha ir comigo para passarmos o dia em casa de uma amiga.

— Com muito gosto... mas estamos tão atarefadas com os preparos da festa do Mês Mariano. Amanhã é o último dia, e, como sabe, ela me ajuda muito.

— Sim, mas não sirva isto de obstáculo — tornou Virgínia —, podemos levar o trabalho, e com mais vantagem será feito por duas que por uma.

— E você pode trabalhar, menina? — perguntou a professora com ar de dúvida.

— Eu certamente não, mas a amiga para cuja casa vamos. Ela é tão hábil quanto serviçal.

— Pois bem, ela irá. Carlotinha, arruma na cesta as rosas que estão talhadas e leva... é só para hastear.

Carlotinha, sempre dócil, arrumou o que era preciso para o trabalho das flores na cestinha e, tendo-a enfiada no braço, saiu para a rua com Virgínia. Ao dobrarem o canto, viram o doutor Edmundo na sala lendo um jorna; este, vendo-as passar, aproximou-se da janela e cumprimentou:

— Oh! Dona Virgínia, muito me alegro... vai passear, é sinal de melhora.

— Realmente — disse ela, voltando —, parece que a minha enfermidade é condescendente, quis fazer-me a última vontade... se morresse sem despedir-me de Diana, sem vê-la, morreria desconsolada.

— Bom dia, vizinha — disse ele, dirigindo-se à Carlotinha, que se conservava meio escondida atrás de Virgínia —, desde ontem que não a vejo.

— Estava ocupada — respondeu a menina muito corada, baixando os olhos.

— Mas quem é essa Diana? — tornou ele.

— É a filha do caçador de onças — respondeu Virgínia —, mora ali naquela cabana à entrada da mata, na ribanceira do Jaguaribe.

— Nunca ouvi falar nessa deusa — tornou ele —, e já estou aqui há mais de um mês, nem tampouco no caçador de onças.

— Ninguém se ocupa em falar nesse urso — disse Virgínia —, pois ele só trata com os animais bravios da serra. E Diana é um verdadeiro enigma, assim como sua mãe e uma rapariga muda que as serve.

— Como a senhora se comunica com ela?

— Por um favor especial, uma particular simpatia, mas ela proibiu que falasse em seu nome a quem quer que fosse, portanto já cometi uma imprudência, queira guardar segredo.

— Nem sabe o interesse que tenho de conhecer essa singular família — volveu Edmundo —, mas esteja descansada que serei discreto.

— Obrigada. Recebeu convite de minha tia para o sarau do aniversário de Henriqueta?

— E de dona Alice — acrescentou ele —, tive convite de ambas. Para quando é? Estou esquecido.

— Para o dia trinta, penúltimo de maio.

— Estou embaraçado na escolha dos presentes, pode indicar-me o que mais agradará a essas senhoras?

— Poderia dizer-lhe, mas é uma inconveniência. Vamos, Carlotinha.

As duas moças seguiram pela encosta do Jaguaribe, e Edmundo, apesar de acompanhar com a vista aqueles dois anjos de resignação e de candura, pensava no mistério da gruta do Areré e procurava combiná-lo com o da cabana do caçador de onças. Ele queria agarrar novos fios para desembaraçar o labirinto em que tinha a mente desde a sua chegada àqueles sítios.

Lembrava-se de que, na tarde em que escrevera os versos na pedra do monte solitário, vira a misteriosa, a quem o povo chamava Funesta, com os olhos fitos na cabana da entrada da mata, naquela mesma que Virgínia lhe dissera ser a do caçador de onças.

Ele desesperava por não poder avançar mais depressa no conhecimento da verdade, e por coisa alguma deste mundo abandonaria aquele lance dramático que o acaso lhe havia posto ao alcance. Julgou então de absoluta necessidade vigiar a cabana suspeita, e determinou dirigir para ali alguns passeios.

XI

UMA DEUSA

Carlotinha, enquanto se distanciava, voltou mais de uma vez a cabeça para a janela do doutor Edmundo, e vendo-o ainda na mesma posição, olhando para elas, sentia-se feliz. Virgínia parecia ter voltado aos bons dias de ventura e de saúde. Invejava a amiga que, animada e vigorosa, corria alegre como uma criança na relva entre as árvores, a colher flores e frutas silvestres. A filha de dona Raquel estava encantadora na liberdade de seus movimentos e na singeleza de seu trajo. Com seu vestido de cassa de florinhas azuis e suas longas tranças louras, parecia filha do sol!

Com uma voz cheia de alvoroço infantil disse:

— Vê, Virgínia, vê, ali vem descendo a ribanceira a veadinha da Diana. Já nos viu... vem ao nosso encontro... toma, toma, Minusa, Minusinha.

— Espera, beija-flor, dá-me o braço para subir a ladeira, estou cansada — disse Virgínia.

Carlotinha fez movimento para oferecer-lhe o braço, mas Diana adiantou-se e, tomando pela mão a sobrinha de dona Matilde, entrou com ela na cabana e fê-la sentar em um banco.

— Vim despedir-me de ti — disse Virgínia com voz ofegante.

Diana voltou os olhos lacrimosos para Carlotinha e perguntou:

— Que trazes na cesta?

— São flores para acabar, mamãe não queria que eu viesse por causa deste trabalho, por isso fui obrigada a trazê-lo.

— Mãos à obra — disse a filha do caçador de onças, colocando no meio da sala uma mesinha sem verniz, mas bem trabalhada.

Virgínia lançava a vista ao redor de si, reparando no asseio daquela morada. A cabana do caçador de onças era coberta de palhas de carnaúba. Tinha as paredes de varas tapadas com barro, e só se avantajava das outras daquele sítio por sua dimensão e altura. O compartimento da frente e todos os outros que se lhe seguiam eram ladrilhados com ossos da pá dos animais selvagens que o caçador matava. As paredes pelo interior eram forradas de couro de onça e de maracajá. Do teto pendia um lampião rodeado de pingentes formados por chifres de veado presos em delgadas correias. A um canto estava uma carabina, um forcado e uma azagaia.

O caçador de onças entrou na cabana e cumprimentou as moças secamente, tirando-lhes o barrete de pele de gato bravo e fugindo para o interior de sua morada. Era um velho de grande estatura e grandes barbas brancas. Tinha feições finas e a tez alva e corada como a dos alemães. Embora vestido de peles, o seu corpo vigoroso e direito tinha um certo ar aristocrata e orgulhoso.

Enquanto Diana e Carlotinha trabalhavam, Virgínia as observava tossindo de vez em quando. Elas terminaram as rosas, juntaram-nas em ramalhetes e começaram a conversar.

— Não sei o que traz Virgínia naquele cofrezinho — disse Carlotinha —, em caminho pedi-lhe para trazer, e mais de uma vez ela me o negou.

— O que é, Virgínia? — perguntou Diana.

— É o legado que te prometi. Depois de o ter deixado em tuas mãos, morro descansada. Queima ou faz dele o que quiseres.

Diana tomou a caixa, abriu e disse:

— Aqui estão encerrados os apontamentos para o romance de tua vida, ele breve estará pronto, eu te prometo.

E espalhava sobre a mesa alguns maços de cartas e tiras de papel escritas. Entre estas achou um retrato. Pegou na fotografia e, depois de contemplá-la, disse:

— Quem poderia adivinhar que sob estas feições simpáticas, tão calmas e doces, se pudesse ocultar a mais negra deslealdade, a mais feia ambição? Ah! Quem dera que naquele tempo eu te conhecesse... quem dera que alguém te houvesse dado um bonito dote. O amor se compra a peso de ouro, como qualquer mercadoria...

— Cala-te Diana, cala-te, tem piedade de mim! Afasta essas coisas de minha vista — disse Virgínia, magoada. — Sabes que impressão me causam? Aquela que sentiria contemplando o sangue de meu pai e de minha mãe no lugar do desastre de que foram vítimas!

Diana abriu uma gaveta e nela fez desaparecer as cartas e o retrato.

— Vamos conversar em coisas alegres — disse ela —, não vale a pena falar do passado, é o futuro o caminho que temos a seguir. Carlotinha, estás preparada para o sarau de dona Matilde?

— Se não vale a pena falar do passado — disse Carlotinha com tristeza —, também não vale a pena preparar-me para o tal baile. Por mais que me empenhe em primar pela elegância ou bom gosto, sempre os meus vestidos ficam feios, e Henriqueta e Malvina têm que notar-lhes os maiores defeitos.

Virgínia interveio, contando o que se havia passado no domingo em casa de dona Matilde. Carlotinha se mostrava ainda mais ressentida porque elas a criticavam em presença do doutor Edmundo.

— Cuidado! Cuidado! — disse Virgínia, olhando para ela. — Parece que está muito inclinada a esse doutor. Estou certa de que é esta a causa de Henriqueta chasquear de ti. Olha, não se brinca com aquelas sereias.

— Eu? — exclamou Carlotinha, e baixou os olhos, muito corada.

— Tu mesmo, criança — tornou Virgínia, acariciando-lhe a face —, era meu desejo que não amasses nunca, mas como já amas, ouve o conselho de uma amiga à borda da sepultura: não consideres muito este cruel sentimento... zomba dele logo que começar a zombar de ti.

— E Diana, o que me diz a esse respeito? — perguntou ela entre meiga e risonha.

— Que te pode dizer sobre isso a triste filha de um caçador? — respondeu ela. — Vejo somente o céu estrelado! Escuto só o murmurar das águas e o ciciar das folhas. Minha alma é uma harpa eólica onde vibram todas as harmonias da natureza, mas que se perdem como elas nas solidões do espaço!

— Assim o teu coração é um álbum em branco — disse Virgínia.

— Falaste em álbum, lembrei-me... já escreveste no meu, Diana? — perguntou Carlotinha.

— Ainda não, mas vou responder nele o que me perguntaste com relação ao amor.

— Muito bem! — disse a menina alegre. — Muito bem!

— Sim, mas não te admires do que eu disser porque é a verdade. Sinto muito mostrar-te a nuvem negra que quase sempre tolda o céu de rosa da mais feliz juventude.

— E tu não és feliz? — perguntou Carlotinha ingenuamente.

— A felicidade, minha amiga, não existe em parte alguma da terra. Não é absoluta nem relativa. É simplesmente uma ligeira consequência da infância e da adolescência, assim como o delírio é proveniente da febre. Na mocidade, ela começa a evaporar-se como essas brilhantes gotas de orvalho que pela manhã tremulam nos cálices das flores e à tarde desaparecem sugadas pelos raios ardentes do Sol. Na idade da razão, já ela não vive, fugiu com os sonhos e ilusões dos primeiros anos.

Havia na voz de Diana um acento tão profundo de convicção e de tristeza que pasmou as duas moças desacostumadas a vê-la naquela fase.

— Se essa fosse a linguagem de um velho desenganado pelos anos — replicou Virgínia —, não me surpreenderia, mas tu, Diana? Ainda na primavera da vida!

— Vinte e nove anos longos já passaram por minha fronte cismadora! E assim como as tempestades marcam com ossos a passagem do viajante no deserto, eles me deixaram na mente os esqueletos de meus sonhos. Desfolharam minhas crenças, minhas esperanças, assim como fizeram murchar os encantos que enfloravam a minha poética e desditosa mocidade.

— Ficaste triste, Diana — disse Carlotinha —, afasta essas sombras.

Nesse ponto da conversação, foram interrompidas pela voz de Roberta, mãe de Diana, que as convidava para jantar. Elas passaram a outro compartimento. Ali estava posta a mesa, cuja toalha era a pele macia de um animal desconhecido das visitantes. Nos pratos de madeira artisticamente trabalhados fumegavam diversas caças. Alguns ramos de flores silvestres, colocados em garrafas brancas, cheias de água anilada ou ribicada,[1] davam àquele singular banquete um ar festivo. Nele nada faltava do que se pudesse considerar necessário. Sob a aparência de rusticidade e pobreza, aquela cabana possuía o conforto e o bem-estar dos palácios!

Enquanto Virgínia, mais acostumada ao fino trato da sociedade, reparava nas maneiras polidas do caçador de onças e de sua mulher, Carlotinha observava a dessemelhança que havia entre eles e a filha. Diana não tinha um só traço dos pais, nem se podia imaginar que houvesse parentesco entre eles.

Ao pôr-do-sol, as moças voltaram pelo mesmo caminho. Virgínia perguntou repentinamente à amiga:

---

[1] Na segunda edição, encontra-se a forma "rubicada", que também não está dicionarizada.

— O que pensas a respeito de Diana e de seus pais?

— Nada — respondeu Carlotinha —, apenas notei que são muito diferentes, e que eles a tratam com um respeito mais próprio de inferiores para superior do que de amor de pais para filha.

— Eu notei mais do que isto. Acho um grande contraste com a elevação de espírito de Diana, com a sua educação e a de seus pais, a posição que eles representam, mas qualquer que seja o segredo que os obrigue a disfarçarem-se, eu de boa vontade o respeito.

— Eu também — disse Carlotinha —, apesar de que não simpatizo muito com o velho.

— Tem um olhar velhaco de jogador — volveu Virgínia —, mas a mulher tem ares de santa, parece a encarnação da paciência.

— E Diana?

— Essa é uma criatura sublime! Uma fada! Uma deusa.

XII

AS PRIMEIRAS LÁGRIMAS

A professora trabalhava ainda à luz do candeeiro, sendo ajudada por dona Paulina e dona Sofia. Estas duas excelentes criaturas, contando já bom número de anos gastos na prática da virtude e da religião, eram seres inofensivos e simples que só pensavam nos arranjos da casa e nas cerimônias religiosas.

Sob a triste aparência de uma vida austera e monótona, são as verdadeiras beatas os entes mais felizes da Terra. Nos seus corações, onde nunca passou a sombra de uma ambição terrestre, está a serenidade e a consolação que debalde procuram os que riem de sua bem-aventurada ignorância. As duas irmãs do vigário, cuja mocidade se havia passado ao pé dos altares, ao cheiro do incenso, tinham nas maneiras a ingenuidade humilde da criança, na voz a mansidão do cordeiro, no olhar a resignação do mártir.

Vendo chegar Virgínia com Carlotinha, dona Sofia adiantou-se e tomou-lhe a cesta, exclamando:

— Que lindos ramos! Vejam todos... mais bonitos que os nossos.

— Que boa fada te favoreceu, Carlota? — disse o senhor Martins, examinando também as flores. — Venha ver, senhor Edmundo, isto não foi feito por ela...

— Foi, papai, ajudada pela amiga de Virgínia.

— Quem é esta amiga de Virgínia? — perguntou dona Matilde, aproximando-se do grupo.

Foi então que a filha da professora notou-lhe a presença, e a das filhas.

— Seu nome, minha tia — acudiu Virgínia —, não vale a pena saber, é o da filha obscura de um caçador que vive em sua cabana.

Mas enquanto os circunstantes se ocupavam deste assunto, Henriqueta, sentada muito perto do doutor Edmundo, não perdia ocasião de fazer uma criticazinha das pessoas presentes, e muitas vezes chamava dissimuladamente a atenção do moço para um gesto menos polido do senhor Martins ou para uma silabada das irmãs do vigário.

Carlotinha havia percebido o manejo picante, e estava desconfiada, quase a chorar. Ela revoltava-se contra o acanhamento excessivo que lhe tolhia a liberdade de falar diante do doutor Edmundo, mas não podia vencê-lo. Ele estava igualmente aflito, e procurava sair-se bem daquela posição falsa em que o tinha colocado a imprudência de uma moça mal--educada, por meio de evasivas.

— Muito me divertirei amanhã com as toaletes extravagantes e com as asneiras de nossos convidados — dizia ela. — O senhor há de ver uma verdadeira mascarada.

Dona Matilde, preocupada como estava com as iguarias que tinha de preparar para o dia seguinte, nem reparava nos disparates das filhas, pois Malvina, também com o fim de zombar, fazia o senhor Martins contar--lhe proezas campestres. Felizmente vieram avisá-la de que acabavam de chegar alguns convidados que ela esperava do Aracati, com o genro e a filha, a sua querida Alice. Despediu-se apressadamente, e apertando a mão de cada pessoa presente com efusão pouco sincera, disse:

— Até amanhã, meus bons amigos. Amigas de meu coração, preparem-se para dançar e comer bons-bocados.

— Lá das sete para as oito horas — disse o senhor Martins — nos terá em sua casa para cumprimentarmos as duas rainhas da festa.

— Nos dará muito gosto — tornou ela —, será para mim uma grande contrariedade se vierem a faltar a essa festinha de família as pessoas de minha maior estima.

Henriqueta, ao despedir-se do doutor Edmundo, disse-lhe em voz baixa:

— A primeira valsa e a segunda quadrilha são nossas... não é assim?

— Decerto — respondeu ele com um sorriso amável.

Ainda foi somente Carlotinha quem ouviu esse segredo. Apenas saíram as visitas, ela entrou para o quarto de dormir e atirou-se ao leito, procurando abafar os soluços que lhe rompiam do peito como uma catadupa, e não conseguia. Sua mãe, ouvindo-a chorar, entrou assustada:

— Que tens, menina? O que é isso? Estás doente?

— Não, mamãe.

— E por que choras?

— Não vou mais ao sarau de dona Matilde. Henriqueta, além de zombar de mim, tomou hoje a noite para rir-se descaradamente do papai.

— Só tu presenciaste essas coisas, menina — disse a bondosa mãe —, tudo isto é asneira. Estás nervosa, é o que é.

— Não é nervoso, mamãe, ela critica tudo quanto eu uso, e com certo modo de proteção e de amizade, vai me expondo ao ridículo em presença... do doutor Edmundo...

Carlotinha gaguejou e tremeu pronunciando esse nome. A prudente senhora, entre carícias e ralhos moderados, procurava afastar do espírito da filha aquela intriga insignificante que tinha origem no ciúme.

— Vai dormir — dizia ela, afastando-se —, amanhã acordarás com mais juízo.

Mas enquanto dona Raquel concordava com o marido em tirar uma licença para irem passar o mês de junho em uma fazenda que possuíam no Poço do Capim, a filha atormentava a imaginação, procurando um meio de apresentar-se bem no dia seguinte em casa de dona Matilde. Depois, dizia consigo mesma:

— Enfim, Henriqueta tem razão... eu sou matuta, e farei sempre em presença dele um papel triste. Sim, diante dele, que tem viajado e visto as moças mais bonitas, mais elegantes e mais civilizadas do mundo!

A filha de dona Raquel, inconsciente da sedutora beleza que possuía, da graça infantil de seus modos, derramou abundantes lágrimas, as primeiras de sua juventude, até ali tão calma e tão ditosa. Benditas lágrimas aquelas que são derramadas no verdor dos anos, quando uma futilidade é um grande infortúnio. Ah! Como mais tarde a pessoa ri delas e quase que tem saudades da hora em que as derramou. E assim como o orvalho da manhã que tremula no cálice de uma rosa é enxuto em poucas horas pelo calor do sol, assim as lágrimas da juventude são estancadas repentinamente pela exuberância de vida, de crença e de esperança.

XIII

O SARAU INTERROMPIDO

Findava o dia, e as sombras da noite, estendendo seu negro manto semeado de estrelas, deixavam que a treva empunhasse o cetro da tristeza e do mistério! O povo chama ao anoitecer "boca da noite", pois a boca da noite é como a boca de um abismo! Ao nos aproximarmos de uma ou da outra, sentimos uma espécie de terror pânico que não se explica senão pelo desconhecido que nos cerca, pelo ignoto que nos confunde! Mas ao clarão das luzes que se acendiam em casa de dona Matilde, não se podia deixar de sentir um certo bem-estar, e a vida, a animação, pareciam entrar por todos os poros com o aroma das flores e o perfume esquisito dos lenços de meia dúzia de camponesas que já esperavam na sala o romper do baile.

Entre aquelas burguesas acanhadas e pouco elegantes sobressaíam as filhas de dona Matilde com seus vestidos de flanela cor-de-rosa talhados à última moda e ajustados a seus corpos acostumados ao espartilho e afeitos a menear-se com o *chic* da cidade. Alice, morena como as irmãs, era de um tipo agradável sem ser bonita: um tanto gorda, de rosto curto, nariz pequeno e bem feito, boca grande, mas guarnecida de dentes alvos e iguais que favoreciam ao constante sorriso que lhe parava nos lábios. Os olhos é que, apesar de diminutos, ressaltavam nadando em uma alegria ruidosa.

Ela se embalava descuidosa em uma cadeira de balanço a conversar em modas, enquanto o doutor Gustavo, contendo os filhos, que punham tudo em desordem, não sossegava um instante. Aqui as crianças desatavam as fitas com que tinham prendido as toalhinhas de croché aos espaldares das cadeiras, ali arrancavam as flores dos jarros e as atiravam ao chão, e lá tomavam o leque de uma convidada e o queriam rasgar; logo depois, davam murros no teclado do piano, e entre dentadas e gritos agudos, disputavam cada um a honra de ser o pianista.

Dona Matilde, dando uma última revista à mesa onde se ostentavam, tostadinhos do forno e enfeitados de papel de cores, os perus, os leitões, as galinhas, as compotas e os bolos, grita de vez em quando da sala de jantar:

— Vê, Alice, o que estão fazendo estes meninos! Aí fora não tem gente! Olhem que eles estragam o piano.

Alice não prestava atenção, e os meninos continuavam. Malvina não se cansava de ir visitar uma saleta onde se achava coberta com uma bela colcha a mesa destinada a receber os presentes. Os camponeses, ou os mesmos habitantes da povoação, desconheciam essa forma de fazer anos na cidade, mas as filhas de dona Matilde estudadamente tiveram o cuidado de os prevenir a tempo, contando-lhes os brilhantes presentes que receberam no ano anterior e acrescentando que nas praças civilizadas ninguém se atreve a apresentar-se em festa natalícia sem primeiro enviar uma oferta.

Era por isso que se viam sobre a mesa em exposição lenços bordados, toalhas de labirinto, rendas de bilros, pássaros em gaiolas, coelhos alvos como a neve e muitas outras coisas próprias do meio e de tão singela sociedade.

Carlotinha fez também o seu presente às duas irmãs: eram dois pares de sapatos de veludo bordados a seda e a ouro. Um trabalho delicadíssimo! Digno das mãos de uma professora de prendas domésticas. Mas, de todos os presentes, o mais rico era o de Edmundo, pois consistia em dois broches de ouro, ambos com o feitio de uma sempre-viva com um pequeno brilhante no centro.

Essa prodigalidade fez com que Henriqueta supusesse em bom caminho a sua pretensão. Via a noite adiantar-se, a sala cheia de gente, e mostrava-se inquieta. Olhava para a porta, ia debruçar-se à janela, depois voltava ao espelho, arranjava melhor um laço, endireitava o penteado e tornava a consultar o relógio. Faltava-lhe alguém. Era o doutor Edmundo. Por outro lado, o Boão do Poço, com seus modos atoleimados, a contrariava ainda mais, passeando na sala com o charuto na boca, a botar bafaradas de fumo.

Dona Matilde já se tinha sentado ao piano, disposta a tocar a primeira valsa, quando apareceram na sala a família Martins e o doutor Edmundo. Todos os olhares se cravaram curiosos na figura elegante e bela da filha da professora. Carlotinha estava radiante! Trazia um vestido de fazenda transparente e cor de neve, uma faixa de fita cor-de-rosa lhe apertava a cintura e caía em farto laço até a bainha do vestido orlado de folhos de renda finíssima. Nos cabelos louros, bem penteados, trazia somente um botão de rosa.

Henriqueta, ao vê-la, dardejou-lhe um olhar terrível. Era um desafio, desde aquele momento a formosa menina podia contar com uma inimiga. Ela encaminhou-se para a janela onde Edmundo se recostava a conversar com o doutor Gustavo, genro de dona Matilde, e seu antigo companheiro de estudo.

— Por que demorou-se tanto, doutor? — perguntou ela.

— Esperei pela família do senhor Martins... somos vizinhos...

— Logo vi que a demora — disse ela — era para a filha da professora se enfeitar e aparecer aqui como uma rainha de Congo...[1]

— Como uma sultana! Como uma estrela! — exclamou o doutor Gustavo. — É uma das criaturas mais lindas que tenho visto em minha vida!

— Vou consultar a Alice para saber se ela participa do mesmo entusiasmo — disse Henriqueta, despeitada.

— Se ela não participar do meu entusiasmo, minha cara cunhadinha, me dá o direito de supô-la despeitada como você — volveu ele, rindo-se.

— Dê a sua opinião, doutor Edmundo — consultou ela, impaciente.

— Realmente, dona Henriqueta, a menina Carlota Martins não é feia — disse ele, receoso de exasperá-la —, mas o acanhamento que a domina tira-lhe parte do encanto.

O piano fez-se ouvir, e ele, dando o braço a Henriqueta, começou a passear, e no momento oportuno rompeu o baile com a primeira valsa. Outros pares imitaram-no.

Boão do Poço não se conteve, acotovelando os que dançavam, enganchando os pés nos vestidos das senhoras que estavam sentadas, chegou até Carlotinha e convidou-a para valsar. Ela desculpava-se, dizendo que entontecia valsando, e que por isso preferia ficar sentada. O brusco saiu

---

[1] É evidente a alusão ao espetáculo tradicional das congadas, muito em voga não só no Ceará do século XIX, como em todo o norte e nordeste brasileiro.

da forma que entrou — resmungando. Alice, colocada entre dona Paulina e dona Sofia, ficou rindo francamente, e as duas senhoras forcejavam para conservar seriedade.

O piano calou-se, os pares valsantes sentaram-se e o doutor Edmundo saiu para o pátio com Eduardo Gama, um seu amigo do tempo de estudante no Recife. Ali ao ar livre encontraram Boão do Poço, que vociferava num grupo de burgueses:

— Se eu adivinho que não dançava com a Carlotinha do capitão Martins e que as donas mangavam de mim... cobra me mordesse se eu mandasse o meu cevado gordo!

— O senhor mandou um cevado? — perguntou Eduardo, chegando-se ao grupo disposto a zombar.

— E uma carga de rapadura — volveu ele.

Eduardo conteve a explosão de uma gargalhada, mas, espirituoso e alegre, e valendo-se da liberdade que podia gozar em um sarau de aldeia, exclamou:

— Muito bem, senhor do Poço, gosto de ver um homem assim, franqueza em todo caso.

— Não sou de caixas encouradas, meu caro — tornou o matuto. — Pão, pão, queijo, queijo.

Eduardo encontrou uma mina de parvoíces para explorar, e fingindo-se sério, animava-o a dizer galanteios às moças para fazer ciúmes à Carlotinha. O tolo aprendeu decorada a lição de galanteio que o gaiato amigo do doutor Edmundo lhe tinha dito ao ouvido e entrou na sala ao lado deles. Correu a vista pelas senhoras e foi direto a Henriqueta; esta levantou-se imediatamente da cadeira, que ficou desocupada entre dona Paulina e Carlotinha.

— É aqui mesmo — disse ele, olhando para a irmã do vigário. — Quero ficar perto de Vossa *Incelência*, que é a rainha do baile!

A velha senhora arregalou os olhos admirada e exclamou:

— Que é isso, senhor Boão? Com quem pensa zombar?

— Eu! Zombar de Vossa *Incelência*, a rosa dos jardins da *Intália*! A sultana de meu coração?

— Credo! Senhor Boão — exclamou ela —, o senhor não está certo, tomou o seu bocadinho...

O bruto estourou como uma bomba no meio da sala:

— Bebo não, senhora Paulina, é que o *fio* do capitão *Migué* é conhecido em toda esta redondeza! Mas quem teve a *curpa* foi ali seu Eduardo

Gama, que me disse: "Vá *coltejar* as moças." Está em que deu! Com todos os diabos! Me chamar *bebo*... eu o moço de *mió* conduta da terra...

O riso foi quase geral entre os convidados de dona Matilde, exceto alguma burguesa aspirante à mão do rico fazendeiro e o senhor Martins, que o prezava muito, em atenção à sua conduta verdadeiramente exemplar e a seu amor ao trabalho. Dona Raquel conseguiu apaziguá-lo e, com seus modos doces e insinuantes, fez voltar-lhe a confiança e a alegria.

Era mais de meia-noite e o baile crescia em animação. O próprio doutor Edmundo, engolfado na dança, esqueceu naquelas horas a sua visão do monte, a formosa cantora do bote. E até Carlotinha, entregue aos enlevos de um amor nascente, impressionada com a presença do escolhido do seu coração, nem reparou que do centro daquela casa onde reinava a alegria levantava-se de vez em quando uma nota destoante: era a tosse rouca de Virgínia que, rompendo as paredes de seu quarto, vinha ressoar na sala, como um remorso vivo no meio do baile.

Ah! Esses dramas trágicos do amor atraiçoado passam silenciosos pelos rumores da vida, ocultos, bem ocultos no manto do pundonor que os resguarda da irrisão dos indiferentes. Dos convidados de dona Matilde, só o doutor Edmundo podia fazer a comparação do prêmio com que o destino tinha recompensado à sinceridade, e com o que tinha concedido à leveza. Pobre Virgínia! Há alguém que não te esquece? É uma boa fada que ama a todos os infortúnios e detesta a todas as deslealdades! Ela deixa cair de uma mão uma chuva de consolações e de graças para os que sofrem injustamente, e da outra o castigo sobre os opressores que riem.

Quando o baile havia chegado ao mais alto grau de animação, quando os pares dançantes terminavam uma quadrilha banhados de suor e arquejantes de cansaço, procuravam as cadeiras limpando o rosto com seus lenços perfumados e continuando em alegres colóquios, um menino, filho de uma das famílias presentes, apareceu na sala com uma salva de prata na mão, e disse:

— Aqui está um presente que me entregaram na porta, dizendo que... não sei quem mandava para as aniversaristas... também não sei quem se chama aqui aniversaristas.

Boão do Poço adiantou-se e tirou da salva uma garrafinha branca cheia de um líquido rosado, e leu o rótulo em voz alta, demorando em cada sílaba:

— Ju... í... zo de Ali... ce... presen... te de Astol...fo... vindo ago... ra do rei... no da lua.

Alice levantou-se arrebatadamente, e quando tomava a garrafa, com modo desabrido, esta se lhe escapou das mãos e, ao som de um tirim-tim-tim de pedaços de vidro quebrado, se espalhou na sala um perfume delicioso. Boão do Poço não entendia de melindres, pegou no outro objeto e leu como no primeiro:

— Manu... al de civi... lida... de envia à Henriqueta um peda... gogo.

Henriqueta ergueu-se furiosa, arrebatou o livro, rasgou as folhas acetinadas que o compunham e atirou-as pela janela. Fez-se um silêncio profundo. Os burgueses olhavam uns para os outros sem entender nada daquele embrulho. O doutor Edmundo estava envergonhado, e lamentava no íntimo da alma a sorte de seu amigo Gustavo. Dona Matilde alçou a voz, titubeando:

— Quero saber quem é que nesta miserável aldeia se atreve a desrespeitar minhas filhas? Senhor Boão! O senhor foi bem-mandado! Olhe com quem brinca — disse ela, lançando-lhe um olhar coriscante.

— Eu, dona? Não tive *curpa*, estava assentado no papel... li porque estava assentado, não sabia que era segredo...

Apesar do modo grotesco com que Boão do Poço disse estas últimas palavras, ninguém riu, todos ficaram sérios, temendo que a dona da casa ajuizasse mal de si, mas comentavam o caso em voz baixa sem achar explicação para ele. Não conheciam na povoação pessoa que pudesse ter tal petulância.

Henriqueta lançava de quando em quando à Carlotinha olhares carregados de ódio. Já teria rompido em uma chuva de acusações contra ela, se não temesse a reprovação dos circunstantes. Estava informada de que a filha da professora, desde o tempo de criança, quando aparecia vestida de anjo nas festas do Senhor do Bomfim, para a procissão, era o ídolo dos habitantes da povoação e dos campos vizinhos. Estas considerações a continham, mas em particular manifestava ao doutor Edmundo o ressentimento de que estava possuída contra a família Martins.

— Já fiz ver à mamãe a inconveniência de tratar com gente bruta, mas ela demora-se aqui ainda alguns meses porque se tem dado bem de saúde — dizia ela.

O doutor Edmundo, apesar de conhecer que o presente era muito bem merecido, disse:

— Não posso atribuir a quem cabe aquele gracejo de mau gosto. O que não admito é que ele partisse dos habitantes deste burgo... parece mais gaiatice de um estudante vadio e mal-educado que fruto do espírito singelo deste povo.

— Sei muito bem de quem desconfio — disse ela —, e vou chamar o menino para perguntar que figura tinha a pessoa que lhe entregou a salva.

Henriqueta saiu um instante e voltou para junto de Edmundo com o menino pela mão.

— Vem dizer aqui, Boaventura, quem te entregou aquele presente. Era homem ou mulher? Como estava vestido?

— Era negro — disse o menino singelamente —, um moleque bem vestido, pachola, que trazia galão dourado na manga e no chapéu alto de pelo.

— É singular! — disse dona Raquel, aproximando-se. — Este mesmo preto de chapéu agaloado há poucas horas antes deixou em minha casa uma bandeja com aquele vestido que a Carlotinha trouxe para o baile, disse-nos que era a madrinha dela que mandava. Não acreditei, pois minha comadre mora à distância de dez léguas, e desde o batizado de minha filha, nunca se lembrou dela para presentes.

— Esta povoação de uns tempos para cá tem se tornado um foco de malefícios — disse uma moça chamada Ana Rosa. — Por que deixou, minha madrinha, a Carlota vestir o vestido enfeitiçado?

— Não acredito em feitiços, menina.

— Não se dança mais? — perguntou Ana Rosa.

— Só depois do chá — respondeu dona Matilde, aproximando-se. — Vamos para a mesa.

XIV

CONTRASTES
DA VIDA

Entraram todos para a sala de jantar. Dona Matilde colocou o vigário numa cabeceira da mesa e o genro na outra. As outras pessoas colocaram-se à vontade. A princípio ouvia-se somente o surdo rumor que fazem os trinchantes nas asas das galinhas e papos cheios de perus e leitões, depois o resvalar dos talheres nos pratos dos menos educados, e por fim rompeu, com o tinir dos cálices e copos que se chocavam, as vozes alegres dos brindes. Cada convidado temendo, por parte dos donos da casa, alguma suposição injusta, procurava, por meio de saúdes e protestos de amizade, fazer sobressair as suas atenções.

De repente, elevou-se da sala, que os convivas haviam abandonado, uma voz triste como a do cisne em seu derradeiro canto. As notas da música pareciam morrer no teclado do piano com o som que modulava a voz fraca da cantora, saudosa como um adeus à vida. Ela cantava uma modinha brasileira em voga naquela época. Dizia assim:

> Como é triste morrer na flor dos anos
> Quando vejo que o mundo é um paraíso...
> Sinto que se me abre a sepultura...
> Vejo da morte um irônico sorriso.

Todo o ar parecia impregnado de melancolia. Aquela voz chorava na soledade como o cair das folhas nas tardes de verão. A maior parte das pessoas deixaram a mesa do banquete e se dirigiram para a sala. Alice, que ia na frente, parou estupefata a poucos passos do piano, todos fizeram o mesmo, escutando silenciosos, com os olhos fitos na cantora, que mais parecia um anjo de mármore fugido dos túmulos que um ser vivo!

— Virgínia! — gritou Carlotinha, que havia ficado à porta do corredor. — Mas o que tens?

E correndo para ela, rodeou-lhe o pescoço com os braços. Ela pendeu a cabeça para a frente até tocar no teclado do piano, a respiração era miúda e ruidosa. Carlotinha sentiu pesar a cabeça da amiga. O pescoço estava resistente e banhado de suor frio. A menina teve medo e chamou:

— Acudam que vai desmaiar!

O doutor Edmundo adiantou-se, tomou-a nos braços e foi reclina-la em uma cadeira de balanço junto ao sofá. Ela abriu os olhos, tomou-lhe a mão, juntou a de Carlotinha e apertou ambas sobre o peito. Depois não fez um gesto! Não deu um gemido! Morreu como um cordeiro.

A filha da professora caiu de joelhos, e encostando a fronte ao braço esquerdo da cadeira, soluçava. O doutor Edmundo, de pé ao lado direito, estava comovidíssimo! Era outro coração sinceramente amigo da desventurosa órfã.

Dona Matilde e as filhas faziam um alarido horrível! Eram choros, ataques de nervos, gritos lastimosos, uma confusão sem nome! Dona Paulina corria com uma garrafinha de água florida para fazê-la cheirar a Henriqueta. Dona Sofia desatava o corpete do vestido de Alice, que havia desmaiado. Dona Raquel consolava Dona Matilde, que blasfemava:

— Ai! Minha querida sobrinha! Tão moça! Tão bela! Tão paciente! Deus não é justo!

— Não blasfeme, minha amiga, foi vontade de Deus, ela está no céu — dizia a professora.

O doutor Gustavo, com o semblante pesado, não ousava aproximar-se da morta; era todo cuidados para a esposa, que estava realmente incomodada sob o aguilhão do remorso. Coisas da vida. Uma hora antes, na alegria da festa, ninguém se lembrava da infeliz que, só em seu quarto, delirava com febre e tossia sem descansar. Desde a véspera que pressentia a morte, apesar de se achar melhor, e tendo voltado da cabana do caçador de onças, não deixou mais o leito.

Os primeiros prelúdios do baile chegaram-lhe aos ouvidos e encheram-lhe a alma de tristeza. Tendo certeza de que morreria pela madrugada, sentiu um desejo veemente de despedir-se da vida cantando ao piano aquela modinha. Levantou-se. A febre deu-lhe forças, penteou-se e calçou uns sapatinhos de cetim que havia estreado no último sarau. Vestiu também o mesmo vestido branco que tinha guardado para servir-lhe de mortalha. Colocou ainda no peito uma rosa vermelha, "Sangue de Cristo".

Se ela se tivesse visto ao espelho, teria recuado espavorida! As faces estavam cavadas, o nariz extremamente afilado se destacava do rosto, projetando sombra nos olhos encovados, de cujas pupilas se irradiava uma luz sobrenatural! Passou as mãos algentes pelo rosto e sentiu que ia morrer; foi então que, aproveitando o momento em que todos estavam à mesa, no maior entusiasmo de alegria, saiu para a sala, sentou-se ao piano e cantou, como em um sonho que servisse de meta entre a vida e a morte, aquela modinha.

Depois de morta, deitada no sofá, parecia uma criança adormecida. De pouco a pouco se tinha transfigurado: o intumescimento das carnes lhe deu às faces emagrecidas as formas redondas do tempo da saúde e da felicidade, uma leve sombra rosada parecia transparecer através da fina e alvíssima epiderme. Era a formosura mística, espiritual duma santa!

Os convidados para o sarau, mais comodistas e menos curiosos, retiraram-se logo após o triste acontecimento. Tinham razão, muitos vinham de longe e alguns tinham ainda àquela hora de atravessar o Jaguaribe em canoas e até em balsas. Os mais íntimos ficaram, e passada a primeira impressão, tratou-se do enterro. Dona Matilde era de opinião que se fizesse de manhã. O vigário concordou, dizendo que coincidia muito bem com a comunhão das meninas, e poder-se-ia dizer uma missa de corpo presente, o que seria muito bom, visto ela ter morrido sem confissão.

— É só o que eu lamento — dizia dona Paulina, enxugando uma lágrima —, é que ela morresse impenitente...

— Impenitente! Que diz a senhora? — exclamou Edmundo. — Esta pobre moça, que foi o tipo da virtude, só porque não foi sacramentada, julgam-na em perigo de salvação?

— Não digo isto — tornou ela —, mas sempre a gente cisma quando morre assim uma pessoa de morte apressada, sem tomar Nosso Pai.

Naquele instante, o doutor Gustavo aproximou-se da sogra para dizer-lhe que o enterro só poderia ser feito às quatro da tarde, que era quando estava pronto o caixão. Henriqueta, ouvindo isso, suspirou e disse:

— Em que havia de dar a festa de nossos anos! E eu que esperava divertir-me tanto!

— É certo — acudiu Malvina —, como poderemos passar o dia de amanhã, anojadas, sem ao menos ver a festa da coroação e a oferta das flores? Meu Deus, em que dia veio morrer a Gina!

O doutor Edmundo, aborrecido de assistir àquela comédia humana, muito comum na morte das solteironas ou titias, na dos velhos ricaços e das órfãs como Virgínia, deixou a alcova onde se reunia a família e passou à sala de jantar. Ali reparou em Carlotinha que, de ordinário tão acanhada e tímida, se tinha transformado em uma senhora. Ela havia trocado o vestido de salão por um traje caseiro, e com a maior atividade e desembaraço, tomava conta da casa de dona Matilde, abandonada pelo sentimento da lei.

Aqui guardava ela as iguarias que restavam esquecidas sobre a mesa, ali arrumava no guarda-louça os copos e os cálices que as pretas acabavam de lavar, lá dobrava os guardanapos e apagava as luzes que já não eram necessárias. Assim acudia a toda parte onde era preciso dar uma ordem ou receber um aviso.

Depois foi para a sala no meio da qual se achava o corpo de Virgínia rodeado de jarros de flores, e acendeu as velas de cera branca que estavam nos castiçais, ficando a olhar para a amiga entre as folhas de independência,[1] ramos de alecrim, melindres entrelaçados de dálias amarelas, cecílias ou cravos dos anjos, como o corpo de uma estátua que o vento tempestuoso houvesse estendido sob os alegretes do jardim.

Edmundo aproximou-se também. Carlotinha, comovida e trêmula, disse:

— Parece que está dormindo!

— Os anjos são ainda mais belos quando vão para o céu — respondeu ele, e retirou-se para uma saleta onde viu só Eduardo Gama fumando ao embalo de uma cadeira que estava defronte da porta. Sentando-se também ali, disse:

— O que pensas do procedimento de Gustavo para com essa pobre moça que ali está morta?

— Eu nada vejo de extraordinário no caso, ele fez o que faria qualquer outro em seu lugar; é verdade que escolheu Virgínia para noiva, mas ponderou que não podia convir a um moço pobre, que acaba de

---

[1]Trata-se de uma espécie de cróton muito comum no Ceará, cujas folhas espatuladas são verdes com manchas amarelas. Daí a denominação em alusão às cores nacionais brasileiras. (Nota da segunda edição.)

formar-se à custa de sacrifícios da família, escolher uma esposa tão pobre como ele. Tu bem sabes que o futuro de um bacharel sem colocação é um casamento rico.

— Não concordo — disse Edmundo —, mas continuemos o mesmo assunto, não dizem as más línguas que Virgínia teria sido rica se não fosse lesada pelo tio que se apossou de toda a herança?

— Está muito mal informado, doutor. Ela nem era filha de Elias de Moura, nem sobrinha do marido de dona Matilde. Provou-se depois que Virgínia era apenas sobrinha da mulher de Elias e este, tendo-a adotado como filha, fazia disto tão grande segredo que o próprio irmão o desconhecia, mas foi avisado a tempo por quem tinha os documentos precisos.

— E com que fim fizeram esse mal à pobre órfã?

— Com o fim de receber uma boa paga de Tomás de Moura.

— Não duvido do que ouço, meu caro Eduardo, mas penso que Tomás de Moura deveria ter dado um pequeno dote a esta moça, ao menos em atenção ao muito que lhe queria seu irmão que, se não tivesse morrido tão desastrosamente, a ela só deixaria sua fortuna.

— Acha pouco o que lhe fizeram? Acolheram-na, educaram-na.

— Era o seu dever — disse Edmundo.

— Sim, mas não te falo da ingratidão com que pagou esses benefícios porque respeito a presença dum cadáver.

Eduardo saiu a chamado do doutor Gustavo, e Edmundo ficou no mesmo lugar olhando uma preta velha que ajoelhou aos pés da morta: ela batia com os beiços e passava pelos dedos as contas de um rosário. Pôs as mãos, olhou para o céu, ofereceu a sua reza e levantou-se, mas em vez de seguir para o interior da casa, foi direta a Edmundo e disse-lhe:

— Eu ouvi tudo, *senhô* moço, não acredite... seu Eduardo diz aquilo porque anda aqui arrastando asa à menina, sinhá Malvina. Aquela que está ali... morta, era uma santa...

E a velhinha disparou a chorar.

— Fui escrava da mãe dela... depois da tia, da mulher do *senhô* Elias, mas seu moço, o que é bom não atura.

E a preta foi-se, enxugando os olhos no avental de riscado azul.

O POMBO-CORREIO E A GRINALDA DE FLORES DE LARANJEIRA

Carlotinha estava na sala mortuária, lamentando com dona Sofia não poderem completar a mortalha de Virgínia por falta de um véu e uma grinalda. Mal acabavam de falar quando entrou pela janela aberta e pousou ao pé da morta um pombo tão grande que assustou às duas senhoras. O doutor Edmundo passou da saleta para a sala, e perguntou:

— O que há, senhoras?

Carlotinha apontou:

— Veja, doutor. O que é aquilo!

— É um pombo-correio, pássaro chamado na Zoologia *columba tabellaria*.

— Não vê o que ele traz no bico?

— Vejo uma grinalda de flores de laranjeira, e também traz, atado por baixo da asa, um papel, vamos ver o que é.

E o doutor Edmundo adiantou-se para o singular mensageiro. Carlotinha, sem atentar no que fazia, pousou-lhe a mãozinha no braço e disse:

— Espere.

Depois, com entusiasmo infantil, gritava para a preta velha que rezava antes, aos pés de Virgínia:

— Vá chamar dona Matilde, o doutor Gustavo, Alice, Henriqueta, todos!

— Estão dormindo — respondeu a velha.
— Vá chamá-los — disse Eduardo, também atraído ali pela novidade —, o dia vai amanhecer.

Num instante, entraram todos de tropel na sala, indagando o que havia. Então o doutor Edmundo tomou a grinalda do pombo e entregou a Carlotinha, que a foi depositar na bela fronte de Virgínia. Ela desprendeu ainda o papel, e o pássaro voou.

— Leia, doutor — disse dona Matilde, chegando-se para perto.

O doutor Edmundo leu:

> Pobre amiga! Os teus pressentimentos coincidiram com os meus. Disseste:
> — Quando o pombo voltar à tua presença, talvez já não exista aquela que te envia este saudoso e terno adeus.
>
> Chorei, repetindo muitas vezes o teu bendito nome, e logo corri ao meu querido laranjal. Sentada debaixo da mais bela laranjeira, à luz duma lanterna, teci esta grinalda, que te oferto como penhor dessa triste amizade atada pelos laços do infortúnio.
>
> Mas estou certa de que, quando ela chegar a teus pés, já o teu nobre coração terá deixado de pulsar, já teus lindos olhos terão se fechado para sempre, já tua alma cândida e sincera andará voando pelas regiões etéreas do infinito!
>
> E com que alívio não despertará ela deste sonho mau, deste pesadelo que se chama vida?
>
> Adeus, excelsa criatura, recebe em tua gelada face o ósculo de minha eterna despedida.
>
> D***

Ficaram todos impressionados e estupefatos. Gustavo guardava silêncio. Dona Matilde e as filhas afirmavam que aquilo devia ter partido da mesma fonte de onde tinham vindo a garrafa do juízo e o manual de civilidade. Estavam convencidas de que existia por aqueles sítios uma trama oculta contra elas.

Dona Sofia, com o espírito sempre propenso ao misticismo, contestava, dizendo que não podia deixar de ser um milagre de Nossa Senhora, pois nas vizinhanças não havia nenhuma laranjeira de onde pudessem haver flores, também o pombo não podia acertar com a casa se não fosse guiado pela Santíssima Virgem, que mostrava, por aquela forma, o seu poder no dia de sua festa.

O doutor Edmundo fazia conjecturas a respeito do caso, mas não as manifestava, era seu desejo que permanecesse o mistério. As escravas da casa e algumas mulheres das vizinhanças que vieram presenciar o caso, apenas alvoreceu o dia, saíram logo pela povoação espalhando a notícia do milagre e fazendo acreditar na santidade de Virgínia, já canonizada por elas. Muitas exageravam a beleza divina que tinham observado no rosto da Santa, e até chegavam a afirmar que tinham visto, em torno da fronte da moça, um círculo luminoso, muito parecido com um resplendor!

Tanto pode o mistério no espírito do povo! Se ali, em vez de um pombo, tivesse aparecido um corvo ou qualquer ave detestada, ninguém recearia afirmar que a moça era uma réproba, uma prescrita!

XVI

A MISSA E A COMUNHÃO DAS MENINAS

O dia 31 de maio despontou esplêndido! Era domingo. O sol brilhava no azul do céu, derramando nos cálices das flores seus raios luminosos como um cintilar de diamantes! A povoação tinha um ar festivo! E o sino da freguesia, repicando sempre, chamava os fiéis ao concurso da Glória de Deus.

De todos os lados se viam chegar grupos de camponeses em seus trajes domingueiros. Vinham de semblante alegre e alma despreocupada. Este trazia uma trouxa na ponta de um cajado que suspendia ao ombro, e também puxava pela mão um rapazinho de sete anos, com seu mal talhado uniforme de chita vermelha com flores azuis. Aquele vinha seguido por um pai velho e cego a quem guiava pelo caminho da igreja, puxando-o pela ponta do bastão. Aquele outro marchava fumando o seu cachimbo ao lado de uma mulher robusta e moça que trazia nos braços uma criança de mama para levar à pia batismal. A recém-nascida enchia os ares com seus vagidos e encantava a vista das comadres, que não cessavam de admirar-lhe os cueiros de labirinto, defumados com alfazema, e seu barrete de seda ornado de flores e laços de fita. O povo atropelava-se na larga rua e formava diversos círculos no pátio da igreja, ao pé do cruzeiro.

Viam-se aqui e ali, presos às árvores, cavalos relinchando a mastigar o freio, fazendo estrugir o solo com o bater das patas. Nas proximidades laterais da Igreja avistava-se uma latada coberta de melão São Caetano:

por entre as verdes folhas da trepadeira silvestre pendiam os frutos amarelos, alguns deixando ver, pela abertura do pericarpo, as sementes vermelhas picadas pelos passarinhos.

Aí nessa latada, sobre um tosco banco de pinho, estava um burguês sacudindo dos pés o pó do caminho e calçando as meias e os grossos coturnos engraxados. De um lado dele, duas mulheres, pegando cada uma numa ponta, dobravam ao meio o clássico lençol, espécie de xale de madapolão com babados de cassa de quadro, a roda, o qual usam as sertanejas do Ceará.

A missa, a poética missa do dia, aquela para a qual as camponesas guardam o seu vestido novo, o seu lenço de seda, a sua volta de miçangas, naquele domingo, em vez de ser às dez horas, como de costume, ia ser às oito por causa da comunhão das meninas. Já muitas delas se reuniam na porta da professora, mas alguma mais atrasada em fazer os cachos ou apertar a fita azul à talabarte vinha saindo de casa, vestida de branco, com longo véu de noiva e grinalda, trazendo na mão esquerda o manual e erguendo na direita uma vela de cera branca enfeitada com flocos de papel dourado. A mãe daquela que partia em direção à escola ficava à janela, radiante, enlevada como a própria criança em sua inocente vaidade.

Colocadas duas a duas, desfilaram elas pela rua, seguindo o anjo que levava a bandeira da escola. Dona Raquel ia de um lado, elas cantavam um hino religioso próprio do ato. O povo apinhava-se para ver passar aquelas meninas marchando compassadamente, com os olhos baixos e o semblante recolhido em êxtase divino!

Ao passarem pela frente da casa de dona Matilde, as mais curiosas ergueram a vista para as rótulas fechadas por onde se escapava um cheiro de incenso, e seguiram absorvendo aquele perfume sagrado que se queimava ali para preservar os vivos do hálito dos mortos. Elas entraram na igreja, tomaram seus lugares e começou a cerimônia. Uma leu em voz alta o ato de fé, e ainda mais outra o de esperança, findo o qual desceu o sacerdote do altar-mor até a grade, aonde elas iam duas a duas receber a partícula sagrada e voltavam de mãos postas, olhos no chão, para os bancos no corpo da igreja.

Finda a missa, começaram os batizados. Ninguém se entendia, era um burburinho imenso! Além do vagido das criancinhas, quando o padre lhes metia nas bocas choronas a pedra de sal que as obrigava a fazer caretas ou quando o padrinho as levava à pia para o banho gelado em corpo quente, era a algazarra das mães, das avós, que não se fartavam de falar de tudo que tinham visto. Uma perguntava:

— O que tem hoje ainda da festa?

Outra respondia:

— Tem procissão, oferta das flores...

— E o enterro da santa — acudiu um menino.

— Que santa, menino? Quem sabe lá de quem morre!

— É certo, minha tia, apareceu um pombo trazendo uma grinalda e uma carta do céu.

— Eu hei de saber disso quando falar com o senhor vigário.

— Comadre — disse uma velha —, esta terra está cheia de feitiços, de bruxarias! Não seja isto arte da Funesta?

As mulheres saíram da igreja, cujas portas o sacristão acabou de fechar, e foram continuar os comentários em casa com as vizinhas.

XVII

O ENTERRO DE VIRGÍNIA

Às quatro horas da tarde, a matriz da povoação regurgitava de povo empenhado em assistir a oferta das flores, e ainda mais, curioso para ver o enterro da Santa, como já diziam as mulheres de lençol.[1] Era debalde que o sacristão gesticulava, mandando que se afastassem para passar o féretro. Quanto mais ele abria caminho entre elas, mais o tumulto engrossava! Uma dava um empurrão, outra se esgueirava, e assim todas queriam estar na frente, todas queriam ver.

De repente, fez-se um silêncio profundo. Todos os olhos se voltaram para a porta principal: era o caixão que entrava. Muito singelo, coberto de azul guarnecido de galões prateados, atestava a pobreza da dona, mas quando, em sua passagem, as mulheres ajoelharam para beijar o chão ou o ladrilho que ele transpôs, revestiu-se de uma grandeza sublime!

Foi encomendado como de costume, e depois da esparsa de água benta, Carlotinha saiu para o adro da igreja, onde já havia colocado o anjo que sustentava a bandeira de cetim azul com o nome de Maria bordado a ouro, e ordenou em seguida duas filas de meninas vestidas para a oferta. Todas de branco, com talabartes de fita azul e grinaldas, erguendo na mão um buquê de flores. Elas seguiram cantando, e logo

---

[1] A expressão "mulheres de lençol", pouco conhecida, significa mulheres do povo cobertas de véu.

após, o vigário de livro aberto, marchando à frente do caixão conduzido também por moças de branco.

O povo em procissão acompanhou o saimento. Era um espetáculo arrebatador e comovente! A voz infantil daqueles anjos da terra quebrava o silêncio da rua da povoação e, entranhando-se no bosque, ia com seu acento doce e melancólico acordando os ecos da floresta, que repetiam tristemente:

> No céu! No céu!
> Com minha mãe estarei,
> Na Santa glória um dia,
> No céu triunfarei!

Aquela nuvem branca de crianças e moças singelas, prestando uma justa homenagem à outra que fora o tipo da virtude, era uma coisa tocante e divinamente bela! A enorme procissão de camponeses honrados, todos de chapéu na mão, marchando com passos graves e ar mais respeitoso ainda, era uma cena sublime! O doutor Edmundo, extasiado, suspenso, sentia que aquele formoso quadro não pudesse ser visto pela família de dona Matilde.

Estavam perto: já se avistava, sobre a verde colina, os muros caiados de branco e o largo portão da morada dos mortos. Nada mais poético e, ao mesmo tempo, mais triste que um cemitério de aldeia: vêem-se alvejar entre a erva que cresce à vontade as singelas campas despidas de ornatos, tendo somente por inscrição o nome do abastado lavrador ou do estrangeiro que veio em busca de melhores ares e ali encontrou a morte. Este baixou à terra fora dos seus, sem uma lágrima para regar-lhe o túmulo.

Naquele cemitério havia somente algumas catacumbas pegadas ao muro, e entre as touceiras de capim-santo e de boas-noites brancas apareciam, aqui e ali, os negros braços de uma cruz marcando a sepultura duma criança ou dum ancião. Os dois extremos da vida ali confundidos. Em algumas dessas cruzes enrolavam-se os verdes ramos da mimosa primavera, e ao pé de outras, a brisa da tarde embalava brandamente os galhinhos floridos da perpétua.

Mas quando o ser vivo entra na casa dos mortos, sente o coração cerrar-se-lhe como uma flor murcha no fim do dia. Foi o que sucedeu ao doutor Edmundo quando viu a cova aberta. Os coveiros lançaram nela o caixão de Virgínia, e quando um ia atirar a primeira pá de terra, uma criança loura adiantou-se e sacudiu para dentro da cova um punhado de maravilhas e de boninas. Ao mesmo tempo, surgiu dentre a multidão uma moça vestida de preto que ajoelhou à borda da sepultura e derramou sobre o caixão um perfume delicado. Um delicioso cheiro de jasmim espalhou-se no ar, e foi então que caiu pesadamente sobre a morta a primeira porção de terra que ia fazê-la desaparecer para sempre dos olhos humanos.

O doutor Edmundo adiantara-se também, mas com o fim de examinar as feições da moça de preto. Foi inútil esse empenho, ela trazia o rosto velado por um espesso véu e, sentindo que era observada com interesse, desapareceu pelo braço de um velho de longas barbas brancas que, se não estivesse decentemente vestido de preto, Carlotinha teria dito baixo ao moço curioso:

— Aquele é o caçador de onças, a moça de preto é sua filha.

Mas estavam muito fidalgos para se comparar com os habitantes da cabana. O povo, tendo cumprido o seu dever de caridade, voltou à povoação apressado para assistir à oferta das flores, com que no geral rematam a festa do mês de maio.

O doutor Edmundo, compungido e preso por tristes impressões, seguiu ao longo de um cercado onde cresciam bonitos algodoeiros; nesses arbustos, as flores amarelas, que pela manhã encantavam a vista dos que vinham de longe para a missa, tinham murchado, e via-se somente nos casulos secos a alvíssima plumagem do algodão, que como flocos de neve era embalada pela viração da tarde. Adiante ele passou por um pequeno regato onde as rãs, com sua cantiga monótona, derramavam mais tristeza nas sombras do fim do dia. Sem saber como, achou-se à porta da cabana do caçador de onças. Não havia ninguém, mas a porta estava aberta.

Depois de admirar os extravagantes ornatos da solitária vivenda, deu com a vista na veadinha que, de pé sobre o batente da porta, estendia a cabeça para fora, na direção do rio. Ele prendeu-a pelo pescoço, era mansa como um cãozinho. Então, alisando-lhe o pelo, pôde examinar uma campazinha de prata que ela trazia presa por uma linda fita matizada. Havia na campa uma letra aberta a cinzel, era um D., a mesma que estava assinada na carta trazida pelo pombo correio à casa de dona Matilde.

Ficou considerando no mistério de que se via cercado desde a noite em que tinha visto aquela visão do bote, o seu imã. Mas como conhecer a relação existente entre os habitantes da cabana e a fada da gruta do Areré?

O doutor Edmundo afastou-se pensativo, seguindo o curso do Jaguaribe. A tarde ia morrendo e o sol já se ocultava por trás das nuvens purpurinas do ocidente. As sombras do crepúsculo alargavam os círculos traçados em roda dos troncos das árvores, em cuja folhagem silenciosa pela calma se aninhavam os passarinhos. Já os últimos grupos dos que tinham vindo para a festa na povoação voltavam para suas moradas, levando cada um a melhor recordação daquele dia. Os felizes camponeses, acompanhados por suas famílias, compostas quase sempre de uma mulher robusta e rudemente bela e de um rancho de crianças alegres e fortes como sua mãe, passavam conversando pela estrada. Os rapazinhos, sustentando pelas pontas os lenços onde levavam os biscoitos, as broas, os anzóis, os berimbaus e os soldadinhos de chumbo, questionavam a primazia de sua escolha.

O sino da matriz, cuja torre branca e pontiaguda se avista de longe sobre os telhados vermelhos das casas da povoação, tocou — Ave-Maria. Os homens do campo, os verdadeiros crentes, descobriram-se e foram seguindo de chapéu na mão. Aquele som melancólico trazido de longe e ressoando na solidão da estrada penetrou também no coração do moço da cidade, mas de um modo diferente: nos primeiros, um dever da religião herdado de seus avós lhes faz lembrar o ensino mais terno dos dias de sua infância; no segundo, a impressão teve sua fonte na Psicologia: era um estado acidental da alma comovida pelos acontecimentos anteriores e pela estética do quadro, pela tristeza da hora, pois Vênus, a estrela do pastor, a Vésper da tarde, já aparecia no céu, assim como a lua sobre a cordilheira da Serra das Antas.

O doutor Edmundo, pela primeira vez na vida, sentiu o isolamento que o cercava e compreendeu que havia em sua alma um vácuo que era preciso preencher. Aqueles ranchos de famílias burguesas[2] lhe causaram inveja, fizeram-lhe pensar na escolha de uma esposa, mas qual deveria ser a eleita de sua alma? Henriqueta não podia ser: era leviana, presumida e mal-educada. Carlotinha, além de formosura, possuía muita singeleza e bondade de coração, mas esses dons quase vulgares não bastavam à alma fantasiosa e transportada do nosso herói. Ele sonhava sempre uma fada, uma mulher superior que, no rastro luminoso de seus passos, levasse

---

[2]Emília Freitas refere-se por diversas vezes aos naturais das pequenas cidades e lugarejos do interior (também chamados "burgos") como "burgueses", que comprova mais uma vez seu conhecimento do romance europeu de tempo.

acorrentada sua vontade, sua esperança e sua vida. Ilusão dos primeiros anos, pois a mulher superior é a encarnação da indiferença e até do ódio da maior parte dos homens. Tinha ele o pensamento na poética cantora do bote, na radiante visão do monte do Areré e julgava poder amá-la. Engano! Sonho vaporoso de poeta!

Foi pensando no modo de comunicar com a mais singular das criaturas que à noite o doutor Edmundo entrou em casa disposto a escrever uma carta e depô-la à entrada da gruta na primeira ocasião em que fosse ao monte.

XVIII

O TÚMULO INESPERADO

Sete dias depois do passamento de Virgínia, dona Matilde, exata cumpridora dos deveres convencionais da sociedade elegante, mandou celebrar a missa usual da visita de cova, e depois dela seguiu com toda solenidade para o cemitério. Carlotinha não pôde acompanhá-la porque tinha de tratar dos arranjos da partida, naquele mesmo dia, para a fazenda do Poço do Capim, onde iam passar o mês de junho, e por isso pediu-lhes mil desculpas.

Henriqueta, muito vaidosa da perfeição do seu vestido de luto, seguiu na frente do grupo conversando com o doutor Edmundo, sem procurar conter a vivacidade das palavras que lhe sobravam em tão imprópria oportunidade. Chegados ao cemitério, em vão procuraram a sepultura de Virgínia. Lá não havia lugar algum onde a terra estivesse revolvida de fresco.[1] O doutor Edmundo afirmava que a moça tinha sido sepultada ao pé de uma viuvinha, arbusto de flores roxas, assim chamado pelo povo.

— Não pode ser — observou o doutor Gustavo —, pois vejo no lugar para onde você aponta um túmulo em forma de pirâmide com um anjo de guarda.

— Que diz você? Será possível que eu tivesse me enganado? — exclamou Edmundo. — Mas, com efeito, ali está, vamos ver.

---

[1] Nesse momento, o clima fantástico instala-se no romance.

Acercaram-se do túmulo, e ficaram todos surpreendidos à vista da seguinte inscrição:

> Aqui no seio da terra descansa esquecido o belo corpo de Virgínia, flor ceifada ao despontar da aurora pela tempestade.
> O orvalho do céu, o pranto da manhã caia em gotas cristalinas sobre a campa da pobre órfã.
> As borboletas da campina adejem sobre os olhos amortecidos do anjo da caridade que guarda este túmulo.
> As avezinhas do bosque, ao cair da tarde, cantem seus amores no silêncio desta morada de paz.
> Os raios da lua venham banhar de saudade a fria pedra do eterno jazigo nas horas mortas da noite.

Olharam todos uns para os outros sem achar explicação para o caso. Alice rompeu o silêncio e disse com o semblante consternado:

— São tais as coisas que tenho visto nestes últimos dias que temo enlouquecer!

— Realmente, é extraordinário! — disse o doutor Edmundo. — Quem mandaria fazer este túmulo com tanta prontidão? Estas peças de mármore tão bem trabalhadas, de onde vieram?

— O meu conselho — disse o doutor Gustavo — é que guardem muito segredo sobre o caso, que a meu ver não tem nada de sobrenatural, mas que, para essa gente que nos rodeia, deve ser um milagre, como o primeiro embuste, e serão capazes de tornar este túmulo um ponto de romarias.[2]

— E quem pode afirmar que o primeiro foi um embuste? — volveu o doutor Edmundo. — Não temos direito de ofender com suposições malévolas à pessoa que pretendeu obsequiar Virgínia nos últimos instantes de sua vida e ainda presta-lhe esta homenagem depois de morta.

— Ora essa, senhor Edmundo — acudiu Malvina —, por que se oculta? Que necessidade tem deste mistério?

— Singularidades, fantasias de algum espírito romântico — tornou ele.

— Também foi romantismo a afronta que nos fizeram no dia de nossos anos? — disse Alice, despeitada.

— Já conheci, mana, que o doutor Edmundo tem muita predileção "pelas singularidades, pelas fantasias de algum espírito romântico" — disse

---

[2] Uma observação oportuna da autora sobre a tendência acentuada, no nordestino, de transformar em mito o que às vezes é apenas aparentemente inexplicável. (Nota da segunda edição.)

Henriqueta intencionalmente —, é por isso que dirige os seus passeios para os pontos que se ressentem dessa magia.

— Sei a que Vossa Excelência se refere — disse ele —, mas estou curioso, vou fazer algumas perguntas ao zelador do cemitério. Ali vem ele.

O doutor Edmundo chamou o zelador do cemitério e indagou, em presença das senhoras, sobre o túmulo. O bom homem, que não conhecia pessoalmente a família de dona Matilde, disse que durante aqueles sete dias trabalharam no túmulo com muita atividade uns artistas estrangeiros que não sabiam falar a nossa língua, mas que provavelmente foram encarregados do trabalho pela família da morta, que é rica.

Alice estava impaciente, tanto puxou pela manga da sobrecasaca do marido que este deu ordem de marcha e todos saíram de boa vontade da triste morada dos que já não são com os vivos. Lá fora o doutor Edmundo procurou novamente assuntos para fazer esquecer as impressões daquela manhã. Mas foi debalde, a própria Henriqueta, sempre tão gárrula, estava preocupada e perguntou, de repente:

— Acredita em milagres, doutor?

— Quando o sobrenatural me convencer — respondeu ele. — Até agora, os fatos observados são explicáveis.

— E por que não os explica a mim?

— Porque não conheço a pessoa que está dirigindo este jogo e nem posso ajuizar sobre as suas intenções.

— Mas, doutor — disse dona Matilde —, aquele pombo não podia ser como o molequinho que se manda deixar um presente em casa conhecida. Como é que ele acertou com a minha janela?

— Quem sabe se não foi atirado? Depois, se a senhora conhecesse o método que se emprega na Turquia para educar esses pássaros, não duvidaria que aquele cumprisse tão bem a mensagem.

— Mas isso é lá, doutor, aqui não temos desses pássaros — observou Malvina.

— Quem nos pode provar que a pessoa que possui aquele pombo-correio não o trouxe da Turquia, e quem sabe se não se dedica ao ensino deles?

— Não admito — volveu Henriqueta —, ainda não ouvi falar nisso, que seria motivo bastante para esses imbecis baterem com a língua nos dentes.

O doutor Edmundo lembrou-se dos singulares habitantes da cabana do caçador de onças, lembrou-se da que chamavam Funesta, mas calou-se e, como se aproximava da casa, despediu-se e entrou.

XIX

AS CARTAS SUMIDAS E O ÁLBUM DE CARLOTINHA

O doutor Edmundo sentiu-se aborrecido, contrariado no resto da manhã. Não lhe saíam da cabeça as frases apaixonadas que tinha escrito na carta que depositara à entrada da gruta, e sem saber em que matasse o tempo até a hora de tomar ao monte, foi buscar um livro. Mas, notando uma certa diferença nos papéis que estavam sobre a secretária, abriu as gavetas. À primeira vista, tranquilizou-se, não lhe faltava nem uma das notas que havia deixado na carteira; mas, revolvendo alguns papéis, empalideceu: faltava-lhe, dentre os maços de cartas que recebera das moças que fingira ou pensara amar nos seus anos de acadêmico, aquele que continha as cartas de Alice.

— Forte imprudência — exclamou ele — não ter queimado isto! Mas com que fim fazem essas coisas? A mim não pode danificar esse roubo.

E leu em uma tira de papel: "Foi para completar o romance da vida de Virgínia."

— A mesma letra da carta que trouxe o pombo-correio! Com certeza existe um inimigo oculto que persegue essas senhoras — disse ele, e chamou Adriano. — Quem veio aqui?

— Não veio ninguém, senhor doutor... somente uma velhinha a quem dei uma esmola, e retirou-se logo, não mexeu em nada.

— Pois bem, fique sabendo que não quero que introduza pessoa alguma em minha sala.

— Não senhor, não fui eu que introduziu — tornou a faceta do criado —, já vim encontrá-la bem à vontade no estrado da banca.

— E ainda me dizes que ela não mexeu em nada! Que figura tinha essa mendiga?

— Era bonitona! Tinha rosto moço e cabelos velhos, vinha embrulhada em um xale de quadros vermelhos e azuis como os das portuguesas.

— Diabo! Se te apanho... — disse, contrariado, e saiu para a casa da professora a fim de serenar um pouco as ideias que lhe assaltavam a mente.

Mas na casa vizinha achou tudo em desbarato! Aqui eram baús e malas de couro, ali selas e cangalhas, adiante peias, cabrestos e mochilas.

— Desculpe, doutor — disse o senhor Martins, afastando uma gamela com milho que estava na calçada, onde os cavalos comiam a bater com as patas.

— Não se incomode, senhor Martins — disse ele.

— Nada, doutor, sente-se aí mesmo para um baú, estamos de viagem.

— Para muito longe?

— Não, é aqui perto, umas duas léguas. Fique convidado desde já para ir passar São João conosco, havemos de ter milho verde assado na fogueira.

— Não faltarei, estimo muito ter ocasião de tornar a ver os meus bons vizinhos.

— Obrigado.

Carlotinha apareceu com os olhos vermelhos, tinha acabado de chorar às escondidas.

— Vai sempre nos deixar, dona Carlota? — disse o doutor Edmundo amavelmente.

— Pelo meu gosto, não, pelo do papai e da mamãe.

— A povoação vai ficar triste com a falta de Vossa Excelência.

— Henriqueta e Malvina, sim, é que fazem a alegria da terra. Eu não faço falta, como Virgínia, que em três dias já ninguém se lembrava dela.

— Eu me lembro — disse o moço com galanteria.

— Lembra-se — repetiu a moça enleada. — Pois escreva neste álbum que foi dela, conservo-o como uma relíquia!

E tirou de sobre a mesa um rico álbum de capa de veludo azul com os cantos chapeados de ouro e entregou ao doutor Edmundo. Ele lançou a vista sobre aquelas páginas repletas de versos tolos, de prosa bombástica, e lendo um daqueles elogios fofos e pouco sinceros, exclamou:

— Quanta mentira!
Julgou assim porque já começava a entrar na fase da razão. Riu-se dos protestos de amizade feitos à Virgínia por algumas pessoas de seu conhecimento, mas carregou os sobrolhos quando deu com um juramento solene assinado pelo acadêmico Gustavo Melo.
— Veja em seguida — disse Carlotinha — a dedicação que ela me fez.
Ele voltou a página e leu:

Carlota,

Deixo em tuas nevadas e pequeninas mãos este buquê de flores artificiais desbotadas pelo tempo, mas que terão a utilidade de te fazer lembrar que foram mais conhecidas pelos espinhos que pelas cores, pois estas perderam-se logo, e aqueles ficaram para sempre.

Quando a mimosa primavera de tua existência fizer aqui desabrochar uma rosa para enlevar o teu singelo espírito, nega-lhe o orvalho do teu plácido coração e deixa-a morrer mirrada entre o pó destas folhas que encerram ainda uma partícula do veneno que roubou a vida de tua desventurada amiga.

Virgínia de Moura

— Era um anjo a minha pobre amiga — disse Carlotinha —, é pena que não tivesse acertado na escolha...
Ela acanhou-se de dizer o resto. O doutor Edmundo disse:
— Ela desejou amor e teve um culto.
Depois, tornando a folhear o álbum, exclamou:
— Ah, senhora! Aqui temos o "Amor", vamos ver como o define este tolo.
— Se merecesse o qualificativo, deveria chamar-se tola, e não tolo — volveu ela, sorrindo.
— A definição dada por uma pena do belo sexo deve ser ainda mais interessante, vamos ler — disse ele.

O Amor

Oferecido a quem chamou meu coração um álbum em branco
Falou-me sério um instante,
Cobrindo o rosto, escutei...
Foi tão grave o que me disse,
Que incontinenti chorei:

— "A máscara queres que desça?
Disse tristonho e severo;
Pois vou fazer-te a vontade,
Vou ser contigo sincero:

— "Da terra eu tenho a idade,
Meu todo enche o universo!
Movo o buril da ciência!
Guio o carro do Progresso !

— "Me exprimo em todas as línguas,
Todos os credos são meus!
Tenho culto em toda parte,
Entre cristãos ou judeus!

— "Atravesso os continentes
E sulco todos os mares,
Levando a paz ou a guerra
Penetro em todos os lares!

— "Ditando as leis absurdas
Entro na choça ou no paço,
Seja mendigo ou fidalgo
Curvo à força de meu braço:

— "Os monarcas me obedecem!
Os sábios curvam-me as frontes;
Vou aos salões de casaca,
De gibão percorro os montes:

— "Aos lagos visto de luz,
De perfume a serrania,
Levo à festa o entusiasmo!
Às solidões a alegria.

— "Coroam-me a fronte as estrelas,
Tenho por manto o luar,
Por voz a doce harmonia
Do mais melífluo cantar.

— "E ufano do meu poder
Destrono muito ideal...

Aos mais fiéis de meus servos
Em vez de bem faço mal!

— "Ao fulgor de meus olhares
Ofusco a luz da razão...
Tenho uma amiga — injustiça
Tenho um ministro — a traição!

— "Sou mais terrível que Nero!
Mais do que ele sou rei!
Meus vassalos quando gemem...
Rio do mal que causei!

— "E espremo por entre os dedos
O sangue dos corações!
Em taças de ouro esmaltado
Faço as cruéis libações:

— "Não conheço a condolência,
Sou assassino e malvado!
Cometo todos os crimes!
Tenho a desgraça a meu lado!

— "Sou quem dispara o revólver
Na fronte do suicida!
Quem aperta o ferro em brasa
No peito d'alma descrida!

— "Só prantos matam-me a sede!
Só me alimento de dor!
Sou rival do próprio Deus!!
Tremei! meu nome é Amor!"

....

— Dizei-me então se não devo
Respeitar tal entidade?!
O sumo da tirania!
Flagelo da humanidade!

Ficai pois de sobreaviso,
Que ele é ruim... é vilão

Fechai, com trancas de ferro,
As portas do coração.

Diana

— Apre! Que satã medonho é o Amor! E quem é essa Diana? — perguntou o doutor Edmundo.
— É a filha do caçador de onças — respondeu Carlotinha.
— É possível?
— Por quê?
— Acho extraordinárias esta lógica e esta ortografia para uma camponesa ignorante.
— Ignorante! Quem diz? Fala com mais acerto que todas as senhoras da capital que eu tenho conhecido — disse Carlotinha.

O doutor Edmundo perdia-se em conjecturas. Daria-se o caso de que a moça da gruta do Areré fosse a mesma filha do caçador de onças? Ambas poetisas, pensava ele; a letra do álbum tinha o mesmo caráter daquelas dos versos escritos na pedra, mas como certificar-se da identidade da pessoa?

— Faz-me um favor, dona Carlotinha? — disse ele. — Apresente-me na cabana do caçador de onças. Pedirei a dona Raquel e ao senhor Martins para nos acompanhar até lá.

— Não posso — disse ela —, fui proibida por Virgínia até de falar no nome da gente da cabana da mata.

Naquele momento entrou na sala o senhor Martins, que andava por fora da porta tratando com os arreeiros. Então o doutor Edmundo, entregando o álbum a Carlotinha, disse:

— Não posso também escrever nada aqui, a filha do caçador de onças aí está de carabina em punho para não deixar passar um contrabando.

Carlotinha não compreendeu o gracejo e despediu-se enleada do vizinho doutor. Dona Raquel apareceu nessa ocasião para recomendar que não faltasse ao convite do senhor Martins, que fosse passar São João na fazenda.

NÃO SE DEFINE

Depois da partida da família Martins para a fazenda, o doutor Edmundo sentiu tédio e isolamento, por isso procurou distrair-se visitando mais a miúdo a casa de dona Matilde, mas o seu pensamento estava na misteriosa da gruta do Areré. Debalde foi muitas vezes ao monte; não via ninguém e nem encontrava a resposta de sua apaixonada carta.

Uma tarde estava ele ali, encostado ao tronco de uma cajazeira, quando viu surgir, entre a folhagem dos arbustos fronteiros, a negra cabeça do Terra-Nova. Tirou de uma caixinha que havia levado uma bela flauta alemã e começou a tocar uns trechos do *Guarani*. Pela primeira vez na vida, o som melodioso e terno de um instrumento da civilização quebrou o silêncio daquelas brenhas, onde só se ouvia o urro da onça, o canto da jandaia e o *qui-qui* do sagui! A música de Carlos Gomes era levada pelo eco do monte ao vale, e até a gruta com uma tristeza pesada. Nem os insetos zumbiam nem as próprias folhas, tesas nos ramos, pareciam escutar. Apesar disso, a bela misteriosa não aparecia.

De repente, o feio orangotango soltou-se dos galhos da cajazeira e caiu em frente do doutor Edmundo, fazendo trejeitos. Então ele tocou um tango muito em voga naquele tempo, e o orangotango dançou como um verdadeiro dançarino! Fiel começou a ladrar e o mono desapareceu aos pulos. O doutor Edmundo, como nos dias anteriores, revistou os sítios conhecidos e achou nos galhos de um cardeiro a carta seguinte:

NÃO SE DEFINE

Senhor:

Não começo respondendo, começo analisando o primeiro ponto de vossa carta. Dizeis: "Formosíssima visão do monte! Linda bateleira!" Teria me rido, e rido muito, se a tristeza já não me tivesse selado os lábios há dez longos anos! Eu, formosa? É verdade que, nos primeiros anos da existência, cansei de ouvir esta mentira que me fez vaidosa, quando, atravessando as ruas de minha cidade natal, via todas as vistas cravadas em mim e choverem exclamações das portas e janelas. Depois reconheci que tudo não passava de uma ilusão de ótica. Eu era feia! Mais que feia! Era disforme! Do contrário...

No segundo ponto está a vossa curiosidade pelo extraordinário de minha vida. Quereis a história de minha desventurada existência? Ah! Senhor, perguntai aos cardos por que nasceram tão eriçados de espinhos! Perguntai aos mochos quem os colocou ao lado dos túmulos e não me pergunteis por que me afasto da realidade e transponho as raias do impossível!

No terceiro ponto me patenteais vosso coração ferido de súbito... à moda de faísca elétrica! Confesso, senhor, se estivesse no vosso caso, me sucederia o mesmo. Pois chegar a uma aldeia e, na mesma noite, ao clarão da lua, fora de horas, ver passar um bote com uma moça vestida de branco, tocando harpa e, além disso, cantando uma canção francesa, é para impressionar; mas felizmente não estou, vi só uma povoação que sonhava adormecida, em descanso das lidas do dia.

Sou filha da natureza, noiva do infinito! Senhor, não olheis para a voragem! Ao pé de vós existe um lago azul, tranquilo como a luz dos olhos de um recém-nascido; navegai por ele que encontrareis o porto da bonança, e não velejeis por esses mares da visão.

Funesta

— Isto não é mulher, é o diabo! — exclamou o doutor Edmundo em desespero. — Deixa... que hei de saber tudo. Aquele velho da cabana tem olhar de raposa, mas há de ser lá que terei a luz.

E saiu a trote, esporeando o cavalo, pelo caminho afora.

A noite estava escura, mas como já se aproximasse da povoação, desceu do cavalo para apertar a cilha que havia afrouxado, e nesse tempo reparou que estava defronte da taberna do Vital, e que lá dentro se falava de coisa de seu interesse; escutou. Ali estava também Adriano, que se tinha tornado em pouco tempo o rei dos frequentadores da taverna. Todos lhe pediam a sua opinião, e ele, dando-se ares de importância, apavonado, respondia sempre com uma redundância estulta que deixava os outros boquiabertos.

Um deles, a quem chamavam Bento da Tapera, estava assentado junto ao balcão sobre uma meia barrica de bacalhau. Tinha o cigarro aceso entre os dedos e o chapéu na cabeça derreado para a nuca. Levantou-se e bateu com a mão no ombro de Adriano.

— Não se me dá de apostar vinte contra dez como ele é um penitente!

— Qual penitente, senhor Bento — disse Adriano —, com aquela cara de capitalista?

— Posso afirmar, pois me disse a Teresa do João Temóteo que ele passa dias e dias na mata do Areré fazendo penitência.

— Será comigo? — pensou o doutor Edmundo.

— Monomaníaco é o que ele é — volveu Adriano.

— Monomaníaco? Que quer dizer, senhor Adriano?

— Uma pessoa que se obstina!

— Se obstina! Pior um pouco, não entendo.

— Que teima! Que embirra, senhor Bento.

— Este Adriano é muito letrado — acudiu o taverneiro —, mas não sabe tudo... o caçador de onças é o chefe de uma quadrilha... de noite, Deus me livre de me encontrar com ele!

— Não é verdade! — gritou outro.

— Prove! — disse o Bento da Tapera.

O taverneiro arrependeu-se do que disse e tornou:

— Não sei... é o que dizem por aí...

— Não senhor, o que se diz por aí é que a filha do caçador de onças é como uma Nossa Senhora dos Remédios. Onde há necessidade de algum benefício, ela aí aparece com as mãos cheias de tudo.

— Ninguém esclarece isso — tornou o teimoso taverneiro —, mas que quer dizer aquele véu preto no rosto? Nunca ninguém lhe viu a cara, nem sabe seu nome. Se fosse gente boa, apareceria descoberta.

O doutor Edmundo não quis ouvir mais e seguiu.

A NOITE DE SÃO JOÃO NA FAZENDA DO POÇO DO CAPIM

Chegou o dia 23 de junho, estamos certas de que nenhuma de nossas leitoras[1] deixa de conhecer o singular costume das fogueiras e das sortes, modo poético de festejar São João em nosso caro Brasil. Nas cidades, não deixam as moças de dar seu bocadinho de culto às poéticas superstições desse memorável dia, mas é principalmente nas roças e fazendas que elas são praticadas com maior graça e mais sincera crença.

O doutor Edmundo tão preocupado andava com os mistérios da gruta e da cabana que tinha esquecido o convite do senhor Martins, mas na manhã daquele dia foi surpreendido pela visita de Eduardo Gama, que vinha concordar a hora da partida. Às quatro em ponto tornou à porta do doutor acompanhado de um troço de rapazes da povoação que também tiveram a honra de ser convidados. À frente do bando alegre e folgazão ia o célebre Boão do Poço soltando foguetes e dando vivas a São João. O doutor Edmundo deu tréguas às suas ideias e contrariedades e cavalgou alegremente ao lado dos outros.

Pelo caminho, quando anoiteceu, viram, aqui e ali, entre a ramagem da oiticica ou do juazeiro, brilhar a chama de uma fogueira que o pobre habitante da choupana próxima também acendera em honra do Santo.

---

[1] Interessante observar que a autora, neste momento, dirige-se a um público leitor especial: o das mulheres.

Já avistavam a grande fogueira e os fogos que as moças e as crianças soltavam na casa da fazenda, que era no meio de um cercado de ripas de carnaúbas presas em estacas fincadas de longe em longe. A casa era rústica, bastante espaçosa, mas muito baixa; tinha um alpendre na frente onde se viam alguns bancos de madeira altos e estreitos, muito pouco cômodos para servir de assento. Logo no oitão ficava o curral das cabras, o chiqueiro das cabras e, mais adianta, a capoeira das galinhas.

Um velho cão de caça deitado no pátio levantou-se e ladrou, dando notícia aos de casa que chegava alguém de fora. Aos rosnados do cão veio um moleque, rodou o grosso toro de pau-ferro que servia de tranca à pesada porteira e escancarou-a, deixando passar um a um os cavaleiros recém-vindos. Eles se apearam e foram entrando no terraço debaixo de uma chuva de faíscas de rodinhas e pistolas acompanhadas de bombas e outros fogos de estalo. Foram recebidos entre risos e palmas: até o vigário, que já lá se achava trincando uma espiga de milho verde assado, ria a bom rir, de um modo franco, vendo Boão do Poço a cavalo fazendo corrupios à roda da fogueira para obrigar o pobre animal a saltá-la. Foi preciso dona Raquel interceder em favor do sendeiro,[2] do contrário seu amo, na intenção de mostrar-se, ia sacrificar-lhe a barriga à crepitante labareda!

À claridade dos lampiões que pendiam dos esteios do alpendre o doutor Edmundo divisou, entre as duas irmãs do vigário, Henriqueta com cara de quem se aborrece, mas ao vê-lo, levantou-se e foi-lhe ao encontro alegremente:

— Ainda bem, doutor — disse ela —, que veio ajudar-me a apreciar um São João no Poço.

— Na cidade não o teríamos melhor — respondeu ele.

— Apoiado! — gritou o vigário, dando-lhe assento ao pé de si.

— Ora, doutor — tornou ela —, o que temos na roça que possa exceder aos esplêndidos bailes da capital?

— A sinceridade dos corações — volveu ele, sorrindo.

Carlotinha lançou-lhe um olhar agradecido e desapareceu por uma porta que dava para o interior. O vigário, que estava sempre pronto para exaltar as qualidades da afilhada, dizia, acompanhando-a com a vista:

---

[2]A palavra, que cai progressivamente em desuso, significava, nos sertões, cavalo ou burro velho e lerdo. (Nota da segunda edição.)

— Não há, doutor Edmundo, uma menina como essa! É impossível a gente deixar de querer-lhe bem! Que gênio brando! Sensível, caridosa, obediente! Nunca vi tanto!

Henriqueta afastou-se, despeitada, dizendo à meia-voz:

— Livre-me Deus das sonsas...

Mas enquanto os convidados conversavam ou tocavam algum instrumento que divertisse a sociedade, a filha do senhor Martins assistia a preta mexer a canjica, que devia ir para a mesa bem quentinha. Depois mandava encher os copos de aluá, e assim velava por tudo para que todos saíssem satisfeitos, mas a mola real de seus desvelos era a presença do doutor Edmundo na festa. Desde a véspera daquele dia que as pretas estranhavam a impertinência da menina: não havia guardanapos, toalhas ou copos que estivessem limpos, os bolos feitos por sua mãe estavam malfeitos, a casa não estava bem varrida; afinal, tudo lhe parecia inferior, indigno de figurar na festa a que tinha de assistir aquele que lhe fez pulsar pela primeira vez o seu inocente coração. Ela não sabia o que fizesse para dar maior realce aos móveis, à luz, à louça, a tudo, enfim. Mirava e tornava a mirar os aprestes[3] da ceia, ia fazendo aqui e ali uma ou outra modificação sem jamais se sentir satisfeita.

— Oh! Mocidade! Engano da vida ledo e cego — dizia uma velhinha experiente que a observava de parte.

Vieram chamá-la para tirar sortes, e ela apareceu na sala risonha e feliz como só pode ser uma alma num corpo de dezesseis anos engolfado nas ilusões do amor, e cujo coração transborda iluminado de esperanças muitas vezes mentirosas.

— Dona Carlotinha, tire uma sorte — disse Boão do Poço — para ver se se casa este ano.

A menina, meio risonha e meio acanhada, deu volta à roda da fortuna.

— Onze! — gritou o rústico. — Leia, dona Henriqueta.

— Um velho careca — disse esta, rindo-se muito.

— A Carlotinha enfia — acudiu o senhor Martins, erguendo-lhe o rosto pelo queixo.

— Não dê cavaco, minha afilhada — disse o vigário.

---

[3]Interessante observação em nota da segunda edição: ou Emília Freitas teria usado conscientemente com função substantiva o advérbio lusitano "aprestes" (que significa "prontamente") ou, ao grafar, traiu-se quando queria usar "aprestos", do italiano, que significa "preparativos".

Ela tornou a entrar para o interior, e voltou seguida por uma mulatinha que trazia uma bandeja. Esta deu logo na vista do vigário, que exclamou:

— Olé! Vamos aos doces, aos bolos de São João!

— Nada, meu padrinho, não mexa aí — disse Carlotinha, defendendo a bandeja que ele queria atacar. — Mando ver bolo, canjica, aluá, o que o senhor quiser, mas isso é só para as moças, e não para os velhos.

— A nós também é defeso? — perguntou Eduardo Gama.

— Isso está na vontade, é aquele que quiser.

— Mas o que é isto? — perguntou Henriqueta, fazendo-se estranha àquelas usanças populares. — Chave, cordão de ouro, cinza, carvão, sal, pimenta, livro... quanta *burundanga* há!

E enquanto enumerava essas coisas, ia levantando-as da bandeja e mostrava-as aos circunstantes com um sorriso mordaz. Carlotinha, que não quis que faltasse a seus hóspedes nenhum dos divertimentos próprios do dia e reveladores dos segredos do coração, ficou deveras desconfiada e não se animou a responder. Ana Rosa, uma roceira desenvolvida, julgando que Henriqueta realmente ignorava o brinquedo ou adivinhação, levantou-se e foi dispor tudo sobre a mesa, dizendo:

— É assim: coloca-se cada coisa à roda da mesa, e depois a pessoa que vai tirar a sorte traz um lenço amarrado nos olhos, aquilo em que pegar significa o ofício da pessoa com quem tem de casar.

— Vamos lá isso — exclamou o vigário com entusiasmo —, queremos saber a profissão dos noivos de vocês.

— E também das noivas dos homens! — acudiu Boão do Poço com toda seriedade.

— Bravo, Boão — disse Eduardo Gama —, o senhor tem o mesmo direito de saber a profissão de sua noiva, é preciso ver se as adivinhações de dona Carlotinha lhe são mais favoráveis que a roda do destino.

— Diabos me levem — gritou Boão do Poço — se eu namoro a preta do vatapá, como disse a sorte!

As risadas eram gerais, ninguém se incomodava com os *psius* de Ana Rosa para começar o jogo. Boão do Poço foi o primeiro que se apresentou para que a moça lhe vendasse os olhos, depois dirigiu-se à mesa tateando pelas cadeiras das senhoras que fugiam entre risadas, e finalmente pisou o calo de um burguês, que saiu para o alpendre com o pé levantado nos ares, apertando entre os dedos a ponta da bota. Houve nova explosão de riso, mas o silêncio restabeleceu-se logo porque Boão do Poço erguia a mão em toda altura do braço dizendo em voz lamentosa:

— Tirei... um... carvão!

Ana Rosa acudiu de pronto:

— Se o senhor fosse mulher casava com um carvoeiro, como é homem não sei...

— Deve ser alguma cozinheira dessas que fazem vatapá — disse o doutor Edmundo.

Boão do Poço ia se zangar, mas Ana Rosa gritou:

— Vamos, Carlotinha, não levante o lenço. É um doutor! — disse a roceira.

— Não — interveio Henriqueta —, pode também... ser um poeta de roça, um letrado!

— Sim, senhora — afirmou Ana Rosa —, é um doutor quem mais labuta com os livros, a Carlotinha há de casar com um doutor, tirou um livro.

Henriqueta ia replicar, mas ouviu dizer:

— O doutor Edmundo tirou sal!

— Sal! É a noiva que anda embarcada — disseram.

— Sou eu mesmo que tenho de embarcar breve — disse ele.

Henriqueta deu um muxoxo, Carlotinha abafou um suspiro. Depois de esgotados os objetos da mesa, a incansável Ana Rosa ainda comandou muitos outros brinquedos ou sortes de São João, como fosse o dos três cotos de vela acesos e pregados um no meio e os outros nas extremidades de uma vara deitada no ladrilho: cada coto de vela representa um ano, se o primeiro se apaga antes dos outros a moça casa naquela ano, se é o segundo, daí a dois anos, assim por diante. Uma lembrou-se de plantar o alho para ver se amanhecia nascido.

Mas enquanto as moças se entretinham com essas coisas, o doutor Edmundo, recordando-se de seu tempo de estudante, combinava com Eduardo Gama uma palhaçada. Foram ambos procurar Boão do Poço e lhe disseram em particular:

— Olhe, Boão, vamos lhe ensinar a melhor sorte de São João, essa não falha...

— Qual é? Diga.

— A pessoa enche a boca de água e vai postar-se atrás da porta do corredor, o primeiro nome que ouve chamar lança fora a água, porque é este o da moça que há de ser sua noiva.

Boão do Poço não se fez rogar, encheu as bochechas de água e foi esconder-se atrás da porta indicada. Os dois moços tornaram a entrar na sala a fim de combinarem uma burla para o tolo.

Henriqueta dizia:

— Chamemos Simôa.

— Barroméa — dizia Eduardo.

— Barroméa — repetiram todos.

Mal findavam a combinação quando dona Sofia gritou de dentro do corredor:

— Carlotinha!

— Ui! — ouviu-se ao mesmo tempo. — Quem está atrás desta porta? Que atrevido me atirou uma bochecha d'água?!

E a ingênua senhora entrou na sala toda molhada, e logo atrás dela apareceu Boão do Poço, radiante, com um sorriso alvar nos lábios:

— Eu bem pensava que era este o nome de minha noiva.

— Senhor do Poço, veja o que me fez — disse dona Sofia, espremendo uma parte da manga e da saia do vestido que escorria água na sala.

— Se deve ser assim mesmo, dona! Quando a gente ouve dizer o nome, larga a bochecha de água.

— Que bochecha de água, senhor do Poço? Não me dirá o que fazia atrás da porta?

A hilaridade era geral, o próprio vigário ria a bom rir vendo o espanto no rosto da irmã a cada explicação nova que lhe dava o senhor do Poço. Depressa se consolou a bondosa senhora com as desculpas que lhe pediu dona Raquel quando lhe dava outro vestido para mudar.

Era mais de meia-noite, e a lenha da fogueira quase toda consumida alimentava apenas uma pequena chama no meio de um braseiro. Parte dos convidados do senhor Martins saiu para o pátio, e ali em roda da fogueira se agruparam as filhas de dona Matilde, Carlotinha, as irmãs do vigário, o doutor Edmundo e Eduardo Gama. Ana Rosa convidou outra roceira para ser comadre. Ela adiantou-se e foi rodeando a fogueira em sentido oposto. Depois, voltando-se, apertou a mão da companheira e disse:

— São João mandou que quando nos encontrássemos fôssemos comadres. Viva São João, comadre!

— Viva nós também, comadre!

E assim, dando-se as mãos, elas rodearam a fogueira três vezes e ficaram comadres. Um camponês cheio de fé no Santo propôs-se para passar a fogueira com os pés descalços, e como de fato passou, chegando a ficar com as brasas pegadas na sola dos pés! Contudo, afirmou não se ter queimado.

— Que fé! — disse dona Paulina.

Algumas crianças e dois ou três velhos já davam sinal de sono, bocejando. Minutos depois começou a retirada, ficando somente para dormir na fazenda o vigário com as irmãs, a família de dona Matilde, o doutor Edmundo e Eduardo Gama. A espirituosa Ana Rosa, ao despedir-se, recomendou a Carlotinha:

— Levante-se muito cedo, de madrugadinha, para irmos ver nossa cabeça na água do açude, quero saber se morro este ano.

— Como pode saber isso? — perguntou Malvina.

— É tão velha essa experiência, e a senhora não sabe? No dia de São João muito cedinho, a pessoa vai ver a cabeça na água. Se só vê o corpo, morre naquele ano.

A moça seguiu e Henriqueta, sem atenção aos donos da casa, disse:

— Estas matutas têm cada uma...

XXII

A CONFIDÊNCIA DO CAÇADOR DE ONÇAS

Depois da noite de São João, tão alegremente passada na fazenda do senhor Martins, o doutor Edmundo tornou a pensar na misteriosa carta da Funesta. Estava decidido a não voltar à gruta porque reconhecia a inutilidade de seus esforços ali para o conhecimento da realidade. Então começou todas as tardes a dirigir passeios a cavalo para as imediações da cabana do caçador de onças. Não se enganou, era aquele o ponto fraco da fortaleza que parecia inexpugnável! Encontrando-se algumas vezes com o caçador de onças, procurou motivo para dirigir-lhe a palavra, e com tal fortuna que captou-lhe a simpatia, e depois, a confiança. Já conversavam como amigos velhos, sentados sobre um tronco ou sobre uma pedra, na ribanceira do rio.

Ele tinha dito ao doutor Edmundo que a fada da gruta não podia ser conhecida por ninguém porque era um fenômeno de mulher, sem exemplo em país algum! Mas isso, longe de acalmar a curiosidade do moço, aguçou-a mais que lhe pediu que contasse como travou relações com tão extraordinária criatura. O velho caçador prometeu-lhe fazer a vontade, e aproveitando a ausência de Diana, sua suposta filha, introduziu-o na cabana. Já era noite, fê-lo sentar ao pé de uma mesa onde tinha colocado uma garrafa e dois copos, e sentado defronte dele, começou assim:

— No começo de minha vida não fui feliz, e ainda não sou, mas quem sabe se o senhor não será o porteiro de minha felicidade?

O doutor Edmundo não gostou muito do dito do senhor Probo, o caçador de onças, mas, afinal, guardou silêncio esperando a confidência.

— Há cinco anos — disse Probo — eu era guarda-livros duma casa comercial numa capital do sul do Brasil, ganhava seis contos anuais. Para um casal sem filhos, embora, lhe parece que chegava?

— Era suficiente — respondeu o doutor Edmundo.

— Não foi, doutor. Eu despendia muito, endividei-me. Gostava de jogar um bocadinho, de tratar-me bem, de aparecer nas altas rodas, ser franco com os amigos... eis o que deu em resultado: um desfalque no cofre do patrão. Desfalque superior a cinquenta contos! O patrão estava para a Europa e eu tinha ficado com a gerência da casa. Quando ele voltou, foi dar balanço, tomar conta do que me havia entregue na maior confiança. Nesse mesmo dia, voltei para casa em desespero! Estaria em breve desonrado, numa cadeia! Pensei em dar um tiro na cabeça. Sem dizer coisa alguma à minha mulher, saí às dez horas da noite e dirigi-me à praia. Nem uma estrela brilhava no firmamento escuro carregado de nuvens! Ali à beira-mar me detive ainda alguns instantes, ouvindo o surdo rumor das ondas. E com a alma no maior desequilíbrio, voltei o rosto para a cidade, cuja iluminação dançava-me na vista, como relâmpagos em zigue-zague. Disse-lhe um adeus extravagante, um adeus de louco! Tirei o revólver, ia disparar, quando senti o pulso apertado por uma força estúpida! Voltei-me e vi atrás de mim King, aquele feio orangotango que o senhor já conhece e o povo chama de demônio. O mono tomou-me o revólver e me segurava fortemente olhando para a costa, onde estava um escaler. Dali saiu um vulto pequeno, vestido de preto e trazendo na mão uma lanterna furta-fogo. Era uma mulher que apenas aproximou-se e atirou para ele um maço de cordas de seda. O animal, como se fosse o servo mais inteligente deste mundo, prendeu-me os pulsos, e tomando-me nos braços, seguiu a mulher da lanterna em direção ao escaler. Não fiz o menor movimento, deixei-me levar como um fardo... estava estonteado! Bêbado de angústia! Dentro em pouco tempo, chegamos a bordo de um vapor de aparência muito comum, mas singularmente estranho para aquele que pela primeira vez entra em seu portaló. Deixaram-me só e livre no salão de ré. Depois de alguns minutos, tornou a aparecer o orangotango e sua senhora, que trazia o rosto coberto com uma máscara de seda. Ela sentou-se ao pé de mim, e disse com a voz mais doce e mais triste que já ouvi em minha vida:

"Senhor, diga-me a causa que o levou àquele ato de desespero porque lhe darei remédio, salvo se for paixão mal correspondida, uma deslealdade."

"Senhora", respondi-lhe, "o que me falta é dinheiro... muito dinheiro!"
"Quanto?", perguntou ela.
"Não podereis dar", respondi, enfadado. "Deixai-me seguir o meu destino."
"Quem vos disse que eu não posso remediar o vosso mal?", tornou ela. "Trezentos ou quinhentos contos que sejam precisos para salvar a vida de um infortunado não serão bastante para abalar as finanças da Rainha do Ignoto."

— É rainha! — exclamou Edmundo admirado. — É tão rica assim?

— Não admito apartes — disse Probo, o caçador de onças —, deixe-me acabar.

"Bastam-me cinquenta contos", respondi-lhe, "é o que presumo haver de desfalque." Então contei-lhe o sucedido.

"É bagatela!", disse. "Vou dar-vos esta quantia, ide restituí-la, mas com a condição de voltar para bordo trazendo vossa esposa."

"De hoje em diante", disse eu, "seremos vossos escravos, iremos para onde quiserdes."

— No dia seguinte, já livre do compromisso, às mesmas horas da noite, fui para bordo levando Roberta, minha mulher: foi então que, com o espírito mais calmo, pude reparar no extraordinário que me cercava!

"O *Tufão* levanta o ferro", disseram.

"E o *Neblina*?", perguntaram.

"Já seguiu", responderam.

"O *Grandolim* também?"

"Está fora da barra."

— *Grandolim*! — disse o doutor Edmundo. — É o nome de uma ave da Arábia deserta.

— Sim, mas que ela achou próprio para uma de suas embarcações.

— Ela tem muitas embarcações? — perguntou o doutor Edmundo.

— Tem — respondeu Probo —, mas só navega no *Tufão*, vapor construído a seu modo, muito ligeiro, um armazém de fantasias.

— Serão piratas que o senhor encontrou? — inquiriu o doutor Edmundo.

— O senhor vai sabendo e julgando por si mesmo — disse Probo, e continuou. — Na primeira noite da partida, recolhi-me cedo ao camarote, sentindo os efeitos do enjoo, mas a Roberta, que resiste bem o jogar do navio e o cheiro da maresia, ficou em observação e voltou a dizer-me:

"Oh, Probo, que coisa esquisita! Entre as passageiras do *Tufão* não existe um homem! Comuniquei minha admiração a uma criada, que pelo que parece também é nova aqui, e ela me disse que nem só as passageiras são mulheres, como toda a tripulação!"

"É singular!", exclamei. "Estaremos nós nas mãos das Amazonas, essas mulheres guerreiras das quais nos fala a História?"

— Roberta ficou assustada e trêmula, não dormiu toda a noite, erguia-se sobressaltada a qualquer rumor. Ouvimos falar no camarote vizinho e escutamos. Diziam:

"A rainha não teme inconveniência alguma da parte desse velho nem de sua mulher, primeiro porque só ela tem a ponta do novelo em que nos enrola neste labirinto; segundo porque a gratidão lhe há de paralisar a língua."

"Mas", disse outra voz, "que emprego terá no Ignoto esse barba de Herodes?"

— Ia protestar contra a ofensa feita às minhas barbas, mas a Roberta pôs-me a mão na boca e olhou-me suplicante. Eu não participava do medo de que ela estava possuída. As vozes continuaram:

"Este só poderá servir para apanhar moscas, as empresas arriscadas serão sempre nossas, eles deviam ter ido para bordo do *Grandolim*, é para lá que se mandam esses fardos."

"O *Grandolim*", respondeu outra voz, "não é para fardos, serve de refúgio, vive ao serviço dos infelizes que choram no deserto da vida os seus amargos destinos."

"E quem é no *Tufão* que não tem uma história dolorosa nos anais do sentimento, quem não vegeta aqui sob os destroços de um coração despedaçado?"

"Nossa rainha não tem história", disse a primeira.

"Quem garante isso?", volveu a segunda. "Se nunca lhe vimos uma lágrima, se não lhe conhecemos as dores da alma é porque só se nos apresenta sob a proteção daquela máscara."

"Quase que não dorme, se ela nos ouve... não tens medo?"

"Ora, quem tem medo duma mãe? Não é o que ela tem sido para nós?"

— Restabeleceu-se o mais profundo silêncio, e eu fiquei sabendo que a minha salvadora não era nenhuma Amazona nem pirata, mas a ideia importuna de saber quem era essa Rainha do Ignoto ficou sendo uma canseira para mim, depois me dissuadi...

— E o senhor ainda não sabe quem ela é? — perguntou o doutor Edmundo, admirado.

— Nem eu, nem ninguém no mundo o sabe!

— É possível?! Senhor Probo, diz-me isto para afastar-me do caminho dessa mulher, não tem confiança em mim, eis tudo.

— Não duvide de minha palavra, doutor. Sei coisas muito extraordinárias desse reino verdadeiramente ignoto, mas quem é a sua rainha, palavra que não sei.

— E o que viu mais durante essa viagem?

— Vi muitos rostos femininos de diversos graus de beleza em corpos robustos metidos em trajos próprios para o serviço da embarcação, outros elegantes, uniformizados segundo o lugar que ocupavam junto à rainha ou naquela sociedade impenetrável!

— Impenetrável por quê?

— Porque é volante: vive nos mares, vive em terra, debaixo do chão! E até nos ares!...

— O senhor parece que tem gosto em consumir-me a paciência.

— Nada, doutor, nos primeiros dias eu também fiquei assim como aturdido! Tais eram as maravilhas que me cercavam. Eu nem me julgava com inteligência para apreciá-las. No primeiro porto a que chegamos, ela me mandou chamar à sua presença e disse:

"Senhor Probo, o comandante real do *Tufão* sou eu, mas a visita vem ali, e o senhor tem de representar o comandante em presença do oficial externo da polícia. Aqui estão escritas as instruções precisas. Olhe, o vapor tem de passar, à vista de todas as autoridades e de todos os visitantes, por um vapor muito comum de marinha mercante, pertencente a uma rica e poderosa casa comercial. Não receie coisa alguma, não há embaraço, porque tudo está disposto em ordem, e com previdência... até o carregamento."

— E o senhor apresentou-se como comandante?

— Não tive a menor dúvida, recebi a visita, fiz chamar a imediata, que representou muito bem de imediato, e tudo se passou como é de praxe, sem o menor desacerto! Desembarquei, fui à capitania do porto, passeei na cidade e à tardinha voltei para bordo como um verdadeiro comandante.

— E ela o que fez?

— Não sei, quando voltei à noite encontrei a Roberta com uma carga de notícias para dar-me: a Brasília, camareira da rainha, que havia desde o princípio simpatizado com ela, lhe contara muitas coisas, dissera-lhe que a Rainha do Ignoto era uma criatura extraordinária, incompreensível, que possuía uma fortuna imensa numa ilha muito perto da costa, mas que nunca navegante algum deu com o caminho para lá chegar.

— Isto é certo? — perguntou o doutor Edmundo.

— Tão certo como estarmos aqui a falar dela. Ninguém ainda foi lá porque não se atreve a afrontar com os perigos do mar, pois está rodeada de sirtes, de escolhos e farelhões pontiagudos e empinados acima da água, que mete medo. Com tudo isso, o *Tufão*, o *Neblina* ou o *Grandolim* aportam a curta distância, e elas vão até lá nos botes, por um caminho que só é conhecido pela própria Rainha do Ignoto.

— Parece um conto, senhor Probo.

— Parece, doutor, mas é verdade. Até agora nenhuma das Paladinas do Nevoeiro, pois assim se chamam as do bando ou sociedade, pôde descobrir de quem descende essa mulher, onde aprendeu as ciências de que dispõe, as artes que utiliza. É de uma atividade, de uma energia portentosa! Tem agentes em todos os países e em todas as capitais do Brasil, corresponde-se com cada um deles com um nome diferente ou firma comercial, sendo preciso. E nenhum ainda desconfiou da existência desse colosso de gênio! Em cada porto que chega expede ordens, toma contas, age a seu modo, e tudo se passa no seio das grandes cidades tão invisível como os fenômenos celestes nos espaços desconhecidos! As Paladinas do Nevoeiro nunca lhe viram o rosto porque só tira a máscara para os estranhos, fora do Ignoto, conforme o papel que ela quer representar no mundo: ora é filha do caçador de onças e Funesta ou fada da gruta do Areré, como tem sido neste burgo, de outra vez é modista, é marquesa, é o diabo! É tudo, até alma!

— Basta! Senhor Probo, estou fatigado, voltarei amanhã para continuarmos o assunto.

— Sim, senhor, estaremos sempre às suas ordens, mas muito cuidado! Não me comprometa. Quando ela estiver por cá, o que lhe avisarei, não se aproxime da cabana.

— Terei cuidado de procurá-lo antes, no ponto marcado à margem do Jaguaribe. Até amanhã.

XXIII

UM CASO DOS QUE VÃO PELO MUNDO. CONTINUA A NARRAÇÃO DO CAÇADOR DE ONÇAS

O doutor Edmundo pensou toda noite no que ouvira contar o caçador de onças. Não podia acreditar em tudo aquilo porque lhe pareceu exagerado, mas, abstraindo o verossímil do inverossímil, achou que ainda ficavam coisas muito interessantes e dignas de serem estudadas. Desde a leitura daquela carta que encontrou no monte com assinatura extravagante e ideias incompreensíveis que houve em seu espírito uma grande transformação: o que foi um sonho, um devaneio de moço, era agora um estudo do coração da mulher, um fato psicológico que pretendia investigar. Custasse-lhe, embora, a vida, mas havia de arrancar o segredo àquela *sphige* de mulher.[1]

No dia seguinte, às mesmas horas, estava no lugar aprazado, esperando o caçador de onças. Este não tardou muito a aparecer, levou-o para a cabana e continuou a narração interrompida:

— A princípio — disse Probo —, eu zombava da Roberta, chamava-lhe visionária, dizia que ela estava com o espírito imbuído de magias. Mas uma noite ela me disse:

---

[1]Anote-se a preocupação da autora em grafar, em livro, a palavra grega *sphige* em lugar da portuguesa esfinge.

"Observa, Probo, e depois julga. Hoje vai haver sessão, estamos num porto, disse-me a Brasília que vem entrar para o Ignoto mais uma paladina; se queres assistir à bruxaria, como tu chamas, anda comigo a um lugar de onde poderemos ver sem ser vistos."

— Acompanhei a Roberta, nos escondemos e vimos o que se passava no salão de ré, naquela hora defeso para nós. Ali estava a Rainha do Ignoto, muito pequena e muito franzina, mas de porte airoso e gestos soberbos! Trajava vestido de veludo preto e tinha um diadema cravejado de brilhantes, mas estava como sempre, mascarada. Ela passeava em frente duma espécie de trono que havia de um lado, quando entrou outra e fez-lhe continência. Era a generalíssima, uma bela moça de 26 a 28 anos, muito alta, muito elegante e muito loura: trajava sobre o vestido de seda branca casaquinha de veludo azul ferrete com todas as insígnias militares do posto. Aproximou-se e disse:

"O que ordena Vossa Bondade?"

"Que hoje não haverá sessão solene" — disse —, "é muito especial o caso que acabo de ter notícia... desejo falar já com minha médica, Clara Benícia. Ela não voltou ainda de terra?"

"Saiba Vossa Bondade que sim, e não tardará vir à vossa presença."

— Inclinou-se e saiu sem voltar as costas. A médica entrou logo depois: tinha pouco mais ou menos a idade da primeira, era morena, e posto que não fosse tão bonita, não podia haver mais simpática! Muito alegre, e pelos modos familiares com que entrou, pareceu-nos ser a predileta da rainha. Sentou-se diante dela e começou assim:

"É triste, muito triste a minha mensagem! O ano passado, quando Vossa Bondade deixou-me nesta cidade encarregada daquelas doentes, eu achei-me despachada delas logo depois dum mês. Uma estava tísica e morreu-me nos braços, pronunciando baixinho como um suspiro o nome do marido ingrato, que no clube, sentado à banca do jogo, já nem se lembrava do amor e da fidelidade que lhe jurou ao pé do altar; a outra restabeleceu-se depressa ou esqueceu o seu sireno, ou se consolou, deu na mania religiosa, entrou para um convento. Mas quando tratava de partir e pensava gozar da vossa companhia e da de nossas amigas, eis que me aparece um caso novo mais terrível que os precedentes."

"Qual foi ele?" — perguntou a Rainha do Ignoto.

"Estando eu uma noite" — disse a doutora — "à varanda do chalé em que Vossa Bondade me deixou, olhava para a sala da casa fronteira quando vi de pé no meio dela uma moça de quinze a dezesseis anos.

Ficava por baixo do lustre aceso e gesticulava com uma energia desusada! Era digna de nota a expressão de seu rosto e de seus modos: ela fechava o punho e estendia o braço na direção da rua. Por fim, tirou do bolso do vestido uma fotografia, rasgou-a freneticamente e atirou os pedaços pela janela, e eles se espalharam ao longo da calçada. Mal voltou ao peitoril da janela, caiu pesadamente estendida no soalho! Eram dez horas da noite, a rua estava deserta. Desci a escada correndo e entrei naquela casa. A moça não dava sinal de vida, parecia morta. Tomei-a nos braços e levei para o sofá. A casa pareceu-me de tratamento, mas não aparecia ninguém. Depois, com o barulho que fiz de encontro às cadeiras, apareceu uma criada velha que caiu de joelhos chorando ao lado da moça, que continuava desmaiada. Dei-lhe alguns remédios para alívio do corpo, que da alma nada sabia. Ela abriu os olhos e tornou a fechar, estava menos ofegante e pareceu-me adormecer, então perguntei à velha: 'Onde está a mãe desta menina?' 'No teatro', respondeu-me ela com ar de quem deseja ser interrogada. 'E você, o que faz ou o que é nesta casa?' 'Eu fui ama de leite da mãe, e também criei a filha nos meus braços', disse ela, 'é por isso que sinto tanto esta embrulhada... esta miséria! Ah, senhora, quem põe os pés aqui na terra deve todos os dias bater com uma pedra nos peitos, pedindo misericórdia para seus pecados.'

"Conheci logo que ali havia um desses dramas íntimos da vida que não vão ao palco e que ninguém lamenta. Procurei ganhar a confiança da pobre ama e ela contou-me tudo: a menina chama-se Odete, é filha de uma viúva que conta apenas 32 anos, mais bonita e mais espirituosa que ela. Só faz um ano que ficou órfã, e já por aquele tempo estava apaixonada por um guarda-livros da casa comercial de seu pai. O moço, que não contava com a morte repentina do patrão, parecia ainda mais empenhado que ela na realização da futura aliança, mas a morte do pai de Odete fez as coisas mudarem de figura; a mãe, que era mais fina para os negócios e muito jeitosa para o namoro, arranjou as coisas de forma que lhe ficou melhor quinhão de herança e de amor. A filha, muito acanhada e excêntrica, nunca deu a perceber aos estranhos o segredo de seu coração. Quando conheceu que o seu sonhado noivo se tornava menos amável para consigo e mais atencioso para com sua mãe, tornou-se impaciente, frenética, quase intratável para com todo mundo, principalmente para com ele, que já a tratava com indiferença.

"Naquela noite, disse-me a ama que ela estava pronta para ir ao teatro com a mãe, mas que esta, tendo-lhe declarado o seu próximo casamento com o guarda-livros, obstinou-se em ficar, e o resultado já eu sabia, foi o desmaio. Deixei-a ficar aos cuidados da ama e só voltei no dia seguinte. A doente tinha piorado, e piorado muito! Ardia em febre! Delirava horrivelmente, mas, mesmo no delírio, nunca disse uma inconveniência que comprometesse a mãe. Não a deixei mais. Ela lutou oito dias com a morte e afinal a mocidade e a robustez triunfaram, curou-se, mas ficou muda! Não houve mais quem lhe ouvisse uma palavra! Estava passando por idiota.

"Ontem, quando o *Tufão* se aproximava do porto, tinha lugar a cerimônia religiosa do casamento da mãe de Odete. A pobrezinha, com ar aparvalhado, seguia o acompanhamento, toda vestida de galas, levando no peito o coração coberto de luto, servindo de esquife a seus sonhos de moça. Eu coloquei-me por trás de uma coluna da igreja e vi passar o luxuoso cortejo. Odete ia de braço com um velho comendador, era a última. Voltou a cabeça, viu-me e deixou o cavalheiro para vir cair nos meus braços, abafando um soluço. Fi-la cheirar uma flor que levava preparada e ela adormeceu imediatamente. Protegida pelas sombras dos corredores, a conduzi por uma porta lateral e, ajudada por Edialeda Cruz, meti-a no carro e segui para o chalé, mas só agora à noite podemos vir apresentá-la à Vossa Bondade.

"Onde está ela?", perguntou a Rainha do Ignoto, "está a bordo?"

"Está", disse a médica Clara Benício. "Já soubemos que a mãe teve uma noite de núpcias angustiada e que a tem mandado procurar por toda parte."

"Doutora", disse a Rainha do Ignoto, "todo o mundo tem obrigação de respeitar os direitos adquiridos por um coração sincero. Uma rivalidade não se perdoa nem a uma mãe! Onde está Odete? Quero vê-la."

— A doutora Clara Benício saiu e tornou a entrar com Odete.

— O senhor a viu? — disse o doutor Edmundo.

— Vi — respondeu Probo —, estava vestida de branco, em pé, firme e direta como um fantasma, diante da Rainha do Ignoto. Tinha a altura média de um homem. Sem ser propriamente feia, deixava de atrair pela falta de graça em seus movimentos automáticos e o pouco jeito de seu corpo de rapaz. Em compensação, tinha um bonito cabelo preso em duas fartas tranças, mas silenciosa e triste, aproximou-se de uma mesa onde viu uma tesoura, e com a maior rapidez cortou-as, e as tranças caíram estendidas no assoalho como duas grandes cobras.

— Por que deixaram-na fazer tal coisa? — lamentou o doutor Edmundo.

— A doutora deu um grito — disse Probo. — A Rainha do Ignoto perguntou calmamente:

"Por que fizestes isto?"

— Ela não respondeu, pôs a mão sobre o peito e apontou para o céu. Duas lágrimas correram-lhe lentamente pelas faces.

— A verdadeira estátua da dor — disse o doutor Edmundo.

— A Rainha do Ignoto estava comovida — volveu Probo. — Ela perguntou à médica Clara Benício:

"Não há um remédio que faça esta pobre menina esquecer esse cruel episódio de sua vida? É ainda tão nova! Quinze anos só! Veja se pode curá-la."

"Há meio de fazer perder a memória totalmente, em parte só a natureza", disse a médica.

"Sinto-me pouco disposta a discutir este assunto, mas ainda lhe provarei o contrário", volveu a rainha. "Diga-me: esta menina tem as faculdades mentais alteradas ou goza do uso perfeito delas?"

"Presentemente, sofre no sistema nervoso, os filetes dos nervos sensitivos foram profundamente abalados, e os motores não foram menos, eis porque tem esses movimentos rígidos, e ainda perdeu a fala. Mas estou certa que, com o andar do tempo, virá a perder toda a razão."

"Bem", disse a Rainha do Ignoto, "vou tomá-la para o meu serviço, a Brasília fala muito, e eu sempre imaginei uma camareira muda."

— A doutora Clara Benício retirou-se com Odete, e a rainha sentou-se a uma mesa e começou a escrever. Nem sabe, doutor, como voltei desgostoso pela derrota da linguareira Brasília, que naquele lugar nos seria muito útil.

— E depois, senhor Probo? — perguntou o doutor Edmundo. — Que viu mais?

— Viajamos muito, vi tanta coisa que a contar chamaria-lhe "contos de mil e uma noites"! Depois voltamos para o Ignoto, palácio que ela tem na ilha que já falei.

— O que me disse, senhor Probo, já é tanto que não sei como poderá existir mais! — disse o doutor Edmundo em ar de dúvida.

— Afianço-lhe, senhor, que isso é ainda uma parte infinitesimal do todo!

— Desculpe-me, senhor Probo, mas não posso acreditar... só vendo — tornou o doutor Edmundo.

O suposto caçador de onças exaltou-se e bradou:

— Comprometo-me a fazê-lo ver tudo quanto lhe disse, mas com a condição de que confesse que não sou um visionário!

— Como é fácil a condição, aceito a proposta — disse o doutor Edmundo saindo. — Voltarei logo.

XXIV

POR QUE NÃO FAZES ASSIM? AS MOÇAS GARRIDAS NÃO FICAM "TITIAS"

A família Martins continuava na fazenda Poço do Capim, e ali pretendia demorar até agosto.

Carlotinha já não era a criança descuidosa e alegre de outros tempos, tinha-se transformado. Estava naquela fase da vida que toda moça tem de infalivelmente pagar o pesado tributo do rei dos corações, esse absoluto, esse tirano que se chama amor. A imagem daquele que lhe fez pulsar o coração lhe tinha ficado gravada na mente. As horas do dia passavam lentamente para ela, que de quando em quando chegava à janela e alongava a vista pela estrada, e a cada momento lhe parecia ver um cavalheiro assomar por entre a ramagem das árvores, mas era debalde.

O doutor Edmundo, desde a noite de São João, nunca mais foi à fazenda do Poço do Capim. Estava muito entretido com as histórias que lhe contava Probo da Rainha do Ignoto. Carlotinha esperava sem esperança. É do destino humano esperar sempre. À noite ela sonhava com ele, e pela manhã a recordação do sonho dava-lhe alguns instantes de contentamento, mas o tempo passava e sua alma recomeçava na mesma ânsia do dia anterior, e só a noite vinha pôr termo à árdua tarefa, com o ponto final do desconsolo. Dona Raquel, mãe extremosíssima e perspicaz, observava a filha sentindo o pressentimento de uma grande dor para seu coração materno. Uma tarde, disse ao marido:

— Não estou tranquila, não sei o que faça para distrair Carlotinha. Emagrece, está ficando pálida e vive mergulhada numa tristeza que me assusta e me desgosta.

— Voltemos para a povoação — respondeu senhor Martins —, lá tem com quem desenferruje a língua.

— Quem sabe não será pior? Sei cá por que digo isto.

— Não sou bom para adivinhar charadas — volveu ele —, diga as coisas como elas são e saberei responder.

— Não sei nada — disse a professora, disfarçando. — Vamos falar de nosso gado, já fiz quatro arrobas de queijo este ano.

— É pouco.

— Para mim é muito, o resto compete ao vaqueiro.

E a boa senhora não teve ânimo de dizer o que julgava, sentia pejo até de pensar que seu anjo querido, a flor mimosa de seu coração, amava pela primeira vez com toda força de sua alma e não era correspondida. Era tal a sua dedicação materna que, sofrendo tanto quanto a filha, por um sentimento de delicadeza fazia todo o possível para se mostrar alegre só a fim de não lhe dar a conhecer que havia descoberto o segredo que ela procurava ocultar-lhe.

Mas enquanto a boa mãe pensava em descobrir um meio de salvar a filha do próximo desengano de seu sonho de amor, ela seguia pensativa também o caminho da casa de Ana Rosa, e era tal a sua preocupação que nem via os garranchos que se lhe pegavam ao vestido, advertindo-a de que era preciso tirar da vista a imagem do doutor Edmundo e olhar para eles, que estavam crivados de espinhos.

— Olhe o barreiro, sinhazinha — disse a mulata Tereza, que a acompanhava, e puxando-a pelo braço, a fez recuar. — Quase cai dentro. Se não sou eu... — tornou Tereza.

— Caía decerto — disse Carlotinha, simulando numa risada que Tereza correspondeu deveras.

— Lá está a casa de sinhá Ana Rosa, sinhazinha, ela já nos viu, vem correndo.

Efetivamente, a roceira veio encontrá-las e abraçou Carlotinha com toda efusão e sinceridade campesina, depois a conduziu para o interior da casa. Foi mostrar-lhe a almofada onde trabalhava em uma linda renda de bilros. Levou-a até as gaiolas onde tinha presos o canário, a graúna cantadeira e o cabeça-vermelha. No patio, fez-lhe ver as cravinas e maravilhas dos canteiros suspensos no ar sobre estacas.

POR QUE NÃO FAZES ASSIM? AS MOÇAS GARRIDAS NÃO FICAM "TITIAS"

A não ser na camarinha,[1] a embalarem-se na rede, é ali ao pé de suas flores que as moças sertanejas costumam fazer às amigas as confidências amorosas. Ana Rosa, depois de contar a Carlotinha todas as peripécias de uma inclinação nascente, passou a tratar das pessoas que tinham vindo à fazenda na noite de São João. De todos, os que maior impressão lhe deixaram foram Henriqueta e o doutor Edmundo.

— Bonito moço — dizia ela —, e aquela filha de dona Matilde também não é feia. Que achas, Carlotinha?

— Assim...

— Olha, pois eu acho um par muito igual! E eles parece que se gostam, não reparaste?

— Não — respondeu a moça distraída, examinando um cravo. — Que belo vermelho tem esta flor!

— Mais vermelhas estão as tuas faces — disse Ana Rosa, rindo. Que é isso, Carlotinha? Como estão frias as tuas mãos!

— Não sei... a mamãe diz que é nervoso, dei agora para isso. Todas as tardes e manhãs fico com as mãos geladas.

— É bom te receitares.

Ana Rosa não adivinhava quanto tinha feito sofrer a pobrezinha, e para alegrá-la cantou as modinhas novas que tinha aprendido na semana passada. Depois foi ainda mostrar-lhe um corte de lã e um alfinete de peito que seu pai lhe tinha trazido da cidade. Carlotinha se esforçava para corresponder alegremente àqueles agrados de estilo sertanejo, e não podia senão formular um triste sorriso.

O sol baixava no horizonte e as sombras que rodeavam as mutambeiras e juazeiros da mata cresciam. Um pipilar de vozes alegres de gente feliz se aproximou da porta da casa de Ana Rosa: eram as filhas de dona Matilde que, não tendo encontrado Carlotinha na fazenda, vieram procurá-la ali. Depois dos cumprimentos do costume, abraços e beijos falsificados como as conservas que nos vêm do estrangeiro, Henriqueta começou, levianamente:

— Então, Carlotinha, o doutor Edmundo tem aparecido por cá?

— Apareceu quando tu apareceste na noite de São João — disse a moça impaciente, querendo mudar de assunto. — Como está bonito o céu para o lado do poente!

---

[1] A palavra "camarinha", tão comum até meados do século XX nos sertões nordestinos, com o sentido de alcova, praticamente caiu em desuso. (Nota da segunda edição.)

— Sabes o que se diz na povoação? — tornou a teimosa.

— Não sei, nem quero saber.

— Pois eu digo aqui para Ana Rosa: é voz geral que o doutor Edmundo está enfeitiçado. Começou a passear para os lados do Areré e agora não sai da cabana do caçador de onças, o feiticeiro velho.

— Mas o que muita gente diz — acudiu Malvina — é que está ficando maluco e vem a dar em doido!

— O que admiro — disse Carlotinha — é que vocês, que tinham tanta amizade com ele, falem agora assim!

— Ora, essa! Porque tinha amizade com ele, não posso dizer o que se diz? Tem graça! — disse Henriqueta.

— Ela fala assim, Carlotinha — disse Malvina —, porque está de amores novos, vai ser pedida em casamento por um negociante português que almoçou no domingo em nossa casa.

— E ela, que já foi pedida pelo Eduardo Gama — declarou Henriqueta.

— Mas mamãe disse que só marca o tempo quando contratar também o teu, que é para fazer ambos no mesmo dia.

As filhas de dona Matilde, depois de muitas levezas e desfrutes, se despediram. Então Ana Rosa disse a Carlotinha:

— Por que não fazes o mesmo? As moças garridas não ficam titias.

XXV

UM CURIOSO NA VAGA DE UM ANJO

Diz um escritor moderno que a admiração parece antagonista do amor.

Não há regra sem exceção, mas o doutor Edmundo não era uma exceção. Por isso, seguiu a regra geral, e desde que o caçador de onças o pôs a par do gênio de sua visão do monte, transformada em Rainha do Ignoto, não pensou mais nela senão como um maníaco decifrador de enigmas. Todo o seu empenho era conhecer o segredo daquela maçonaria de mulheres, como chamava Probo. Não era que desse inteiro crédito ao que ouvira, mas desejava ardentemente examinar os fatos com seus próprios olhos para poder separar o verossímil do inverossímil.

Conhecendo ele a improbidade de Probo, logo à primeira vista, para se lhe mostrar agradável e obter a confiança, não poupou esforços. O velho era birrento, não gostou que o doutor Edmundo duvidasse de sua palavra, e tendo-se comprometido a fazer-lhe conhecer a realidade dela, ia introduzi-lo no reino do Ignoto por um meio seguro e praticável que o acaso lhe pôs nas mãos. Naquela mesma tarde em que Carlotinha, em casa de Ana Rosa, zangava-se com as filhas de dona Matilde pelo modo desabrido com que falavam dele, o doutor Edmundo, esquecido de todas elas, dialogava com o caçador de onças, ambos sentados em um tronco à margem do Jaguaribe.

— Elas vão partir — dizia Probo com ênfase.

— Partir? Para onde? — perguntou o doutor, assustado. — E como agora realizar o que me prometeu?

— Como? Pela melhor forma! O senhor é muito feliz, apresenta-se uma ocasião favorabilíssima!

— Então?

— Eu lhe digo — tornou Probo misteriosamente —, realizou-se o diagnóstico da doutora Clara Benício. Odete perdeu a razão.

— O que tem isso comigo?

— Não tem com o senhor, mas tem com o seu desejo de conhecer o segredo da Rainha do Ignoto. Deixe-me acabar de expor o meu projeto e verá que é disso que pretendo tirar bom partido.

— Estou pronto para ouvi-lo.

— Já há alguns meses — disse Probo — que a muda dava indícios muito pronunciados de alteração mental, mas como a Rainha do Ignoto tem grande predileção por ela, não a despediu de seu serviço, embora com prejuízo. Hoje pela manhã, quando Diana ou a mesma Rainha do Ignoto veio à cabana para me participar que partiríamos nesses dois dias para uma longa viagem, Odete pela primeira vez obstinou-se em ficar na cabana, não quis tornar para a gruta, por mais que a rainha carinhosamente a convidasse e até procurasse erguê-la, puxando-lhe brandamente pelo braço.

— E que decidiu ela?

— Partiu só e recomendou à Roberta que, quando a muda desemperrasse, fosse com ela para o Ignoto.

— E ela foi? — perguntou o doutor Edmundo com interesse.

— Não acabei ainda, o senhor vai ver o que sucedeu. Eu estava estranhando vê-la tanto tempo sentada sobre o banco, mais tesa do que costumava. Levantei-me, toquei-lhe no braço, estava morta.

— Morta! Pobre Odete! — exclamou o doutor Edmundo, compungido. — E depois?

— Depois lembrei-me que a rainha ia passar por um grande desgosto que eu podia evitar tirando proveito do caso.

— Como?

— Substituindo a muda pelo senhor.

— Que quer dizer, senhor Probo? Olhe que trata com uma pessoa séria, respeitável, que não veio aqui para gracejos dessa ordem.

— O senhor ofende-se porque não me compreendeu e nem sabe o que lhe vou propor. Fique descansado que não o levo ao ridículo, pois não há desdouro para um homem vestir um hábito branco e pôr a cruz vermelha dos Templários.

— Certo, e era assim que ela vestia?

— Acrescentando uma máscara, deu-lhe na fantasia ser cavaleiro de São João de Malta, irmão hospitaleiro de Jerusalém e, por fim, templário. O senhor, que deseja observar os trabalhos dessa maçonaria de mulheres, finge-se de Odete, vê com os seus olhos, está acabado.

— Não há outro meio menos incômodo e mais difícil de ser descoberto?

— Ora, essa! Pensa o senhor que a Rainha do Ignoto é aí qualquer Joana ou qualquer Teresa? Se tem gosto em saber a verdade, não hesite em aceitar o único meio que o caso lhe fornece.

— Estou quase tentado a aceitar, mas receio ser malsucedido — disse o doutor Edmundo, irresoluto.

— Nada, ninguém descobrirá o logro e o senhor verá. Tem de ouvir muito à sua vontade porque as Paladinas do Nevoeiro não têm a menor dúvida da inutilidade da língua de Odete, portanto têm pouco cuidado em ocultar-lhe os seus segredos. E agora, que deu para doida, fazia o que queria, ninguém se incomodava com ela. Já vê que nesse papel se pode gozar da liberdade dos que perdem o juízo.

O doutor Edmundo, tendo na mão a ponta do fio para desenrolar o novelo misterioso, não teve ânimo de soltá-lo e perguntou:

— A que horas vai o senhor?

— Das nove para as dez. Tenho de fazer com a Roberta um serviço à morta, dar-lhe sepultura.

— Pois bem, me espere às dez horas.

— Sim — disse o suposto caçador de onças, e dirigiu-se para a cabana onde Roberta velava o cadáver de Odete, ainda mascarado e com seu trajo de templário.

Com ele foi a pobrezinha enterrada. Probo conduziu-a para um barreiro que havia à entrada da mata e, enquanto ele enchia a cova de terra, Roberta sustentava um castiçal de bronze onde ardia uma vela de cera de carnaúba protegida por uma lanterna de papel. A boa e sensível mulher soluçava, tinha se afeiçoado muito à triste muda por compaixão às suas desgraças. Não podia conformar-se com aquele jazigo ignorado, e muito menos com a substituição que o velhaco do marido queria fazer, introduzindo um curioso na vaga de um anjo.

XXVI

MARAVILHAS SOBRE MARAVILHAS!

Às dez horas em ponto bateu o doutor Edmundo à porta da cabana. Tinha deixado cartões de despedida às famílias de suas relações e instruído o criado no que devia fazer, se por acaso não voltasse dentro de quinze dias. Probo vestiu-lhe um hábito novo com a cruz vermelha dos templários, pôs-lhe também uma máscara igual à que trazia Odete, e disse:

— Vamos, o senhor está exatamente como ela: tem a mesma altura e até o mesmo corpo.

O doutor Edmundo seguiu-os com alguma coragem, mas quando os viu mergulharem na entranha daquela gruta escura e fria do Areré, estremeceu. Roberta ia na frente e Probo atrás. Este estendeu mão para o doutor Edmundo e disse alto:

— Entre, não tenha medo, Odete.

Disse depois baixo:

— O senhor, da entrada desta gruta em diante, é mudo, lembre-se bem, se falar está perdido.

Foi naquela hora que ele considerou no passo que tinha dado! Se aquela gente fizesse parte de uma quadrilha de salteadores, o que seria de si? Como pagaria tal imprudência? Talvez com a vida! Mas era tarde, já não podia recuar. Caminhava nas trevas sem saber para onde ia. O ar pesado e úmido da gruta açoitava-lhe o rosto, passando em assovio por baixo da máscara. Sentia o esvoaçar das asas dos morcegos passando-lhe rente pelos cabelos, que se eriçavam de medo! Depois entraram em uma galeria muito estreita, a princípio, mas que se foi alargando gradualmente, e a uma certa distância divisava-se um foco de luz avermelhada como a que se acende nas caldeiras dos vapores. Probo sentiu tremer a mão do doutor Edmundo, que ele sustentava ainda guiando nas trevas, e disse:

— Não se assuste, senhor, vamos chegar à estação da estrada de ferro e o trem vai partir, apressemos os passos.

— Como, senhor Probo? Um caminho de ferro subterrâneo? — perguntou o doutor Edmundo, admirado.

— Sim, doutor, é muito natural, pois a Soberana do Ignoto não podia transpor tão depressa as cinco léguas que separam o porto de seu reino desta gruta sem ser por caminho de ferro.

— Já começo a crer na maravilha do conto...

— Como não? Veja com seus olhos — disse Probo — e depois me chame visionário.

A voz dos caminhantes era respondida da abóbada da galeria subterrânea por um eco soturno e cavo que enchia de pavor as pessoas desacostumadas àquele trajeto, por isso o doutor Edmundo guardou o silêncio a que estava condenado voluntariamente, por conveniência própria. Chegaram efetivamente a uma estação de caminho de ferro. Dali em diante a galeria subterrânea era construída por arcadas de abóbadas de tal solidez capaz de sustentar um mundo! Era um verdadeiro túnel como o de Londres, que fica por baixo do rio Tâmisa, e que foi construído sob a direção do engenheiro Brunel, em 1825.[1]

Na estação solitária e mal iluminada, a máquina apitava, dando o sinal da partida. O doutor Edmundo seguiu Probo e Roberta, que entraram pela portinhola de um vagão também despovoado de passageiros, mas antes de entrar olhou para a maquinista, e ainda mais a foguista, uma gigantesca norte-americana vestida de azul, com os braços arregaçados, sujos de carvão e de azeite. O apitar da máquina, o rodar do trem nos trilhos subterrâneos era medonho e cavo. Aquelas mulheres fantásticas,

---

[1] Nota à segunda edição informa que o túnel mencionado no romance foi construído por Marc e Isambard Kingdom Brunel, pai e filho, engenheiros e grandes nomes no setor técnico da Revolução Industrial inglesa. As obras se iniciaram em março de 1827, e após acidentes de desmoronamentos, o túnel foi inaugurado em 1843. Marc Brunel, hemiplégico, presente à solenidade, teria sido ovacionado pela multidão. Em 1862, foi publicado em Londres *Memoir of the of Sir Marc Isambard Brunel,* por Richard Beamish. Fica a dúvida se teria Emília Freitas lido esse livro.

tudo avultava no espírito do pobre moço, vítima de sua curiosidade. Ele já não sabia se estava acordado, julgava-se em um pesadelo.

— Estou aturdido — disse ele quase ao ouvido de Probo.

— Ainda é cedo, muito cedo para isso, o senhor ainda não viu nada — disse o velho. — Eu, a princípio, também andei estatelado, queria por força estar sonhando. Mas vamos cuidar do que serve, vou dar-lhe algumas instruções proveitosas: quando chegarmos ao Ignoto, há de ser meia-noite, hora em que vai começar a sessão que tem de haver na véspera da partida. O senhor acompanhe Roberta à sala do Nevoeiro e sente-se no lugar destinado a Odete, que é junto à Rainha do Ignoto. Observe... admire, mas não faça o menor movimento que denuncie a sua estranheza porque será descoberto. É preciso fingir a indiferença de estátua que ela sempre conservava em presença de tudo.

— Farei todo o possível por conter-me, mas, queria tê-lo ao pé de mim para depois explicar-me o que eu ignorasse.

— Não pode ser porque não sou admitido lá, e só sei do que há pelo que me conta a Roberta, que já goza de muita confiança da Rainha, mas amanhã, na visita que ela tem de fazer às fábricas, às oficinas, ao observatório, ao gabinete de química ou laboratório, aos estabelecimentos de caridade, irei ao pé de si e da Roberta e conversarei com esta a propósito das perguntas que sei que não me pode fazer em seu papel de muda.

— O que não compreendo — disse o doutor Edmundo, já mais tranquilo — é como essa Rainha do Ignoto pôde tirar a essência de todo o progresso para concentrá-la em sua ilha!

— O que mais admira, senhor Edmundo, é ela entender de todas as indústrias, de todas as artes, de todas as ciências e letras e até ser uma utopia de governo! Só vendo se pode fazer uma ideia... é incansável! Todos os momentos de sua vida são aproveitados numa atividade célere! Tanto sabe ostentar o luxo asiático como encobrir-se na miséria londrina da cidade pobre. O senhor terá ocasião de vê-la no trono cercada de um esplendor e de um fausto igual ao que havia em um dia de Luís XIV em Versalhes! Mas logo terá de vê-la no meio de suas paladinas, vestida de camponesa, dormindo ao relento sobre um carro de feno!

O trem deu sinal de chegada. A estação ali ficava por baixo de um morro na foz do Jaguaribe. O morro, assim como a gruta, também tinha as honras do encantamento. O povo, e com especialidade as lavadeiras quando voltavam à cidade com suas trouxas de roupa, vinham contando histórias do morro mal-assombrado. Contavam que, em certas noites, se ouvia tocar tambor ali, via-se sair rolos de fumo, e algumas até afirmavam que lá andava um bode preto fazendo correrias e ladrando como um cão!

Mas deixemos as lavadeiras em sua crença e tornemos aos viajantes noturnos. Eles saíram da estação e encontraram, logo ao pé do morro, a beira do rio onde estava amarrada uma barca. A barqueira imitou o canto da noitibó.[2] Probo respondeu da mesma forma, e se adiantavam para ela quando o doutor Edmundo perguntou baixinho:

— O que significa esse canto?

— É a senha da noite, senhora muda — disse ele.

Então o doutor Edmundo lembrou-se que devia estar calado. A barqueira remava silenciosa por águas desconhecidas dos navegantes. A barca deslizava em caminhos estreitos, entre penhascos fragosos mais ou menos alcantilados. Às vezes, era uma verdadeira garganta onde ela parecia passar quase roçando a quilha nos cachopos, onde o mar se espraiava numa cascarilha de espuma. O doutor Edmundo tornou a sentir o mal-estar, o pavor desconhecido que havia experimentado na travessia do caminho subterrâneo, mas era arrastado por um magnetismo que julgava fatal! Finalmente chegaram à ilha, cujas costas eram naturalmente defendidas por mil fortalezas de baixios, parcéis, restingas e sirtes.

---

[2] Ave noturna conhecida como bacurau, muito comum no Nordeste brasileiro.

XXVII

É ASSIM QUE SE ESVAI UMA ILUSÃO

Antes de sabermos o que viu o doutor Edmundo no Ignoto, voltemos à povoação da Passagem das Pedras e lancemos uma vista sobre os nossos conhecidos. Saberemos também o que se disse de seu brusco desaparecimento.

Três dias depois, em casa do senhor Martins, que havia voltado precipitadamente da fazenda do Poço do Capim, reuniam-se algumas famílias, e pela consternação do semblante, palavras a meia-voz, conselhos separados, via-se que ali se passava alguma coisa fora do comum. Como, de fato, Carlotinha adoecera, Ana Rosa, que tinha vindo também, disse:

— Venha ver, minha madrinha, como ela *tresvaria*!

— Não tenho ânimo! — exclamou a mãe, encostando o rosto ao portal do quarto. — Ai! Minha filha! Minha Carlotinha que morre!

E disparou a chorar. As mulheres cercaram-na e fizeram com que se afastasse dali, procurando consolar aquele coração de mãe prestes a ser ferido.

— Já veio o médico? — perguntava, impaciente.

— Já está receitando — disse dona Paulina.

— O que disse ele? Como achou minha filha?

— Ele não disse nada. Sentou-se ao pé da cama, tomou-lhe o pulso, viu a língua e perguntou se doía a cabeça, o corpo, e ela respondeu que a cabeça doía porque estava cheia de pedras do Areré. O médico abanou a cabeça, saiu para a sala, esteve falando com o senhor Martins e depois receitou.

— Não vieram ainda os remédios? — tornou dona Raquel a perguntar.

— Não há tempo — responderam —, foram buscar no Aracati, e duas léguas custam a andar.

O senhor Martins passeava no corredor a passos largos, com as mãos nos bolsos, resmungando contra tudo. Dona Sofia apareceu na porta do quarto da doente, tendo marcadas entre os dedos as folhas de um livro de orações.

— Como o médico achou a Carlotinha, senhor Martins?

— Muito mal, dona Sofia, disse que a febre atacou muito o cérebro, mas se ela suasse com os remédios que mandei vir e dormisse com a primeira dose de morfina, que melhorava e seria salva.

Com efeito, ela tomou os remédios, suou e adormeceu. Deixemo-la embalada em seu sono pelo *si-si* das rezas de dona Paulina e dona Sofia e vamos tomar conhecimento com a causa da enfermidade. No dia seguinte àquele em que ela esteve com as filhas de dona Matilde em casa de Ana Rosa, a triste menina estava encostada a um tronco defronte do umbral, entretida em ver os pombos, uns brancos, outros cinzentos, entrarem para sua casinha de madeira com diversos andares.

A tarde estava calma. Ela apanhou um malmequer e começou a desfolhá-lo com superstição. Queria ler o seu destino nas folhinhas ou pétalas amarelas da flor silvestre, e dizia em uma "bem me quer", na outra "mal me quer", até a última que deu em mal. Segundo a experiência, não era amada. Olhou para elas, espalhadas no chão, e ficou pensando. Naquele momento, aproximou-se Tereza, entregou-lhe uma carta e disse:

— Veio outra para o *senhô*.

— Quem trouxe? — perguntou Carlotinha.

— Foi *seu* Eduardo Gama — disse a mulata —, ele está aí com seu Boão do Poço, eu vi conversarem umas coisas que fiquei me benzendo. Quem o havia de pensar? Um moço tão bonito!

— Mas o que foi que disseram?

— Sei lá, senhorita... estavam dizendo que *seu* doutor Edmundo ficou doido, fugiu de noite para amanhecer hoje e ainda não se achou. O *senhô* diz que é mentira porque na carta que recebeu vem uma despedida. *Seu* Boão do Poço diz que é verdade porque houve quem encontrasse à meia-noite um sujeito com um selim na cabeça, e como ele sempre gostava de andar a cavalo, era ele.

— O Boão sempre há de dizer asneiras... que disparate! Vai Tereza, ouvir mais o que se diz na sala, põe-te atrás da porta do corredor.

— E a senhorinha não vai falar com os moços?

— Não, se minha mãe me procurar, diz que estou com dor de cabeça, que não posso ir.

— E a senhorinha está mesmo? — perguntou Tereza, assustada. — Quer que eu *vou* fazer um chá?

— Não quero nada, vai.

Tereza saiu e Carlotinha tirou do bolso do vestido a carta que tinha recebido.

— Será dele? — pensava ela.

Sem reparar para a letra do sobrescrito, pois tinha naquela hora a vista turva, rasgou o envelope e olhou apressadamente para a assinatura. Empalideceu — era de Henriqueta. Atirou com ela para longe e depois foi buscá-la, e leu:

> Minha querida Carlotinha,
>
> O portador desta é Eduardo Gama, que vai da parte de mamãe convidar teu pai com a família para assistir, no sábado vindouro, o meu casamento e o de Malvina. Te fiz esta cartinha para que não faltes, e também para dizer-te quem era o tal doutorzinho que estava aqui a enganar a todos com cara de santo.
>
> Dizem por toda a parte que ele enlouqueceu e fugiu, que já estava maluco há muitos meses, desde que aqui chegou, mas a verdade é outra: houve quem o visse às dez horas da noite sair da mata com o caçador de onças e uma mulher, e se dirigirem todos três para o lado do Areré. Sabes quem é o caçador de onças? Um salteador disfarçado, ele provavelmente foi fazer parte da quadrilha.
>
> Olhe, não faltes à festa, que há de ser pomposa. Aceita muitos beijos e abraços de tua amiga do coração
>
> Henriqueta.

Carlotinha viu anoitecer de repente! Fraquearam-se-lhe as pernas e faltou-lhe o chão. Amparou-se ao tronco da cajazeira e deixou passar a vertigem que lhe punha o mundo a roda. Depois sentiu vontade de chorar, mas um entalo na garganta parecia impedir que as lágrimas passassem para os olhos. Não raciocinou sobre o que se dizia do doutor Edmundo. Sua alma concentrou-se na ideia de ver o mundo de seus sonhos desmoronando. Num instante, a doce ilusão da aurora de sua vida feita um montão de cinzas!

Atirou-se a passear entre as árvores com passos desiguais e apressados, parando de repente, seguindo agitada, umas vezes lentamente, sem consciência do que fazia, só com a alma dominada por uma ideia que lhe repetia incessante — acabou. Então viu o rebanho das ovelhas brancas que vinha chegando à porta do redil, abraçou pelo pescoço seu cordeiro predileto e chorou num soluço amargo como o desengano que é o fel da vida. Aproximou-se o pastor e ela recolheu-se à casa. Estava com febre. É assim que se esvai uma ilusão.

XXVIII

UMA SESSÃO DA MAÇONARIA DAS MULHERES NO SALÃO DO NEVOEIRO

Dava meia-noite no relógio da torre pontiaguda do palácio da Rainha do Ignoto quando o doutor Edmundo, fingindo Odete, sentou-se em seu lugar e patenteou-se à sua vista um verdadeiro milagre de arte! As paredes do salão imitavam perfeitamente as tramas ou nevoeiros que cercam um navio no alto mar. O mosaico do ladrilho representava o oceano doce e calmo, e no teto estava a imitação do céu levemente azulado e nebuloso, deixando ver a lua que derramava uma luz branda misturada de poesia e de saudade.

A nova Odete, por baixo da máscara, abrira muito os olhos para ver os rostos de uma centena de mulheres que, a avaliar pelas aparências, as mais novas teriam vinte e quatro anos e as mais velhas, quarenta. E entre elas havia algumas admiravelmente belas! O trono da Rainha do Ignoto era uma espécie de morro, cujas brancas areias pareciam prateadas pelo luar. Sobre aquele cômoro artificial havia uma enorme concha marinha onde se sentava a soberana misteriosa coroada de louros, e sustentando uma lira de marfim com cordas de ouro! Via-se, espalhados pelo nevoeiro, pequenos barcos em forma de cisnes, cheios de paladinas empunhando os remos.

Entre os diversos grupos que enchiam o recinto do salão, e que não se podia abranger de um golpe de vista, distinguiam-se as da orquestra:

estavam vestidas de cetim verde, e tinham os cabelos semeados de pirilampos. Uma delas sentada ao piano esperava que a maestra desse o sinal, enquanto outras, sustentando suas harpas, flautas e violinos olhavam para ela na expectativa.

Rompeu, enfim, a música, acompanhando um hino de uma beleza extasiante! Parecia subir e descer na escala cromática de todos os tons maiores e menores: ora era doce e melancólico como a voz do sentimento em uma balada amorosa, às vezes alegre e vivo como o prazer ressaltante de uma louca felicidade, e terminou com entusiasmo guerreiro! O silêncio tornou-se tão profundo que se poderia ouvir o bater das asas de um inseto! A secretária falou assim:

— Irmãs na fé, irmãs no desterro, a soberana do Ignoto, a musa do Nevoeiro, vos faz saber que a sessão de hoje não é a sessão ordinária, adstrita às cerimônias da lei. É uma sessão livre, extraordinária, na qual ela deseja dizer algumas palavras a muitas de suas paladinas. Dentro de três dias, partiremos para os assaltos do bem, vamos guerrear a injustiça, proteger o fraco contra o forte, entrar nos cárceres para curar os enfermos, lançar-nos às ondas para salvar os náufragos e atirar-nos aos incêndios para lhes arrebatar as vítimas! Quem não estiver pronta a perder a vida pela fé jurada, pode assinar seu nome no livro da covardia.

E apontou para um grande livro, em forma de morcego, de folhas negras, que estava aberto em cima de uma mesa no meio da sala. Nem uma se adiantou para o livro, então a secretária da sociedade disse:

— Venha a primeira ordem, as paladinas que têm por divisa: Submissão e Vontade.

Adiantaram-se diversos grupos de treze cada um, mas só uma delas possuía o grau treze: era uma moça loura de olhos azuis e lânguidos. Tomou a frente e inclinou-se diante da rainha.

— Tende, por vós ou por vossas companheiras — disse esta —, alguma queixa a fazer-me ou alguma graça a pedir-me?

— A graça que tenho a pedir por mim e por minhas companheiras — disse ela — é a de continuar a vos servir por toda nossa vida.

— Voltai — disse a rainha com bondade — e trabalhai por ganhar o primeiro grau da segunda ordem: Trabalho e Coragem.

Adiantou-se a segunda, dividida em grupos de dez, cada um justado desde o primeiro grau até ao décimo, que cabia à mestra do ofício ou da indústria que exerciam, conforme o merecimento. O doutor Edmundo reconheceu logo a barqueira e a norte-americana maquinista do caminho de ferro subterrâneo. O maior grau dessa ordem era o da engenheira-diretora da estrada de ferro e das fábricas, que era também norte-americana, baixa e gorda, muito vermelha e já idosa. Ela falou em inglês:

— *God save the Queen of the meadows. I am grateful for your kindness. You are adored by your people, and I am the representer of the fidelity of the Queen's servants.*[1]

A rainha respondeu no mesmo idioma:

— *I thank you, Constance Herriel, you are a favorite of mine.*[2]

Veio a terceira ordem composta do exército de terra e de mar, e trazia na bandeira: Intrepidez e Sutileza. À frente de uma divisão estava a generalíssima Marta Vieira, aquela bela moça de quem falou Probo em sua narração. À frente das marinheiras estava Inês Racy com o título de almiranta.

As paladinas dessa fração vestiam à turca, da outra à indiana: ali havia todos os postos do exército e da marinha dos países civilizados, com a diferença de que não eram ganhos nem por vilanias nem por inúteis derramamentos de sangue; se obtinha as promoções enxugando lágrimas, salvando vidas, frustrando planos nocivos e evitando crimes — era isso o que chamavam assaltos do bem.

— A equipagem está pronta, Inês Racy? — perguntou a Rainha do Ignoto.

— Para seguir amanhã, agora mesmo, se ordenar Vossa Bondade — respondeu Inês Racy.

Apresentou-se a quarta ordem com a divisa: Luz e Prudência — eram as amadoras das Letras e das Belas-Artes, que traziam à frente a maestra Angelina Dulce. Esta inclinou-se diante da rainha, que lhe disse comovida e terna:

— Vinde, quero interrogar-vos sobre o vosso conservatório, dizei-me: quais são as escolas mais seguidas por vossas alunas?

— Para o canto, a italiana, que é a senhora da melodia; para a execução na parte instrumental, estudam harmonia nos maestros alemães e também franceses.

— Chamai uma de vossas alunas, quero interrogá-la.

---

[1]Tradução: "Deus abençoe a rainha dos prados. Sou grata por vossa bondade." (Nota da terceira edição.) "Sois adorada por vosso povo, e sou representante da fidelidade de vossas servas." (Nota da quarta edição.)
[2]Tradução: "Eu te agradeço, Constance Harriel, tu és uma das minhas favoritas." (Nota da terceira edição.)

Angelina Dulce fez um aceno e aproximou-se uma moça muito franzina, morena e de fisionomia vulgar: os seus modos acanhados e vista baixa lhe davam um ar de colegial de mosteiro ou casa de caridade.

— É a mais adiantada? — perguntou a rainha.

— Foi uma vaidade minha, desculpai, quis que Vossa Bondade arguisse a mais atrasada, pois já as conhece todas no canto e na execução.

— Boa ideia. Vamos, Otília, quais são os maestros mais notáveis da antiga Escola Italiana?

— Simarosa, Cherubine, Rossini, Donizetti, Bellini e Verdi — respondeu Otília sem erguer a vista.

— E da Escola Alemã, quais são os vultos de que ela se orgulha?

— Mozart, Hayden, Hasse, Haendel, Weber e muitos outros que ainda não estudei.

— Basta, menina, estou satisfeita — disse a Rainha do Ignoto. — A música é uma coisa divina! Remonta à criação do mundo, e dizem que nela sucede como na poesia e na pintura: não há paixão nem sentimento a que não alcance a sua expressão. Ah! Com que rapidez faz passar de um sentimento a outro! Para acalmar os movimentos impetuosos de um peito incendiado bastam os sons harmônicos de um instrumento. Cultivada entre os selvagens, atrai até aos próprios animais. Quantas vezes suspende as dores físicas, e a sua eficácia ainda chega até às afecções morais.

Ela refletiu um instante com a mão pousada nas cordas da lira, e dedilhou depois a música da canção que atraiu o doutor Edmundo, alta noite pelo rio Jaguaribe. De todos os lados choveram rosas que se espalhavam no chão, desfolhadas a meio. Quando a rainha terminou, apresentou-se um grupo de quinze: eram as pintoras. Vinham de gorro e de avental com os pincéis na mão, sem excetuar a mestra Olga de Lemos, que aproximou-se e disse:

— Viemos apresentar a lista de nossos trabalhos.

— Que são os vossos quadros a óleo? — perguntou a Rainha do Ignoto.

— São os retratos dos traidores do amor puro e sincero das que vão hoje entrar para o grêmio das Paladinas ao Nevoeiro.

— Mande vir esses quadros e colocar nas brumas.

Ouviu-se um apito e apareceu repentinamente um grupo de mulheres também de gorro e avental sobraçando os quadros que colocaram na parede, a um metro de altura. Houve um sussurro geral! Tocou corneta, rufou tambor e, ao sinal de fogo, uma oficial puxou a espada e disse:

— Arranquem os punhais e firam os peitos inimigos!

E apontou para os retratos. Reluziram lâminas de ouro e uma fileira de paladinas com a divisa do primeiro grau da primeira ordem. Avançaram com os punhais erguidos, mas antes de cravá-los, muitas caíram de joelhos, soluçando, e algumas desmaiavam, sendo logo retiradas. Terminado esse combate singular, soou uma cavatina surda e triste como um dobre de finados! Figurou-se um verdadeiro eclipse na lua que iluminava o salão do Nevoeiro. As trevas de pouco a pouco invadiram o vasto recinto e fez-se um silêncio de morte.

O doutor Edmundo, no lugar de Odete, não se mexia. Ficou assombrado! E tinha medo de enlouquecer! Não procurou sair dali porque ignorava todas as saídas. Depois, desconfiava de Probo e temia uma cilada. Não sabia o que fizesse para fugir ou se esconder, mas ouviu logo a voz do caçador de onças, que lhe disse ao ouvido:

— Vamos, vou conduzi-lo ao aposento que foi de Odete.

Eram quatro horas da madrugada.

XXIX

A INGRATIDÃO, UMA VÍBORA ENTRE FLORES!

Era quase meio-dia quando o doutor Edmundo despertou quase sem se recordar do lugar onde estava. Esfregando os olhos ainda sonolentos, procurou coordenar as ideias. Sentia a cabeça pesada, e lhe pareceu ter sonhado muito no desacordo de uma febre intensa. De pouco a pouco foi reconhecendo seu erro e se persuadindo de seu modo de ser entre aquela gente singular. Ele correu a vista pela mobília do quarto e achou que, apesar de rica, não tinha nada de gentil nem de atraente, não se via ali esses pequenos nadas que caracterizam o quarto de uma moça: fitas, leques, perfumes, caixas de pós, flores, figurinhas de *biscuit* e muitas outras insignificâncias.

— Que ornatos esquisitos! — disse ele consigo, fitando uma tosca cruz de madeira que se erguia da cúpula do cortinado da cama, que era de renda preta.

Nos braços da mesma cruz estavam enramadas ervas e flores secas. Para onde ele lançava a vista, via disparates e extravagâncias. Então lembrou-se que estava representando Odete, e que havia dormido no quarto e no leito que fora de uma doida. Apressou-se em deixar aquele aposento contristador para ir ter com Probo. Não vendo o velho no palácio, desceu ao jardim, e ficou passeando ao longo de uma ruazinha de murtas. O doutor Edmundo olhava pasmado para o palácio do Ignoto e dizia a meia-voz:

— Não é mentira nem conto de fada. Ali está a escadaria e o pátio, tudo de mármore! A balaustrada das escadas e varandas, tudo de coral com frisos de ouro!

Cada vez mais ele admirava e descobria deslumbramentos. As próprias varandas eram de prata cinzelada, onde se viam embutidas diversas figuras de pássaros e de flores com diferentes matizes formados pelo engaste de pedras finas e preciosas! Aquele palácio era como o sol, não se podia fitá-lo por muito tempo! Nele estava o gosto artístico de um verdadeiro pintor com os retoques de um ideal de poeta!

Os jardins eram uma surpreendente maravilha! Havia neles todas as flores de cujo desabrochar Lineu compôs um relógio, de forma que eram as pétalas recendentes desses mimos da natureza que ali marcavam as horas saindo do cálice onde estiveram em botão. Tudo quanto a botânica e a zoologia possuem de belo, de raro e de precioso, os jardins do Ignoto ostentavam bem ordenado e classificado por mão de mestre! As dependências do palácio eram uma cidade ativa pela fumaça das fábricas que trabalhavam, pelo bater do ferro nas oficinas e pela voz das crianças nas escolas.

O doutor Edmundo andava perdido de admiração em admiração, aproximando-se de tudo que lhe causava curiosidade. Cansado de andar, fatigado de surpresas, parou junto a um banco de jaspe sombreado por um jasmineiro e sentou-se. De repente, uma mão desenlaçou os ramos de duas roseiras, e passou entre elas a figura elevada de Probo, um verdadeiro Moisés bíblico, com sua longa barba branca.

— A que tempo o procurava — disse ele, estendendo a mão ao doutor Edmundo e sentando-se a seu lado.

— Posso falar aqui, não há perigo? — perguntou o moço em voz baixa.

— Não há, estamos bem, podemos conversar à vontade. Sabe o que disse a rainha hoje pela manhã? Que estava estranhando Odete, pois que sempre àquela hora lhe vinha trazer um ramo de amores-perfeitos... e não a tinha visto ainda.

— Devo ir logo levar-lhe o ramo? — perguntou o doutor Edmundo.

— Não, agora será fora de tempo, o sol já vai alto e pende para tarde.

— Supus que não acordasse tão cedo, principalmente depois de uma sessão que terminou quase às cinco horas da manhã.

— Ora, doutor, cuida ainda lidar com uma dessas fidalgas enervadas pelos cômodos e mimos da vida? Engana-se, o título de rainha, segundo dizem, não lhe vem pelo gozo, vem pelo martírio. É um espírito de ferro

A INGRATIDÃO, UMA VÍBORA ENTRE FLORES!

inclinando, dobrando, movendo um corpo que fecha na mão como uma luva de seda! Para essa mulher não há dia nem noite, há somente a necessidade de momento! Ela deita-se sempre calçada, atacada[1] e pronta para seguir a qualquer ponto! Tem o sono tão leve que poderia despertar ao rumor sutil de uma pétala de rosa lançada na água.

— Oh! — exclamou o doutor Edmundo. — Mas por que tanta inquietação? Julga-se cercada de perigos? Tem muitos inimigos?

— Nada — disse o velho —, é que ela é a força centrífuga dessa sociedade de malucas.

— Por que as chama malucas?

— Porque são mesmo. Não vê o senhor uma fortuna como esta tão mal empregada em benefícios que só elas conhecem? Vivem errantes, obscuras, perdidas no seio da humanidade como as areias no fundo do oceano, no seio das vagas quando podiam gozar de tudo que é dado na vida ao poder do ouro!

— E fazer bem ao próximo não é uma virtude recomendada por Cristo?

— E pensa o senhor que essa maçonaria de mulheres não tem um desígnio funesto para o país?

— Qual! Senhor Probo, elas só têm coração e fantasias.

— Ai! Ai! Eu cá sei, já não as denunciei à polícia por falta de provas. Mas, meu amigo — disse o velho com mistério —, eu não lhe dei entrada aqui com outro fim, foi para ajudar-me a descobrir a trama e levá-la ao conhecimento do governo.

— Mas, senhor, o que tem o governo que ver com elas? — disse o doutor Edmundo, indignado, sem fitar o rosto daquele velho ingrato e traidor que já lhe estava causando asco.

— O que tem o governo que ver com elas? Tem muito. Ele não autorizou esta sociedade secreta. Este tesouro acumulado na mão desse diabo deve ser considerado um crime! Ela não podia explorar as minas da ilha e explora. Não contente com isso, funda com nomes imaginários casas comerciais, fábricas, engenhos, centros de lavoura e grande criação de gado, de forma que tem em todas ou em quase todas as províncias do Brasil um rendimento fabuloso! E para quê? Para desperdiçar em fantasias loucas! Em benefícios extravagantes! Em fazer mal à propriedade alheia, pois rouba ao senhor para dar ao escravo. Que absurdo!

---

[1] "Atacada", no contexto, significa "apertada", ou seja, vestida com espartilho.

É abolicionista![2] Já eu a ouvi dizer que não há lei alguma de direito humano que possa escravizar um cidadão, que a condição de escravo resultou de um abuso da força contra a fraqueza, e urge reagir.

— Tem ideias alevantadas e sãs — disse o doutor Edmundo.

— Que sãs? — exclamou Probo, exaltado. — Veja, examine o que ela teve a petulância de declarar em um discurso que fez na última sessão do Nevoeiro: "A pena última é o recurso dos governos impotentes para regenerar o criminoso pela instrução e pelo trabalho."

— Bem pensado, senhor Probo!

— Bem pensado também incutir no ânimo dos que a rodeiam que o rei é o produto da ignorância dos povos antigos, que ainda não estavam em estado de governarem-se, e formar uma república?

— Bravo! Uma rainha republicana!

— Como Robespierre! Ou como Danton! — acrescentou Probo.

— E o senhor quer-lhe mal por isso?

— Não é só por isso, senhor Edmundo, é por muitas outras ideias subversivas. Para não faltar-lhe mais nada do que subleva, é espírita!

— Espírita! Mais este crime! — disse o doutor Edmundo, zombando.

— O senhor zomba porque não conhece os males que ela causa às mais santas instituições, como sejam: ao direito de propriedade dos senhores, à monarquia e à religião.

— E que faz ela para destruir essa trindade?

— O senhor há de ver como eu tenho visto. Olhe, aqui na ilha não há templo católico nem de religião alguma, há somente sessões espíritas na biblioteca, onde ela possui todas as obras de Alan Kardec, de Flammarion e outros malucos como ela. Enfim, o senhor verá.

— Bem — disse o doutor Edmundo —, estou de acordo consigo e pronto para entrar em seu plano, mas deixe tempo à minha observação e não faça nada sem comunicar-me.

— Está firmado, doutor. Acredito que quatro olhos veem mais do que dois e duas cabeças acertam mais do que uma.

— Mas olhe que, assim como uma substância inofensiva é formada de duas, que separadas produzem a morte, um veneno e um antídoto podem salvar.

---

[2] Ao longo do romance há várias passagens que nos permitem identificar as ideias abolicionistas da autora através da personagem da Rainha do Ignoto. Também outras escritoras cearenses, como Francisca Clotilde, autora do romance *A divorciada*, defendiam a abolição.

A INGRATIDÃO, UMA VÍBORA ENTRE FLORES!

O velho não compreendeu bem o sentido do pensamento do moço e, levantando-se, recomendou-lhe muita cautela em não se deixar descobrir e de fazer toda diligência para representar bem o papel de Odete. O doutor Edmundo pensou ainda alguns instantes em tudo que ouvira, e vendo Probo se afastar pela alameda do jardim, disse consigo:

— É uma víbora entre flores!

SÃO MUITAS AS RUAS DA AMARGURA TRANSITADAS POR PESSOAS QUE CARREGAM A CRUZ

Às quatro horas da tarde, Probo, vendo só Odete na biblioteca, entrou e lhe disse:

— Vamos passear, deve sentir desejo de ver o que na ilha merece ser visto.

— Naturalmente — disse o doutor.

— Convidei Roberta para ir conosco a fim de não causar reparo à nossa amizade. E depois, ela servirá para falar comigo, fazer as perguntas que o senhor, na qualidade de muda, não pode fazer.

— É certo, mas a senhora Roberta guardará o nosso segredo?

— Com um túmulo, doutor. E... melhor para ela, que não sofre com isso.

— E agora? — perguntou o doutor Edmundo. — Saio daqui com o senhor?

— Não, eu fico. Vá ao observatório, onde está a Rainha do Ignoto, beije-lhe a mão e venha ter conosco no pátio: era assim que fazia Odete para dizer que saía a passeio.

— E se ela disser que não vá?

— Não diz, mas se por acaso disser, torne a beijar e saia.

Minutos depois o doutor Edmundo ia ter com Roberta e Probo no pátio, e saíram juntos do jardim. Pouco tinham andado quando encontraram algumas mulheres de touca e avental de cozinha trazendo carneiros, perus, patos, galinhas, capotes, pombos... outras aves e animais.

— Para onde vai isso? — perguntou Roberta.

Uma delas respondeu:

— É para o almoço que a rainha vai dar amanhã na sala das estações às avezinhas do Ninho dos Anjos.

— As enjeitadas?

— Sim. Ela é a mãe de todas.

E a mulher seguiu em busca das companheiras. Quando ela se distanciou e já não podia ouvir, o doutor Edmundo perguntou:

— Que edifício é aquele de frente cinzenta com rótulas e frisos brancos?

— É o Purgatório, asilo de todas as criaturas inutilizadas pelo sofrimento que a rainha recolhe e protege, procurando curar as que têm cura e consolar as desenganadas — disse Roberta.

— É bastante espaçoso!

— Tem muitas divisões — tomou ela — para os loucos, os cegos, os paralíticos, os velhos e ainda para os empregados.

— Vamos ver de perto.

Foram, e o doutor Edmundo, com seu trajo de cavalheiro e mascarado como estava, chegou à grade de uma janela. Olhou para dentro da sala, onde estavam três doidas. Uma delas apenas o viu, aproximou-se dele com uma varinha na mão:

— Tire a máscara que está conhecido, senhor Simão das dúzias... ah... ah... ah...

O doutor Edmundo estremeceu, parecia-lhe que a doida o descobrira deveras e ia pronunciar o seu nome. Ela continuou, com raiva:

— Você pensa, seu veado garipu,[1] seu carneiro da música do batalhão, que é naquele em que acreditava nas sirigaitas, suas parceiras. Hoje eu sei... vou perguntar à minha varinha de condão.

E fazendo trejeitos com a varinha, dizia:

— Minha varinha de condão! pelo condão que Deus te deu, me diz se Simão é *homo* ou *homa*? É *homa*! — e soltou uma enorme gargalhada.

O doutor Edmundo ia retirar-se da grade, desconfiado, quando gritou outra com uma voz esganiçada que lhe chamou a atenção:

— Ambicioso! Casaste *pra* me roubar! Anda, quero já aqui o meu ouro! Vai buscar meu gado, as minhas casas... ladrão! — gritou, com voz ameaçante. — Joga! Bebe! Pagodeia! Anda... anda... ladrão!

---

[1] Garipu, garapu e guarapu: termos regionais que significam veado-roxo, conforme o *Dicionário Aurélio*.

E atirou com um castiçal de ferro que se chocou contra a grade e voltou quase aos pés dela. Roberta disse:

— Essa foi uma moça rica, já entrada na idade, que casou com um moço pobre e peralta. Ele gastou toda a fortuna da desventurada e depois abandonou-a para sempre, e ela enlouqueceu.

— E aquela outra da varinha? — perguntou Probo.

— Aquela era uma moça bastante feia e bastante tola: apaixonou-se por um oficial do exército que morava no mesmo quarteirão da rua. Ela entendeu ser correspondida somente porque ele, ao passar pela janela, a cumprimentava sem sequer lançar-lhe a vista. Mas quem teve a culpa foram umas moças que moravam na vizinhança e que a tomaram para divertimento. Contando-lhe mentiras que lhe davam esperanças ilusórias, excitavam-na cada vez mais a entregar-se àquela desarrazoada paixão, aconselhavam-lhe muitas asneiras, e a pobre Eusébia apresentava-se todas as tardes à janela ridiculamente enfeitada para ver passar o pretendido namorado. À noite ia conferenciar com as malévolas amigas que, com insinuações perversas, levavam-na a dar espetáculo a suas visitas. Eusébia passava pelo ser mais desfrutável do mundo. E quando se retirava, as tais amigas faziam dela, diante de quem quer que fosse, zombarias desumanas! A Rainha do Ignoto diz que muitas vezes presenciou essas cenas revoltantes e previu o resultado. A pobre moça tinha o juízo fraco, e o corpo também, porque a mãe era viúva de poucos recursos. Foi se impressionando e enlouqueceu. Eis a história dessa infeliz.

— Mas não dissestes o nome das moças que concorreram para a loucura de Eusébia — disse Probo.

— Apenas sei que são filhas de uma viúva, Matilde de Moura.

— Já sei, são aquelas a quem a Rainha do Ignoto mandou, de presente de anos, uma garrafa de juízo e um manual de civilidade.

O doutor Edmundo disse consigo:

— Bem supunha eu de onde viera o castigo para aquelas levianas, e Deus queira que Eusébia seja a sua última vítima.

A terceira louca impressionava mais ainda: era moça e muito bonita, mas tão magra e tão pálida que metia dó! O olhar triste e profundo tornava-se de repente espantado. Ela estava de pé embalando uma rede onde deitara um travesseiro enfaixado como criança recém-nascida, e depois caiu de joelhos diante dela, bradando:

— Perdão! Perdão, minha querida filhinha, para tua desgraçada mãe!

E caía em pranto, soluçando alto com o rosto entre as mãos. Depois erguia a cabeça, olhava em roda e dizia, zangada:

— Vão embora, senhores polícias! Eu não matei minha filha. Eu matei Sabina mesma. Já morri, estou morta! Querem me levar para a cadeia? Vão buscar um caixão! Digam ao padre que traga água benta para afugentar os demônios... eu estou condenada!

Caía outra vez de joelhos pedindo perdão e chorando. Há crime que os códigos condenam e Deus absolve porque vê mais longe de onde começou ele.

— Que bela rapariga, e que loucura esquisita!

— Está magra assim de jejuar e rezar. Diz que é para resgatar a alma condenada de Sabina, como ela costuma chamar-se a si mesma.

— E cometeu mesmo algum crime? — perguntou Roberta.

— Cometeu — afirmou uma empregada do asilo. — Era filha de um vaqueiro de uma fazenda pertencente a uma velha viúva e rica, nos sertões do Ceará. O pai de Sabina tanto tinha de reto, de honrado, como de brusco e colérico para quem não andasse direito com ele. Era uma fera! A filha, muito bonita e muito requestada, era quem mais sofria os arrancos do gênio dele. A velha, dona da fazenda, que não tinha filhos nem pessoa que lhe administrasse os bens, pôs como administrador um moço muito ativo e bem-apessoado, mas de origem tão nobre como a filha do vaqueiro. Ambicioso e despido de escrúpulos, calculou com a riqueza da velha e com o amor da moça. No dia em que ele se casava com a dona da fazenda, a filha do vaqueiro, em casa de uma tia e madrinha, para onde se tinha retirado, dava à luz uma criança que matou e sacudiu presa a uma pedra, ao fundo de um poço. O pai veio buscá-la nessa mesma noite e encontrou-a louca, mas o segredo ficou entre a tia e ela, cujos dizeres eram tomados por todos como disparates da loucura.

— Coitada! — disse Roberta. — Agora a senhora faz-nos o favor de mostrar alguns loucos, basta dois ou três, é somente para termos uma amostra do que vai pelo mundo.

— Vou lhe mostrar os dois mais calmos, os furiosos... só o guarda Sansão tem a chave de seus aposentos.

A mulher conduziu-os a uma salinha cujas janelas não tinham grade, eram de vidraça. Na parede fronteira estava armado um altar extravagantemente enfeitado, e junto, um moço muito pálido e muito magro, também ridiculamente paramentado, fingia a cerimônia da missa. De repente, soltou uma risada, sacudiu com a colcha que lhe servia de capa, com a fita que lhe servia de estola, e saiu dançando uma valsa, dizendo:

— Não sou padre, não sou nada, sou secular como os outros.

Nestas cambalhotas, derribou uma prancheta que estava no meio da sala com uma carta geográfica estendida em cima.

— O senhor foi mandado para roubar-me a glória, senhor padreco! — acudiu um velho de nariz adunco e cabeleira branca e anelada em roda da calva.

— Desculpe, desculpe — disse o suposto padre com brandura.

— Está desculpado — disse o velho bonacheirão com uma risada —, venha de lá um abraço, camarada!

E os dois doidos se abraçavam, satisfeitos.

— Todos os dias essa mesma cena se repete muitas vezes — disse a mulher.

— Por que aquele velho tão alegre ficou louco? — perguntou Probo.

— Por causa de uma injustiça — respondeu ela. — Esse pobre homem era piloto, gastou a mocidade em estudar a geografia física do país e depois empreendeu levantar a carta de sua província natal, e o fez como nenhum outro antes dele, mas como tinha muita pobreza e pouco valimento, sua carta foi rejeitada pelo conselho geral da Instrução Pública do Rio de Janeiro, e outro, que tinha pouca pobreza e muito valimento, copiou-lhe a carta, apresentou ao conselho e ela foi aprovada. O velho Pacífico começou por andar pelas ruas da cidade com sua carta enrolada debaixo do braço, contando a todos a troça que lhe fizeram. A ideia não lhe saiu mais da cabeça. É maníaco, quer por força fazer valer o mérito de sua carta, espera ainda uma reparação do mal que lhe fizeram e leva dias inteiros a teimar com o ex-seminarista sobre a glória que há de cercar o seu nome quando lhe fizerem justiça.

— E o outro, o ex-seminarista — perguntou Roberta —, qual foi a causa de sua loucura?

— Pobre moço! — exclamou a empregada do asilo com tristeza. — Era digno de melhor sorte, mas nasceu condenado, foi vítima do fanatismo, da ganância ou não sei de que outra ambição dos pais. Como sabe, no interior do Ceará o sonho dourado do fazendeiro ou do agricultor é ter um filho padre que nobilite a família. Alguns são levados pela ambição, dizem que o padre ganha muito dinheiro sem trabalhar; outros vão atrás das honras que lhes vêm daí, e as mães são levadas a esse tentame pelo fanatismo religioso. Julgam que ter na família um ordenado é possuir uma espécie de santo que as santifica também. De sorte que ninguém consulta a inclinação do menino. Quando se diz: "Este vai ser padre", não tem para onde apelar a pobre criança. Sem ideia alguma da vida, curva a cabeça resignada e faz coro com as vozes dos pais: "Vou ser padre", e entra para o seminário. Foi o que aconteceu com o infeliz Pio, poeta de gênio exaltado, sem nenhuma vocação. Amando no silêncio de sua reclusão e combatendo a vontade de ferro dos pais, sucumbiu na luta, perdeu o juízo quando estava para tomar as primeiras ordens.

— Para termos uma amostra do que vai pelo mundo — disse Roberta —, basta-nos a história desses cinco desventurados, mas apesar de já lhe termos cansado a paciência com perguntas, desejamos que nos mostre, se não lhe for muito incômodo, um ou dois mártires do Recolhimento dos Desconsolados.

— Isso não é comigo, mas vou pedir licença à diretora do Purgatório para ir acompanhá-los até os Desconsolados.

A mulherzinha voltou logo. Chamava-se Madalena, era muito ativa e havia sofrido muito, tinha uma história muito longa e muito dolorosa, como a dos infelizes loucos de que ela cuidava com tanta paciência. Introduziu os visitantes em uma sala onde se via mulheres de todas as idades, com sinais de todos os sofrimentos morais e físicos que inutilizam o corpo: estava uma com uma paralisia agitante e uma aneurisma na aorta causada por um aperto de garganta que o marido lhe dera quando bêbado, cambaleando, voltava uma noite da taverna. Adiante estavam duas cegas muito parecidas, tendo ambas olheiras muito visíveis.

— Quem são aquelas duas cegas que se parecem tanto? Se uma não fosse nova e a outra velha, poderiam ser gêmeas.

— São mãe e filha — disse Madalena —, cegaram de chorar!

— Como? É possível!?

— Sim, essa senhora é viúva, tinha um filho muito bem comportado e que era o seu arrimo, da irmã e de duas tias velhas e doentes. Veio um mandão de aldeia, por intriguinhas pequeninas, recrutou-o, mandou-o para a capital a fim de que o embarcassem imediatamente para a Guerra do Paraguai. Debalde foram os empenhos de uma pessoa bem intencionada que se compadeceu delas, porque esses empenhos chegaram tarde e o filho da viúva, seguindo para a guerra, desapareceu para sempre como engolido por um terremoto. Morreu decerto, e elas, desde que o viram partir, entraram a chorar, e choraram tanto que cegaram. A moça estava para casar, perdeu a vista, o irmão e o noivo.

Depois das duas cegas, notava-se uma velha alta, desempenada e de feições romanas, que estava de pé junto à grade da janela, passando pelos dedos as contas de um rosário e cochichando rezas. Naquele rosto sulcado pela mão da idade e pela dor, via-se ainda os primeiros traços duma beleza raríssima! Mas de seus olhos, de sua boca, de suas faces cavadas transparecia uma tristeza tão pesada que vinha oprimir a alma de quem se lhe aproximava.

— Tem uma enorme cicatriz na garganta — disse Probo a meia-voz.

— Foi um golpe de navalha — acudiu Madalena —, ela tentou suicidar-se.

— Ah, meu Deus! Por quê? — perguntou Roberta.

— Porque a cruz dela foi mais pesada que a das outras e faltou-lhe a coragem para chegar até o cimo do seu calvário. Essa infeliz, quando foi colhida pela Rainha do Ignoto, vivia em companhia de uma coleção de irmãs solteiras, já bastante velhas e pobres, umas verdadeiras santas, pacientes e rezadoras. Em idades tão avançadas, eram elas tão ingênuas como uma criança! Presume-se que Flávia fosse tão boa como suas irmãs, posto que tivesse casado com um malvado. O marido de Flávia, pouco tempo depois de casado, foi fazer uma viagem e não voltou. Ela soube que ele vivia com outra mulher lá para os sertões do Piauí e continuou a esperá-lo, vivendo só na casinha em que ele a tinha deixado. Uma tarde, ao pôr do sol, ela o viu entrar empunhando uma faca que cravou-lhe de um lado. A pobrezinha caiu banhada em sangue, e ele, julgando-a morta, fugiu para casar com a outra. Mas enganou-se, ela escapou e, estando para dar à luz a primeira filha, esta, em consequência da grande quantidade de sangue que perdeu a mãe, nasceu paralítica e idiota. Ali está sentada naquela rede, sem se poder erguer, já há trinta e seis anos! É uma vítima da perversidade de seu próprio pai!

E Madalena apontava para uma moça muito alva e pálida, com os cabelos cortados, que se embalava na rede puxando por um cordão preso à grade da janela onde estava Flávia. Ela tinha as pernas cruzadas dentro da rede e olhava para os visitantes com um riso tolo misturado de palavras sem nexo.

— Basta, senhora Madalena — disse Roberta —, já podemos afirmar que as ruas da amargura são muitas, por onde transitam pessoas carregando a cruz.

XXXI

A RAINHA DO IGNOTO E AS PALADINAS DO NEVOEIRO HIPNOTIZANDO A FIM DE SÉCULO

O doutor Edmundo saiu do asilo pensando no que tinha ouvido. Ficara impressionado com a vista das pessoas tocadas de perto pela mão pesada da desgraça. Roberta saiu limpando os olhos lacrimosos e dizendo:

— Assim mesmo, Probo, acusas a Rainha do Ignoto! Quem há no mundo que faça mais bem?

— Quero que me diga — respondeu Probo —, quem faz maior mal?

— Como, senhor? — acudiu o doutor Edmundo.

— Continue no papel de Odete e verá o que não é preciso que lhe digam. Antes de partir, tem de ver aqui na ilha se fabricar relógios, chapéus, panos, rendas, sedas, vidro, papel, louças, armas, e saberá por que forma se adquire o conhecimento de tais processos e quem são os fabricantes.

— Quem são?

— A maior parte, criminosos condenados à morte ou ao desterro! Existem aqui até niilistas que ela foi ou mandou arrancar aos gelos da Sibéria!

— Probo, por Deus, não fale assim. O que ela faz é livrar da morte infelizes condenados injustamente ou por bagatelas — disse Roberta.

Eles caminhavam por uma estrada solitária, ladeada de palmeiras, que ia ter a uns rochedos à borda do mar. Viram de longe aparecer a doutora Clara Benício e Inês Racy. Probo cumprimentou-as e Roberta perguntou:

— Houve algum desastre, doutora? Está ferido algum operário?

— Nada, não vou às fábricas — respondeu ela —, dirijo-me apressada para o terceiro ponto cardeal.

— E o que há?

— Um navio francês que vai passando. A guarda-vigia veio avisar-me da parte da empregada, que diz não ter muita confiança na ciência contra os franceses, que se impõem às outras nações por sua força magnética. E eu vou afirmar-lhe que eles hão de ver a Ilha do Nevoeiro da mesma forma que os outros habitantes deste planeta.

As paladinas tomaram a frente e tão depressa andaram que se sumiram numa volta do caminho. O doutor Edmundo, que estava doido por saber o que queria dizer "o terceiro ponto cardeal", "um navio francês que vai passando" e "a guarda não tem confiança na ciência contra os franceses", interrompeu a Probo, que lhe foi explicando:

— Nem o senhor nem ninguém, sem a precisa explicação, poderia acreditar que existisse uma ilha nas condições desta, tão próxima da costa, e que nunca navegante algum de nação alguma da terra desse notícia dela. Pois bem, é o hipnotismo que lhes fecha os olhos para tudo, mas os abre para ver um denso nevoeiro! Montões de vapores convertidos em tromba, muitas vezes carregada de raios! Já tem havido tripulações de navios que, com receio de irem ao fundo, têm querido romper a tromba imaginária a tiros de peças, mas contentam-se com evitá-la e passar ao largo.

— Então é pelo hipnotismo que a Rainha do Ignoto faz tantas coisas extraordinárias?

— É, mas a mestra é a paladina Marciana, que não sai nunca da ilha. As duas imediatas na ciência são a rainha e a doutora Clara Benício. Não ouvimo-la dizer há pouco que ia ao terceiro ponto cardeal? Pois é certo que elas têm, ao norte, ao sul, a leste e a oeste uma torrezinha sobre um rochedo com uma vigia para embarcações que passam, e uma hipnotizadora para seus passageiros e tripulantes, de forma que eles só veem um nevoeiro e nada mais.

— É certo isso, senhor Probo? — perguntou o doutor Edmundo.

— Mais que certo, respondeu; se quiser ver hoje à noite a Rainha do Ignoto e as Paladinas do Nevoeiro hipnotizando a fim de século, entremos na biblioteca, a sessão vai começar.

— Pronto, vamos — disse ele.

E entraram no salão da biblioteca suficientemente iluminado. Ali estava um crescido número de paladinas sentadas em cadeiras colocadas ao longo das paredes. No centro da sala havia uma mesa em roda da qual permaneciam de pé a Rainha do Ignoto, Clara Benício e a célebre hipnotizadora Marciana. Esta chamou:

— Lídia.

Saiu do meio das paladinas uma mocinha de cor morena, franzina e de feição doentia. Sentou-se em uma cadeira e Marciana fitou-a por um segundo, fechou-lhe as pálpebras e disse:

— Dorme.

Ela encostou a cabeça no espaldar da cadeira e ficou adormecida.

— Onde estás? — perguntou Marciana.

— No mar — respondeu.

— É noite ou é dia?

— Está escuro! É noite, relampeja! Está trovejando... e o vento faz jogar o *Tufão*!

— E o que vês ainda?

— Uma galera que se perde, muita gente gritando, pedindo socorro!

— E não podes dizer a quantos graus de latitude e de longitude se dá o naufrágio?

— Não, mas posso dizer o rumo da galera, ali está marcado nos trinta e dois ventos da rosa náutica.

— Qual é o rumo?

— Norte, vem de Pernambuco para Belém.

— A quanto está do mês?

— Estou a quinze de julho.

O doutor Edmundo disse consigo:

— Estamos a dez, faltam cinco para quinze.

— Tomou nota? — perguntou Marciana à Rainha do Ignoto.

— Tomei de memória, mas fica anotado.

— O que mais vês? — tornou a hipnotizadora.

— Já desembarcamos, eu vou pelas ruas da cidade de Belém.

— O que aí te chama mais a atenção?

— Um grande ajuntamento de povo.

— O que há?

— Um incêndio!

— Para que ponto da cidade?

— Lá para Batista Campos, é numa loja, mas não há nela ninguém. No andar de cima é que está uma moça em risco de ser queimada.

— Segue — disse Marciana.

— Vou seguindo, tornei a embarcar.
— Aonde chegaste?
— A Pernambuco.
— Estás no Recife?
— Não, estou a três léguas de distância, num engenho de açúcar.
— O que estás vendo?
— Negros mortos de fome, esfarrapados, com o rosto e as costas cheias de vergões! Uns trazem grilhões nos pés, outros estão amarrados aos troncos! Vejo negras tão magras como esqueletos aleitando criancinhas esfaimadas que, em vez de leite, encontram o sangue que verte do seio de sua mãe açoitada de pouco.
— Que horror! — exclamaram muitas vozes.
— Está cansada — disse a Rainha do Ignoto —, acorde-a.
A mocinha tornou para o seu lugar, e a Rainha do Ignoto lembrou:
— Odete é um bom *médium*, tragam-ma, quero invocar o espírito do abade Saint-Pierre para consultar sobre um meio que desejo opor à guerra.
Roberta veio apresentar Odete pela mão, fê-la sentar-se à mesa, colocou o papel e entregou-lhe o lápis que Clara Benício apresentava. O doutor Edmundo empalideceu por baixo da máscara e esforçava-se para não dar a perceber o tremor que lhe invadia todo o corpo. Ela fez a invocação e ouviu-se um rumor semelhante a uma rajada de vento; os jornais e os papéis que estavam sobre as mesas voaram.

Odete, com um impulso frenético na mão, corria o lápis sobre o papel com celeridade. Suas ideias não tomavam parte no que escrevia e a letra não era a sua, notou satisfeito o doutor Edmundo. Era uma letra de mulher, miudinha e igual muito parecida com a de uma sua namorada do tempo de estudante. Ele terminou sem saber o que tinha escrito, entregou à Rainha do Ignoto e ela leu alto:

"O abade de Saint-Pierre não pôde se manifestar porque não é Odete..."

Todos se entreolharam. A rainha continuou sossegada:

"Este é aquele estudante de direito que em Pernambuco morava na Rua da Boa Vista, defronte da nossa casa. Olhava muito para mim, e em uma manhã mandou-me um bilhetinho pela preta do leite. Eu acreditei que ele amava-me deveras e apaixonei-me loucamente! Mas meu pai era um sapateiro que só tinha o seu ofício e a sua honra, e o moço era rico! Frequentava a sociedade elevada, se formou, não precisava mais dos pequenos favores dos vizinhos, foi viajar sem nos dizer adeus. Eu entristeci, entristeci muito! Chorei, desesperei! Até que um dia achei um pouco de

alvaiade que meu pai tinha comprado para pintar uma tabuleta de sua oficina e ingeri metade... cessei de viver e venho agora, em lugar do abade de Saint-Pierre, para dizer àquelas que ainda estão no mundo do embuste, no mundo da mentira e do egoísmo, que não se matem por ninguém, lembrem-se do que está sofrendo nas trevas exteriores.
Terezinha Meireles."
O doutor Edmundo julgou-se perdido. Não temia a morte, mas o medo de ser descoberto no papel ridículo que Probo lhe tinha obrigado a fazer, gelou-lhe o sangue. Probo também julgou que estava tudo descoberto e que ia sofrer o resultado de sua imprudência, mas a Rainha do Ignoto levantou a voz e disse:

— Não podemos hoje contar com o concurso de Odete, pois acaba de manifestar-se um espírito leviano que veio zombar de todos nós... e...

Não acabou a palavra, ouviu-se bater sobre a mesa uma grande pancada, e pareceu que todos os livros das estantes haviam rolado das prateleiras!

— Está suspensa a sessão — disse a Rainha do Ignoto.

Todos se retiraram, mas só o doutor Edmundo sabia a verdade do fato manifestado pelo espírito. Saiu muito impressionado com o suicídio de Terezinha Meireles, que ele julgava viva, de boa saúde, já casada com algum barbeiro ou contínuo de repartição. Lembrava-se bem da infeliz menina, tão bonitinha, tão sossegada, costurando as camisas dos irmãozinhos, ajudando a mãe a cozinhar, a engomar a roupa do pai, e à tarde, bem penteada, com um botão de rosa no cabelo, junto à janela, ia sentar-se fazendo o seu crochê. Que remorsos sentiu ele de haver, por uma leviandade de estudante, ocasionado um desastre no seio de uma família pobre, mas honrada.

— Fingir amor é um crime de morte! — dizia ele com pesar.

XXXII

O ALMOÇO À FANTASIA NA SALA DAS ESTAÇÕES

A Sala das Estações era um deslumbrante aposento que só se abria uma vez por ano na mesma época. Reuniam-se no Palácio do Ignoto quase todos os habitantes da Ilha do Nevoeiro para ver a grandeza e o luxo do almoço que a rainha dava às enjeitadas do recolhimento que chamavam Ninho dos Anjos.

Na Sala das Estações havia quatro mesas tendo a forma do quadrante terrestre, colocadas de forma a deixar um passeio em cruz e outro circular. As crianças do Ninho dos Anjos eram quem representava a Primavera, e estavam ornadas de grinaldas de flores, e tinham os vestidos enlaçados de mimosas trepadeiras, de forma que sobressaíam, entre a verdura, seus alegres rostinhos brancos, morenos, bronzeados e até negros, todos corados e de olhos vivos como vaga-lumes.

Elas ainda estavam divididas nos três signos: as que representavam o 21 de março estavam vestidas de pele de carneiro de uma lã alvíssima, e se chamavam Áries. Era esse trajo o prêmio que ganhavam aquelas que, durante o ano, mais se distinguiam por sua docilidade, obediência aos mestres e boa aplicação aos estudos. Os meninos representavam o signo *Taurus*, estavam vestidos de pele de touro e traziam pequenos chavelhos de ouro, de prata, de marfim e do mesmo chifre, conforme o merecimento de cada um. As *Geminis* andavam aos pares, de vestidos cor de rosa ornados de folhagem.

O ALMOÇO À FANTASIA NA SALA DAS ESTAÇÕES

Quando elas se viam sentadas, por ordem, em roda daquela mesa de marfim com toalha de brocatel, exultavam de prazer. Para aquelas crianças, era aquele dia um divertimento com que sonhavam todo o ano. Cada uma ficava estática diante de seu prato de cristal finíssimo no fundo do qual transparecia uma grinalda de flores: uma menina virava os talheres de prata com cabos de coral cravejados de ouro, outra não cessava de admirar os guardanapos feitos de pele de arminho! Outras pasmavam ante os variadíssimos manjares nas formas mais alegres e pitorescas de animais e de plantas.

Na segunda mesa, a que representava o verão, estavam as Paladinas do Nevoeiro ocupando os lados da mesma, com a Rainha do Ignoto no vértice. Era ela somente que representava o signo — *Leo* — e estava caracterizada de leão. Vestia uma jaqueta de fazenda à imitação da pele do animal e trazia uma máscara com juba que lhe dava uma graça selvática e imponente! As paladinas do signo *Câncer* tinham os cabelos e os vestidos ornados de caranguejos artificiais, as do signo *Virgo* trajavam túnicas de seda branca apertadas à cintura por cintos de ouro, e tendo sobre os cabelos soltos uma faixa azul que amarravam à roda da cabeça em forma de diadema.

Na mesa havia pratos imitando as mais lindas conchas que se conhece, e outros de ouro em forma de estrela. Só o da Rainha do Ignoto era de carvão de pedra com um diamante no meio e as bordas espiguilhadas de alfinetes de ouro. Nessa mesa dominavam os ornatos à imitação do reino mineral.

Para a mesa do Outono chegaram os industriais, representando o signo *Libra*. Vinham coroados de louros, sustentando balanças de prata carregadas de frutas. As suas mulheres traziam vestidos de fazenda escura com lacraus bordados a ouro: representavam o signo *Escórpio*, e os filhos, que representavam o signo *Sagitário*, traziam setas à moda selvagem. Na quarta mesa, a da estação do Inverno, vamos encontrar alguns velhos do recolhimento Desconsolado, representando o signo *Capricórnio*, trazendo longas barbas brancas, e sobre os ombros, um manto de pele de bode. No rosto deste se via um certo ar brejeiro, que nem a idade nem o infortúnio tiveram poder de acabar. O signo *Aquário* era representado pelos cegos, os quais traziam os cabelos como flocos de neve, e todos os seus trajos eram nebulosos. O resto das infelizes do recolhimento vinham adornadas de escamas, representando o signo *Piscis*.

No passeio em cruz, colocada entre os quatro vértices das mesas triangulares, estava a orquestra regida pela maestra Angelina Dulce que, com suas discípulas vestidas de ló azul claro, formavam uma nuvem com o arco-íris em transparência. Ao começar o almoço, rompeu a orquestra em uma sinfonia suavíssima! As paladinas de ordem inferior serviam as mesas, representando as silvanas dos bosques. Por alguns momentos, só os talheres e os pratos tiveram a honra de moverem-se de parceria com os queixos. Depois, as crianças, nos limites da liberdade que lhes concedia uma sólida educação, conversavam, riam, recitavam discursos, versos e faziam brindes, levantando pelo pedúnculo as rosas de cristal que lhes serviam de cálices.

A Rainha do Ignoto não comia e nem bebia, mas para corresponder às saúdes que lhe faziam as crianças e, ao mesmo tempo, as suas paladinas, despejou um líquido escuro de uma garrafinha em seu cálice de ouro, onde se enrolava uma áspide ou basilisco,[1] e nele molhou os lábios — era fel! Pois o doutor Edmundo, com a liberdade que lhe concedia o nome e a máscara da infeliz Odete, provou-o.

Por toda parte, dentro e fora do palácio, pelos jardins, se comia e bebia na mais alegre expansão da alma. Havia, contudo, três corações alheios à festa: o do doutor Edmundo, pela falsa posição que ocupava; o de Probo, pelo ruim projeto que maquinava; e o da Rainha do Ignoto, por motivos conhecidos só por ela.

---

[1]Basilisco: réptil fantástico de oito patas, em forma de serpente, capaz de matar pelo bafo, pelo contato e pela vista, conforme *Dicionário Aurélio*.

XXXIII

AS AVEZINHAS DO NINHO DOS ANJOS E OS DESBARATOS DA VIDA

Depois do almoço, que terminou às duas horas da tarde, a Rainha do Ignoto, acompanhada pelas paladinas e as enjeitadas, entrou no salão de honra do palácio. Aquele compartimento era o primor da fantasia! O ideal do gosto, do belo e do sublime! O estranho que, como o doutor Edmundo, transpusesse pela primeira vez os seus umbrais, ficaria, como ele ficou, de pé, pasmado, soerguendo o reposteiro com uma mão e com a outra buscando o coração que parecia sem pulsações. Estava indeciso, sem saber se devia pisar com o tacão das botas aquele tapete aveludado, macio, de onde se exalava um perfume delicioso e enlevador!

As crianças se espalhavam por ele, correndo, saltando ou, antes, a voarem como um bando de avezinhas pipilantes ao deixar o ninho. As cadeiras estufadas de veludo carmesim, com franjas de ouro e bordadas a seda, pérolas e diamantes, eram atropeladas pelas pequenitas que também queriam acompanhar as maiores numa valsa doida como a alegria que se manifestava nos semblantes daquelas enjeitadas felizes. O som do piano, que a mais crescida delas tocava com perfeição, enchia o espaço duma música viva como o raiar do sol num dia de primavera. Quantas risadas argentinas partiam daquelas bocas pequenas, felizes pela idade da graça, do sonho e da poesia! Uma delas chegou aos lábios os dedinhos de unhas rosadas como bagos de romã e atirou um beijo à Rainha do Ignoto. Esta ergueu-se do sofá, prendeu-a nos braços e veio com a menina sentar-se de novo:

— Como é linda! — disse, afagando-a. — Lembra-se, Generalíssima, daquela noite de luar em que passeamos nas ruas da Fortaleza? Eram onze horas da noite, saímos duma praça e, ao dobrar um canto de muro, encontramos sobre o trilho do caminho de ferro uma pequenita quase a ser devorada pelos porcos?

— Perfeitamente — disse Marta Vieira, a Generalíssima —, ela tremia de frio, eu a embrulhei no meu capote e seguimos para o Palácio do Pouso, desconfiadas e cautelosas como salteadores!

— Celina! — exclamou a Rainha do Ignoto, repreendendo a criança, que havia puxado os cabelos louros para cima do rosto, onde aparecia um biquinho de zanga.

— Não é contigo que falamos, é com uma menina que só nós conhecemos.

Celina, que pouco mais tinha de seis anos, estendeu os bracinhos ao pescoço da Generalíssima e abraçou-a sorrindo, depois beijou as mãos da Rainha do Ignoto e se afastou, dançando e cantando estas estrofes infantis.

> Somos pequenas
> Débeis plantinhas
> Nossas cabeças
> São ventoinhas.

A menina do piano chamava-se Helena e já tinha quinze anos feitos, era um tipo ideal da beleza! Uma rosa entreaberta, uma alvorada anunciando o sol! Ela tinha o porte altivo, os modos distintos, o olhar profundo e sério e os lábios sempre cerrados por uma leve sombra de tristeza ou contraídos pela ironia. Estava claro em seu semblante inteligente o muito que ela compreendia de sua condição no mundo: via-se bem o quanto lhe estava a doer, em sua vaidade de formosa, o nome de enjeitada. A Rainha do Ignoto fitou-a por alguns instantes, acompanhando seus finos dedos sobre o marfim do teclado, e disse:

— Pobre menina! Receio muito que tu não sejas feliz, mas eu serei o teu anjo da guarda.

— Parece descender de boa família — ponderou Clara Benício.

— Descende decerto — tornou a Rainha do Ignoto —, mas de que vale isso para ela, se foi renegada por seus pais? Ergue a fronte com mais orgulho a filha de um sapateiro que lhe deu seu nome honrado, embora humilde, que a filha de um príncipe que se oculta na sombra para que ela não lhe chame pai.

— Mas isso é uma injustiça da sociedade — replicou a doutora Clara Benício. — Helena vale por si: é formosa, bem-educada e tem um belo caráter. O que lhe falta para ombrear com outras que andam por aí a ostentar grandeza sem possuírem nem metade de seu valor moral?

— Falta-lhe o nome que a sociedade egoísta mesma lhe roubou — volveu a Rainha do Ignoto. — Quase ninguém ignora os erros e preconceitos desarrazoados da sociedade, mas é raríssimo o ser que os despreza e os arrosta sem temor. Sou a primeira a reconhecer o mérito de Helena; contudo, tenho a certeza de que, nas altas rodas, terá muitas vezes de ser ferida em seu amor-próprio, e eis por que acabo de dizer que receio que não seja feliz.

— Há um remédio — ponderou a Generalíssima Marta Vieira. — Só apresentar-se na sociedade depois de casada. Com o nome do marido, ninguém se atreverá a desconsiderá-la.

— É aí no remédio que está a maior dificuldade — tornou a Rainha do Ignoto. — Tenho um projeto que ela mesma inspirou-me sem o saber: casá-la com Zoroastro. Sei que se amam e são ambos dignos um do outro.

— Muito bem — aprovou a doutora Clara Benício —, ele forma-se este ano em Direito: é bem apessoado, inteligente e de boa conduta, está no caso de fazer-lhe a felicidade.

— A senhora sabe que ele forma-se este ano, que é inteligente e tem boa conduta, mas o que não sabe é que não tem um nome para ofertar a Helena, lhe oferecendo a mão.

— Que diz? Zoroastro Brasil? — exclamou Clara.

— Brasil, minha doutora, porque é filho desta terra que já chamaram de Santa Cruz, mas ele foi o primeiro enjeitado que recolhi no Ninho dos Anjos.

— Como? Não sabia! — exclamou Clara Benício, admirada.

— Também não sabia — acudiu a Generalíssima Marta Vieira.

— Eu navegava nesse tempo com Inês Racy... só ela me acompanhou nas pesquisas que fiz para descobrir quem eram os pais do infeliz chegado à terra como um lixo varrido de todas as portas.

— Pelo que ouço, suponho que o doutor Zoroastro tem uma história muito trágica — observou Clara Benício. — Conte-nos isso.

— Vejam como começou ele a sua vida no mundo: a mãe, que provavelmente não tinha coração, o mandou expor à porta de um desembargador riquíssimo e sem filhos, mas tão egoísta era ele, como a desembargadora, que só faltou atirar com a ponta do pé, para o meio da rua, a infeliz criança. Ora, ambos cheios de cólera, revoltados na justa indignação de seu grau respeitabilíssimo, mandaram deixar o recém-nascido na chefatura. O chefe de polícia, não sabendo que destino dar à criança, mandou por um soldado lançá-la à porta da Santa Casa de Misericórdia. Mas já sendo alta noite e não tendo a porteira dado pelo choro da infeliz, ela ali estava enregelada e morta de fome. Uma preta velha que costumava correr a cidade embriagada tinha vindo na tarde daquele dia cair defronte da escadaria da porta da Santa Casa, e só acordou à meia-noite pelo vagido do pobrezinho: ergueu-se, pegou nele e começou a embalá-lo nos braços. Procurando aquecê-lo no seio ressequido, lá se foi a caminho da miserável choupana que o vento da praia soerguia as palhas do teto esburacado. Aquela mendiga e bêbada deu uma lição de caridade aos ricaços empedernidos e uma bofetada irônica na face da mãe desumana! Mas, ai! A pobre velha não tinha meios para criar o menino... nem sei o que lhe dava. Ele ia morrer, já tinha a pele pegada aos ossos, mal podia chorar, com um choro fraco de criança moribunda! Foi por esse tempo que o *Tufão* fundeou no porto da tal cidade. Desembarquei com Inês Racy e fomos dar uma vista pelos bairros da miséria, então descobrimos o lastimoso quadro da velha mendiga, bêbada, cambaleando com o esqueletozinho nos braços. Pedi para que mo entregasse e ela não pôs o menor obstáculo, foi como quem se livra de uma pesada carga. Pus as minhas agentes em atividade e descobri tudo... até os nomes dos pais da criança. Eis a história de Zoroastro.

— Ele sabe ou ignora isso? — perguntou a doutora Clara Benício.

— Deve ignorar — disse a Rainha do Ignoto com tristeza —, mas foi impossível ocultar daquele espírito precocemente pesquisador os lamentáveis fatos do começo de sua existência. Em criança, pedia chorando que lhos contasse, mais tarde exigiu com energia a sua história, jurando matar-se se não lhe dissessem como tinha vindo parar a um recolhimento de enjeitados. Depois que ele está na Academia, só lhe tenho falado sob o disfarce de Cônsul Geral do Infortúnio, mas tenho dele as melhores informações e, chegando ao Recife, tratarei de colocá-lo e depois faremos o casamento com Helena. Sei que é esse o sonho dourado do meu protegido, e farei para que ele se realize.

— E ela? — perguntou Marta Vieira. — Tem alguma inclinação para ele?

— Não sei — volveu a Rainha do Ignoto —, vou agora sondar o seu coração.

Helena cessou de tocar, o piano calou-se e as crianças, exaustas da dança, caíam rindo sobre o tapete, enterrando nele as mãozinhas como em macia relva. Outras agarravam-se ao rendilhado dos móveis ou aos pés dos grandes vasos de ouro que, espalhados pelo salão, sustentavam enormes tufos de flores. Helena acudiu a um aceno da Rainha do Ignoto e sentou-se ao lado da doutora Clara Benício.

— Estás contente com a viagem que vamos fazer, Helena? — perguntou a Rainha do Ignoto.

— Que alegria me pode causar o tumulto das grandes cidades, senhora? — disse a menina, baixando os olhos negros e de longos cílios aveludados. — Aqui entre minhas companheiras e mestras sou digna de ombrear com todas, lá... serei uma menina sem família... uma enjeitada.

— Quem te disse isto? — perguntou a Rainha do Ignoto.

— Então no Ninho dos Anjos não existe um livro onde se registra não só o nome como a forma por que fomos encontradas e a data do dia?

— Como leste esse livro?

— Entrei por acaso na secretaria, lá não havia ninguém, encontrei o livro ali à mão, e li o que me dizia respeito. Fiquei sabendo que não sou órfã, como me faziam crer, que pertenço ao número daquelas que não podem erguer a fronte ao lado das que se orgulham de ter uma família. Era feliz até aquele tempo, hoje sinto-me triste e tenho medo do futuro.

— Oh! Deus! Como a solidão faz o espírito amadurecer depressa! — exclamou a Rainha do Ignoto. — Esta menina fala como uma senhora. Não, Helena, não te leves por essas ideias, sou eu quem se compromete a te fazer feliz. Ouve, se não tens o nome de teu pai, terás o dum esposo muito digno, muito nobre por suas qualidades.

— E se ele não tiver também um nome, uma família?

— Aonde queres chegar, menina? Eu te compreendo — disse a rainha —, mas explica-te.

— Com toda a franqueza — disse ela —, nunca entrarei no seio de uma família que possa lançar-me em rosto a desventura do meu nascimento e também não me aliarei a outro enjeitado como eu porque não poderemos aparecer nessa sociedade que condena inocentes e absolve culpados.

— Quem já te falou da sociedade, Helena? — perguntou ainda a Rainha do Ignoto.

— Foi a mestra Madalena, aquela que tiraram de lá porque nos contava as amarguras de sua vida.

— Agora está feita porteira do Purgatório, contando a história da vida dos outros — disse Clara Benício, rindo.

— É uma santa mulher — volveu a Rainha do Ignoto —, mas, coitada! Sofreu muito e tem a mania de indispor todo o mundo contra a sociedade. Onde está, tem licença de falar. Com essas crianças era que não convinha viver, pois o meu desejo é que elas ignorem o maior tempo possível as dores e perversidades da vida.

A voz da Rainha do Ignoto tornou-se extremamente comovida e terna, mas continuou:

— Minha alma chora quando meus olhos fitam a doce calma, a viva alegria do rosto de uma criança. A terra seria um paraíso se todas as existências findassem nessa idade de esperanças, de crenças, sonhos e ilusões! Falam com muito entusiasmo da mocidade, mas o que ela é senão um campo de luta donde há mais que temer do que esperar?

A Rainha do Ignoto guardou silêncio, e escutava com delícia o alarido que faziam as enjeitadas nos brinquedos que inventavam com muito espírito. Era muito condescendente com elas. Tinha imaginado dar-lhes todo o carinho que lhes fora negado pelas mães, e por isso escolheu para empregar no Ninho dos Anjos viúvas que, por ocasião de naufrágio, incêndio, guerra ou epidemia, tinham perdido o marido e os filhos, porque assim fazia duas restituições, dando mães a filhos sem mães e dando filhos a mães sem filhos. Só elas poderiam ter essa dedicação maternal, impossível nos corações ressequidos pelo misticismo da religião e do claustro.

XXXIV

AFINAL, O EMBARQUE DA RAINHA DO IGNOTO NÃO FOI COMUM...

Eram quatro horas da tarde e as Paladinas do Nevoeiro, com seus uniformes e insígnias especiais, ocupavam as posições do lado interior da muralha da Ilha do Ignoto. Elas tinham por comandante em chefe a Generalíssima Marta Vieira. Fora da muralha estavam formadas as marujas, tendo à sua frente a Almiranta Inês Racy e, à retaguarda, a Rainha do Ignoto e a doutora Clara Benício para experiências hipnóticas sobre os furores da guerra, nos combates. Num momento dado, tocaram as cornetas, rufaram os tambores e, ao sinal de fogo, as marujas investiram à muralha, que estava eriçada de lanças, mas não se ouviu uma só detonação, apesar de haver as combatentes, de parte a parte, disparado as armas a carga cerrada.

As lanças recuaram e as marujas escalaram o muro, e quando marchavam para o Palácio do Ignoto, a cavalaria avançou, correndo ao seu encontro, mas, de repente, os cavalos estacaram, ficando com as patas dianteiras suspensas no ar e os combatentes com as lanças em riste. As marujas responderam com uma descarga de palmas e um "Viva a Rainha do Ignoto!" O viva foi repetido por todos os habitantes da Ilha do Nevoeiro como um eco.

Mas a Generalíssima Marta Vieira não ficou satisfeita do resultado e, orgulhosa da perícia e da coragem de suas paladinas, enviou uma emissária à Rainha do Ignoto para pedir-lhe que deixasse continuar livremente o simulado de combate. Ela atendeu e continuou o exercício, tornando as paladinas de Marta Vieira a investir às marujas de Inês Racy, mas agora foram estas que recuaram até a praia, onde tomaram atropeladamente os botes e remaram para o *Grandolim*, que oscilava sobre as ondas encapeladas daqueles mares!

Mas a Generalíssima deu uma ordem que percorreu as fileiras como um telegrama. De repente, as paladinas se apearam e, entregando os cavalos pelo freio à primeira pessoa que se lhes apresentava, corriam a desatracar os pequenos barcos que restavam. Elas remavam céleres entre as vastas gargantas dos rochedos e meteram-se a bordo do *Tufão*, fronteiro ao *Grandolim*, mas, quando se preparavam para fazer fogo, este manobrou com tal perícia que elas não tiveram tempo de evitar a abordagem, e a marujada caiu sobre o convés, erguendo as machadinhas com gritos de ameaça. Mas, no ponto de desfechar o golpe, atiravam com elas ao chão e caíam nos braços da pretendida inimiga, rindo, tagarelando cheias de entusiasmo. É assim a guerra das mulheres.

A Rainha do Ignoto apareceu no meio delas e disse, satisfeita:

— Afinal, o embarque da Rainha do Ignoto e das Paladinas do Nevoeiro não foi comum.

— Certo, senhora — disse Inês Racy —, mas, decidi de que lado está a vitória.

— As suas marujas são valentes e destras: mas a gente da Generalíssima é a coragem e o heroísmo em pessoa, que se guardem para defender a futura república.

E tornou a desaparecer, pois era agora a comandante do *Tufão*, que tomou rumo nas águas do *Grandolim*, que já havia seguido sua derrota. As paladinas mais graduadas ficaram a conversar a ré, e as de ordem inferior tumultuavam pela proa: umas fumavam, outras ficavam a palestrar e a rir; algumas, cantarolando debruçadas na amurada, contemplavam a lua aparecendo sobre as ondas do mar, que bramia no silêncio da noite.

O doutor Edmundo, em seu traje bizarro, havia chegado por último a bordo com Probo e Roberta e, querendo abranger todas as cenas, apanhar todas as conversações, não sossegava: era à proa, era à ré, por toda parte onde se dava uma discussão ou se falava à meia-voz. Por esse motivo, correu em breve o boato de que Odete estava furiosa, e a maior parte das paladinas procurava evitá-la, refugiando-se nos camarotes. Probo teve ocasião de encontrar-se a sós com ele, e disse-lhe:

— Se não quer vestir a camisa de força, modere um pouco o seu desejo de saber, porque vai-se tornando inconveniente...

— É o desespero! Estou quase louco deveras, pois o senhor prometeu-me fazer voltar dentro de três dias, e já lá se foram eles. Agora me trouxe a reboque para bordo de uma embarcação cujo rumo eu ignoro, e vem falar-me inconveniências...

A fisionomia de Probo transformou-se, e, baixinho, entre dentes, disse-lhe ao ouvido:

— Ao primeiro movimento de revolta que me comprometa, mando-o conversar com os peixes... faço-lhe ver fundo do mar.

O doutor Edmundo teve medo da expressão dos olhos do velho gigante, e ainda mais pavor do desconhecido que o cercava. Aquela gente que lhe parecia dedicada ao bem, todavia não lhe inspirava ainda bastante confiança para apresentar-se-lhe, portanto, tornou-se às boas, e pediu desculpa a Probo de ter-lhe dirigido um gracejo, que lhe foi desagradável. Probo da mesma forma desculpou-se, dizendo que tinha querido intimidá-lo para rir e zombar depois. Mas ambos se afastaram receosos e desconfiados um do outro.

O QUE SE DIZ, A BORDO, DA RAINHA DO IGNOTO E DE ODETE

O doutor Edmundo, no dia seguinte, só despertou em seu beliche quando a sineta de bordo já tocava o segundo aviso para o almoço. Tomou às pressas o seu trajo de templário ou cavaleiro de São João de Malta, pôs a máscara e desceu para a mesa a continuar o seu papel de Odete. Ali só o seu lugar achava-se desocupado. Sendo ele preenchido, começaram a servir os pratos da cabeceira, onde Inês Racy, como imediata, tomava o lugar da comandante.

A Rainha do Ignoto, afora as ocasiões solenes, mui raras vezes aparecia no meio das paladinas. Havia muitas entre elas que só a conheciam no caráter oficial. Não obstante, conheciam muito os benefícios que lhes vinham dela, sempre compassiva e liberal para com todas. Tratava de negócios ou empresas com muitas, discutia ciências ou letras com algumas, mas, à exceção de Clara Benício, sua médica, nenhuma entrava em conversação íntima com ela, e, apesar de tudo, a doutora nunca pôde passar do reposteiro do coração.

Elas então se vingavam em sua ausência, formando juízos, discutindo opiniões a seu respeito com a maior sem-cerimônia. No fim do almoço, quando a conversação animava-se, Inês Racy, gaiata de primeira ordem, ergueu o copo e disse:

— Bebamos os óbitos de nossos amores passados!

As mais travessas satisfizeram, gritando:

— Viva a independência! Viva a alegria!

— Viva a música! — exclamou Angelina Dulce. — Eu bebo à memória dos grandes maestros mortos e à saúde dos vivos!

Clara Benício fez uma saúde ao gênio unido ao caráter.

— Onde está o gênio? Onde está o caráter? — perguntou a orgulhosa Generalíssima.

— Está em seu camarote — respondeu a médica —, é a nossa rainha, que reina pelo gênio, pelo caráter e pelo coração, únicas fontes de onde devia dimanar a lei para todos os povos.

— Bravo! — disse Inês Racy. — Mas o que me atormenta é não saber a sua história.

— Todas nós sabemos uma parte dela, a começar do dia em que entramos para seu serviço — disse a doutora.

— Muito bem! — disse a paladina Otávia Milão. — Já nos sobra tempo para conhecer a vastidão de seu gênio, a nobreza de sua alma e a grandeza de seu coração.

— Não podemos contestar — volveu Marta Vieira. — Contudo, dizem que foi pobre, lutou braço a braço com o infortúnio.

— Não se sabe ao certo — disse Angelina Dulce —, o que parece é que sofreu muitos dissabores, injustiças que lhe doeram demasiado, do contrário não compreenderia tão bem as dores alheias.

— Afirmam — tornou Otávia Milão — que ela foi professora em um presídio e que dali vem a origem de sua imensa fortuna.

— Ora essa! Em que vai a senhora basear-se — disse Clara Benício —, nos dizeres de uma louca que existe no Purgatório da Ilha do Nevoeiro.

— Sim, uma louca — replicou Otávia Milão —, mas muito original, capaz de impressionar qualquer médica.

— Que não seja Clara Benício — respondeu esta —, pois tenho encontrado em minha clínica outras muito mais originais como, por exemplo, aquela.

E apontou para Odete. O doutor Edmundo estremeceu com medo de observado, mas elas ergueram-se da mesa ainda discutindo a questão e foram continuá-la no castelo de popa, onde já encontraram a Rainha do Ignoto contemplando o mar. Ela tomou parte na discussão.

— Protesto, doutora, contra sua ciência, e afirmo-lhe que Odete não é doida.

— Mas por que se obstina em não falar? Ela tem a língua, que é o órgão da palavra, tão perfeita como a nossa. Não existe naquela garganta e na abóbada palatina nenhuma lesão que prive os sons vocais — disse a doutora. — E então?

— Em parte, doutora, você tem razão — tornou a rainha — porque o amor em certas pessoas é uma enfermidade moral muito vizinha da loucura, mas torno-lhe a afirmar que a resolução de Odete em não falar é uma precaução sensata, louvável! Eu faria o mesmo.

— Pode ser, mas isso é inexplicável! — disse Clara Benício em ar de dúvida.

— Não estudei a ciência de Esculápio — disse a Rainha do Ignoto —, mas mergulho profundamente na Psicologia, e enquanto os dignos discípulos de Galiano estudam a diátese do corpo, eu procuro na alma mais do que suas leis e destinos, analiso os seus fenômenos. Das três principais faculdades que possuímos, só foi afetada em Odete a sensibilidade; a inteligência e, principalmente, a vontade lhe ficaram intactas.

— Respeito muito os conhecimentos de Vossa Bondade, mas também tenho estudado o caráter e as faculdades intelectuais por meio do crânio e...

— Os meus argumentos não se baseiam na *craniomância* — interrompeu a Rainha do Ignoto.

— Por obséquio, não dê esse nome irrisório à craniologia! Ela não é uma arte de adivinhar as disposições morais pela inspeção do crânio, como a primeira. É uma ciência, um sistema como o de Gall.

— Vou provar o erro da sua ciência com provas reais, palpáveis — disse a Rainha do Ignoto, e saiu um instante.

A suposta Odete estava assustada com o resultado da discussão e se tinha ocultado por trás da escada. Dali estava ouvindo e também vendo às furtadelas. A Rainha do Ignoto voltou trazendo duas fotografias embrulhadas separadamente em crepe negro e uma caveira.

— Que significa este aparato fúnebre? — diziam as paladinas, alvoroçadas.

— É para fazer experiências craniológicas — dizia Clara Benício, meio risonha.

— Não se assustem — disse a Rainha do Ignoto, sentando-se entre elas. — Presentemente não há estudos nem investigações, há fatos. Devem lembrar-se que Odete ultimamente deu para passar os dias na biblioteca ou no gabinete de ciências naturais. Pois bem, em uma bela tarde, encontrei-a entre os livros, folheando um tratado de filosofia.

— E o que prova isso?

— Ainda nada, mas vejamos o que se segue — disse a Rainha do Ignoto. — Depois daquele dia, comecei a observá-la, e cada vez mais me convencia de que ela não tinha perdido a razão. Não me enganei. Na manhã do aniversário de sua desdita, fui encontrá-la no gabinete de ciências naturais, ajoelhada diante deste crânio.

— Mais uma prova de sua loucura! — disse Clara Benício, triunfante.

— E a senhora ignora de quem foi este crânio? — perguntou a Rainha do Ignoto.

— Lá existem tantos! Não sei qual é o que nos apresenta agora.

— É o da velha ama de Odete — disse ela. — Eu entrei sem ser pressentida... a pobrezinha soluçava diante dos restos daquela que morreu de desgosto pela desgraça que ferira a sua menina desaparecida na noite do casamento da mãe. Quando ela desabafou em pranto a sua saudade, tirou do seio estas fotografias: a daquele que amou não se atreveu a desembrulhar do crepe, mas esta, da mãe, olhou para ela por algum tempo, e com um gesto terrível de desespero, atirou-a para longe de si. E olhe, doutora, que eu a ouvi dizer com voz clara: "Vai-te, tu não eras mãe!" Depois, como tocada por um súbito arrependimento, apanhou do chão o retrato, beijou-o, apertou-o sobre o peito e tornou a soluçar. "Perdão! perdão!", dizia baixinho. "Quero morrer para não te odiar." E continuou a beijá-lo. Eu apareci de repente, ela fugiu precipitadamente e deixou cair os retratos. Guardei-os e fiz-lhe o favor de subtraí-los.

— Não me convence ainda — disse a doutora Clara Benício. — Isso foi um momento de lucidez.

— Pois quer prova mais convencível do que essa luta da sensibilidade, em que o sentimento é vencido pela razão? Não vê que a vontade tem sido a faculdade mais ativa e mais poderosa dessa infeliz? Ela não fala porque sente que, em seu desvario de amor traído, pode dizer alguma palavra ofensiva ou desrespeitosa contra aquela que deverá amá-la até ao sacrifício e tornou-a desgraçada até a suposta loucura!

— Que bom advogado perde o foro! — disse Clara Benício, rindo.

— É certo, mas se tenho jeito para defender a justiça, o direito, não tenho menos para curar as almas doentes. Mas vós fostes que errastes a carreira, pois dáveis para um bom promotor! — disse a Rainha do Ignoto.

— Nada, falei baseada na ciência, e disse a opinião.

As nuvens iam-se amontoando. Fazia um calor abafadiço. As paladinas dispersaram-se pelo convés e alguma, examinando os vapores que se formavam na atmosfera, predizia tempestade.

XXXVI

A PROCELA, O NAVIO NAUFRAGADO E A TEMERIDADE DE UMA ALMA SENSÍVEL

Começava a anoitecer. O trovão ribombava ao longe e havia indícios de um próximo temporal! O *Tufão* jogava cada vez mais forte! As Paladinas do Nevoeiro não se apercebiam disso e continuavam em suas conversações, jogos, toque de piano e cantos. A Rainha do Ignoto, concentrada e só, subiu ao convés para ver o mar que sussurrava espumante e enraivecido! A atmosfera estava úmida e o vento, crescendo de pouco a pouco, elevava as ondas à altura da amurada!

Cessaram de repente os cantos e fez-se um profundo silêncio a bordo, mas não foi o medo que tomou de assalto aqueles ânimos feminis, que deveriam ser fracos e eram fortes pelo infortúnio, pela dedicação ao bem e pela abnegação de si mesmas; fez-se silêncio porque elas recolheram-se naturalmente aos camarotes para dormir.

A Rainha do Ignoto, agora comandante do *Tufão*, dirigiu-se à proa e fez uma recomendação a Coleta Fulgina, que estava de quarto, e mandou três marujas para a escotilha de proa vigiarem o mar, que estava assanhado como uma cascavel prestes a dar o bote! Depois, debruçou-se na amurada e assestou o binóculo para diversos pontos do horizonte. Outro menos habituado à caça do infortúnio não teria visto aparecer, de entre as profundas trevas da noite, quase imperceptível, ao clarão do relâmpago, um vultozinho de navio quase a submergir-se... e ela viu.

A PROCELA, O NAVIO NAUFRAGADO E A TEMERIDADE DE UMA ALMA SENSÍVEL

O navio arquejava, não podia mais! Era um enfermo no último arranco! Ela largou o binóculo e foi ao leme para mandar que navegasse nas águas daquele navio, procurou a maquinista e disse-lhe que desse à caldeira toda a força que pudesse. A maquinista executou a ordem e o *Tufão* voou escabeceando nas asas de outro tufão! Era sublime! Terrível como o desespero perseguindo *o* desespero em sua marcha vertiginosa! As Paladinas do Nevoeiro levantaram-se sobressaltadas, perguntando:

— O que houve?

— O que é isso?

— Vamos a pique?

— Nada, minhas senhoras — respondeu a Rainha do Ignoto —, o navio é forte e novo, não há perigo para nós, há muito e eminente para os infelizes que vão naquele que já vai-se enterrando no mar!

E apontou para o navio, já muito perto, ao alcance do porta-voz, se a pancada do mar e o sibilar do vento deixasse ouvi-lo. As paladinas viram aparecer, de espaço em espaço iluminado pelo clarão do relâmpago, um espetáculo terrível, medonho! Era o quadro do naufrágio! A lancha e os botes tinham sido levados por um golpe de mar furioso! Pelos lados da embarcação, carneiros e bois batendo uns contra os outros misturavam seus balidos e urros com o queixume dos homens, gritos das mulheres e choro das crianças! Era uma coisa sinistra, um combate em turbilhão infernal!

As marujas do *Tufão* corriam a calafetar as portinholas e as escotilhas, e algumas já com as bombas e baldes esperavam o momento preciso para esgotar o porão. Mas a Rainha do Ignoto não as via, nada ordenava, tinha a alma suspensa entre o abismo do céu e o abismo do mar! O seu grande coração, por onde haviam passado as tempestades ignotas do infortúnio, não esmorecia aos arrancos furiosos dos elementos revoltados. Ela sentia na alma a ânsia do bem e afagava a ideia de arriscar a vida para a salvação daquelas que morriam, deixando talvez a felicidade, o amor.

— Companheiras de minha alma! — gritou ela com voz alterada. — Corramos a salvar aquela gente!

— Como? — perguntou a imediata. — Se nós mesmas corremos perigo em nossa embarcação!

— Lanchas ao mar! — tornou ela com energia.

Ninguém se moveu, as paladinas estavam estateladas!

— Inês Racy, tome conta do comando.

E já no portaló, com um pé na escada, gritava no delírio da sua aflição:

— Meu salva-vidas! Tragam-me o meu salva-vidas! King! Fiel! Vamos depressa... Oh! Deus, uma criança que se afoga! Caiu dos braços da mãe!

E correu para saltar no barco salva-vidas, que três marujas corajosas haviam lançado ao mar. Mas só acompanhada por King, que remava desesperadamente, e por seu Terra-Nova, lá se foi ela, misturando os seus gritos de animação com o clamor dos náufragos, o bramido do mar e o sussurro do temporal! As paladinas, tomadas de um só pensamento, bradaram:

— Está louca! Está louca a comandante do *Tufão*!

— Adeus, Rainha do Ignoto! — exclamou Roberta, ajoelhada e banhada em pranto.

Alguns minutos depois, elas viram um espetáculo sublime! Aquela mulher extraordinária aparecia, iluminada pelo relâmpago, como um ser sobrenatural, recebendo a bordo do barco os náufragos que se agarravam a ela e os que Fiel arrebatava às ondas com uma perícia sem nome! Uma chuva de palmas ressoou a bordo do *Tufão*! E as paladinas gritavam em frenético delírio:

— Bravo! Bravo!

A tempestade começava a serenar e a lua vinha rompendo a grossa camada de nuvens como um anúncio de paz. As Paladinas do Nevoeiro se animaram, mandaram arriar as lanchas e escaleres e foram ajudar a recolher os náufragos. A atmosfera já havia descarregado e o céu se mostrava quase limpo quando acabaram de salvar o último passageiro e o último tripulante da galera *Zenon*. O resto da noite passaram a prestar socorros aos infortunados náufragos, a maior parte num estado lastimoso! Alguns, mesmo feridos.

Aqui era Marta Vieira que esfregava o corpinho rosado de uma criança de dois anos que jazia inanimada; ali era Angelina Dulce que conduzia as senhoras para mudarem as roupas encharcadas, que escorriam pelo tabuado do convés; adiante era a doutora Clara Benício dando um cálice de conhaque a um pobre velho que não o podia sustentar, tanto era o tremor das mãos! A Rainha do Ignoto, ajudada por Otávia Milão, Coleta Fulgino e Roberta, cuidava dos feridos, estancando-lhes o sangue, pondo ligaduras e acomodando os mais doentes para serem pensados pelo médico da *Zenon*, que nada sofrera no desastre. Ela estava em toda parte! Era o centro de todo movimento! O seu coração retraído de prazer dilatava-se para o infortúnio.

XXXVII

O BENEFÍCIO É A SEMENTE DA INGRATIDÃO

Dias depois do naufrágio da *Zenon*, via-se a bordo do *Tufão* uma certa mudança que não passava despercebida ao espírito observador e sutil da Rainha do Ignoto. Sempre na expectativa, olhava às vezes inquieta e triste para um capitão de artilharia que se extasiava ao pé do piano, arrebatado pela harmonia da música que se escapava por entre os alvos dedos da pequenina mão de Angelina Dulce. Ele parecia beber ou respirar a melodia da ária que saía de sua garganta privilegiada!

Outras vezes, de algum recanto, sem ser notada (porque diante dos náufragos era Probo que representava de comandante), ela reparava em Marta Vieira, que ouvia muito atenta os galanteios de um bacharel presumido que não cessava de falar com entusiasmo de sua candidatura a deputado geral. Já mais de uma vez tinha observado o capitão da galera *Zenon* ao lado de Inês Racy contando-lhe a sua vida de marujo, cuja noiva morrera quando ele voltava ao porto para desposá-la. Ela ouviu ainda esses senhores manifestando a sua gratidão às Paladinas do Nevoeiro, e alguns dando o nome de salvadora àquela que mais se distinguia.

As próprias mulheres, mais curiosas que os homens, não fizeram reparo na temeridade de louca daquele fantasma de ser humano, só ajudado por um cão da Terra-Nova, deixando a direção do barco nas mãos de um orangotango, a salvar velhos e crianças, os feridos e todos quanto urgia acudir com mais pressa para não descerem ao fundo do mar.

Mas isso se passou nas trevas, a confusão era muita! E as paladinas se apresentaram ao aparecer da lua. Seus benefícios foram reconhecidos. Depois, a Rainha do Ignoto, por causa da máscara, não ousava apresentar-se. Deixava que Odete o fizesse porque era tida como louca.

Uma noite, enquanto as Paladinas do Nevoeiro divertiam os náufragos com música, canto, jogos e danças, a Rainha do Ignoto tirou a máscara e passeava no tombadilho, solitária, escutando o bramido do mar, pensando sob o céu estrelado, a combinar novos planos para as batalhas do bem. Passaram ao pé dela duas crianças que traziam pela mão um velho, e fizeram-no sentar-se numa espreguiçadeira, dizendo:

— Sente-se aqui, velhinho, está fresco, melhor do que lá embaixo.

— Obrigado, meus filhos — disse ele com voz fraca e meio trêmula.

— Meus filhos, não, meus netos — respondeu o menino —, nós lhe queremos bem porque o senhor se parece com o vovô.

— O pai do papai — disse a menina, rodeando-lhe o pescoço com o bracinho.

O traquinas do irmão já havia tomado a grossa bengala da mão do velho e corria montado sobre ela chamando-a "cavalo". A Rainha do Ignoto aproximou-se dele, prendeu-o nos braços, e disse:

—Você me conhece, Ramiro? Já me viu alguma vez?

— Nunca.

— E quem foi que lhe tirou do mar quando você caiu dos braços de sua mãe?

— Não sei — disse o pequeno, procurando lembrar-se. — Foi um bicho preto, de dentes finos, que me apertava a cintura, mordendo assim — e Ramiro, querendo imitar a Fiel, foi morder a irmãzinha.

— Basta — exclamou a Rainha do Ignoto —, aí vem teu salvador, vai abraçá-lo.

— Não, ele me morde.

— Não tenhas medo, ele não ofende às crianças nem aos velhos, tem muita confiança na fraqueza deles: olha, veio deitar-se a teus pés.

Ramiro e a irmã acercaram-se do animal, e se entretinham a puxar-lhe as orelhas, a alisar o pelo e a abrir-lhe a boca para ver os dentes. Tudo ele sofria com paciência. Então a Rainha do Ignoto voltou-se para o ancião e perguntou:

— Que idade tem, senhor Morais?

— Tenho noventa e seis bem puxados — respondeu o velho.

— Quantos dias de felicidade pôde ainda contar nessa série de anos que já lá foram? — tornou ela.

— Ah! Minha cara senhora, pergunte antes quantos dias de infortúnio tive em minha calma existência que eu lhe direi, tive dois: um, quando perdi minha mãe e meu pai no mesmo dia; outro, quando morreu minha mulher, há já vinte anos... e outro que já não me lembrava, o desse maldito naufrágio.

— É possível! — exclamou ela. — Três dias de infortúnio em noventa e seis anos de existência!

— É certo, senhora, eu fui feliz, louvado Deus! Gozei saúde, vivi honradamente do fruto de meu trabalho e encontrei uma mulher virtuosa que me amou e cumpriu os deveres de esposa, criando os filhos na lei de Deus e dos homens. Não tive mais que desejar na terra. Meus filhos vivem ainda, cuidam da minha velhice, e eu ensino aos meus netos o caminho do dever, assim como já ensinei a eles e seus filhos.

— Seus filhos já têm netos?

— Já, benza-os Deus! São meu divertimento, era lembrando-me deles que sentia morrer no fundo do mar e ser comido pelos peixes. Felizmente essas senhoras que lá estão, embaixo, divertindo-se, foram nossos anjos da guarda, nos salvaram. Deus lhes dê toda dita que merecem por tamanho benefício.

A Rainha do Ignoto ficou algum tempo pensativa e afastou-se. Da amurada olhava o espaço negro entre as vagas rumorosas e o firmamento povoado de estrelas. Ela comparava a pobreza daquele bom velho, preso à existência por tão longa cadeia de vidas, à sua riqueza deserta, e teve um momento de revolta:

— Os próprios astros têm sua família planetária — pensou ela, olhando o céu —, e eu divago na terra, só. Tenho o coração desprendido como um balão arremessado ao espaço, onde até a luz desaparece no vácuo! Sem pai, sem mãe, sem irmãos, sem esposo, sem filhos e até sem sobrinhos! É verdade que tive uma família... família adorada que me foi arrebatada às parcelas pela morte, pelas distâncias... e até pelo sentimento...[1]

---

[1] Em nota à segunda edição, Otacílio Colares afirma que haveria "um calor de autenticidade neste lanço de patéticos pensamentos da autora, vivendo em sua personagem-protagonista do romance, sabido que, perdido o pai, em pouco espaço de tempo morrer-lhe-iam os irmãos João Batista, Cícero Cicinato, Carlos Augusto e Antonio Henrique. Ela, que era poetisa e autora de um livro de poemas, *Canções do lar* (Fortaleza, 1891), em face dos sucessivos desenlaces, dedicou à memória dos mesmos longo poema intitulado "Um quadro", datado de maio de 1878 e publicado no jornal *Cearense* de domingo, 1º de maio de 1878, conforme pesquisa que fez, e cujos dados nos forneceu a escritora cearense Maryse Weyne Cunha. O poema abre com esta estrofe: "Parca cruel, cobras ferina/Já quarto fio do fraternal laço/E cada golpe mau é um abutre/Que de meu coração leva um pedaço."

Ela suspendeu o pensamento, tomada de uma dor profunda. Depois, continuou:

— E essas paladinas, posso chamá-las minha família? Não, porque, apesar de haver entre elas verdadeiras heroínas, estão ligadas a mim, umas por interesse próprio, outras por deveres comuns, pelo gênio, pelo caráter, e nenhuma pelo coração. Dizem que a prática do bem traz a felicidade, é mentira! É ilusão! Aqui estou eu que, desde criança, não tive pensamento que não fosse nobre e digno! Não fiz uma ação que não fosse em favor dos meus ou em benefício dos estranhos, e o que tive em paga? Injustiças e ingratidões! Ah! Mas o bem já é para mim um vício! Corro a aliviar uma miséria, arrisco a vida para evitar uma desgraça, como o jogador incorrigível atira-se a uma banca de jogo, onde sempre perde. Ah! Eu não amo a esta humanidade injusta, ingrata e egoísta. Faço o bem maquinalmente, por um destino, uma tendência, como a do que se embriaga pelo desespero!

XXXVIII

O DESEMBARQUE
FOI COMUM

O dia vinha amanhecendo brumoso e triste. Contudo, sentia-se a bordo um calor sufocante. A atmosfera parecia de chumbo! Quem não tinha nada com as manobras do *Tufão* dormia ainda, mas seu comandante tratava de fundeá-lo, pois tinham chegado ao porto. Na ocasião, havia muitos vapores e navios de vela ancorados, arfando nas águas da baía de Guajará.[1] A saída ou a entrada de um deles só ocupava a atenção dos que tinham interesses particulares em seu carregamento, ou atraía as vistas dos catraieiros portugueses que, divisando algum que não atracou no cais, cercavam-no com suas catraias, a porfiar uns com outros, cada qual a querer levar em seu barco todos os passageiros, em risco de lhe darem o último banho.

Apenas o *Tufão* deixou cair o ferro. Ouviu-se um burburinho de vozes alegres, um alvoroço a bordo, como sempre acontece nos desembarques. A Rainha do Ignoto, encerrada em seu camarote, esperava que as Paladinas do Nevoeiro fossem para terra. Estas davam a seu desembarque feições tão comuns, tão naturais que era impossível duvidar de sua passagem em um navio mercante qualquer. Já levavam o destino de suas moradas na grande cidade de Belém, cujo casario branco de telhados vermelhos elas avistavam do porto, doidas de alegria. Nos poucos dias

---

[1] Nessa baía fica a entrada do porto de Belém do Pará. (Nota da segunda edição.)

que ali permanecessem, iam elas apresentar-se na sociedade, cada uma na altura do grau de educação que recebeu, figurando na classe média, nobre ou plebeia, conforme a realidade do seu nascimento.

A Rainha do Ignoto não exigia de suas companheiras o sacrifício de subir ou descer senão nos momentos especiais, forçada pela necessidade momentânea. Ela, sim, que mergulhava no oceano humano como um infusório no fundo do mar trabalhando para formar um continente. É das trevas que se pode contemplar a luz. Da pobreza e da obscuridade se veem as dores humanas por um telescópio. Da fortuna, da felicidade, só se enxergam os que se apresentam através das vidraças dos palácios e carruagens.

A Rainha do Ignoto mandou procurar para si uma casinha pobre numa rua afastada do movimento comercial da grande cidade. Era dali que ela queria fazer o seu ponto de partida para todos os dramas, comédias e tragédias da vida, onde tinha de figurar de protetor ou de juiz. Ordenou que não desembarcassem Odete por causa do seu hábito de cavaleiro, que podia chamar atenção. Probo aproveitou a confusão do desembarque e falou de parte com a fingida Odete:

— Sabe? O acaso se combina para proteger sua aventura.

— Como? — disse o doutor Edmundo.

— Odete não desembarca, fica sob a guarda de uma maruja velha que mal se lembrará dela nas horas da comida. Roberta foi quem se encarregou de vir a bordo todos os dias para saber dela. Então o senhor, em todos os portos, pode ir para terra, envergar o fraque, pôr a bengalinha na mão, o chapéu na cabeça, e sair por aquelas ruas a palestrar com os amigos, beber cerveja, jogar bilhar, namorar... enfim, é meu prisioneiro como eu sou dessas malucas. Eu hei de vigiá-lo como elas me vigiam.

— Muito obrigado, senhor, pela licença que me dá, não tema que eu abuse dela, pois estou demais interessado por penetrar no mistério.

— E eu doido por acabar com ele — disse o velho, pensando no modo de atirar o seu bote de serpente.

Ele não queria desprender-se do doutor Edmundo porque contava convencê-lo e supunha ganhar um aliado inteligente e ativo. Este também, por sua vez, planejava em sentido contrário, e por isso procurava agradar a Probo, mostrando-se de seu parecer. Ao separar-se dele, disse:

— Onde o encontrarei, todos os dias, para informar-lhe o que houver?

— No cais, às sete horas da noite e às oito da manhã.

— Me dá a liberdade sem nenhum temor? Não receia que eu abuse dela ao menos pelo quinhão que toca à língua? — perguntou o doutor Edmundo.

— Pior para si, meu caro — disse Probo, encolhendo os ombros. — Pensei que já podia avaliar a força dessa maçonaria de mulheres, mas enganei-me. Portanto, vou explicar-lhe mais esta: elas têm sinais convencionados pelos quais se conhecem em toda parte onde se encontram, mas são de acordo com o grau de cada uma, de forma que, às vezes, uma paladina de ordem superior manifesta-se a outra inferior pelo sinal da ordem dela, ou mesmo não corresponde, não se dá a conhecer para lhe servir de guarda secreta. Se a tal conta em família o que viu no Ignoto da ilha do Nevoeiro, instalam-se disfarçadamente algumas nas vizinhanças, e em poucos dias a pobre moça vai ter ao asilo das loucas porque elas, com ar de proteção e derramando benefícios, convencem aos estranhos e aos próprios pais de que a filha perdeu a razão e está a dizer coisas extravagantes. Se o senhor deseja ir para a casa dos orates,[2] conte o que tem visto neste curto espaço de tempo.

— Com certeza, senhor Probo, eu não me atreveria a contar o que tenho visto a quem quer que seja, com receio de passar por louco, visionário.

— Pois bem, meu amigo, é por esse mesmo motivo que eu me calo, esperando uma ocasião azada para o golpe definitivo.

— O que tenciona fazer?

— Mais tarde lhe direi. Até logo, a Roberta me acenou, creio que agora, em vez de caçador de onças, vou ser pescador de...

---

[2] Orate: doido, louco, maluco. "Casa de Orates" significa casa de loucos. (*Dicionário Aurélio*.)

XXXIX

É BOM ACHAR UM AMIGO EM TERRA ESTRANHA

O doutor Edmundo apenas desembarcou, viu a pouca distância, conversando com outro que estava em pé no meio da rua, um moço que lhe fez alvoroçar o coração. Foi direto a ele, que disse:

— Edmundo! — exclamou ele, abraçando-o. — Desembarcastes?

— Agora mesmo, e bem longe estava de pensar que encontraria, logo no porto, um amigo velho, um colega de estudo. Então, o que tens feito em tua carreira?

— Não me formei — disse Armando. — Não sabias ainda?

— Não.

— Os negócios de meu pai andaram mal, não pôde mais despender com os meus estudos e achou necessário que eu procurasse um emprego. Vim ao Pará, e aqui fiquei como guarda-livros de uma casa aviadora.[1] E tu, que tens feito, não és ainda juiz de Direito? Ou vens como chefe de polícia?

— Qual! Tenho sido um malandro! Viajei pela Europa, gastei uma boa soma, e agora, a pretexto de descansar das viagens, vivo de magros rendimentos que me ficaram, sem cuidar do futuro.

---

[1] "Casa aviadora" significava, no tempo áureo da extração e beneficiamento da borracha, o estabelecimento que se encarregava de negócios do interesse dos seringalistas do Alto Amazonas. (Nota da segunda edição.)

— Esse podes obter facilmente por meio de um casamento rico, aqui no norte não faltam negociantes com filhas para quem compram carta de bacharel a peso de ouro.

— Estás zombando, conheces o meu caráter...

— Eu sei — disse Armando — que vives como outrora, correndo em busca de uma visão de mulher como não existe, e que nisso perdes muito tempo impressionado com lances dramáticos e sentimentais que depois se evolam como o fumo do teu charuto.

— É certo. E tu, já te casaste?

— Não. Para onde vais?

— Para o hotel, mas contra a vontade, servia-me antes uma casinha alugada.

— Se a hospedagem que te oferece com sinceridade um antigo camarada te serve, vem comigo — disse Armando.

— Aceito com muito gosto — respondeu o doutor Edmundo. — Moras só?

— Só, tenho mesada na casa vizinha, onde mora uma respeitável família. Ali vem o bonde — tornou ele, fazendo sinal ao condutor. — São cinco horas da tarde, ainda teremos tempo de visitar a cidade antes do jantar.

Passearam até as sete horas, dali em diante Armando pareceu inquieto, distraído.

— Que tens? — perguntou o doutor Edmundo. — Se a minha presença te embaraça em algum negócio, deixo-te.

— Nada, é que estamos defronte da porta de dona Margarida, e estou ansioso por saber como vai dona Laura. A febre subiu muito esta manhã...

— Quem é essa dona Laura?

— É filha da que eu desejo ter por mãe, e minha noiva.

E os dois amigos entraram por um corredor estreito e mal iluminado, no fim do qual havia uma escada. Eles subiram, e no último degrau Armando parou para recomendar silêncio. Depois penetraram quase sorrateiramente, pisando leve no tabuado de uma sala caiada de branco, tendo ao meio uma mesa posta onde ardia um candeeiro de querosene com abajur. Dona Margarida mal pressentiu pisadas, saiu do compartimento imediato com uma garrafinha na mão, e vendo um estranho, ficou embaraçada. Armando perguntou:

— Como vai dona Laura?

— Assim... creio que mal... enquanto não passar a febre, dá muito cuidado. Mas, quem é esse senhor?

— Um antigo condiscípulo, o doutor Edmundo Lemos, que acaba de desembarcar, vem passar alguns dias comigo.

— Não há dúvida, vou mandar servir o jantar.

— Logo, agora mesmo, mamãe, pois o senhor Armando custou muito — disse uma menina que vinha de dentro.

— Se soubesse que era cedo, tinha me demorado mais — disse Armando, gracejando.

A pequenina fez uma careta e seguiu a mãe, mas nem por isso o seu rostinho de anjo louro ficou menos interessante.

— Ouve Amélia — chamava Armando, e ela seguia.

— Dona Laura é bonita assim? — perguntou o doutor Edmundo.

— Não sei. Dona Laura é morena, e prefiro esta cor à mais bela neve.

Pouco depois, entrou dona Margarida e os convidou para a mesa. O doutor Edmundo comia com satisfação e recordava com Armando as suas temporadas de estudante quando ouviu-se o rodar de uma carruagem que parou defronte da porta. Minutos depois, bateram palmas na escada. Dona Margarida levantou-se, saiu e tornou a entrar com uma senhora vestida de preto, trazendo sobre a cabeça uma mantilha de renda da mesma cor.

— Com quem tenho a honra de falar? — perguntou ela, introduzindo-a na sala.

— Com a viúva Zuleica Neves — respondeu a desconhecida. — Não é aqui que mora dona Margarida Pinheiro e sua filha Laura?

— É, minha senhora, mas Laura está muito doente. Tenha a bondade de sentar-se.

— Trazia-lhe aqui um trabalho, mas, em vista disso, volto com ele — disse a viúva Zuleica Neves. — Não mandou ainda vir o médico?

— Não. Os meus recursos são poucos e os médicos nesta cidade, as boticas deixam o pobre sem calçado.

— Conheço uma senhora que é médica. Se permite, lha enviarei e não lhe custa nada, nem a cura nem os remédios.

— Lhe serei eternamente agradecida — volveu dona Margarida.

— Pode conceder-me licença para vê-la?

— Pois não, tenha a bondade de entrar aqui para a alcova.

As duas senhoras entraram, e o doutor Edmundo ficou pasmado! Ele via nas feições da viúva Zuleica Neves um retrato meio apagado da sua visão do Areré: a voz não podia denunciar-lhe a Rainha do Ignoto porque estava protegida por uma rouquidão intensa. Tomado de uma curiosidade extrema, foi até a porta da alcova, e dona Margarida convidou-o a entrar. Zuleica Neves chegou ao pé do leito da doente e pegou-lhe na mão ardente de febre, perguntando-lhe:

— Como se acha?

— Boa — respondeu Laura com os olhos brilhantes e parados nas órbitas. — Que queres aqui? Vai-te embora.

— Vim visitar-vos, trazer-vos o médico...

— Mentes! — tornou ela, cobrindo o rosto com a coberta. — Vieste roubar-me Armando... mas ele não gosta de ti.

O doutor Edmundo, com a vista cravada no rosto de Zuleica Neves, viu a contração amarga de seus lábios, a profunda expressão de seus olhos, mas dona Margarida só viu um sorriso e ouviu dizer:

— Nada, senhora, não sou quem pensais... só quero a vossa saúde e vossa felicidade.

Dona Margarida foi chamada para dar uma determinação doméstica e só Armando e Edmundo ouviram o resto do diálogo.

— Pensas que me enganas — dizia Laura com os lábios secos e a voz sibilante. — Não, és tu mesma, bem sei o que vens fazer.

— Não, fica descansada, não sou aquela de quem falas. Ela já não existe, morreu já há sete anos.

— Mentes! Mentes! És tu mesma, eu bem te conheço, deixa-me.

A doente terminou com uma agitação nervosa, uma ânsia que assustou aos assistentes. Então a viúva Zuleica Neves retirou-se, fazendo a dona Margarida milhares de oferecimentos. Armando saiu preocupado com a moléstia da noiva, e o doutor Edmundo ficou cogitando sobre o que vira e ouvira.

O QUE SE PASSA NA CASINHA DO PESCADOR LAURENO

No dia seguinte, à hora marcada, estava o doutor Edmundo ao pé do cais, esperando Probo. Este não se fez esperar, saltou em terra depois de ter atracado uma catraia onde trazia uma rede de pesca, e foi falar-lhe.

— Agora sou o pescador Laureno.

— Onde está morando?

— Não é longe — disse ele —, ali mais adiante um bocadinho está a casa arredada das outras, olhando para o porto.

— Aquela caiada de branco com porta e janela pintadas de azul? — disse o doutor Edmundo.

— Justamente, é ali que está agora a Rainha do Ignoto, transformada em Olga, filha do pescador Laureno.

— O que tem feito?

— Não há tempo ainda — respondeu Probo —, chegamos ontem. Daqui a três dias é que ela começa a tomar conta das comissões de que encarregou as paladinas. Se quiser assistir, venha às cinco horas da tarde ter comigo. Eu estarei à porta, consertando uma tarrafa. O senhor faz-me um sinal de longe e, se elas estiverem alertas, lhe farei conhecer continuando a trabalhar. Se a ocasião for propícia, irei ter consigo e o conduzirei ao oitão da casa, onde há uma fenda na parede da sala por onde se pode observar sem ser visto. Ela fica um pouco alta, mas dos galhos de uma mangueira pode-se ver à vontade.

— Mas quem o senhor julga que eu sou? — perguntou o doutor Edmundo com indignação. — Serei algum moleque? O senhor, não contente em reduzir-me ao cativeiro, quer degradar o meu caráter!

— O melhor, doutor, é deixar de fanfarrice de dignidade estulta. Nem o senhor é o que parece ser nem eu acredito em homem de bem... e ainda que acreditasse, já empalmei-o para ajudar-me no projeto, e não o largo. Fique certo de que é vigiado, não é com facilidade que me foge.

E riu-se com ar perverso. O doutor Edmundo, subjugado pelo olhar terrível daquele atleta gigante de músculos de aço, abateu-se e disse:

— Pois bem, daqui a três dias, às cinco da tarde, lá me acharei.

* * *

No dia aprazado, estava ele às sete horas da noite com a vista ajustada à fenda da parede da sala da casinha do pescador Laureno quando viu entrar Clara Benício e Inês Racy. A Rainha do Ignoto, sempre mascarada, apareceu-lhe:

— O que há?

— Viemos dizer que nos merece particular atenção uma moça atacada de febre que mora num sobradinho velho por cima de uma loja, nossa antiga conhecida... por isso alugamos uma casinha defronte, mas ainda não podemos conhecer bem o terreno em que pisamos.

— Como se chama ela? — perguntou a Rainha do Ignoto.

— Laura — disse a médica Clara Benício.

— Deixe a história dessa moça e continue a prestar-lhe seus serviços enquanto ela precisar deles — volveu a rainha com enfado.

— É que Vossa Bondade não sabe da intervenção de uma viúva Zuleica Neves, que vai lá embaraçar-me a cura — disse Clara Benício, visivelmente contrariada.

Era a primeira vez que a sua rainha deixava passar livremente, sem procurar investigar, um indício de infortúnio.

— Inês Racy, o que tem para dizer-me? — perguntou ela, procurando desviar o fio da conversação.

— Uma novidade, senhora: o negociante da loja que fica por baixo do sobrado de Laura tenciona tocar-lhe fogo na primeira ocasião.

— Isso é grave! Ele está quebrado, com certeza, e a loja está no seguro — disse a Rainha do Ignoto.

— Certo, mas o que Vossa Bondade não sabe é quem é esse sujeito que, depois de gastar a fortuna da mulher no jogo, nos teatros e em quantos disparates há, desbaratou o depósito que o comércio lhe confiou e quer agora acabar por um crime!

— Já adivinhei, é o marido da pobre Licina, aquela louca do Purgatório do Ignoto.

— É ele mesmo, o Onofre Montano, aquele canalha.

— Se ele voltasse para a mulher, ela voltaria à razão — disse a doutora Clara Benício.

— Pois ele há de voltar — afirmou a Rainha do Ignoto.

— O que vai fazer?

— Saberá mais tarde — tornou ela. — Inês Racy, qual é roteiro que tem do sinistro projeto do Montano?

— Camila Franco, a impagável paladina, a destemida amazona que ficou o ano passado nesta cidade em comissão especial, leu já há três meses um anúncio de Montano que precisava de guarda-livros. Por algumas observações que tinha feito, conhecia que ele procurava um guarda-livros tratante como ele para fazer uma escrituração falsa. Ela mudou de trajo, pôs um bigode postiço e foi oferecer os seus serviços ao negociante quebrado, e soube por tal modo insinuar-se-lhe no ânimo que foi preferido a todos os outros concorrentes. Em poucos dias, ganhou-lhe a confiança, mas, em vez de fazer as coisas como ele queria, fez o contrário: o homem viu-se perdido, mas não duvidou da boa-fé do guarda-livros e lhe confiou o seu meio de salvação pelo fogo.

— Pois bem, previna as nossas bombeiras que tenham tudo em boa ordem e esperem aviso pelo telefone, e diga a Camila Franco que, quando ele preparar a loja para incendiá-la, que ela subtraia o livro-caixa e me entregue na ocasião do incêndio.

Clara Benício e Inês Racy se retiraram, e o doutor Edmundo, sem deixar o esconderijo, pensava no modo de salvar a família de dona Margarida do perigo de que estava ameaçada. Chegaram outras paladinas com diversas mensagens, mas ela não quis ouvir mais nada, retirou-se.

ATÉ NO MONTURO E NA LAMA DAS RUAS SE ENCONTRA UM CORAÇÃO DE MULHER

Apenas saíram as paladinas, a Rainha do Ignoto retirou a máscara, trocou o vestido de seda por um de chita, soltou o cabelo em duas tranças, pôs uma mantilha sobre a cabeça, pegou em uma bolsa de couro da Rússia que estava sobre uma mesa e chamou Roberta para acompanhá-la. Aonde iria, àquela hora, pois a corneta acabava de tocar as nove?

Seguiram em frente ao porto e dobraram por uma ruazinha de casas de má aparência. Em uma delas, meia arruinada, já sem metade da caliça, via-se uma fraca claridade que saía pela porta meio cerrada. A Rainha do Ignoto escutou de pé junto ao portal, e disse:

— Roberta, parece que houve aqui alguma desgraça, ouço gemer, chorar e às vezes gritos abafados, ais dolorosos.

— Empurre a porta, senhora.

E ela, sem mais considerações, empurrou e entrou, seguida por sua boa companheira. Na sala não havia ninguém, mas no corredor, estendida no chão, uma rapariga de cor escura tinha a cabeça rachada, e estava com os cabelos sujos de sangue, que lhe corria pelos vestidos.

— Mas o que foi isto? — perguntou a Rainha do Ignoto, inclinando-se para ela.

— Cacetada! — respondeu Roberta. — Está-se vendo que foi uma enorme cacetada!

— É preciso estancar esse sangue, Roberta, veja algodão para queimar.[1] Trouxe o frasco de arnica?

— Tudo está aqui pronto, senhora — respondeu Roberta, procurando na cesta que trouxera enfiada no braço.

Em poucos minutos estava feito o tratamento, e elas, não vendo outras pessoas na casa, conduziram a doente para o quarto, cujo ladrilho estragado lhes fazia dar topadas aqui e ali. Não havia leito, puseram-na numa rede ordinária.

— Nem ao menos uma almofada para calçar-lhe a cabeça! — disse a Rainha do Ignoto, correndo a vista pelo quarto.

— Ali estão dois baús — observou Roberta —, talvez haja neles algum pano.

— Nada, senhoras, sou uma miserável — disse a rapariga, falando pela primeira vez.

— Quem lhe pôs nesse estado? — perguntou a Rainha do Ignoto.

A rapariga caiu em pranto e não respondeu.

— Queremos protegê-la, diga-nos tudo sem receio.

— As senhoras não apitam, não o mandam prender? — interrogou ela com olhos suplicantes.

— Se não sabemos de quem fala, como poderemos denunciá-lo? — disse a Rainha do Ignoto. — Conte-nos a sua história e descanse que não faremos nada que não seja para aliviá-la.

— Eu não sou daqui — disse ela —, sou do Ceará.

— Como se chama?

— Faustina, fui criada pela dona Rosinha, que morava lá na rua do Trilho de Ferro.[2] Ela me mandava fazer compras na taverna. Enquanto era pequena, ia satisfeita. Fui crescendo, entrei a recuar porque o taverneiro me dirigia pilhérias, mas ela me espancava quando eu não queria ir. Já estava com quatorze anos e queria bem a um rapaz carroceiro, que foi nosso vizinho e que estava trabalhando para arranjar os meios de fazer o

---

[1] Refere-se ao costume de grande voga no Nordeste, em matéria de medicina caseira, de queimar um floco de algodão e colocá-lo sobre um ferimento que esteja a sangrar. É excelente para fazê-lo para estancar e, quando cai, naturalmente o ferimento está sarado. (Nota da segunda edição.)

[2] Atual Avenida Tristão Gonçalves, em Fortaleza. Sua denominação, como está no romance, deve-se ao fato de ser por ela que passavam os trens da então Estrada de Ferro de Baturité, em demanda do sul da província. É numa casa da Rua do Trilho que decorre parte vital do romance *A normalista*, de Adolfo Caminha, contemporâneo de Emília Freitas. (Nota da segunda edição.)

nosso casamento, mas os perversos mesmos que me procuraram desencaminhar entraram a contar-lhe histórias, a falar mal de mim... o pobre do Cipriano acreditou em tudo e, desesperado, embarcou para o Pará. Sem esperança de me casar com Cipriano, maltratada por dona Rosinha, fugi uma noite de casa e tornei-me mais desgraçada do que já era. Depois embarquei também para o Pará e encontrei Cipriano trabalhando no trapiche; Ele me recebeu muito bem, viemos morar nesta casinha, mas nunca me perdoou a minha doidice... e tem um ciúme terrível de mim.

— Não era isso o que queríamos saber. Vamos, diga quem lhe fez este ferimento!

— Ah, senhora, ele estava cego de raiva! Vinha hoje do serviço quando uma vizinha, que me quer mal, não sei por que, lhe contou uma calúnia a meu respeito.

— E ele meteu-lhe o cacete?

— Não, senhora, foi com uma acha de lenha.

— E não o prenderam? — perguntou Roberta.

— Nem fale nisso, senhora — disse Faustina, aflita. — Os vizinhos apitaram, vieram soldados, mas eu assim, mesmo ferida, ainda o escondi. Quiseram levar-me à chefatura, mas tanto pedi que tiveram pena e me deixaram ficar. Fui entrando na sala e caí no corredor. Cipriano já vinha acudir-me quando as senhoras entraram.

— E onde está ele?

— A senhora promete que não lhe faz mal? Não tem nenhum soldado por aí? — tornou Faustina, angustiada.

— Não tenha medo — disse a Rainha do Ignoto —, eu sou irmã de São Vicente de Paula, ando visitando os doentes em nome da sociedade, não faço mal a ninguém.

— Pois sim, levante a tampa daquele baú, que o pobre Cipriano já deve estar sem fôlego.

Roberta ergueu a tampa do baú e Cipriano apresentou-se no meio do quarto, com a cabeça baixa e os braços cruzados sobre o peito. Era um rapaz de vinte e quatro anos, pouco mais ou menos, de fisionomia simpática, apesar de uma certa dureza do olhar franco e severo.

— Não está arrependido do que fez, senhor Cipriano? — perguntou a Rainha do Ignoto.

— Se é mentira o que me disseram, estou, se não é...

Não pôde acabar, parecia ter um nó na garganta.

— Pois eu sou capaz de dar um juramento como é mentira.

— Vossa mercê nem sabe de que se trata...

— Não sei, mas calculo — disse a Rainha do Ignoto. — O senhor não vê que uma mulher que ama a ponto de defender da justiça aquele que lhes quis roubar a vida, essa mulher não pode ser-lhe inconstante?

— Vossa Mercê diz bem — confirmou Cipriano, indo postar-se junto ao punho da rede de Faustina.

— Ouça: a Sociedade de São Vicente de Paula vai tratar de seu casamento com ela, que bem merece entrar no número das esposas. Aqui lhe deixo esta quantia para o tratamento da pobre Faustina, breve aparecerei. Até logo.

A Rainha do Ignoto saiu outra vez para a rua, e ao dobrar o canto, disse:

— Volta, Roberta, para a casinha do pescador Laureano, teu marido, e deixa-me seguir.

— Só? — perguntou Roberta, admirada. — Quando Vossa Bondade era seguida pelo King, Fiel ou mesmo por Odete, não me inquietava, mas... agora!

— Não repliques, Roberta, e nem desconfies de mim — disse ela com voz meiga e triste. — Vou esgotar até as fezes o cálice de minha vida.

E separou-se de Roberta que, parada na calçada, ainda olhou para ela por muito tempo. Ela seguiu só, preocupada com o que tinha em mente. Não podia recear coisa alguma, ninguém lhe tolheria o passo, porque ela só pareceria o que quisesse parecer. Se encontrasse um soldado, ele veria nela um superior e lhe faria a continência militar devida aos oficiais; se encontrasse um paisano, ele julgaria ver um padre debaixo da umbela que ia levar o Sacramento a algum enfermo.

Foi justamente o que sucedeu quando ela passou defronte do Teatro da Paz. Havia espetáculo lírico, e o povo que durante o intervalo do segundo ato se aglomerava nas varandas do passeio e nas portas viu passar um sacerdote sustentando a âmbula dos santos óleos. Um pobre velho que passava na calçada, na singeleza de sua crença, ajoelhou-se e depois seguiu seu caminho.

XLII

O MISTÉRIO
SE COMPLICA

A viúva Zuleica Neves vinha todas as noites depois das nove velar à cabeceira de Laura, que continuava, em seu delírio, a tratá-la como inimiga. Mas dona Margarida não cessava de agradecer-lhe os grandes favores e de elogiar-lhe o coração benfazejo. Clara Benício é que não estava muito satisfeita com essa enfermeira intrusa com quem não havia ainda travado conhecimento, mas de quem Laura fazia amiudadas queixas. Na tarde daquele dia tinha comunicado o fato à Rainha do Ignoto e ficado muito admirada de vê-la tão indiferente. De volta da casa do pescador Laureno, visitou Laura e achou-a muito sobre-excitada no delírio, não cessando de falar na viúva Neves, sem lhe pronunciar o nome, mas dizendo:

— Ela vem para me ver morrer... eu sei... quer o meu noivo... hei de viver, não é assim, doutora?

Clara Benício pediu a dona Margarida que fizesse com que a viúva Zuleica Neves não entrasse mais no quarto de Laura sob condição de deixar o tratamento, se ela não quisesse anuir a seu pedido. Dona Margarida, não obstante sentir-se pesarosa por ofender com uma recusa a essa senhora a quem tanto estava devedora de muitas finezas e obséquios, prometeu que tudo faria para afastá-la. Mas apenas saiu a médica, entrou Zuleica Neves, e dona Margarida, ocupada como estava nos arranjos domésticos, não a viu entrar para o quarto de Laura.

Armando e o doutor Edmundo, tendo chegado depois, conversavam muito baixo na sala imediata. Zuleica, sentada ao pé da cama, como fazia todas as noites, tinha a vista no ponteiro de um relógio de algibeira que sustentava na mão direita, esperando assim a hora do remédio. Laura estava calma e parecia dormir. Zuleica levantou-se, tirou de cima de uma cômoda uma garrafa, despejou um pouco em um cálice e dirigiu-se ao leito. A doente sentou-se repentinamente e exclamou:

— É tempo perdido, senhora! Por este modo não arranja nada! Vá aventurar em outra parte.

— Eu, aventureira! — respondeu ela com angústia. — Tu és cruel, Laura!

E duas lágrimas silenciosas correram pelas faces pálidas. Laura, excitada pela raiva de seu delírio especial, ergueu-se a meio e, pegando em uma faca de mesa que tinham deixado por acaso em uma cadeira junto ao leito, cravou-a no peito de Zuleica quando esta erguia o braço para chegar-lhe o cálice de remédio aos lábios.

Ouviu-se um grito agudo, e o doutor Edmundo, que estava defronte da porta do quarto da doente, prestando atenção ao que se passava, correu em primeiro lugar e recuou dois passos vendo a moça estendida no soalho e uma fita de sangue a correr-lhe sobre a seda preta do corpo do vestido. Acudiram todos assustados e Armando correu a chamar Clara Benício. Esta examinou a ferida e disse:

— Não há perigo. O ferimento, se fosse profundo seria mortal, mas vibrado com mão pouco firme, achou resistência na seda do corpete do vestido e apenas atravessou a pele. Foi o susto que a fez desmaiar.

— Não estou desmaiada — falou Zuleica em voz muito baixa. — Cuidem da doente, vejam se a alteração matou-a — e procurou erguer-se com a mão sobre o peito para estancar o sangue, ou antes represá-lo.

Voltaram-se todos para o leito de Laura e viram-na com ar indiferente, como quem ignorava o que tinha feito. Zuleica puxou a mantilha para o rosto e saiu apressada, sem dar tempo a nenhuma observação. E o doutor Edmundo, quanto mais a tinha observado, mais semelhança havia achado com a Rainha do Ignoto, quando a viu sem máscara no monte do Areré.

— Dona Margarida — disse Clara Benício —, é necessário que a senhora me esclareça sobre o motivo dessa antipatia entre sua filha e aquela senhora que acaba de sair ferida; qual o empenho que tem ela de estar na presença de Laura, cujo delírio tornou-se em mania e cuja febre tomou um caráter nervoso.

— Não sei, doutora, e nem julgo que haja conhecimento algum entre uma e outra.

O doutor Edmundo não era da mesma opinião de dona Margarida, mas guardou silêncio e não deu parecer. Armando, extremamente desanimado, sentou-se junto ao leito e perguntou a sua noiva se queria tomar o remédio. Ela aceitou-o calmamente, e em poucos minutos adormeceu tranquila.

Dona Margarida veio tomar o seu posto junto da filha, e os moços retiraram-se apenas saiu a médica. Esta, pensando no caso, cada vez mais acusava a indiferença da Rainha do Ignoto para com os avisos que tinha dado. Ao seguir pelas ruas silenciosas, ouviu o rumor de um carro que se aproximava. Reparando no número dele, reconheceu ser o mesmo que tinha levado a viúva Neves. Fez sinal ao cocheiro e este fez parar o carro.

— Pode conduzir-me à casa da viúva Neves? Sou médico e fui chamado por essa senhora, não sei aonde mora.

O cocheiro olhou para Clara Benício e viu um ancião respeitável. Não duvidou de suas palavras, desceu da boleia, abriu a portinhola e disse:

— Vossa Senhoria pode subir, a viúva Neves mora em um sobrado na rua do Norte, venho de lá agora mesmo.

Cinco minutos depois, Clara Benício subia as escadas do sobrado da viúva Neves, e depois era conduzida por uma criada à presença da mesma que, visivelmente contrariada, recostava-se à almofada de veludo bordada a ouro que estava no sofá da sala de visita.

— Julguei que precisaria de meus serviços e vim correndo oferecê-los, mas muito me surpreende encontrá-la de pé.

— Quem acaba de pensar golpes alheios está muito prática para curar o seu. Não foi nada, doutora, esteja descansada.

Clara Benício ficou pasmada de não ser vista por Zuleica, como o fora pelo cocheiro. Não havia dúvida que o seu poder hipnótico não servia para ela.

— Desculpe-me Vossa Excelência se torno a importuná-la, mas a singularidade do caso traz-me preocupada, e para estudar os sintomas daquela enfermidade, preciso saber se o que sucedeu foi resultado de um delírio que teve origem na febre ou se foi o desfecho de um drama da vida.

— Admira que a vossa ciência tivesse descarrilhado para o desfiladeiro, em vez de seguir no trilho da verdade — disse Zuleica com firmeza.

— Mas se o golpe tivesse sido profundo, se a ferida lhe viesse a matar, qual era a minha obrigação?

— Dar parte à polícia — respondeu Zuleica —, mas isso de nada valeria porque Laura teria advogados pagos por mim e médicos que nos jornais provassem a irresponsabilidade de seu ato, e embora vós protestásseis, seria debalde.

— Cada vez compreendo menos — disse Clara Benício — e desconfio mais, que interesse teve a senhora de visitar aquela família sem a conhecer?

— Não costumo dar conta de meus atos senão a mim mesma. Se eles são bons, aplaudo-os, se são maus, condeno-os — respondeu Zuleica com energia.

Clara Benício estava subjugada por aquele espírito forte e pensava:

— Só conheço uma mulher assim: a Rainha do Ignoto. Se não é ela, esta pode gabar-se de ser tão extraordinária como a sua digna rival.

— Proíbo, doutora, que dê mais uma só palavra sobre o caso — disse Zuleica com autoridade —, ele me pertence e não tem nada a ver com pessoa alguma.

Clara Benício, depois de algumas frases de conversação banal, retirou-se um pouco descoroçoada, dizendo consigo o que o doutor Edmundo também repetia mentalmente ao deixar a casa de Laura:

— O mistério complica-se!

XLIII

NÃO TARDA O REBATE!

A doutora Clara Benício, na tarde do dia seguinte ao caso passado em casa de dona Margarida, foi ter com a Rainha do Ignoto em casa do pescador Laureno, mas só encontrou Roberta, e perguntou-lhe:

— A Rainha do Ignoto, onde está? Quero falar-lhe já.

— Não pode, senhora, porque ela saiu — disse Roberta com tristeza.

— Para onde?

— Melhor que eu, senhora, sabeis vós que ela não diz nunca para onde vai nem quando vem.

— Bem sei — tornou Clara Benício com enfado —, mas ela tinha marcado o dia de hoje para uma conferência com as paladinas que faltaram à última sessão.

— Pode esperar à vontade, doutora, mas creio que ela não virá.

— Por que, então?

— Não sei, mas hoje guardou o leito todo o dia e não tomou alimento algum.

— E saiu?

— Saiu, alguma coisa extraordinária está se passando aqui nesta cidade — volveu a bondosa Roberta, deixando deslizar pelas faces duas grossas lágrimas.

— Qual tem sido o nosso caminho? — disse Clara Benício. — Em quantos lances perigosos não nos temos achado nas aventuras do bem?

— Sim — disse Roberta —, mas tenho um pressentimento fatal sobre a vida dela.

— E seu marido, Roberta, que é feito dele?

— Ah! Senhora, quando chega aos portos, tem tantas comissões a desempenhar que só me aparece às pressas, e muitas raras vezes.

— Pobre mulher — disse Clara Benício consigo. — Ou ignora ingênua o procedimento do marido ou santamente lhe encobre as manhas: deixei-o há pouco jogando bilhar, à noite vai ao espetáculo lírico e, vestido a lorde, gasta na sociedade todo o dinheiro que a Rainha do Ignoto lhe dá para remir a necessidade dos pobres que ele pode conhecer no papel de pescador.

Naquele momento entrou Camila Franco, e seguiram-se a ela outras paladinas que estavam comentando a ausência da Rainha do Ignoto, quando ela apareceu no interior da casa.

— Eis-me, senhoras, pronta para ouvi-las.

Clara Benício adiantou-se, tomou-lhe a mão e exclamou:

— Santo Deus! Está com febre! Senhora, o vosso pulso está muito alterado, e apesar disso... vossa mão tão branca parece não ter uma gota de sangue! Que sentis?

— Nada, Clara, absolutamente nada — respondeu ela. — Estás hoje visionária, tratemos do que serve, vamos, quero saber: o que fizeram?

— Eu por mim nada fiz — disse a doutora Clara Benício —, e estou muito aborrecida com aquele caso. Não sei se tomo o partido da viúva Neves ou o de Laura, preciso acabar com essa questão e não sei o que devo fazer para não sair dela desairosa.

— O melhor é continuar a tratar Laura e guardar silêncio sobre o fato — disse a Rainha do Ignoto. — Que vos importa essa infeliz Neves no seu incógnito, se ela fez mal querendo fazer o bem? Se é a primeira a reconhecer a ação de Laura como uma ação inconsciente devida ao seu estado doentio? Apesar de que a sua moléstia não tem gravidade, segundo as informações que tive, creio que de vós mesma.

Clara Benício, contrariada, não respondeu. Camila Franco aproximou-se, trajando unicamente uniforme de casimira cinzenta, chapéu de massa da mesma cor, gravata à última moda e bengalinha de castão de ouro. Ela representava um rapaz de 25 anos, de altura mais que regular e maneiras desembaraçadas. Até a voz cheia e firme não lhe traía o sexo, depois o hipnotismo fazia o resto, podia estar segura no campo das suas operações.

— Camila, o que há? — perguntou a Rainha do Ignoto.

— A loja está preparada como um fogão — disse ela com ar galhofeiro —, só falta chegar o fósforo e tocar rebate, irem os bombeiros, correr o povo, os agentes do seguro...

— Tiraste os livros?

— Tirei, ensopadinhos de querosene como um rolo para isca de fuzil.

— E como conseguiste subtraí-los?

— Obtive uma chave da porta de trás que não tem tranca por dentro, e depois que ele fechou a loja, em que propositadamente estou morando nos fundos, fui pelo quintal e arranjei tudo.

— Que horas são? — perguntou a Rainha do Ignoto. — Deixei meu relógio parado.

— Nove — disse Camila, puxando o dela e vendo as horas.

— Bem, das dez para as onze o fogo declara-se, mas estou muito inquieta por causa da família que mora por cima da loja. Ah! Malvado! — disse a Rainha do Ignoto. — Agora me prestarás contas do que fizeste sofrer a pobre Licina depois de gastares os seus haveres.

Otávia Milão se aproximou e disse:

— Venho dar contas do que me encarregou.

— Ah! Sim, como vai a pobre rapariga? — perguntou a Rainha do Ignoto.

— Vai bem — volveu ela —, mas a pancada foi forte! Rachou-lhe a cabeça com um talho enorme! Contudo, tem melhorado muito, não há remédio como a alegria! Na esperança de casar-se com Cipriano e de possuir uma casinha nova, Faustina tem feito todo o esforço para curar-se, segue com todo cuidado as prescrições da doutora, é uma heroína.

— E ele?

— Está arrependido, trata-a bem agora, recebeu a chave de casa e o dinheiro que lhe entreguei, um pouco desconfiado, dizendo que duvidava que a Sociedade de São Vicente de Paula dê tão grande dote a Faustina, mas não pôs dúvida em realizar o casamento, já está com os papéis arranjados, e logo que ela possa ir à igreja, se fará.

— Não quero partir desta cidade sem deixá-la no lugar que lhe compete por direitos do coração. A mulher que ama assim é sempre digna. Faustina já estava purificada pelo amor, que é o batismo na união, o casamento é o crisma. Mas estou pensando... não tarda o rebate!

XLIV

O INCÊNDIO E O SARGENTO DE BOMBEIROS JÚLIO PEQUENO

O doutor Edmundo conversava com Armando no Café Cantante quando ouviu o sino da matriz dar o sinal de fogo.

— É rebate, Armando! — disse ele.

— Sim, é rebate — continuou um sujeito gordo que estava de parte, e levantando-se, dirigiu-se para a porta.

— Onde será? — acudiu Armando, saindo com o doutor Edmundo para a calçada.

— E corre gente — observou este.

— Mas não sabem que direção devem tomar — disse Armando. — Oh! Menino — falou ele para um rapazinho que ia correndo —, aonde é o fogo?

— Lá para Batista Campos, em uma loja de molhados — respondeu ele sem parar.

— Aí vem o bonde — disse o doutor Edmundo —, vamos até lá.

— Vamos — respondeu Armando.

E os dois moços tomaram o bonde, mas já lá estava instalado o sujeito gordo que havia sido mais ligeiro do que eles porque a curiosidade cura de reumatismo, de calos e até tem a virtude de levedar um formidável abdômen. O bonde parou à distância porque a rua que teve a honra do acontecimento estava atulhada de povo. Vinham chegando os carros de bombeiros. Um clarão avermelhado saía das portas da loja e a chama subia pelas ombreiras com saltitantes estalos! Das janelas superiores do prédio saíam grossos rolos de fumo. A confusão era enorme!

— Arreda! Arreda! — gritavam os soldados, fazendo afastar as gentes que se atropelavam, avançando para ver de perto.

O doutor Edmundo e Armando também se aproximaram, e enquanto admiravam os bombeiros cortarem as traves para separar o vigamento da casa vizinha, ouviram gritar:

— Minha filha! Minha pobre Laura, quem a salva? Quem a salva?

Voltaram o rosto e viram dona Margarida em desespero, chorando! Era ela quem gritava. Armando não perguntou coisa alguma, correu para o incêndio, ia salvar Laura, mas um pulso de ferro agarrou-o pela gola e depois pelo braço:

— Está doido, homem! Vai meter-se naquela fornalha?

Olhou, era o sujeito gordo que o puxava para fora da multidão quase o arrastando.

— Dona Margarida — perguntou o doutor Edmundo —, como deixou lá ficar dona Laura?

— Estava dormindo quando rompeu o fogo, desci com as crianças para pedir que a fossem buscar e ninguém me atendeu. O tumulto era grande, não me deixaram mais passar.

E a pobre senhora soluçava, fazendo coro com os filhos menores, que gritavam:

— Laura! Laura! Vem, olha o fogo!

— Tenham paciência, ela será salva — dizia o doutor Edmundo —, já vão os bombeiros subir à janela pela escada longa que trouxeram, e muitos trabalham nas bombas para extinguir o fogo.

Naquele instante, gritou um bombeiro do alto da escada:

— Quantas pessoas estão dentro da casa?

— Só uma moça doente — disse outro, falando dos degraus do meio.

— Depressa! — gritou o sargento de baixo. — Entre pela janela antes que o fumo a sufoque.

Era ele um mocinho pequeno e franzino, de voz harmoniosa e suave.

— Não posso — disse o bombeiro de cima —, duas tábuas do soalho pegado à janela estão ardendo, não posso pisar.

O sujeito gordo pegado ao braço de Armando rosnou:

— Que diabo! Uns bombeiros faltos de disciplina, discutindo ordens! Onde se viu isso?

— O senhor não sabe — disse-lhe um vizinho — que nos combates, nos naufrágios e nos incêndios é impossível a ordem?

O grito das crianças e o choro de dona Margarida chegavam ao desespero. Armando sentia uma vertigem, e sem poder desprender-se dos pulsos de ferro do obeso filantropo, guardava silêncio. O fogo crescia e crepitava. Por toda a rua era um alarido horrível!

De repente, desceram apressados os bombeiros que estavam na escada e subiu por ela o sargento acompanhado por um cabo que levava uma prancha. Chegando ao alto da escada, o sargento trepou no batente da janela, estendeu a prancha até a parte do soalho que não ardia, deixou o cabo de pé no último degrau, segurando-a, e passou sobre essa nova ponte por cima de um rio de fogo. Fez-se um geral silêncio! A ansiedade estava nos olhos de todos.

Decorreram assim três minutos, quando todos os olhos que se dirigiam para o clarão da janela viram desenhado nele, como numa tela luminosa, a pequenina figura do sargento com Laura nos braços. Naquele momento, o boné pendeu-lhe para a nuca e caiu no meio das chamas que já lhe iluminavam o rosto! Era quase imberbe e parecia transfigurado à luz vermelha do incêndio! A banda[1] desatada começava a arder pelas pontas.

Ajudado pelo cabo, que era mais possante, pôs Laura nos braços da mãe, que os esperava ao pé da escada, de joelhos. Uma irmãzinha de Laura atirou um beijo ao seu salvador, e todos os rapazes das escolas e colégios que estavam presentes imitaram-na. Chegou-se a ele um repórter de jornal e perguntou-lhe:

— Como se chama?

— Júlio Pequeno — disse, e enterrou-se na multidão.

O doutor Edmundo viu-o de perto e disse mentalmente:

— Zuleica Neves! — e acompanhou o sargento Júlio Pequeno.

Este encontrou o cabo e perguntou-lhe:

— Aonde estão os livros?

— No carro de trás, vou mostrá-los.

E seguiu na frente.

— Mas onde está o tratante? — tornou a perguntar o sargento Júlio Pequeno.

— Está do outro lado da rua — disse o cabo — conversando com um agente do seguro. Fingiu bem o seu papel. Quem o visse vermelho, suado,

---

[1]Banda, no sentido do texto, perdeu hoje a significação. Era antiga faixa larga que usavam à cintura os militares. (Nota da segunda edição.)

na maior agonia, conjecturando as causas que deram lugar ao incêndio, teria deveras pena dele. Eis aqui os livros, embrulhei-os num encerado.

O sargento Júlio Pequeno tomou os livros e dirigiu-se ao local onde estava Onofre Montano, o dono da loja. Chamou-o de parte e disse-lhe:

— Senhor Montano, vamos ajustar nossas contas.

— Contas de quê? — respondeu ele, assustado.

— Dos crimes novos e também dos velhos — disse o sargento.

— Deixe de gracejo, camarada — replicou, com um riso amarelo.

— Gracejo foi o que o senhor fez com o seguro, dando um banho de querosene nos livros e nas mercadorias. Veja se conhece isto.

Mostrou-lhes os livros sem largá-los. Onofre Montano empalideceu e gaguejou:

— O que é? Não sei!

— Não sabe? — exclamou o sargento. — Pois a polícia e o seguro hão de saber.

Montano começou a tremer, e com voz suplicante, disse:

— Pelo amor de Deus, senhor sargento, não me desgrace! Se quer entender-se comigo, vamos entrar em acordo, diga quanto vale o seu silêncio.

O doutor Edmundo, por trás de um monte de madeiras que haviam posto ao pé de uma casa em construção, ouvia tudo e julgou que Júlio Pequeno respondesse negativamente e indignado, mas, pelo contrário, ele disse:

— Quero entrar em negócio com o senhor, mas há de aceitar as minhas condições, assinando o contrato que já trago comigo.

E leu, à luz do combustor:

> Eu, Onofre Montano, negociante de fazendas, declaro que, tendo na loja um depósito de mercadorias no valor de 30:000$000, e cuja loja estava segura por 50:000$000, lancei fogo por minhas próprias mãos às mercadorias previamente preparadas com querosene sem atender ao prejuízo que dei ao seguro e ao dono do prédio, e até sem considerar as vidas que ia sacrificar. Confesso-me criminoso. As provas ficaram nas mãos do sargento de bombeiros Júlio Pequeno, que apreendeu os livros.

— Para que isto? — perguntou Montano.

— Para o senhor assinar e servir de garantia ao contrato que vamos fazer.

— Digas lá as condições — falou Onofre Montano, medroso.

— São muito favoráveis para o senhor — respondeu Júlio Pequeno —, exijo somente que torne a viver com sua mulher e se regenere, pois no dia em que souber que lhe dá o menor desgosto, entrego o documento à justiça.

— Minha mulher está doida, e nem sei em que asilo para.

— Tenho um médico que garante a sua cura logo que volte para seu marido, e quanto ao lugar em que para, não se dê cuidado, que existe alguém encarregado de lha entregar.

Onofre Montano sentia-se dominado pelo olhar de fogo, pela voz suave e enérgica de Júlio Pequeno. Havia um poder superior nas ordens daquele sargento de bombeiros que nada era para a sociedade, mas naquele instante parecia um rei, tinha majestade.

— Não tem dúvida, assino, e prometo cumprir o que exige de mim — disse ele humildemente.

— Pois bem, vamos ali — e Júlio Pequeno apontou para a casa de Clara Benício, que ficava defronte.

A casa estava só sob a guarda de uma criada. Esta deu o necessário para escrever e retirou-se. Onofre Montano assinou o documento e Júlio Pequeno disse-lhe:

— Pode se retirar, procure o seu ex-guarda-livros Camilo Franco, e ele lhe indicará aonde deve levar o carro para reconduzir Licina à sua casa. Feito isto, o silêncio de seu crime está em suas mãos. O seu procedimento para com sua mulher e para a sociedade é quem o guarda.

Saíram ambos, cada um para seu lado. No dia seguinte, a gazeta dava notícia do incêndio, elogiava o procedimento heroico do sargento de bombeiros Júlio Pequeno, mas no quartel ninguém conhecia tal personagem! E como às vezes sucede o repórter enganar-se e aparecerem notícias inexatas, o caso ficou por averiguar. Mas muitos diziam:

— Eu vi o sargento Júlio Pequeno aparecer na janela como um fantasma no meio do fogo com a moça nos braços, descer com ela e deixá-la nos braços da mãe!

Outros contestavam:

— Não há bombeiro com esse nome, e nenhum deles fez isso.

NAVEGANDO NO AMAZONAS

Dias depois, o *Tufão* demandava o norte e o *Grandolim* seguia para o sul com ordem de esperá-lo em Pernambuco.

— O que vamos fazer no Amazonas? — perguntou o doutor Edmundo, outra vez em seu trajo de templário, conversando com Probo.

— Vamos flechar tartarugas, catequizar índios — disse o velho entre dentes.

E fumando seu charuto, debruçado na amurada, fitava a vastidão das águas do rio-mar margeado de matas formidáveis. De quando em quando, um bando de garças brancas vinha pousar na basta e emaranhada ramagem das árvores da margem. As ilhas da foz do Amazonas passavam pela embarcação, umas após outras, como pedaços de florestas flutuantes. Durante horas, e até dias, o quadro não mudava, a paisagem era a mesma. Às vezes, na solidão das águas e no escuro da noite, divisavam uma luz: era o farol de um vapor da companhia de navegação do Amazonas que passava pelo *Tufão*. Outras vezes, nas horas cálidas do dia, avistava-se numa cabana no meio do cacoal, donde uma cabocla com uma rosa no cabelo ficava de pé, a olhar para o vapor, até que ele se sumisse na extensão das águas.

A Rainha do Ignoto, ao lado de suas companheiras, levava horas, esquecida, a contemplar o espetáculo magnífico, imponente da natureza em todo o seu vigor! Chegadas à confluência do Rio Negro com o Amazonas, ela disse às paladinas que a cercavam:

— Sente-se aqui uma tristeza pesada. Nas águas deste rio por onde vamos navegar agora parece ter-se derramado as tintas das amarguras da alma! Tem um aspecto carregado, aterrador! Faz pensar nas profundezas do abismo! O coração comprime-se, idealiza o perigo e sonha com a morte.

Mas aquela impressão desagradável que a Rainha do Ignoto sentiu na embocadura do Rio Negro se desvaneceu na entrada do porto, à vista de Manaus, cidade pitoresca sobre cômoros de verdura.

— Não achas — disse Angelina Dulce — este panorama muito parecido com os das povoações da Serra de Baturité?

— Sim — disse a Rainha do Ignoto —, mas aquilo é o paraíso terreal do Ceará! Vive-se naquela serra como no enlevo de um sonho poético! Com a alma entre perfumes e névoas, embalada pelo gorjeio dos pássaros e pelas harmonias da própria inspiração.

— Quem pode comparar a Fortaleza a Manaus? — tornou Angelina Dulce.

— Pode-se — volveu a Rainha do Ignoto —, e não fica devendo nada uma a outra porque cada qual tem o seu valor próprio: Manaus é a camponesa nutrida e bonita de faces coradas, olhos buliçosos, riso franco e semblante alegre. Veste-se de cores vivas como as penas das araras, enfeita as fartas tranças com rosas, calça na ponta do pé as sandálias bordadas e, sustentando a pesada bolsa, caminha segura pelas desigualdades do solo ubérrimo com ares de rainha da selva. A Fortaleza é a moça pálida e romântica de olhar cismador e lânguido, riso ideal, fronte divina e cândida. Veste-se de azul celeste, põe um diadema de estrelas num manto de luar prateado e ergue na destra um fanal e um ramo de oliveira. Ela contempla do alto os nevoeiros do céu, e com os lábios secos deixa rolar pela face a pérola de uma lágrima, gota de orvalho no cálice de um lírio. Manaus, como o agiota, pensa nas transações da Bolsa, nas empresas lucrativas, nas grandes navegações e adormece calculando para sonhar com perdas e ganhos. A Fortaleza, como o pintor, o músico, o poeta, ocupa-se em colorir distrações com as tintas do íris, a medir e rimar as aspirações, os voos da ideia e, afinal, a fazer com a escala do sentimento uma partitura em tom menor. Concluindo: Manaus é a riqueza, a força, a seiva da vida; Fortaleza é a formosura, a graça, a poesia, a ciência, o amor.

— Muito bem, muito bem! — disse Angelina Dulce. — Eis-nos chegadas ao porto, o vapor vai fundear.

A Rainha do Ignoto desapareceu e todos foram cuidar do desembarque. O céu estava carregado de nuvens, caía uma leve neblina e o trovão troava ao longe para o lado das matas da Cachoeira Grande. As Paladinas do Nevoeiro desembarcaram, e cada grupo, formando uma família, tomou o rumo que mais lhe convinha. A Rainha do Ignoto, com Roberta e Probo, foram habitar uma choupana para os lados do quartel do batalhão de linha do Exército. O doutor Edmundo retomou a sua liberdade, mas sempre vigiado porque Probo se tornava a sua sombra porque temia perder o cúmplice que imaginou ter alcançado para denunciar a Rainha do Ignoto.

XLVI

AS ALMAS DOS SOLDADOS

Uma manhã, três dias depois da chegada das Paladinas do Nevoeiro a Manaus, Clara Benício recebeu da Rainha do Ignoto o seguinte bilhete: "Diga a Inês Racy que reúna doze paladinas de mais confiança e de mais coragem, e venha com elas ter comigo na Praça da Saudade, ao pé do portão do cemitério, à meia-noite."

Probo, portador do bilhete e encarregado de trazer de bordo King e Fiel, lá pelas dez horas da noite avisou o doutor Edmundo e convidou-o a espreitar a excursão noturna. Armaram-se e foram esconder-se no cemitério por trás de uma catacumba junto ao portão. Deu meia-noite e eles ouviram a chave girar na fechadura e o portão rangendo nos gonzos abrir-se de repente. Então viram passar as Paladinas do Nevoeiro, tendo à sua frente a Rainha do Ignoto. Vinham também Fiel e King, este com uma mala às costas. Elas sumiram-se por trás da capelinha das almas.

A lua pairava no céu azulado, derramando uma luz pálida e saudosa sobre o mármore dos túmulos. O silêncio da hora, a tristeza do lugar, o mistério dos vivos casado ao mistério dos mortos trazia ao coração do doutor Edmundo o frio do pavor! Probo não se alterava, estava acostumado a tais empresas. Minutos depois eles ouviram rumor de vozes fora do muro. Diziam:

— Que capricho do senhor Comandante! Quem já viu enterrar a esta hora!

— Nem um assassinato — respondeu outro.
— Entra na frente, cabo, nós estamos com medo.
— É preciso escalar o muro...
— Bravo! O portão está aberto — exclamou uma voz.

E Edmundo e Probo viram entrar pelo cemitério quatro soldados conduzindo uma padiola, e tendo ao lado um cabo. O doutor Edmundo tremia como o vento da meia-noite, com receio do desconhecido. Os soldados, entre galhofas de medo, depuseram a padiola à porta da capela e começaram a cavar uma cova. De repente, estacaram, se entreolharam e o cabo disse:

— Ouviram?
— Ouvimos! — responderam os quatro soldados.

Era um concerto de vozes cavernosas que saía de dentro da capela, cantando:

> Nós somos as almas
> Dos soldados mortos.
> Já deu meia-noite,
> Vamos aos postos.

Já estavam eles com os cabelos eriçados e um pé meio erguido em posição de começar uma formidável carreira quando ouviram uma voz que parecia sair debaixo do chão:

— Ombro arma! Direita, volver! Ordinário! Marcha!

Os soldados dispararam a correr, e volvendo o rosto, viram treze soldados de cara de caveira e olhos de fogo. Na frente deles ladrava um cão negro, enorme, que arrastava uma corrente de ferro e chocalhava guizos. Ao lado dele, um diabo negro de grande cauda e longos braços tocava tambor! Era uma bataria infernal.

O doutor Edmundo ficou preso ao solo, sem ânimo de sair do esconderijo. Os dentes lhe batiam com força uns contra os outros, e apesar de toda a instrução que recebera, de tudo que tinha aprendido nas viagens, propendeu para a superstição, e chegou a pensar que a Rainha do Ignoto e as Paladinas do Nevoeiro não eram seres vivos, eram almas errantes, fantasmas dos outros mundos a divagar na terra. Lembrou-se do que diziam os habitantes das margens do Jaguaribe, quando lhe chamavam a Funesta. Foi Probo quem o despertou desse cogitar incômodo:

— Já viu que mulheres? Metem medo aos homens. Está em que dá o tal hipnotismo!

O doutor Edmundo não respondeu porque sentiu que voltavam os treze soldados de cara de caveira e olhos de fogo, mas já não cantavam com voz cavernosa:

> Nós somos as almas
> Dos soldados mortos.
> Já deu meia-noite,
> Vamos aos postos.

Conversavam animadamente e algumas riam-se. Começaram a tirar as máscaras, pois eram máscaras de caveiras que elas puseram, e o que se supunha olhos de fogo eram diamantes engastados nas órbitas de forma a poderem ver por baixo deles. Só a Rainha do Ignoto trocou uma máscara por outra, por aquela que usava entre as suas companheiras. Depois disse:

— Inês Racy, preveniu as marujas para terem prontos os botes?

— Preveni que nos fossem esperar afastados do porto, ali para o igarapé da Cachoeira Grande, para os lados de São Raimundo.

Clara Benício aproximou-se do homem que os soldados haviam deixado à porta da capela e disse:

— Este homem está morto! Que vai fazer dele?

— Vou ressuscitá-lo — respondeu a Rainha do Ignoto.

— Para que fim? — perguntou Camila Franco sem duvidar das palavras daquela a quem reconhecia como soberana.

— Saberão daqui a poucas horas — disse ela. — Vamos para bordo do *Tufão*, onde nos esperam ansiosas a noiva e a futura sogra do pobre Marcos.

— De tudo que se passou — disse o doutor Edmundo ao ouvido de Probo —, sabemos apenas que esse soldado se chamava Marcos e que tinha uma noiva.

— Tereza Gigante, Maria Forte, Luiza sem Medo, Ana Ligeira! — gritou Inês Racy. — Peguem na padiola e sigam-me.

— Não há padiola — falou Clara Benício da porta da capela —, os tratantes foram sabidos. Mesmo na confusão do medo, carregaram com ela, sabem quanto custa uma responsabilidade.

— Cortem ramos de árvores e façam uma — ordenou a Rainha do Ignoto às quatro paladinas subalternas.

Graças à solidão da noite e aos caminhos retirados, elas chegaram a bordo do *Tufão* sem o menor incidente. No dia seguinte, falou-se no quartel do caso do cemitério. Ele ainda saiu de lá para a Rua dos Tocos, onde moravam mulheres de soldados, lavadeiras, engomadeiras; mas se por elas ele entrou sorrateiramente em casa de algum oficial, passou por história de almas, ninguém lhe deu crédito, nem atenção. Só o cabo e os quatro companheiros afirmavam entre os seus colegas de tarimba a verdade do fato.

XLVII

O AMOR É O PRINCÍPIO DE TODAS AS DESGRAÇAS

A bordo do *Tufão*, que se preparava para levantar ferro, estavam reunidas as doze paladinas da excursão ao cemitério no castelo de popa, esperando a Rainha do Ignoto para lhes explicar o caso da noite anterior. O sol vinha aparecendo a estibordo sobre uma nuvem rósea que se elevava dos nevoeiros do rio. A lua, do lado oposto, se mostrava esmaecida, apagando-se aos primeiros clarões do dia. Odete, encostada à amurada, parecia indiferente, e era a mais curiosa, ou curioso, se se pudesse descobrir. A Rainha do Ignoto apareceu, e sentando-se entre elas, disse:

— Lembram-se do horror que eu sentia quando, habitando alguma casa nas vizinhanças de um quartel, ouvia tocar música e as faxinas ou varas estalarem nas costas de um soldado, de um defensor da pátria?

— Lembro-me muito bem — disse a generalíssima Marta Vieira. — Vós vos tomáveis de uma tal angústia! De uma tal indignação capaz de lazer a loucura de correr para a rua e, mesmo no lugar do suplício, levantar a voz e fazer discursos sediciosos.

— Sim, mas nunca fiz isso, e contentava-me com tragar as lágrimas e fazer refluir o sangue que me tumultuava no coração e nas faces, de vergonha das leis de todos os países que neste atrasado planeta se chamam civilizados!

— Mas, senhora — tornou Marta Vieira —, se os que entendem de disciplina dizem que não a podem manter por outra forma, que se há de fazer?

— Não tem o civil um cárcere para punir os maiores crimes? Já aí não se fala em açoites senão como abuso. O tronco não existe mais. Por que hão de existir as chibatas no exército e na marinha?[1]

— Em nome de minhas companheiras, senhora — disse Camila Franco —, vos peço que deixeis a discussão para outra vez e nos façais vós, Rainha do Ignoto, a exposição do caso desta noite.

— Tem razão — disse ela —, vão ouvi-lo: na manhã em que desembarquei nesta cidade, disfarcei-me em lavadeira e fui com Roberta, que sobraçava uma trouxa, para o igarapé da Bica. Esse igarapé fica entre a Praça do Quartel e a rua dos Tocos. Eu queria logo entrar pelos caminhos competentes para espreitar a miséria e as desgraças humanas. Primeiro, vimos muitas lavadeiras alegres e brincalhonas, e seguimos nosso caminho, desejando-lhes que Deus lhes conservasse a saúde a alegria. Depois vimos uma velha que lavava, retirada. Esta, quando nos viu, começou a nos oferecer os seus favores. Notei a tristeza de seu semblante e um profundo suspiro que ela deixava escapar de quando em quando. Estava para inquirir a causa do seu desgosto quando ouvi sair do mato próximo uns soluços, um choro desesperado! Deixei Roberta lavando com a velha e fui ter ao lugar de onde saía o choro. Aí encontrei abraçada ao tronco de uma árvore uma moça com os cabelos em desalinho, chorando em desespero!

"Que tem?" — perguntei-lhe, juntando-lhe as madeixas espalhadas sobre a fronte.

— Ergueu para mim os olhos cheios de lágrimas e disse:

"De que serve dizer... a senhora não dá remédio..."

"Quem sabe?" — respondi-lhe. — "O acaso vem às vezes em nosso auxílio."

"Isto é" — confirmou ela —, "e a gente sente-se mais aliviada quando conta seus males a uma pessoa compadecida."

"Que papel é esse?" — perguntei-lhe, reparando num papel que ela tinha na mão. — "Deixe ver."

— Ela entregou-mo sem dizer nada e tornou a cair em pranto desfeito. Então li:

---

[1] A mesma indignação contra os hábitos corretivos se verifica a longo do livro *Bom crioulo*, do escritor naturalista cearense Adolfo Caminha, contemporâneo de Emília Freitas. (Nota da segunda edição.)

Amélia

Estou ainda na solitária e já soube que marcaram a segunda-feira depois de amanhã para o açoite. Querem derramar o sangue que eu devo à Pátria. Juro que os botões de minha farda que nunca foram mareados por uma ação indigna não serão desfeitados por uma injustiça. Já tenho com que termine a vida. Segunda-feira hão de encontrar o meu cadáver.

    Adeus, minha prima e minha noiva... até o dia de juízo. Reza com minha tia por minha alma que vai cheia de ódio. Toma cuidado com aquele alferes borracho. Sai desta terra ou faz como eu, te suicida. Ainda uma vez, para sempre, adeus.

Marcos

— Pelas poucas palavras contidas naquele pedaço de papel adivinhei uma terrível tragédia! Dessas que passam desconhecidas no oceano do tempo, como gritos de náufragos no oceano das águas.

"Amélia" — disse, comovida —, "e o que fez o seu noivo para ser submetido a tão cruel castigo?"

"Creio que não fez nada, mas dizem que feriu um alferes e que devia ser condenado à morte."

"Alguma coisa muito grave levou-o a esse ato de desespero" — disse eu.

"É uma história muito comprida e muito triste" — disse Amélia, presa pelo interesse que me causavam seus infortúnios, — "Se quer ouvi-la, senhora, sente-se à sombra desta árvore e ouça-me: quando meu pai morreu em sua casinha do Outeiro[2] na cidade de Fortaleza, já Marcos era soldado do 14º Batalhão e eu estava na escola da professora Úrsula[3] com pouco mais de dez anos. Ele também não tinha mais nem pai nem mãe, foi criado pela minha, que o considerava mais como filho que como sobrinho. Em criança, esteve ele em casa de uma família que o tratou muito bem e dava toda proteção a meu pai e a minha mãe, mas deu-lhe na cabeça assentar praça e assentou. Foi todo o mal".

— A moça interrompeu-se outra vez a chorar e eu disse-lhe:

"Continue, Amélia, quero saber o fim de sua história,"

— E ela continuou:

---

[2] Assim se denominava, ao tempo de vida da autora, o hoje bairro da Aldeota, na capital do Ceará. (Nota da segunda edição.)
[3] É evidente a referência da romancista e professora, sua conterrânea e contemporânea Úrsula Garcia (1864-1905). (Nota da segunda edição.)

O AMOR É O PRINCÍPIO DE TODAS AS DESGRAÇAS

"Como ia dizendo, Marcos foi para minha mãe um bom filho e para mim, um irmão mais velho. Durou pouco o tempo de nossa paz. O 14º[4] tinha voltado da guerra do Paraguai, e os soldados, acostumados a matar nos combates, meteram o ferro a matar ainda, não só pelos arrabaldes e até por alguma rua da cidade, como aconteceu na rua Conde D'Eu.[5] Então veio ordem para o batalhão embarcar e Marcos, ainda novo na praça, embarcou. Nunca mais tivemos notícia dele. Minha mãe ganhava a vida com muito custo lavando roupa, e eu, logo que fui crescendo, comecei a engomar para algumas famílias que se compadeciam de nós. Passaram-se assim sete anos. Um dia em que as necessidades nos apertavam mais, minha mãe soube que o Presidente estava dando passagem aos emigrantes cearenses para o Amazonas. Tiramos como eles nossas passagens e desembarcamos em Manaus. E quando pensávamos na direção que devíamos tomar, nos encontramos cara a cara com Marcos, que já era sargento desse batalhão. Ele ficou doido de alegria e nos disse que tinha cansado de escrever e pedir notícias nossas, e que nunca obteve a menor resposta. A nós tinha sucedido o mesmo. Ele nos arranjou uma casinha na Rua dos Tocos e em breve nos arranjamos muito bem, minha mãe lavando e eu engomando, ganhávamos o suficiente para viver. Marcos nos queria muito e nós éramos felizes. O nosso casamento estava justo, ele ia tirar licença do comandante para realizá-lo, quando a desgraça nos alcançou. Por arte do demônio, vinha minha mãe comigo da missa em um domingo pelas dez horas, e viu Marcos encostado ao canto do quartel, e esteve falando com ele. Eu, que tinha ficado um bocadinho afastada do lugar, via um oficial que me fazia acenos e requebros namorados da janela fronteira. Pus os olhos no chão e puxei minha mãe pela manga para que ela seguisse comigo. Mas, apenas nos retiramos, ele perguntou a Marcos onde morava a linda rapariga que esteve falando com ele. Marcos respondeu-lhe: 'Senhor alferes, aquela moça é minha prima e minha noiva. Ela com minha tia ganham honradamente a vida, lavando uma e engomando a outra. Se precisa de seus serviços, me encarregarei de levar as ordens de Vossa Senhoria e serão cumpridas.' Ele deu uma gargalhada e exclamou: 'Dignidade de sargento! Tem que ver...

---

[4] Um dos muitos contingentes chamados "voluntários" que fizeram a guerra contra Lopez. (Nota da segunda edição.)
[5] Assim denominou-se, após a vitória contra o Paraguai, a antiga Rua Direita dos Mercadores, em Fortaleza. (Nota da segunda edição.)

honra de engomadeira!' E continuou a mofar. Marcos disse-lhe algumas razões pesadas que estavam fora da disciplina, e daí começou a intriga. O alteres procurou ver-me, descobriu a nossa morada e teve até a audácia de escrever-me. Marcos, que tão estimado era de seus camaradas como dos superiores, que tão bom conceito gozava, foi sendo rebaixado até lhe tirarem a última fita de anspeçada;[6] a sua insubordinação para com o alferes Manduca era notória no batalhão. Uma noite em que Marcos estava de guarda, o alferes chegou-se a ele, vinha embriagado, e disse: 'Acabo de ter uma entrevista com Amélia, toma este beijo que ela te mandou.' Não pôde se aproximar, Marcos esperava-o com o sabre e o teria varado se não fosse agarrado pelas costas por dois soldados, que, à ordem do oficial de estado, meteram-no no xadrez. Disseram-me que ele podia ser condenado à morte, mas que ela seria por açoites, por empenho de alguns oficiais."

— A moça caiu outra vez em pranto. Eu estava comovida até as lágrimas. Disse-lhe com voz firme:

"Não chore, Amélia, confie em mim e deixe que Marcos será salvo."

— Ela olhou para mim admirada como quem não compreendeu, e depois disse:

"Nós já fomos falar com a mulher do comandante, já nos valemos da filha dele e nada conseguimos..."

"Pois bem" — disse-lhe —, "eu lhe mostrarei. Hoje à tarde aquela mulher que lá está embaixo, no igarapé, a lavar roupas com sua mãe, irá procurá-las. Sigam sem receio, pois ela há de levá-las para bordo de um vapor onde irão esperar Marcos."

— Ela foi logo ter com a mãe e eu segui com Roberta para dar andamento a meu projeto.

Tocou a sineta de bordo chamando para o almoço, e as paladinas não queriam deixar seus lugares, ansiosas pelo fim da história de Marcos e Amélia, mas a Rainha do Ignoto fê-las seguir para a mesa, prometendo continuar depois.

---

[6] O posto denominado *anspeçada* correspondia, na ordem crescente, à primeira graduação militar no Brasil; era imediatamente superior à situação de praça e inferior a de cabo. (Nota da segunda edição.)

XLVIII

PARA O HIPNOTISMO HÁ BRECHA NOS MUROS E ENTRADA NAS FORTALEZAS

Quando as paladinas voltaram do almoço já encontraram a Rainha do Ignoto no seu posto.

— Prontas! — disseram três ou quatro delas. — Queremos o fim da história. Amélia foi ter com Roberta? Não duvidou do que vós lhe prometestes?

— Ficou presa às minhas palavras como agulha imantada ao polo — respondeu ela —, e eu na mesma tarde fui à rua Sete de Dezembro, onde estava morando Edialeda Cruz. Pedi-lhe que me arranjasse um preparado de seu laboratório químico que produzisse a morte por vinte e quatro horas. A boa velhinha, alegre como sempre, quando tem ocasião de mostrar a utilidade de sua ciência, entrou para o gabinete e voltou com um frasquinho. Deu-me as explicações precisas, eu saí. Procurei Coleta Fulgino e pedi-lhe a chave do guarda-roupa do Ignoto. No dia seguinte pela manhã, mandei aquele bilhete a Clara Benício e fui para bordo. Dava meio-dia quando voltei de lá transformada em um frade de grandes barbas com hábito e capuz. Seguia em direção ao quartel quando encontrei Inês Racy e Otávia Milão que, em seus trajos de marujo, zombaram de mim. Inês disse:

"Lá vai um padre, será santo ou velhaco?"

"É certo" — eu disse, e Otávia me respondeu. — "É velhaco, vai muito envolvido no capuz e tem os olhos no chão."

— Pois bem, não me conheceram e eu entrei no quartel com licença do comandante para confessar o preso. Já me esperavam, era como se tivessem mandado me chamar. Entrei na solitária, ou xadrez, não sei bem o que era, e reconheci em Marcos o pequeno filho de nossa engomadeira. Eu o tinha visto em criança brincar com meus irmãos, sentar-se no colo de minha mãe, e muitas vezes ia ao jardim e voltava com as mãos cheias de botões de rosas para enfeitar-me as tranças nos jogos infantis! Sem dar a perceber a comoção que resultou daquele despertar de ideias que me traziam os primeiros anos de minha vida, lhe falei dos preceitos da religião católica. Não me escutava, estava alucinado, tinha o ar desvairado e falava inconsideradamente. Procurei por outros meios ganhar-lhe a confiança e dei o frasco do preparado de Edialeda Cruz, recomendando-lhe que o tomasse à noite. Ele cumpriu a palavra, ingeriu a dose, e no dia seguinte, quando foram buscá-lo para o castigo, encontraram um cadáver. Então fiz uma carta anônima ao alferes Manduca dizendo-lhe que arranjasse com o comandante para o enterro ser feito à meia-noite, com todo o cuidado, porque havia alguém que estava de espreita ao quartel para ver se saía defunto naquele dia e comunicar a morte do soldado ao Ministro da Guerra. Tudo sucedeu à minha vontade, eis por que nos achamos àquela hora no cemitério de São José transformadas em almas.

— E Marcos está vivo? — perguntou Inês Racy.

— Já não o vistes lá pela proa? Admira! — disse Edialeda Cruz, segura do resultado dos seus ingredientes.

— Subamos à tolda — disse a Rainha do Ignoto —, vamos ver nossos protegidos.

Lá estavam todos três sentados em um banco. Marcos, ainda muito pálido e magro dos jejuns que fizera na solitária, fitava pensativo a ilha de Marapatá, da qual *Tufão* se afastava, e começando a entrar no Rio Amazonas, ia deixar para sempre a foz do Rio Negro, Manaus, enfim. Amélia, sem considerar na vida, alegre com a ventura de ver salvo ao pé de si o seu noivo, tagarelava com a mãe, ostentando em seu formoso rosto as cores sadias da mocidade e do prazer. As paladinas dirigiram-lhe algumas perguntas e retiraram-se satisfeitas.

O CÔNSUL GERAL DO INFORTÚNIO

O *Tufão*, pela forma que em outros portos, fundeou no porto do Recife, e as Paladinas do Nevoeiro com sua Rainha do Ignoto espalharam-se na bela cidade; confundiram-se com seus habitantes como gotas de chuva na corrente de um rio. O doutor Edmundo foi que, pela primeira vez restituído à liberdade, ao trajo e aos hábitos de sua própria entidade, sentiu-se cheio de recordações de seu tempo feliz de estudante.

Uma manhã saiu a passear por um dos arrabaldes menos frequentados da cidade. Tinha uma enorme preocupação: às vezes pensava em abandonar o projeto de seguir as paladinas no papel ridículo que Probo o tinha obrigado a fazer e protestava, em seu íntimo, contra aquela espionagem, mas desculpava-se com a força oculta que o retinha ali, e parecia-lhe que o magnetismo daquela maçonaria de mulheres, como lhe dissera o velho caçador de onças, exercia sobre ele, mesmo espontânea e indiretamente, a sua influência. Nessas cogitações, chegou à frente de uma casa de construção regular e aparência comum. Ela estava ao lado do caminho, um pouco afastada e meio oculta entre as árvores. As rótulas estavam fechadas, mas o que chamou a atenção do doutor Edmundo foi seguinte dístico: "O Cônsul Geral do Infortúnio pode ser procurado aqui a todas as horas do dia ou da noite."

O doutor Edmundo rodeou a casa solitária, chegando a um portão de grade de ferro, olhou para dentro e viu num grande pátio uma multidão de pessoas: homens velhos e moços, mulheres e crianças de todas as idades. Uns, pálidos e de semblante abatido, vinham se receitar; outros, com a alma oprimida de pesar, descansavam à sombra das mangueiras com a fronte entre os punhos, em atitude meditativa. O doutor Edmundo empurrou a grade, que não estava fechada a chave nem a ferrolho, e entrou. Depois, seguindo um grupo de mulheres e de crianças que entravam para um gabinete, reconheceu Clara Benício receitando e mandando aviar os remédios em uma sala vizinha que servia de farmácia.

Levantava-se uma vozeria enorme do lado oposto do edifício. Era a distribuição das esmolas aos pobres recolhidos, aos que sofriam necessidades no interior de suas casas: viúvas decentes, velhos inutilizados que tiveram posição e hoje se envergonham de estender a mão para receber o pão amargo da caridade pública. Também vinham ali operários sem trabalho procurar em que ganhar dignamente a subsistência de sua família, moços pobres sem emprego que buscavam um arranjo para servir de arrimo à sua mãe ou a irmãs órfãs. Todos saíam satisfeitos, nem um só trazia o semblante desconsolado.

O doutor Edmundo, esgueirando-se entre eles, chegou a um canto onde estava em observação um moço bem parecido e elegantemente trajado, e dirigiu-lhe a palavra:

— O senhor pode informar-me sobre esta casa, dar-me a sua explicação?

— Posso dizer-lhe alguma coisa, tudo não sei. Ela é isso mesmo que o senhor está vendo: socorre necessidades, alivia desgraças, mas nenhum dos socorridos ou aliviados sabe donde lhe vem o benefício. Os distribuidores deles dizem que são empregados do Cônsul Geral do Infortúnio, e de tempos a tempos se mostra a algum protegido nas minhas condições ou escuta alguns casos muito particulares de infortúnio.

— E o senhor está sob a proteção desta casa?

— Sou pensionista dela, formei-me à sua custa.

— Ah! O senhor é formado?

— Em direito, chamo-me Zoroastro Brasil, um seu criado — disse, entregando um cartão ao doutor Edmundo.

Este fez o mesmo e a apresentação estava feita, e uma corrente de simpatia estabeleceu a confiança entre ambos.

— Olhe, já me fizeram sinal para que entre para a sala das audiências — disse Zoroastro.

— O senhor podia facultar-me os meios de assistir a uma dessas singulares audiências — aventurou o doutor Edmundo.

— É fácil — disse Zoroastro —, venha comigo e fique no quarto do porteiro, que é meio cego, só sente as pessoas pelas pisadas. Lá tem um tabique onde existe uma fenda por onde o senhor pode ver sem ser visto.

O doutor Edmundo seguia Zoroastro lembrando-se do enjeitado de quem falou a Rainha do Ignoto no dia do almoço na sala das Estações, e ficou no quarto do porteiro, espreitando cauteloso a sala das audiências do Cônsul Geral do Infortúnio. Zoroastro entrou ali e, depois de dar alguns passos, inclinou-se diante do cônsul, que estava sentado em uma cadeira magistral à cabeceira de uma mesa sobre um estrado. Ele escondia seu corpo pequeno e franzino numa túnica azul celeste guarnecida de arminhos. O doutor Edmundo, apesar de ver-lhe a barba e cabelos brancos de ancião, não podia deixar de entrever uns visos do semblante da Rainha do Ignoto. A voz, sobretudo, lhe tirou da dúvida: era ela mesma.

— Já fui informado de que encontrou sua mãe — disse ele, fazendo Zoroastro sentar-se ao lado da mesa.

— Mãe, senhor cônsul, nunca deixei de encontrar desde que fui recolhido por aquela senhora no Ninho dos Anjos, não sei em que ponto da terra. Foi ela quem cuidou de minha infância até o dia em que vos confiou o meu futuro.

— Estimo muito — disse o Cônsul Geral do Infortúnio — que o senhor dê uma partícula de afeição a quem tanto lhe merece: mas me refiro à sua mãe segundo a natureza.

— Mães, senhor, que atiram os filhos nos monturos, aos cães e aos porcos! Não estão na natureza, e se assemelham a alguma espécie de animal, é à cascavel que devora os filhos ao nascer!

— Nem sabe, senhor doutor Zoroastro, o quanto me aflige ouvi-lo falar assim.

— Não sou eu quem tem a culpa da dureza desta linguagem, é aquela de quem acabais de falar. Lembro-me ainda do tempo em que comecei a estudar no Liceu de minha cidade natal. Pelos sinais que encontrei no livro do registro do Ninho dos Anjos, pude descobrir essa a quem não me atrevo a dar o doce nome de mãe. Muitas vezes voltando das aulas, a lama que a roda do seu carro levantava dos charcos das ruas caiu-me na face e ela nem me enxergava.

— Nesse tempo, era rica e feliz — disse o Cônsul do Infortúnio.

— Hoje, que está viúva e pobre, muda de terra e vem procurar o arrimo do filho que desprezou, não tem esse direito.

— Oh! Doutor Zoroastro! — disse o cônsul, impaciente. — Rogo-lhe o favor de assistir a audiência seguinte.

E bateu a campa, apareceu o porteiro, deu-lhe uma ordem em voz baixa e ele saiu. Depois tornou a entrar acompanhado por um homem, duas mulheres e uma rapariguinha de onze anos agarrada à saia de uma mulher meio embriagada. A pobre criança era tão magra que podia se estudar anatomia através da sua pele amarela cheia de manchas negras, roxas e esverdeadas! Os braços e o rosto estavam cobertos de arranhaduras e de sinais de toda sorte de pancadas! Ela trazia o vestidinho de chita vermelha coberto de remendos, o cabelo estava raspado a navalha e os pés, descalços.

— Pobre criança! — exclamou o Cônsul Geral do Infortúnio, e dirigiu-se à mulher, cuja desordem de traje e vermelhidão dos olhos indicavam embriaguez. — A senhora é a mãe desta menina?

— Antes não fora — respondeu ela com voz aguardentada, e sentou-se nos degraus do estrado.

A menina, como um cãozinho manso, sentou-se a seu lado e escondeu o rosto na ponta do fichu que ela trazia. A outra mulher, cujo trajo asseado denotava melhores costumes, interveio:

— Senhor cônsul, eu sou vizinha desta mulher e tenho sido testemunha do quanto ela maltrata a filha, esse cordeiro, esse anjo, pois nunca vi ninguém nesta idade com tanto juízo fazer tantas coisas e ser tão branda!

A menina levantou a cabeça e, com efeito, tinha estampado nos olhos a doçura, a timidez e a tristeza da resignação. O Cônsul Geral do Infortúnio perguntou-lhe:

— Sua mãe lhe maltrata?

— Não, senhor — respondeu com firmeza.

— Maltrata! — afirmou a mulher. — Dá-lhe pancadas, atira-lhe tições acesos, fá-la trabalhar demais! E a mata de fome!

— Se ela não me dá comida é porque não tem... é pobre — tornou a menina com os olhos cheios de lágrimas.

— Mas, o que é isso no seu rosto e nos seus braços? — tornou a perguntar o Cônsul. —Parecem beliscões, arranhaduras e pancadas!

— Não, senhor, não é — volveu a menina, querendo chorar —, fui eu que caí na ladeira do poço, quando fui tirar água.

— Assim, minha cafifa,[1] defende tua mãe — disse a embriagada quase inconsciente.

— Não quero mais ouvir nem mãe nem filha — disse o Cônsul. — Falem esta senhora e este senhor que deram a queixa.

---

[1] Cafifa: pessoa de má sorte no jogo, ou a quem se atribui má sorte. (*Dicionário Aurélio*.)

— Eu, senhor Cônsul, sou o marido desta vizinha da Chica Braba, é assim que a chamam na vizinhança. Vinha ontem da rua com as nossas passagens para o Amazonas e encontrei a mulher debaixo do tempo... a judiar com a pequena. E como nós não temos filhos, e ela é tão boazinha, queremos tirá-la por órfã para levá-la. Dinheiro, a quem tira borracha, não falta. Deus louvado, ela terá outro trato.

— Pois bem — disse o Cônsul Geral do Infortúnio —, vou mandar com o senhor ao juiz de órfãos uma pessoa competente que lhe arranje isso.

— Que... *tá* dizendo... vizinho? A... minha Rosa... — disse a Chica Braba com a voz arrastada, procurando erguer-se.

Rosa soltou um grito doloroso, agarrou-se-lhe ao pescoço, chorando e bradando.

— Não! Minha mãezinha, eu não te deixo! Cortem meus braços para me tirar daqui, mas eu não solto. Ai! Eu te quero assim mesmo! Eu te amo mais que a todo mundo! Minha mãe! Minha mãe! Ai!...

E os soluços da filha se misturavam com o choro aguardentado da mãe.

— É a voz da natureza! — exclamou o Cônsul Geral do Infortúnio.

— Viu, doutor Zoroastro, prestou atenção a este caso? O mundo minúsculo está cheio deles, mas para seus heróis não há calendários.

Zoroastro não era mau e estava comovido até as lágrimas que lhe refluíam para o chão. Abaixou os olhos e disse:

— Estou envergonhado de minha pequenez diante de tanta grandeza de alma! A lição aproveitou-me. Permiti, senhor Cônsul, que interceda por esta criança. Não a separeis da mãe. Vou empregá-las no serviço desta casa, e espero regenerar uma e felicitar outra — respondeu ele.

A menina ajoelhou ao lado da mesa e, inclinando-se, beijou o arminho que orlava a túnica do Cônsul Geral do Infortúnio. Então esse, erguendo-a nos braços, unindo a chita remendada do seu vestido à seda e o arminho de que se vestia, disse:

— É verdadeiramente um anjo!

Depois escreveu algumas palavras em papel, entregou à menina e disse-lhe que fosse ao porteiro para conduzi-las à terceira seção.

O seringueiro e a mulher retiraram-se e Zoroastro teve ordem de ir entender-se com o secretário sobre um negócio de seu próprio interesse. O doutor Edmundo, no seu esconderijo, estava maravilhado! Julgava finda a audiência daquele dia quando entrou um preto velho arrimado a um bastão, e apenas se aproximou, disse:

— Louvado seja nosso senhor Jesus Cristo, benção, *senhô*.

— Deus o proteja, meu velho — disse o Cônsul. — Sente-se, que vem muito cansado.

— Muito, *senhô*, vem de longe, subindo ladeira, descendo ladeira... o pai *Nastácio* já arrasta os pés, *nu* pode *andá*.

— Que lhe trouxe aqui, pai Anastácio? — perguntou o Cônsul com bondade.

— Pai *Nastácio* diz, *senhô*, foi *pra* isso que ele andou tanto em risco de *sê pegado* pelo capitão de mato.

— É escravo?

— Em graça de Deus, *senhô*, sou de seu capitão Maturi, do engenho Misericórdia.

— Aonde fica esse engenho? — perguntou o Cônsul.

— *Pra* um lado da Vila do Cabo, *senhô*, eu *vem valê* do *senhô* pra meu neto *Gabriéu* não *barcar pra* outras *terra*. Ele está casadinho de novo com a Rufina, meu *senhô* já achou quem comprar o casal... e birrou! Diz que o *Gabriéu barca* e Rufina fica. Já *onte* tirei o laço do pescoço do *Gabriéu*... queria se *enforcá*.

— Capitão Maturi é bom ou mau para os escravos?

— Ih... ih... ih! Se o *senhô* soubesse, come negro vivo! Ainda na semana passada, deu tamanha surra na Romana que ela botou sangue pela boca e pelos *ovido*! E ainda tá *perrando*. Não faz um mês que matou dois no tronco surrando todo dia. Aqui em segredo, *senhô*, ele já passou nego no engenho e tirou feito papa! A *sinhá* é *pió*... fura as *negas cum* garfo, atira leite fervendo na cara delas porque o leite *taiou*, assenta neguinhas no formigueiro, queima *cum* ferro de *gomar*. Metem *grião* nos pés, *outo* tem as *artéa* cortada, mutos *co'as* mãos inchada de bolo... fome, *senhô*? *Nuesa* que faz dó...

— E lhe maltratam também assim, pai Anastácio?

— Tem medo de *ficá* sem pai *Nastácio*, que serve *muto*! Sabe *muta* cousa! Cura mordedura de cobra, *bixera*, faz *muta meisinha*, conhece *muta* erva boa, por isso pai *Nastácio num* apanha, mas chora por seus *fios*... seus netos, seus camaradas...

O preto velho deixou rolar pelas magras e rugadas faces duas lágrimas, limpou-as com as costas da mão calosa e disse:

— Ficou calado, *senhô*, não me dá esperança?

— Estava pensando — disse o Cônsul Geral do Infortúnio — não só em salvar seu neto, como todos os outros infelizes mártires. Pode dizer-me quantos são eles?

— Mais de cem, *senhô*, tem a minha Luzia, mãe do *Gabriéu*, tem o *Gabriéu*, esse que vão *barcá*, a Tereza Campina, o João Caxangá, o Zé Bibiribe, o Vicente Goana... *pere*, tem mais...

— Não precisa dizer os nomes. Vá ter com o porteiro e diga-lhe que o Cônsul manda que ele lhe acompanhe ao recolhimento dos velhos e lá coma bem, durma e reze à sua vontade, que breve se reunirá a seus companheiros já livre das garras dessa família de tigres.

Quando saiu pai Anastácio, entrou um homem moço, de vinte e cinco anos, pouco mais ou menos, alto, moreno, bigode preto, fisionomia simpática e ar marcial; vestia a paisano, mas ninguém o deixaria de tomar por militar. Fez uma cortesia, ou antes, uma continência e perfilou-se firme diante do Cônsul, como nos dias de exercício em frente ao quartel.

— Pronto — disse ele.

— Sabe, senhor Marcos — perguntou o Cônsul Geral do Infortúnio —, como se acha aqui, estando há poucos dias na solitária do quartel da tropa de linha em Manaus?

— Eu morri, senhor Cônsul, e quando ressuscitei, achei-me a bordo de um vapor, não sei como. Amélia e minha tia me contaram uma história muito esquisita, pois não acredito em milagres. Diz ela que Nossa Senhora do Remédio lhe apareceu quando ela chorava junto de uma árvore da margem do igarapé da bica, e que lhe prometeu salvar-me. O fato é que salvou-me, mas não me tirou o medo de apresentar-me em qualquer parte, onde posso ser pegado como desertor.

— Por esse lado, não tenha receio, senhor Marcos, a sua morte constou em ordem-do-dia, eis aqui uma pública forma de sua certidão de óbito — disse o Cônsul Geral do Infortúnio, desdobrando um papel.

— Isto me foi entregue por aquele frade que o foi visitar na solitária.

— Santo homem! — exclamou Marcos.

— Pois bem, senhor Marcos, o soldado da monarquia morreu, mas o da República está vivo, e vem jurar bandeira no futuro exército brasileiro!

O Cônsul Geral do Infortúnio, erguendo-se, puxou as corrediças de véu verde que cobriam a parede que lhe ficava por trás da cadeira magistral e deixou descobertos dois retratos a óleo: um era de mulher, representava uma matrona formosa ainda; o outro era de um homem fardado de coronel. Contemplou um instante e disse:

— Este, em vida, dedicou-se ao bem público, à felicidade do povo no meio do qual viveu, desejou a emancipação dos escravos, combateu a pena última e sonhou com a República. Venha, senhor, jure sobre a ponta de sua espada que, no dia em que a futura República pedir o seu sangue para defendê-la, não o negará.

Marcos pôs um joelho em terra, e com a mão esquerda sobre o coração e a direita sobre a espada do coronel, jurou:

— Em nome de Deus juro pertencer às fileiras da futura República e dar por ela o meu sangue.

Levantou-se e cravou a vista no retrato de mulher que estava ao lado do coronel. De repente, abafou um grito!

— Dona Maria Jesuína, a minha protetora! Ah, senhor Cônsul, aquela santa ainda vive?

— Já goza da paz dos espíritos superiores — respondeu o Cônsul, comovido —, mas foi à sua influência que o senhor deveu a salvação que sua noiva atribuiu a um milagre de Nossa Senhora do Remédio. Esta casa de beneficência está fundada em sua memória, e é ainda em seu nome que lhe convido, senhor Marcos, para empenhar-se no resultado de uma expedição muito arriscada que os agentes desta casa têm de fazer para libertar uma centena de escravos de um senhor cruel.

— Morrerei por gosto, combatendo em memória de minha protetora.

— Obrigado, senhor Marcos — disse o Cônsul Geral do Infortúnio —, já encarreguei quem lhe pusesse a par do plano e da hora da partida.

Marcos cortejou e saiu, depois de ter sido incumbido de levar uma carta a bordo do *Tufão* para Inês Racy. O doutor Edmundo, ainda oculto, deu tréguas ao pasmo que lhe causava tudo que tinha visto ali para dar lugar a uma observação curiosa. Os retratos tinham ficado descobertos, e o Cônsul Geral do Infortúnio escrevia. Então, quanto mais examinava-lhe as feições emolduradas por aquela barba e cabeleira branca, mais parecença lhe achava com a Rainha do Ignoto, que não podia deixar de ser filha daquele coronel e daquela senhora, pois ambos tinham os mesmos olhos, com a diferença de que o olhar de dona Maria Jesuína tinha uma expressão de bondade iluminada pela inteligência, e o da Rainha do Ignoto tinha uma profundeza imedível! Imerso na tristeza, despedia todas as fulgurações dos lumes da inteligência, da energia, do sentimento e do caráter, enfim. Ela tinha também alguns traços do coronel, que era louro e de olhos azuis, o que deixou o doutor Edmundo em dúvida sobre a sua nacionalidade, ora julgando-o brasileiro ora alemão. Retirou-se pensativo, e quando se achou na estrada, respirando o ar dos campos, disse mentalmente:

— Assombra! Realmente, essa mulher assombra! Quem poderá conhecer a vastidão de seus planos? Só Deus, porque Deus é infinito!

UMA LIÇÃO DE CARÁTER, CINQUENTA MOÇAS VINGADAS

Na noite daquele mesmo dia em que tinha estado oculto, assistindo às audiências do Cônsul Geral do Infortúnio, o doutor Edmundo foi à casa de uma família de seu antigo conhecimento. Ali, conversando com dona Petronília e sua filha. dona Miguelina, contou o caso da manhã, guardando as conveniências que julgou de acerto guardar com relação à Rainha do Ignoto. Dona Petronília e dona Miguelina riram a bom rir da extravagância do caso, e a primeira disse:

— Doutor Lemos, o senhor foi mistificado! Aqui no Recife nunca se ouviu falar em tal cônsul! Não existe tal casa!

— Minha senhora — disse ele —, se eu próprio li o dístico... assisti às audiências do Cônsul Geral do Infortúnio.

— Doutor — disse Miguelina —, desculpe o que vou dizer-lhe: não conte esse caso a ninguém porque lhe dá direito a duvidar da saúde de sua mente.

— Obrigado, dona Miguelina, pelo conselho — disse ele —, bem vê que estou no meu senso perfeito.

Na mesma ocasião, entrou da rua o dono da casa, e sem mais preâmbulos, foi dizendo:

— Oh! Petrolina, Miguelina, vão se preparar para irmos ao Teatro de Santa Isabel, à representação da *Mascote*. Oh! Doutor Lemos, como tem passado os dias nessa Veneza americana?

— Bem, senhor Gonçalves, mas a vida aqui não é mais para mim, que estou já quase sertanejo. É para o senhor, negociante capitalista, próximo a ser comendador, se já não o é.

O senhor Gonçalves, sempre alegre, sempre galhofeiro, deu uma risada e, ao mesmo tempo, uma palmada no ombro do doutor Edmundo, e disse:

— É verdade, quem lhe disse que eu já sou comendador?

— Calculei. Agora o senhor queira dar-me licença para retirar-me — disse o doutor Edmundo, tomando o chapéu e a bengala.

— Mas o que é isso? — perguntou o senhor Gonçalves, tomando-lhe o chapéu e a bengala. — Não fuja, o senhor vai conosco. Tenha um bocadinho de paciência enquanto me arranjo, divirta-se ao piano, desfolhe este álbum e espere porque está notificado para nos acompanhar.

Minutos depois, o doutor Edmundo achava-se no Teatro de Santa Isabel no mesmo camarote que o senhor Comendador Gonçalves ocupava com a família. No começo do segundo ato, ouviu-se um certo rumor no teatro. Todos se voltaram, quem tinha binóculo assestava-o para o único camarote que tinha ficado desocupado, cujo dono acabava de aparecer. O camarote do comendador Gonçalves era mesmo defronte daquele que chamava a atenção do público. Miguelina, entregando o binóculo à mãe, disse:

— Veja mamãe, eles já vieram, que linda gargantilha de brilhantes tem ela!

— A quem Vossa Excelência se refere? — perguntou o doutor Edmundo. — Não sei o motivo de tanta curiosidade, há um sujeito ali da segunda fila de cadeiras que parece magnetizado, mas não sei por quem!

— Não sabes? — exclamou Miguelina. — Não vê o médico australiano com sua formosa filha no camarote número 27? Dizem que ela é maltesa, e que por isso o pai lhe chama Blandina Malta.

O doutor Edmundo não soube o que pensar. Tornou a fixar a vista para as duas pessoas que ocupavam o camarote designado e reconheceu pela segunda vez a doutora Clara Benício e a Rainha do Ignoto, mas lembrou-se do conselho que lhe dera Miguelina algumas horas antes, e guardou-se de fazer manifestações comprometedoras de seu juízo. A moça continuou:

— Não ouviu falar deles, doutor? Pois têm ocupado muito a atenção do público as curas maravilhosas que têm feito o doutor William Shepherde e, ainda mais, a beleza de sua filha, que produziu um certo desarranjo nos planos e no sossego de uma família respeitável.

— Como então?

— A sinhá Mesquita — disse Miguelina — ia casar-se sábado passado com o Jovelino Vileda, negociante acreditado, o sonho de muitas moças da classe média e até de algumas do bom-tom. De repente, ele retirou-se da casa da noiva e está com pretextos falsos a espaçar o casamento. Dizem que está doidamente apaixonado pela filha do médico australiano, mas ela, coberta de brilhantes, nem o enxerga, é como uma estátua de gelo iluminada pelo sol sem se derreter.

— Menina, presta atenção ao que se está representando, deixa essa conversa para depois do ato — disse dona Petronília.

Mas enquanto têm eles os olhos e os ouvidos para o palco, tratemos do fato que Miguelina começou a contar sem inteiro conhecimento dele, pois aquilo que é segredo para a família do comendador Gonçalves não o é para o leitor. A Rainha do Ignoto já por diversas vezes tinha sido informada pelas paladinas em comissão em Pernambuco do procedimento de um senhor Jovelino Vileda, muito querido das moças. Ele fazia consistir a sua glória em apaixoná-las até a loucura para depois atormentar-lhes o coração com desprezo e chascos que fazia delas na roda dos amigos.

No dia em que saltou no Recife, andava ela à noite, passeando com Clara Benício, quando, ao passar por uma loja de modas, viram dela sair Camila Franco com farda de soldado. Ao vê-las, fez o sinal convencionado do grau de sua ordem e aproximou-se, dizendo:

— Sabem? É aqui a loja do célebre Veleda, o leão devorador da felicidade das moças ingênuas ou sinceras. Vai afinal casar-se com a filha de um engenheiro, mas acabo de ouvir uma conversa dele com dois amigos que me indignou!

— O que foi? — perguntou Clara Benício.

— Ouçam — disse Camila Franco —, chegou um amigo e bateu-lhe no ombro:

"Então, Jovelino, sempre caíste no laço? Vais te casar!"

"É certo" — disse ele, rindo —, "mas ficam umas cinquenta chorando."

"Bravo!" — tornou o outro. — "E aquela da rua da Aurora, já se desenganou de ti?"

"A romântica?" — perguntou ele. — "Essa está ficando tísica, morre logo."

"E a outra, da Rua do Queimado, ainda te manda sempre-vivas e tranças de cabelos?"

"Fez ponto final com a notícia... e eu vou mandar umas carradas dessas prendas inválidas para minha futura sogra mandar com elas atear fogo do forno que tem de cozinhar os perus e os leitões para a boda."

— Duas gargalhadas fizeram coro com a dele. Eu estava fingindo comprar lenços ao caixeiro e não pude aturar mais, paguei pelo duplo e saí.

— Vou dar-lhe uma lição de caráter e vingar estas cinquenta moças que ele diz terem ficado chorando — disse a Rainha do Ignoto.

E seguiram as três concertando o plano. Duas horas depois, parava um carro à porta da loja do Veleda e entrava nela o médico australiano e sua filha Blandina Malta. Ela vinha procurar luvas para o baile que o Barão do Vale ia dar a seu pai em sinal de reconhecimento e admiração pela cura maravilhosa que ele havia feito dos antigos padecimentos da baronesa. Jovelino Veleda sentiu-se imediatamente preso pelo encanto magnético dos olhos da bela Blandina Malta, e desde aquele instante perdeu o sossego, não pensou mais em outra coisa que em obter um riso amável, um olhar benévolo daquela mulher atraente que lhe pareceu uma feiticeira, uma fada, uma deusa do paganismo!

No dia seguinte, recebeu convite para o baile oferecido ao célebre médico australiano William Shepherd e concebeu esperanças de conquistar-lhe a filha. O engenheiro Mesquita também foi convidado, e apesar do pouco ou nenhum conhecimento que tinha com esse tal barão do Vale, não deixou de comparecer com a família toda tomada de curiosidade. Foi ali, num turbilhão de luzes, de música, de perfumes, de sedas, de rendas e brilhantes, entre o agitar de plumas dos leques das moças e dos risos de todos, que Jovelino Veleda sentiu pela primeira vez na vida os tormentos do inferno!

Sinhá Mesquita, sua noiva, já pelo espaçar das visitas nos dias anteriores, já pela esquivança dos olhares no baile, começava a entrar na fase do despeito. Ele nem se apercebia disso, tinha a vista presa a Blandina Malta como por um ímã! Mas ela, por sua vez engolfada na amável e delicada corte que lhe fazia um grande personagem russo, era uma estátua para todos os outros cavalheiros, limitando-se apenas às restritas obrigações da cortesia.

Por maiores esforços que fizesse o Veleda para merecer-lhe um pouco de atenção, era debalde, mas esse empenho deu nas vistas de todos os convidados do Barão do Vale, e o engenheiro Mesquita retirou-se logo, alegando um pretexto, para não declarar que a filha estava realmente incomodada. No dia seguinte, escreveu e enviou formalmente uma recusa pela filha, que lhe autorizava a romper o contrato de casamento. O caso foi rapidamente espalhado pelas relações de Veleda, e até o jornal dos estudantes tomou conta dele e mimoseou Jovelino com gracejos picantes.

Eis o motivo do sussurro no teatro quando entrou o médico australiano e sua filha. Terminado o espetáculo, o comendador Gonçalves saiu jeitosamente, dando o braço à sua cara-metade, um pouco pesada, já pelos anos, já pela gordura. Miguelina com o doutor Edmundo seguia na frente, e quando este pôs o pé no estribo do carro, ouviu:

— Psiu! Faça favor...

Olhou. Era Probo que, saindo da multidão, se aproximava. O doutor Edmundo chamou-o de parte.

— O que há?

— Preciso falar-lhe com a maior urgência.

— Agora é impossível! Vou acompanhar a família do comendador Gonçalves à casa, é dever de cortesia, depois volto.

— Será tarde... — disse Probo —, preciso já...

O comendador Gonçalves, que se achava perto, disse:

— Doutor, parece que sua vida ou de alguém que lhe é caro corre perigo! Vá sem demora, não queremos ser causa de algum prejuízo em sua vida ou em seus negócios.

— Obrigado — volveu o doutor Edmundo.

E despediu-se, desculpando-se o melhor possível.

OS CIGANOS E A COMPANHIA DE MÁGICOS E ACROBATAS

O doutor Edmundo seguiu Probo que, esbarrando na calçada de um armazém para acender o charuto, disse-lhe:

— Ora essa! Ia o senhor me comprometendo. Vamos depressa para bordo, e Deus queira que ainda seja tempo...

— Mas o que há? — perguntou o doutor Edmundo, caminhando para o cais.

— O que há? Muita coisa. A imediata Inês Racy recebeu hoje, pelas duas horas da tarde, uma ordem superior para organizar um rancho de ciganos com o seu competente capitão.

— E quem teve a honra de governar o bando?

— Este seu criado — disse Probo —, mas veio também encomenda de uma companhia acrobática e zoológica. Lá vão King e Fiel representar, e Odete também faz parte do pessoal, eis por que vim chamá-lo antes que o procurem.

O doutor Edmundo tomou à pressa o escaler em que viera Probo, e este pegou nos remos e começou a movê-los com perícia. O *Tufão* estava fundeado a boa distância do cais, mas graças à escuridão da noite e à preocupação das paladinas de bordo, ninguém os viu chegar, e quando bateram à porta do camarote de Odete, esta se apresentou com seu traje de templário e a costumada máscara. Roberta, com seu manto de cigana do Egito, tomou-a pela mão e disse:

— Vamos Odete, a Rainha do Ignoto nos espera em terra.

Odete seguiu silenciosa como era de costume. E as paladinas, transformadas em vagabundos para negociarem e lerem a *buena-dicha*, com seu capitão à frente, já estavam embarcadas nos escaleres. Marcos, feito diretor do circo, dava todo o cuidado à lancha em que iam King, Fiel, um elefante e um urso. Foram desembarcar longe do porto, em uma praia deserta só conhecida dos tripulantes do *Tufão*. Dali seguiram um caminho ladeado aqui e ali de choupanas, cujos donos já dormiam o sono da madrugada. Em algumas delas ouvia-se o canto do galo que batia as asas no poleiro.

A lua em quarto minguante aparecia no céu sobre a rama das árvores. Numa volta do caminho ou encruzilhada, encontraram uma bonita cavalgadura composta de uns vinte animais. Era ali que as esperava a Rainha do Ignoto. Ela foi em pessoa organizar o rancho e a cavalgadura. Tomava as crianças e ia acomodá-las nas cangalhas, entre os bisacos cheios de roupa; depois endireitava o manto de alguma cigana velha e lhe dava instruções sobre a sua nova vida; e assim, revistando todos aqueles trajos alegres, de cores vivas, onde se encontrava desde o amarelo da laranja, o encarnado da cereja, o vermelho da cachonila, o anil, o azul português, o verde francês, o roxo violeta, até as combinações mais esquisitas das sete cores primitivas, e ficou satisfeita. Foi ainda passar uma revista ao comboio do mantimento. Não faltava nada. Estava provido de forma a chegar para o bando passar à larga pelo menos quinze dias.

— E o armamento? — perguntou ela, de repente.

Inês Racy foi mostrar-lhe uma grande provisão de revólveres, punhais e outras armas fáceis de ocultar.

— Vejo o susto em alguns semblantes — disse a Rainha do Ignoto —, supõem-se em véspera de combate! Não há tal, minhas boas companheiras, preciso levar a efeito o que tenho em mente na mais completa paz. Estes preparos bélicos são preventivos para caso extremo, sossegai.

— Confiamos muito em vós — disseram as amedrontadas.

— Pai Anastácio, guie o rancho de ciganos até as proximidades do engenho do capitão Maturi — ordenou a Rainha do Ignoto.

— Ai! *Sinhá*! Que vão *vê* o pai *Nastácio*... e pai *Nastácio* é *garrado*.

— Não tenha medo, ninguém lhe conhecerá — disse a Rainha do Ignoto —, você não é o velho cigano Raposo?

— A *sinhá* disse que é, e eu sou mesmo — respondeu pai Anastácio, com graça.

As ciganas mais divertidas riram-se, e a cavalgadura seguiu a passo por uma vereda muito estreita, ladeada de árvores, cuja espessa ramagem encruzavam, trançavam seus ramúsculos de forma a não deixar coar os raios da lua e tornar a noite mais escura. As crianças dormiam ali mesmo o sono da inocência, e as velhas ciganas rezavam entre cochilos, a dar cabeçadas na armadilha das cangalhas, onde se sentavam sobre travesseiros.

King ia sossegadamente cavalgando o elefante, e Marcos seguia puxando o urso por uma corrente. Fiel seguia o cavalo de sua senhora, vestida de chita azul com ramagens encarnadas. Inês Racy e Camila Franco vestiam paletós de pelúcia ou lã felpuda cor de macaco, calças amarelas, botas de couro de lustro, esporas de prata e traziam chapéu de Manilha sobre a cabeleira crespa de cabelos negros que lhes desciam até os ombros, e diziam muito bem com a tez morena dessas duas varonis paladinas.

A lua e as estrelas já desmaiavam no firmamento ofuscadas pelo romper da aurora quando pai Anastácio mostrou os canaviais do capitão Maturi.

— Lá está — disse ele — a casa do engenho junto à casa do *senhô*, ali no alto. Na baixa é a senzala dos pretos.

— O que, senhor Raposo! — exclamou Camila Franco. — Aquelas choupanas enterradas na lama são a senzala?

— *Inhá* sim... a moenda é a *vapô*, e meu *senhô* mandou *encaná* água do córrego do Cajueiro *pra* lá. Depois, quando vai *esgotá* a caldeira ou *água dôta* serventia, deixa *corrê prá* baixa por uma levada que mandou *cavá* pelo *Gabrié* e João Caxangá.

— Para alagar a senzala? — tornou Camila Franco.

— *Inhá* sim, *promode* a frieza, sezão não sai do corpo do preto... vai *trabaiá* tremendo, não faz *muto*, apanha bolo *prá spertá* preguiça.

— Miseráveis! — exclamou a Rainha do Ignoto, se aproximando. — Hão de julgar-se roubados no dia em que a propaganda da liberdade tomar-lhes a última vítima do sacrifício da escravidão. Pai Anastácio, as nuvens do levante começam a se tingir de rosa e de ouro, anunciando o dia. Precisamos escolher um rancho, sabe dizer-nos onde há um sítio o mais perto possível do engenho, e o mais oculto dele, onde a mata seja bem fechada?

— Sabe, *Sinhá*, pai *Nastácio* vai *mostrá*: fica ali *pra* o córrego dos Cajueiros, *muto* perto e *muto* escondido.

A cavalgada guiada por Anastácio entrou em uma mata de tamarindos cujas frondes altas se encontravam para formar um teto de folhagem miudinha movendo-se sem sussurro ao sopro do vento. O solo em roda dos troncos dos tamarindeiros estava escalvado e limpo. Era ali que os boiadeiros sertanejos faziam seu pouso, em tempos remotos.

Os ciganos se apearam, soltaram os cavalos com as suas competentes peias, ataram bonitas redes de marca com varandas de linha azul e encarnada bordando-lhes as malhas brancas, arranjaram aqui e ali os seus bisacos de roupa e colocaram onde acharam mais conveniente os utensílios de cozinha. E não tardou a se estender na inata o cheiro do café no torrador, e das fritadas de carne de porco nas frigideiras.

O ENGENHO "MISERICÓRDIA", O ESCRAVO GABRIEL E O CIGANO ROSENDO

Os ciganos lá ficaram em seu arraial, cuidando em prover as necessidades mais urgentes de seu estabelecimento. Vamos agora presenciar o romper do dia no engenho "Misericórdia", pertencente ao capitão Maturi. O feitor, de chicote em punho, bate à cancela de uma choupana de pretos que não acudiram logo ao toque da sineta: um pobre escravo doente de sezões vai saindo trêmulo e medroso, querendo passar ao largo para furtar as costas a alguma chicotada, mas é debalde, o feitor sempre o apanha e faz estalar o chicote três vezes. Ele incorpora-se ao bando faminto e esfarrapado que segue para o trabalho da lavoura e do engenho.

Uns vão de fisionomia triste e resignada, outros seguem com os olhos carregados de ódio e de má vontade. A maior parte tem o semblante bestial, o andar cambeta e as costas nuas, cobertas de pústulas e vergões. Alguns mais animosos na desgraça começaram o serviço cantando. Dentre eles saiu um mulato bem-parecido, mas tão maltrapilho como os companheiros, que tomou um pote e se dirigiu para o córrego dos Cajueiros. Ia buscar água de beber nas cacimbas abertas ali na margem do tal córrego. Tinha enchido o pote e ia voltando quando viu a seu lado um cigano que lhe disse:

— Ganjão,[1] quer trocar o pote por este cântaro? É novo, de barro fino, bem trabalhado!

— Sei disso — respondeu o mulato —, mas o pote não é meu, é de dona Vicência Maturi, que seria capaz de comer-me vivo se tal fizesse.

— E quem é essa dona Maturi, que tem tanto poder, Ganjão?

— Dizem que é minha senhora, não sei de onde veio esse senhorio, Deus fez todos livres no mundo.

— Bravo, Ganjão! Como se chama você?

— Eu me chamo Gabriel, e o senhor?

— Rosendo, Ganjão, tenho um lugar de confiança junto ao capitão dos ciganos.

— Dos ciganos? — repetiu Gabriel, receoso.

— Sim, precisa de algum serviço nosso, e é só abrir a boca. Nosso capitão é muito rico! Mais rico que dona Vicência Maturi.

— Ai! Quem dera que eu pudesse... — disse Gabriel, suspirando sem concluir.

— Tem medo de falar? — disse o cigano Rosendo.

— Medo? Senhor Rosendo, Gabriel não tem medo, já provou uma vez quando o castigaram por ter lido um folheto que tratava de liberdade, pois, apesar de saber que apanharia tantos bolos quantas fossem as páginas de leitura, apenas lhe desincharam as mãos tornou a lê-lo, embora pagando o mesmo tributo.

O cigano Rosendo, ou antes, Camila Franco, estava maravilhado.

— Ganjão, se o capitão Maturi lhe quisesse vender, o capitão Loreiro compra ou troca por tu o que quiser. Afianço-lhe que você é quem ganha na troca.

— Ele está para vender-me a um negreiro que embarca escravos para o sul, diz que sou muito letrado, que ponho os outros a perder, e que está vendo a cada hora um levantamento. Basbaque! Não vê a sua segurança na nulidade de meus companheiros? Uns palermas, que se tivessem o meu sangue já tinha havido uma São Bartolomeu!

— Onde aprendeu tudo isso, Ganjão?

— Na companhia de dona Maria Jesuína, minha primeira senhora, que era uma santa, ensinava os escravos a ler e a praticar o bem. Depois,

---

[1] "Ganja" e "ganjão" significam presunçoso, vaidoso, confiado, dado a liberdades. Nos diálogos que se seguem, o tratamento foi utilizado para conquistar a simpatia do mulato. Também o adjetivo "ganjente" era muito usado no Nordeste.

ela tinha uma filha que sabia muito, falava contra a escravidão e era republicana como seu pai, o defunto coronel...

— Paulo Figueira — acabou Rosendo, lembrando-se dos retratos da sala das audiências do Cônsul Geral do Infortúnio.

— Conheceu dona Maria Jesuína? — perguntou Gabriel.

— Não — disse o cigano. — Vá descansado que seu mal tem remédio — e seguiu ao encontro de outro que saía da mata.

Gabriel voltou para casa e, avistando o senhor, deu uma volta para não ser visto por ele.

O CAPITÃO MATURI EMBAÍDO

O capitão Maturi, senhor do engenho "Misericórdia", era um homenzinho magro de fala fina e fanhosa. Levantou-se às seis horas da manhã e foi à casa do engenho; ali encontrou-se intencionalmente o seu olhar matreiro com o olhar zarolho e estúpido do feitor, um gigante de pulsos de ferro que trazia sempre nos lábios finos e antipáticos um riso cruel.

— Como vai isso, Mourão? — perguntou o senhor de engenho.

— Tal como na semana passada, o pior é que desde ontem não vejo o feiticeiro velho, creio que fugiu.

— O Anastácio? — gritou o capitão Maturi com voz aflautada. — Isso não pode ser! Ele está por aí mesmo, aqueles pés bichentos já não podem fazer viagem!

— Esses diabos, *seu* capitão, são muito manhosos, não se fie neles.

— E o Gabriel? Onde está o Gabriel? — perguntou Maturi, inquieto.

— Deve estar trabalhando lá para o alambique na destilação da cachaça — respondeu Mourão, meio atrapalhado. — Às cinco horas disse-me que ia botar água em casa a mandado da senhora dona Vicência porque o João Caxangá, que é desse serviço, está doente do castigo que recebeu ontem.

— Pois todo o cuidado com o tal letrado, pregador de rebeldia à canalha dos parceiros — disse Maturi —, já ficou quase justo com um negociante de escravos, e vai hoje à tarde para o Recife. Estou doido por tirar a onça do pasto.

Naquele instante aproximou-se dele uma mulatinha e disse:
— *Inhô,* a *inhá* Vicência mandou chamar.
— Já vou — disse Maturi, olhando para o feitor. — Cuidado e mais cuidado com o Gabriel! Olhe também a Rufina, ele pode carregá-la.
— Vá descansado, capitão, já estou muito velho no ofício — disse o feitor, mostrando as presas de lobo.
O capitão Maturi entrou em casa na sala de visitas onde estava reunida a família. Um desconhecido estava sentado em uma cadeira ao pé do sofá e tinha deitado a seus pés um enorme Terra-Nova, negro como azeviche.
— Sabino — disse Vicência Maturi antes que o marido perguntasse quem era a estranha visita —, este senhor é diretor de circo de cavalinhos, traz muitos animais: um elefante, um urso, um orangotango, e vem pedir-te licença para armar o circo aqui no engenho, diz ele que podemos assistir a todas as representações grátis. Traz também uma hipnotizadora célebre, tenho muita vontade de ver hipnotizar.
— Que carretilha, mulher! — disse Maturi entre zangado e satisfeito.
— Veremos isso.
— Deixe, papai, deixe armar o circo no engenho, nós queremos ver os cavalinhos! — gritavam os meninos, um a puxar-lhe pela bengala, outro pelo paletó, e o menor, trepando-lhe pelos joelhos, gritava por todos, com voz de choro:
— O elefante, papai, quero ver o elefante!
— Sossegue, pequeno — disse Maturi —, você há de ver o elefante, calem-se todos e deixem-me falar aqui com o senhor.
Os meninos calaram-se e o Capitão Maturi dirigiu-se ao desconhecido:
— Como é sua graça, senhor?
— Chamo-me Duarte Trabuco, um seu criado.
— Criado seja o senhor de sua majestade, mas, senhor Trabuco, por que não foi armar o seu circo na vila? Lá teria muito mais concorrência do que aqui num engenho, onde só há meia dúzia de casas.
— Vou dizer a Vossa Senhoria o motivo por que não quis demorar-me na vila. Embirro deveras com ciganos, e lá andavam eles, abaixo e acima, sacudindo sobre os ombros as cabeleiras crespas e tirando fogo das pedras com as ferraduras de seus cavalos gordos. São uns diabos velhacos, uns ladrões!
— Pois bem, senhor Trabuco, arme seu circo ali no pátio, tem espaço suficiente.
— Já calculei o local mais conveniente — disse Duarte Trabuco —, sábado poderemos ter espetáculo.

E levantou-se, apertou a mão do capitão Maturi, fez festa aos meninos, cortejou dona Vicência e retirou-se. Apenas saiu o diretor do circo, entrou o capitão dos ciganos fazendo soar os guizozinhos de suas grandes esporas de prata e dizendo:

— Viva o negócio, ganjão!

— Que negócio? Quem é o senhor? — perguntou Maturi. — Que vem fazer?

— Não venho incomodá-lo, sou o capitão Fortunato, venho tratar de um negócio.

— Com a breca! Diga que negócio é esse!

— Soube, ganjão, que queria vender um negro muito safado. Se quiser trocar por uma negra, volto a quantia que pedir.

— O negócio é fino, capitão Fortunato, só vendo o negro para embarcar, não o quero aqui na vizinhança.

— Há de embarcar daqui a três dias, nossa vida é correr mundo — disse o capitão dos ciganos.

— E que idade tem a negra do senhor?

— Setenta anos.

— Não serve mais para nada! Está caduca!

— Ora, ganjão, ela faz mais do que trabalhar, sabe muitas coisas úteis, tem o segredo de ser feliz e de ganhar dinheiro. Depois, voltarei ao ganjão um conto, dois, quanto me pedir.

— Mas que empenho é esse de possuir o negro?

— Porque o capitão Fortunato é homem que não aguenta desaforo de ninguém. Hoje muito cedo encontrei o preto... não é preto, é mulato... e ele me disse uma malcriação. Jurei ensiná-lo a ser humilde, e nada me demove do meu propósito.

— Com certeza, o mulato é o Gabriel. Desejo ver a preta velha, e depois fecharemos o negócio — disse o capitão Maturi.

O cigano retirou-se, prometendo voltar logo, e efetivamente não demorou, tornou a entrar seguido pela preta velha, cuja figura fantástica impressionou aos circunstantes: era alta e magra como uma megera! Tinha uma enorme cabeleira branca como pasta de algodão e carapinhada. Ela vestia extravagantemente uma saia de ganga encarnada e trazia traçado um xale amarelo, calçava alpargatas. O ar místico da preta velha amedrontou as crianças.

— Como se chama? — perguntou Maturi.

— Suzana — respondeu Fortunato, e puxando a bolsa, abriu-a sobre a mesa, onde se espalharam algumas moedas de ouro.

O capitão Maturi mandou chamar Gabriel. O cigano apertou entre os dedos o lábio superior do mulato, que deixou à mostra uma fila de dentes brancos e fortes, depois fê-lo correr no pátio da casa e disse:

— Ganjão, dou-lhe por esse mulato a preta Suzana e volto-lhe ainda mais dois contos de réis.

O capitão Maturi exultou de contentamento, o negócio era vantajoso, tinha justo Gabriel no Recife por um conto e duzentos, tendo dois, ganhava oitocentos e ainda lhe ficava a negra velha que poderia servir para criar os moleques e curar os negros doentes. Fechou o negócio, passou a escritura de venda e ficou satisfeito vendo o capitão dos ciganos levar Gabriel com modos severos e rudes. Mas com que cara ficaria ele se pudesse adivinhar que tinha sido embaído, que Suzana nem era preta velha e nem era cigana, era uma das mais audaciosas paladinas, a inteligente e arrojada Camila Franco?

LIV

EIS COMO FOI O DESPERTAR DOS QUE SONHAVAM COM CHUVA DE DIAMANTES

No sábado à tarde, o capitão Maturi voltava de um passeio aos arredores. Tinha ido avisar aos parentes que fossem ao espetáculo daquela noite, quando o som de uma viola o conduziu aos tamarindos do córrego dos cajueiros. De repente, seu cavalo estacou em frente do rancho dos ciganos. O tocador de viola sentado em cima de um bisaco acompanhava duas ciganas que cantavam a desafio. A mais alta e morena cantou a copla seguinte:

> — Quem sabe quantas estrelas
> Vão luzindo pelo céu?
> Quem sabe a quantos amores
> Meu amor tira o chapéu?

A outra respondeu:

> — Meu amor tira o chapéu
> Olhando pra uma menina,
> Se ele me deixa por ela,
> São coisas da minha sina.

Tornou a primeira:

— São coisas da minha sina
Cantar ao pé da viola;
Mas por que sou eu tão pobre
Nunca me sai da cachola.

Repetiu a segunda:

— Nunca me sai da cachola
Que meu bem é traidor
Como Herodes, como Judas,
Que vendeu Nosso Senhor.

Continuou a outra:

— Que vendeu Nosso Senhor
Por querer mais ao dinheiro,
Pois o tinir das moedas
É filtro de feiticeiro.

E as ciganas, olhando para Maturi, que falava com o cigano Fortunato, começaram a louvá-lo, como fazem os cantadores dos sambas sertanejos:

— É filtro de feiticeiro
Pra quem sabe possuir
O faro bom do negreiro
Como o senhor Maturi

Replicou a outra cigana:

— Como o senhor Maturi
Ninguém sabe ter escravos!
Coze negro na fornalha!
Tira grilhões, mete cravos!

— Tira grilhões, mete cravos,
Mas foge de *lobisome*
Tem medo de almas penadas
De pretos mortos a fome.

O valente senhor de engenho, com o pelo arrepiado como um cavalo magro em noite de trovoada, partiu como uma flecha, pois não lhe agradou muito os olhares esguelhados que lhe lançava um grupo de ciganos que ria às escancaras dos improvisos intencionais. Chegou em casa ao anoitecer, quando os da companhia começavam a acender as lanternas do circo ornado de bandeirinhas vermelhas e amarelas.

Era aquela uma grande festa para a localidade. O senhor Trabuco trouxera uma orquestra e dispunha de um guarda-roupa riquíssimo! O povo foi acomodar-se o melhor que pôde nas bancadas da plateia, e o capitão Maturi, com a família e os parentes, se repimpavam nas cadeiras da frente.

Uma girândola de foguetes no ar deu sinal do começo do espetáculo. Correram duas meninas sobre os cavalos, trabalharam o elefante, King e Fiel, que fizeram muitas habilidades. O senhor Trabuco (que não era outro mais que o ex-sargento Marcos) fez umas sortes de mágicas até a entrada da grande hipnotizadora que, fitando os circunstantes, agitando os braços em todas as direções, disse:

— Durmam todos.

Os espectadores adormeceram de repente.

— Estão em macios leitos, não é assim?

— Estamos — responderam trezentas vozes.

— Agora está chovendo diamantes — disse ela.

— Sim, como são lindos! Vamos apanhá-los.

E os espectadores do circo, sem se atropelarem, faziam gestos de quem agarra aos punhados alguma coisa no chão e nos ares, guardando depois nos lenços, nos bolsos e até no regaço.

— A noite vai alta — disse a hipnotizadora —, guardem ao lado de si seus diamantes e durmam tranquilos até o romper do dia.

O povo tomou a sossegar, reclinado nas cadeiras e no encosto das bancadas, mas cada pessoa abraçada a seu tesouro. A hipnotizadora retirou-se, e lá fora já a esperava toda a companhia em ordem de marcha. Quando um raio de sol penetrou pela empanada do pavilhão, os espectadores do circo despertaram pelos gritos do capitão Maturi:

— As armas! As armas! Estou roubado!

— Como? — correu para ele o feitor Mourão, pálido como um defunto.

— Os negros, Mourão! Os negros! Nem um na senzala!

— Que está dizendo, Sabino? — disse dona Vicência, precipitando-se para fora do circo na frente do povo, que saía em um atropelo medonho.

— Já viu se estão trabalhando na baixa do canavial ou no engenho?

— Já corri tudo... não encontrei ninguém!

— Ninguém?

Era uma vozeria infernal! Ninguém se entendia.

— Foram os diabos dos ciganos, de parceria com o ladrão do Trabuco. Deixem estar, assassinos! Se eu os pilho, almoço sarapatel!

E o capitão Maturi com o feitor e os seus quadrilheiros começaram a selar cavalos e a reunir espingardas, cravinotes, facas, terçados e foices. Cada um trazia às carreiras a arma enferrujada que na noite anterior havia ficado esquecida no canto da casa. Os pobres da vizinhança voltaram com manifesta indiferença para suas choupanas. Eram pouco amigos do capitão Maturi, o terror e flagelo daquela localidade. Uma pobre velha mendiga, que viu passar na estrada o troço armado e soube do ocorrido, ajoelhou, ergueu as mãos para o céu e disse:

— Deus tarda, mas não falta. Foi o braço divino que te vingou a morte, filho de meu coração! Arrimo da pobre velha. Eles irão mendigar como eu em paga do sangue dos pobres e dos escravos.

O bando do capitão Maturi, dividido em quatro, bateu o mato em todas as direções e voltou à noite sem nenhum roteiro dos fugitivos, sem a mínima notícia de sua passagem. O senhor do engenho "Misericórdia" vinha furioso, quase apoplético! Encontrou dona Vicência, sua mulher, dando gritos lastimosos! Com todos os sinais de alienada. Eis como foi o despertar dos que sonhavam com chuva de diamantes.

LIBERTOU CEM ESCRAVOS E CATIVOU DUAS MOÇAS

Às mesmas horas em que os brancos entraram para o circo, os pretos esquecidos até pelo feitor Moura no burburinho da festa se reuniam em frente à senzala para ouvirem a mística Suzana. Esta, em extática postura, com os olhos no céu, lhes falava como inspirada por Deus. Ela tinha explorado o fanatismo supersticioso que o velho Anastácio plantara na alma boçal dos tristes companheiros em proveito deles próprios. Desde o momento em que chegou ao engenho, que se impôs pelo misticismo.

Tirou de um saquinho que trazia uma chusma de bentos, rosários, medalhas e santinhos, e distribuiu com eles. Já há três noites que, depois do serão, rezava com os seus companheiros de infortúnio um terço à Mãe dos Desamparados. De forma que naquele espaço tão curto tinha adquirido mais predomínio sobre os escravos do capitão Maturi que ele em muitos anos de castigo. Eis por que não lhe foi difícil, durante as primeiras horas do espetáculo, reuni-los em frente à senzala e depois fazê-los seguir em procissão para fora do engenho a fim de ouvirem o missionário que pregava à borda do mar.

Suzana seguia na frente, levando erguida uma cruz de madeira toscamente talhada. Quando chegou ao sítio combinado, apareceram os ciganos que, pondo cerco à tropa dos pretos, agarraram-nos repentinamente e foram sacudindo-os nos barcos que se faziam logo ao largo, em busca do *Grandolim*, preparado com antecedência para receber a carregação de pretos.

A Rainha do Ignoto deu suas instruções ao comandante do *Grandolim* e dirigiu-se para bordo do *Tufão*. Ela tencionava demorar-se no porto do Recife até a realização do casamento de Helena com Zoroastro. Depois disso, seguiria a mesma derrota[1] do *Grandolim* até o Rio de Janeiro, de onde pretendia voltar à Ilha do Nevoeiro, fazendo escala pelo Ceará. Os pretos deviam ser distribuídos como trabalhadores livres nas fábricas e nos estabelecimentos rurais que a Rainha do Ignoto possuía nos estados de Alagoas, Sergipe, Bahia, Espírito Santo, Rio de Janeiro, São Paulo e Paraná.

O *Grandolim* levantou o ferro sem a mínima desconfiança da competente visita do porto. Naquela mesma tarde, a Rainha do Ignoto convencia Helena de que devia apresentar-se na sociedade pelo braço de um esposo. À noite, depois da cerimônia religiosa dos casamentos de Zoroastro com Helena e de Marcos com Amélia, ela voltou para bordo do *Tufão*. Ali encontrou Roberta muito triste pela solidão do navio, pois a maior parte das paladinas estava em terra na festa do noivado.

— Voltou cedo, senhora — disse Roberta com a familiaridade costumada.

— Só estou onde precisam de mim, Roberta — respondeu —, acompanho a lágrima até o momento em que ela se transforma em riso, daí por diante pode seguir só o seu caminho.

— Acha então que Helena pôs hoje o pé no primeiro degrau da felicidade?

— Não sei. Julgo apenas que fora do amor não há para a mulher grandeza nem felicidade possível! Julgo também que a mais ambiciosa de ouro e de glória não trocaria por uma coroa de louros a grinalda de flores de laranjeira do dia do seu noivado.

— Nem avalia, senhora, o quanto me admira essa linguagem.

— Muito mais admiração te causaria a minha falta de franqueza, pois és boa e sincera. Devo te aparecer tal qual sou, e não transfigurada, como faço com outras paladinas.

— E vós vos transfigurais?

— Sim, porque isto não é máscara, eu nunca me mascarei.

---

[1] Segundo o *Dicionário Aurélio*, "derrota" também significa "caminho aberto através de obstáculos" ou "caminho percorrido por uma embarcação numa viagem por mar".

— Como, senhora? Nunca se mascarou? E que é isso?

— É uma maneira de aparecer às paladinas. Aos estranhos apareço no meu estado natural ou na figura que exigem as circunstâncias.

— Admirável! — exclamou Roberta. — Mas por que só a elas oculta o rosto?

— Porque, tão de perto, podem surpreender algum sinal fisionômico que denuncie a fraqueza de meu coração, os delírios de minha alma. Ouve: eu nunca enganei ninguém com falsas aparências. Meu ideal foi o caráter. A coisa que mais me irrita é a falta de sinceridade, mas tenho a mania de obscurecer o mundo físico do eu que existe em mim, todo desequilibrado, pois o meu gênio varonil, o meu espírito forte não está de acordo com a ternura de meus sentimentos, com a debilidade do meu coração de criança.

— É por isso que vos disfarçais diante dos que vos rodeiam? — disse Roberta. — Já compreendendo: o mundo é mau, zomba da grandeza da alma! Ri dos sentimentos elevados, principalmente da mulher.

— É certo, Roberta, quando a mulher atira um punhado de flores, o homem lhe responde com braçadas de espinhos, e isso quando não lhe pode atirar com uma chuva de lama!

— Bravo, senhora! E acabais de libertar cem escravos e cativais duas moças.

— Seguem as pegadas das outras mulheres — respondeu ela.

— Ah! Senhora! — disse Roberta com tristeza. — Já não se lembra da pobre Licina e de outras a quem tendes servido de Cirineu para ajudá-las a carregar a cruz do matrimônio?

— Se não me lembrasse dela, a carta que ainda há pouco recebi do Pará me lembraria — disse a Rainha do Ignoto.

— E como vai a pobre Licina?

— Recobrou o juízo, cuida da casa perfeitamente, veste-se, sai a passeio e lê livros religiosos.

— E o bom do marido, como vai ele?

— Onofre Montano está regenerado.

— Mas o seguro — disse Roberta — foi quem pagou cinquenta contos pela ladroeira!

— Não importa, já tem pago outras que são infrutíferas, e essa vale a felicidade de uma mulher e a regeneração de um homem — volveu a Rainha do Ignoto. — Depois, se ele tivesse perdido a questão com o seguro, eu lhe pagaria os cinquenta contos, contanto que mudasse de vida.

— Pior é se ele tornar para o que foi — disse Roberta, receosa.

— Poderia ser assim — respondeu a Rainha do Ignoto — se ele não recebesse, de dez em dez dias, com a chegada do paquete, uma carta lembrando-lhe o contrato feito com o sargento Júlio Pequeno na noite do Incêndio.

— Ah! Senhora, sois previdente, quase como um Deus?

— Não blasfemeis, Roberta.

— Não é blasfêmia, senhora, é uma maneira hiperbólica de falar. Dizei-me: Zoroastro perdoou a mãe?

— Não há ofensa que não se deva perdoar a um inimigo, quanto mais a uma mãe. A pobre senhora está arrependida, e se o filho não se reconciliasse intimamente com ela, eu o abandonaria e recusava-lhe a mão de Helena.

— Deus queira que ela seja feliz, senhora,

— Há de ser, porque Zoroastro é um moço de caráter muito distinto e dedica-lhe amor sincero — respondeu a Rainha do Ignoto.

— Quando deixaremos este porto? — perguntou Roberta.

— Amanhã, às sete horas.

LVI

O ASSALTO DOS CAPOEIROS

Era uma hora da tarde. O movimento da Rua do Ouvidor começava a crescer como o do banzeiro nas águas do Amazonas.[1] Ouvia-se aqui o rodar de carros e de carroças, ali um bater de campainhas, de todos os lados um farfalhar de sedas de envolto com a escala de toadas dos vendedores de doces e de jornais. Da loja do Rannier saiu um *dandy*[2] trajando jaqueta inglesa e calças bojudas; trescalava a opopanax[3] e pisava leve com as botinas reluzentes e bicudas. Dirigiu-se ao ponto dos bondes de Botafogo e ali parou numa esquina para falar com um homem de idade avançada, rosto cor de cobre com manchas vermelhas, barba inteira e olhos raiados de sangue.

— Como vai o negócio? — perguntou-lhe o *dandy*.

— Bem — respondeu o homem de olhos raiados de sangue. — Sabe o negócio qual é?

— Sei.

— É dos nossos?

---

[1] Em nota à segunda edição, Colares observa a interessante utilização que a autora faz de "banzeiro", palavra típica amazônica que significa, originalmente, segundo Raimundo de Morais, "vagalhão, agitação nas águas e movimento das águas na Amazônia".
[2] Palavra inglesa que costumava ser utilizada com o sentido de "homem elegante".
[3] No *Dicionário Aurélio* consta que "opopanax" é um vegetal de flores amarelas, frutos olificantes e cheiro forte, cuja raiz é usada como fixador em perfumaria.

— Sou.

— Entretanto, não o conheço.

— Tem razão, entrei para a sociedade esta noite passada, depois de uma parada de *lasquenet* em que perdi dois contos de réis que foram ganhos pelo comendador Maçaranduba, o João Sagaz — disse o moço quase ao ouvido do outro.

— Diga-me, por favor, a senha do dia — disse o homem dos olhos vermelhos com uma certa desconfiança.

— *Nove-lune* — disse.

— De fato, temos hoje lua nova, portanto, à meia-noite, escuridão completa — volveu com um riso significativo.

— Vai para Botafogo arranjar outro negócio? — perguntou o *dandy*.

— Vou matar o tempo observando no bonde os comendadores, os viscondes e os barões do mundo elegante. Se fosse senhor um sócio antigo, já conheceria o meu desinteresse: um copo de aguardente, um maço de cigarros, tinta, papel e penas são o bastante para minha vida — disse, e correu a tomar o bonde.[4]

O *dandy* retrogradou um pouco e entrou na loja de madame Lambert. Estava ali um viveiro das avezinhas douradas e multicores que os homens chamam de belo sexo. Elas falavam da abertura do cassino, do baile dos deputados, da companhia lírica e dos últimos figurinos. O moço da jaqueta inglesa, calças bojudas, aproximou-se de uma senhora vestida de preto que parecia escolher um chapéu, e disse-lhe em voz baixa:

— Preciso falar-lhe, quero um lugar no tílburi.[5]

— Vamos — disse a senhora de preto.

E partiram ambos no tílburi que, a muito custo, venceu os embaraços da tumultuosa rua do Ouvidor. Apearam-se em frente de um sobrado com janelas de peitoril na rua do Livramento. Enfiaram por um corredor, e depois de fechada a porta da sala, sentaram-se ao pé de uma mesa redonda:

— Camila Franco — disse a senhora de preto —, trazes-me alguma novidade?

— Um bom serviço para esta noite — respondeu ela —, precisamos salvar uma família das unhas dos gatunos.

---

[4] Uma nota na segunda edição informa tratar-se aqui de uma referência ao "grande abolicionista e panfletário José do Patrocínio".
[5] Espécie de *cabriolé* inglês, que circulou nos grandes centros brasileiros e transportava apenas dois passageiros.

— Para onde fica a casa ameaçada?

— Lá para o Rio Comprido, é um negociante português que foi ontem festejar nela os anos da mulher, mas foi tal a profusão de joias que as senhoras da família ostentaram na festa que atraiu a vista dos gatunos, pois eles já planejaram uma sortida para meia-noite.

— Já tem o roteiro? — perguntou a Rainha do Ignoto, pois era ela a senhora de preto que falava com Camila Franco transformada em *dandy*.

— Estou de posse de todo o segredo deles.

A Rainha do Ignoto tornou a tomar o tílburi e desapareceu na primeira esquina. Pela noite, o céu negro e estrelado parecia espreitar a má aparência de um bando de homens que traziam o rosto coberto com um lenço, tendo dois buracos no lugar dos olhos. Vinham bem armados e se esgueiravam pelos troncos das árvores do pátio de uma chácara isolada, só tendo uma casinha a trinta passos. A espécie de cautela com que esses homens se aproximavam da chácara desapareceu desde que uma janela da cozinha da mesma se abriu e um vulto chegou a ela, agitando um lenço branco na ponta de uma vara.

— É a Joana — disse um dos homens — que está nos fazendo o sinal convencionado, ela desempenhou bem o seu papel de criada.

Adiantaram-se todos e foram saltando para dentro da cozinha. Depois, foram se introduzindo sorrateiramente por toda a casa, cujos habitantes dormiam a bom dormir. Havia luz em todos os quartos e até na sala de jantar. Os ladrões, com a maior habilidade, arrombaram, sem fazer rumor, as gavetas das cômodas, dos toucadores e guarda-vestidos, arrecadaram todas as joias e valores ali existentes e foram reunir-se na sala de jantar. Tiraram dos aparadores e guarda-louças os restos da festa: presunto, peru assado, peixes, frutas, queijo, doces e algumas garrafas de vinho. Depois começaram a se banquetear, fazendo saúdes aos roubados.

O sono dos habitantes da chácara era tão pesado que não lhes deixava dúvida de que a boa da Joana tinha posto no chá o narcótico recomendado. Mas do meio da vozeira se elevou um grito:

— A polícia!

Foi tarde o aviso, a mesa do banquete dos tratantes estava cercada de soldados. Os bandidos ergueram-se sobressaltados e empunharam os punhais e navalhas. Os soldados fizeram o mesmo com as carabinas, mas se conservaram nos postos, e o cabo disse:

— Rendam-se!

— Deixem-nos passar — gritaram, avançando com os punhais.

— Alto lá, bandidos! Estão presos, fiquem quietos... ou fazemos fogo!

No meio da confusão de passos no soalho, entre o retinir das armas, ouviu-se gritar:

— Quanto barulho! Meu Deus! O que é?

E apareceu à porta do corredor um grupo de mulheres em traje de dormir. Traziam os olhos espantados e tremiam todas, agarradas umas às outras.

— Mamãe! Mamãe!

— Cala-te daí, Malvina.

— Santo Deus! Vamo-nos embora, Henriqueta, pode nos alcançar alguma bala!

Ouviu-se a primeira detonação.

— Acudam os meninos de Alice, que acordaram chorando! — disse a mais velha das mulheres, tremendo de medo.

— O pior, mamãe, é que não posso acordar Gustavo! Está com um sono de ferro!

— E Eduardo também, parece que está morto! — respondeu Malvina.

— Aí vem o Domingos — disse Henriqueta.

E tomou a frente um português baixo, gordo e de barba loura, cabelo a escovinha.

— Que *diavo* é isso? *Suldados* aqui *tambaim*? *Pur ande antraram*?

— Pela janela da cozinha, senhor Domingos — respondeu Joana —, foram os ladrões que arrombaram...

No mesmo instante, Joana precipitou-se para o corredor, impelindo o grupo de mulheres que corria na frente, gritando:

— Jesus! Os ladrões são capoeiros!

Na sala, a confusão e o barulho de vozes e de armas eram horríveis! Um gatuno conseguiu apagar a luz, outro abriu uma porta e fugiram, saltando por cima das cabeças dos soldados. Domingos riscou um fósforo e tornou a acender o gás. O chefe dos bandidos lutava ainda com os soldados, procurando evadir-se. Estava furioso; não se rendia, apesar da desigualdade de forças. Ouviu-se uma voz do lado de fora da porta:

— Dá licença, vizinha?

Apresentou-se na sala a mesma senhora de preto que vimos sair da loja Lambert e encaminhar-se de tílburi para a rua do Livramento. O chefe dos bandidos apenas relanceou a vista no rosto da desconhecida, cambaleou como tomado de uma súbita vertigem, agarrou-se ao canto da mesa de jantar e, curvando a cabeça, disse:

— Prendam-me, mas concedam-me uma graça, quero fazer uma declaração.

— Guarde isso para a chefatura de polícia — acudiu o cabo da tropa, pegando-lhe no braço e tomando uma corda das mãos de um soldado.

— Quero ouvir a declaração deste infeliz — disse a senhora de preto —, e não quero que vá manietado.

Os soldados fizeram coro numa gargalhada geral. Mas a senhora de preto não se desconcertou, adiantou-se para o soldado que lhe entregou a corda, tomado de um tremor nervoso. Os outros empalideceram de repente. Então, a Rainha do Ignoto, pois não era outra, disse ao chefe dos bandidos:

— Fale.

O dono da casa, ou o português Domingos, genro de dona Matilde, com todas as pessoas da família, se aproximaram para ouvir a confissão do preso.

LVII

A CONFISSÃO DO PRESO

— Em nome de Deus, senhora, juro que não sou gatuno — disse o preso —, sou um infeliz! É o ódio que me arrasta para o crime. Houve um tempo em que minha alma, nos sonhos da poesia, também idealizou a virtude. Foram os preconceitos da sociedade que me fizeram mau, foi um louco amor que me reduziu a isto. Não há de crer-me ninguém porque sou definitivamente um miserável! Entretanto, nasci na opulência, e se vivo em companhia dos gatunos, é para ver roubar aos que roubaram. E também para vingar os inocentes.

E o chefe dos bandidos, apontando para dona Matilde, disse, com asco:
— Veem esta respeitável viúva? Herdou uma boa fortuna, trouxe sempre as filhas vestidas de seda e cobertas de brilhantes, bom dote, além da herança paterna, mas para gozar dessa ventura foi preciso espoliar uma triste órfã e depois roubá-la no que há de mais santo, no seu amor puro e sincero que lhe poderia salvar do abandono em que morreu.

Virgínia veio à mente de todos, mas dona Matilde prorrompeu em gritos de indignação:
— Levem daqui quanto antes esse ladrão atrevido! Basta! Isso é demais! Matem este diabo senão agarro a tranca da porta e meto-lhe na cabeça!

Ninguém se moveu, e a própria Dona Matilde baixou a cabeça, influenciada pelo poder desconhecido do olhar profundo da senhora de preto. O preso continuou, apontando para o português Domingos:

— Este homem que todos cortejam porque chegou à corte com a bolsa e as mãos cheias de dinheiro foi fornecedor de um batalhão em uma das províncias do norte, e de parceria com o comandante, encheu a barriga à custa dos pobres soldados. Enquanto os infelizes arruinavam o organismo com gêneros podres e, além disso, escassos, Domingos criava banhas à custa de trapaças, estelionato e contrabando. Muitos órfãos ficaram sem pão! Muitas viúvas sem teto e muitos anciãos sem calçado somente pela faina gananciosa desse miserável de casaca. E amanhã, por todas as ruas por onde passar, serei apontado como uma besta-fera, um escândalo da mesma sociedade em que Domingos ostenta o seu orgulho, apresenta sua comenda a bordo dos paquetes, no teatro lírico, nos clubes e por toda a parte onde se apresenta com a família coberta de brilhantes.

Domingos quis reagir, mas o mesmo poder que subjugou dona Matilde subjugou também o genro, e o preso continuou com tristeza, modificando o tom de voz em que falava:

— Fiz-me chefe dos bandidos para vingar-me do desprezo da sociedade a que ela pertencia, mas nada partilho dos saques de meus companheiros. Não ambiciono riquezas e vivo somente das recordações de minha visão de outros tempos. Perdi-a de vista. Não sei aonde paira o ideal de minha mocidade à beira-mar, à vista dos coqueiros, das velas das jangadas de minha terra natal, e minha alma chora ainda por ela. Ah! Quanto teria sido feliz se a janelinha da minha triste habitação fosse a de um cárcere eterno que ficasse eternamente olhando para o jardim onde lia ou bordava aquela mulher ingrata e má. Digo má porque causou a desgraça de minha vida. Ela não era má; era, antes, um conjunto de perfeições! A natureza dotou o seu corpo com todos os encantos que se pode imaginar em uma mulher, a providência enriqueceu-lhe o espírito com as fulgurações do gênio e fez-lhe transbordar o coração de sublimes virtudes. Mas deu-me um defeito: o orgulho. Ela viu o meu sofrimento, e com sua costumada indiferença, deixou-me cair no abismo em que me lançou o desespero!

E voltando-se para o oficial da tropa, disse:

— Procurem na terra essa mulher fatal e encarcerem-na por mim, que fui vítima de sua atração funesta.

Todos os semblantes exprimiam uma admiração curiosa. A senhora de preto aproximou-se mais do preso e disse, com voz pausada e doce:

— Não enodoeis a memória de uma desventurada com suposições injustas. Não foi o seu orgulho a causa de vossas desgraças, foi a vossa conduta. Deixai-vos conduzir à prisão, sofrei resignado o castigo de vossos atos e ficai certo de que uma mão providencial vos salvará, por meios desconhecidos.

O infeliz curvou a cabeça e seguiu na frente dos soldados com os olhos baixos, os braços caídos e o andar compassado como o de um autômato.

O dia vinha amanhecendo, e já começava o movimento da capital do Brasil. À noite daquele dia, os que liam os jornais da tarde deparavam com a seguinte notícia:

> Em Rio Comprido, pela madrugada de hoje, foi assaltada pelos gatunos a chácara do negociante Domingos Lisboa. Eles arrombaram uma janela e, aproveitando-se do sono dos habitantes da chácara, apoderaram-se de todos os valores em dinheiro e joias que existiam ali. E enquanto se banqueteavam com os restos de iguarias que encontraram na sala de jantar, foram cercados pela força de polícia, a qual teve, nesse mesmo dia, um aviso muito singular dado por meio uma carta anônima. Infelizmente, não foi possível agarrá-los todos, desses endiabrados capoeiros só o chefe da quadrilha, o célebre Jaime Ortiz, acha-se preso e segue amanhã com os degredados para Fernando de Noronha.[1]

---

[1] Até as primeiras décadas deste século, o presídio de Fernando de Noronha, no arquipélago de igual nome, era famoso por suas péssimas condições de tratamento a presos da mais baixa escala social. Com o passar do tempo, ou melhor, após a Segunda Guerra Mundial, quando se transformou em base naval, Fernando de Noronha passou a constituir-se território, sendo hoje ponto de atração turística. (Nota da segunda edição.)

LVIII

UM EPISÓDIO DA VIDA DA RAINHA DO IGNOTO

Depois de uma manhã chuvosa, veio a tarde tão linda como nos dias de verão. No firmamento azul, brilhava o sol pendendo para o ocaso e banhando de luz a relva orvalhada e as flores do jardim. As borboletas brancas passavam em bandos, doidas de alegria. O céu desmaiado e sereno, docemente triste, derramava na alma da Rainha do Ignoto um punhado de recordações da infância e dos primeiros anos de sua mocidade. Ela estava debruçada na varanda de um lindo chalé, e fitava pensativa as águas da baía do Rio de Janeiro. Havia, sobre o balaústre ao lado dela, um vaso com uma roseira cujos ramos pendiam-lhe sobre a cabeça. A tépida viração da tarde embalava na hástia uma rosa meio aberta, e parecia dizer em sua muda linguagem — saudades do passado.

Se alguma das Paladinas do Nevoeiro pudesse ver ali a Rainha do Ignoto sem o disfarce da máscara, recostada ao parapeito, com a fronte pendida na mão e a face sulcada por uma lágrima, talvez que pudesse adivinhar o seu segredo. Mas só Fiel, deitado a seus pés, erguia para ela o seu olhar lânguido e triste como o rumor das ondas que se quebravam na praia. A infeliz tinha acompanhado com a vista a fumaça de um barco a vapor que se afastava, e comparando o seu fumo evolando-se no ar às ilusões da vida, chorou. Ouviu passos na sala imediata e retirou-se da varanda com seu disfarce habitual. Entrou Clara Benício acompanhada pela muda Odete.

— Salve o Sol do Ignoto — disse ela — eclipsado de nossa vista.

— Bem-vinda seja a interposição da luz entre mim e minhas companheiras — respondeu com tristeza.

— Sofreis, senhora? — perguntou Clara Benício, mudando do tom alegre em que tinha falado. — Por que estais triste?

— Porque vou chegando ao fim da jornada da vida e receio não encontrar porto.

— Mal vos compreendo, senhora, mas vejo que tendes na alma uma dolorosa impressão; uma enfermidade, talvez.

— Sim, daquela que não tem nome na vossa ciência, que os médicos não conhecem e só um Deus a pode curar.

— Nunca amastes, Senhora? — perguntou Clara Benício. — Perdoai a minha indiscrição.

— Nunca — respondeu ela. — O único homem que mereceu ser amado por mim foi aquele... Vem ver...

E chegando à varanda com a doutora, mostrou-lhe um salteador que passava na rua conduzido pela tropa e seguido de um bando de curiosos.

— Jaime Ortiz! Meu Deus, que horror! — exclamou Clara Benício, entrando.

— Juro pela fé de meu caráter — volveu a Rainha do Ignoto com energia — que nunca o amei, mas repito: foi o único capaz de corresponder aos sentimentos de minha alma toda força, verdade e constância da vida inteira. Poeta e bandida de coração diamantino. Vês por isso que nasci condenada a não amar porque os outros, nobres perante a lei ou a sociedade, são bandidos no amor, e não há onde escolher.

— Pobre Ortiz! — exclamou Clara Benício, compungida. — Quem diria que, com tão má tendência, possui um coração tão aprimorado?

— Sim — disse a Rainha do Ignoto —, o mundo tem desses contrastes.

E falando a esmo, como no sonambulismo de um sono profundo, dizia:

— Ah! Já lá vai bem longe o tempo em que, engolfada em um interminável sonho poético, num idealismo infinito, pouco se me dava do que existia ao redor de mim. Não ouvia as falsas lisonjas dos impertinentes proclamadores da formosura. O mundo exterior só existia para mim pelo lado estético das graças da natureza, seus encantos não me deixavam tempo para as apreciações particulares de salão.

Clara Benício estava admirada daquela expansão espontânea tão avessa ao gênio da Rainha do Ignoto. E ela continuava:

— Havia eu completado quinze anos, e foi justamente por esse tempo que Jaime Ortiz me viu pela primeira vez. Era em uma bela manhã de maio, passeava com minha mãe pelo campo e juntava em ramalhete as flores que colhia. Depois — continuou ela —, viu-me algumas tardes a bordar à sombra de uma parreira. Por aquele tempo, Jaime Ortiz habitava com sua velha mãe um miserável pardieiro que deitava as janelas para o jardim de nossa casa. Vendo-o sempre pregado ao peitoril da janela, com um livro aberto entre as mãos e os olhos fitos nas árvores de nosso pátio ou na varanda de nossa casa, nem de leve me passou pela ideia a verdadeira causa daquela assiduidade, pois tive o ingênuo pensamento de considerá-lo louco. Comuniquei essa ideia a minha mãe e ela, na experiência da sua idade, tendo compreendido primeiro a infeliz paixão de Jaime Ortiz, abanou tristemente a cabeça e disse:

"É preciso deixares por algum tempo as tuas flores, ao menos enquanto lhes esvoaça em roda um inseto venenoso."

— Deixei por algumas manhãs de descer ao jardim, mas depois, com os olhos cheios de lágrimas, pedi-lhe que não me separasse de minhas roseiras, meus bogaris, cravos e sempre-vivas. Ela comoveu-se, sabia da minha predileção pelas plantas e deixou-me continuar na visita habitual a minha família de vegetais. E todas as manhãs e à tarde, quando o sol morria, deixando no horizonte rosadas nuvens, ia sentar-me ao portão da chácara para ver brincar as crianças dos vizinhos. Então, pela rua quase deserta via passar Jaime Ortiz com aquela cor bronzeada, aquela barba espessa, cabelos meio longos e anelados, as pernas arqueadas, trocando os pés, pondo o direito onde devia pôr o esquerdo, e sentia uma espécie de repulsão misturada de condolência. Ele cravava-me um olhar terrível! Aquele olhar tinha a cor vermelha da lava do vulcão! Uma vez, atirou-me uma carta e ela ficou sobre a calçada. Eu fugi amedrontada e o infeliz tomou a guardá-la no peito, e desapareceu. Minha mãe ralhava-me sempre pelo meu descuido nesses passeios, temia que ele me apunhalasse, e não poderia perdoar-lhe o sacrilégio de amar-me com tal paixão! Embevecida nos doces sonhos dos primeiros anos, eu nada via, nada percebia da grandeza daquele afeto! Da enormidade daquela dor! Muitas vezes encontrava, entre as flores do jardim, versos escritos com a veemência de um grande coração de verdadeiro poeta. Neles tachava-me injustamente de cruel e de pérfida! Nunca enganei a ninguém, mas lhe perdoo a cegueira. Pois, uma vez em que estava expressando palavras de ódio e de desprezo contra a vida, vomitando injúrias contra a sociedade, alguém pronunciou por acaso o meu nome, e ele, na maior fúria em que estava embriagado, cambaleando, deixou cair o copo em pedaços no chão da taverna, ameigou a voz, pendeu a cabeça para o balcão e acabou soluçando. E esse homem, que nunca conseguiu o simples de trocar comigo duas palavras, em uma conversação banal, teve a coragem de amar-me sem esperança quinze longos anos! Pobre Ortiz, o teu louco amor foi um terrível tema para o meu coração amaldiçoado por ti! Réprobo eternamente!

A Rainha do Ignoto entrou a cismar, e doutora Clara Benício perguntou:

— Nesse tempo, Jaime Ortiz já era salteador?

— Provavelmente, pois tinha já trinta anos, pouco mais ou menos, mas ele fazia acreditar que todos os desmandos de sua vida provinham dessa paixão frustrada. Tenho certeza de que não começou daquela data, pelo menos a sua embriaguez, e, apesar disso, sempre que me recordo desse episódio de minha vida, fico em extremo compungida.

— Chamais a isso um episódio, senhora? — disse Clara Benício. — Dar-se há o caso que vosso coração tenha uma história muito longa e complicada?

— Não, Clara, meu coração não tem história porque, se tivesse, para contá-la seria preciso inventar uma língua diferente de todas quantas se falam na terra.

E a Rainha do Ignoto pendeu a cabeça em profundo meditar, e Clara Benício retirou-se, impressionada.

LIX

DOMINGO
DE CARNAVAL

Era domingo de carnaval. Uma alegria infantil agitava os habitantes da cidade de São Sebastião. As crianças e os moços não sentiam a fadiga dos esforços empregados para abrilhantar a festa do deus Momo. A dobrar esquinas, a correr pelas ruas, via-se, ao som das flautas, dos violões, das caixas e das trompas, bandos de mascarados em diversos caracteres: sérios, interessantes, bizarros e até irrisórios.

Debruçadas na varanda dos sobrados e nas janelas das casas, via-se, em atitude curiosa, os vultos elegantes das moças que ostentavam as cores garridas de seus vestidos talhados à última moda. Elas riam, mas estremecendo de ansiedade para reconhecer, entre os grupos de mascarados das sociedades carnavalescas, um gesto, uma configuração que lhes denunciasse o escolhido de sua alma sob aquele traje representativo ou *bufão*. As crianças, rindo e batendo as palmas, iam e vinham ao longo das calçadas numa alaridade ensurdecedora e invejável. No começo da rua, vinha aparecendo um carro de seis rodas representando um navio; era puxado por elefantes, a cujo pelo haviam dado um verniz dourado de forma que pareciam elefantes de ouro.

Uma névoa transparente envolvia uma imensidade de crianças vestidas de ló branco como da espuma do mar. As nevadas asas daqueles anjos tremiam ondulantes numa atmosfera de luz. Eles estavam colocados em grupos interessantes, desde a quilha do simulado barco até as vergas dos mastros. Sobre a cabeleira loura, traziam grinaldas de rosas pálidas. Uma orquestra de violinos e flautins acompanhava o hino seráfico que elas faziam ressoar no espaço com uma doçura enlanguecedora e mórbida.

Em outro carro, seguido ao primeiro, vinham mulheres meio enterradas em montes de cinza, tendo sobre a cabeça, em forma de meia-lua, uma nuvem azulada em cuja transparência luminosa se lia, com as cores do íris, a palavra "Lágrimas". Vinha ainda um terceiro carro representando uma embarcação pintada de negro, mas que parecia envolta em uma aurora boreal. Aos lados, escaleres cheios de ninfas, náiades, dríades e naiadríades. Dentro do barco vinham todos os deuses e deusas da Mitologia.

Seguia-se a esse carro uma ordem de mascarados representando o trabalho. Trazia cada um na mão direita o instrumento que simbolizava a indústria ou o ofício que exercia, e na mão esquerda a bandeira da associação onde se lia "Trabalho e Coragem". Seguiam-se os representantes da Ciência com a divisa: "Luz e Prudência"; entre eles, a Química dava a mão à Medicina. O mascarado que representava a ciência de Esculápio distinguia-se por uma serpente enrolada no braço como símbolo da prudência, e trazia ao lado um galo. Depois vinham a Zoologia, a Botânica, a Mineralogia, a Retórica, a Filosofia e a Matemática.

Nos grupos que representavam as belas letras e artes distinguiam-se os representantes da música. Vinha um com o título de Jubal, o inventor do saltério e da harpa no ano 1040 da criação do mundo. Outros representavam ainda os maestros, os cantores e cantoras de raro merecimento, que têm dado brado nas principais cortes da Europa.

A sociedade dos representantes da pintura trazia à frente uma grande bandeira com os nomes das quatro escolas de pintura mais célebres da antiga Grécia: Cicione, Corinto, Rodes e Atenas. O dístico da escola florentina era apresentado por seu fundador João Cimabue. Seguia-se-lhe os principais pintores: Miguel Ângelo, Buonnaroti, Leonardo da Vinci, Andre del Sarto e Daniel de Volterra. Depois, o fundador da escola romana, Rafael de Urbine, o fundador da escola flamenga, Van-Eych, e muitos outros de outras escolas. A literatura tinha também muitos representantes, figurando os principais escritores da Europa e América. A poesia estava no carro da frente, de pé sobre o passadiço do simulado barco em que iam as crianças louras vestidas de branco e coroadas de rosas.

No carro pintado de negro e envolto numa aurora boreal, entre os deuses e deusas da Mitologia, estava de pé sobre uma meia coluna de coral um vulto de mulher. Ela trazia um longo vestido muito negro, primorosamente tecido de penas de aves. Seu manto era de arminho, sobre a cabeça via-se uma coroa de ouro, mas em forma de espinhos entrelaçados. O cetro que ela sustentava vinha coberto de pedras preciosas e rematava por um foco de luz. Aquela imensa procissão de mascarados percorreu as ruas arrancando bravos e servindo de assunto a todas as conversações das salas. Já ao cerrar da noite, chegou ela a um largo e parou defronte de uma casa de boa aparência. Ali, os parentes reunidos se regozijavam na contemplação de seus filhos, um rancho de crianças que dançavam na sala ao som do piano tocado por uma mocinha de quatorze anos.

Desceu do carro a poesia, e acompanhou a mulher vestida de penas negras e de cetro luminoso na mão, e entrou com ela na sala da dança infantil. Fez-se ali um silêncio profundo e todos concentraram a atenção nas recém-chegadas, principalmente na do cetro, e esta foi direito ao piano, e enquanto a mocinha acompanhava-lhe as palavras ao som de um recitativo, ela expressava-se em voz doce e triste nestes versos dedicados à infância:

> — Ó leda e doce infância,
> Efêmera ilusão,
> Aos poucos se evolando,
> Em breve esvaecida,
> És tu somente a fé,
> O riso da esperança,
> A rosa da ventura,
> O favo, o mel da vida.

> — Que fada tão benigna
> Aquela que pudesse
> Cortar em vossas almas
> As asas da razão,
> Deixar-vos pequeninas...
> Assim a vida inteira,
> Alegres no brinquedo
> Ileso o coração.

> — Depois deste descuido,
> Que súbita vertigem
> No brusco despertar
> Em lago de amargura!

Pois vem a mocidade,
Barqueira que nos leva
Da praia do sossego,
Do porto da ventura.

— Os anos como ondas
No curso da viagem
Em trevas converteram
A luz de minha aurora...
— Oh! anjos de inocência,
Crianças que folgais,
Sorri hoje por mim,
Que eu choro-vos agora.

Apenas ela terminou, a menina ergueu-se do piano e exclamou:
— Mamãe, é...
Não pôde acabar; a mascarada pôs-lhe a mão enluvada sobre os lábios, apertou-a sobre o coração e, batendo com o cetro sobre o tapete, como se fosse uma varinha mágica, espalhou-se sobre o soalho uma grande quantidade de diamantes, rubis, topázios, esmeraldas, turquesas, safiras e outras pedras preciosas. Ela fugiu precipitadamente para a rua com a outra companheira que representava a poesia, e as crianças, ávidas de curiosidade e de alegria, apanhavam as pedras preciosas como se fossem confeitos.

O DIÁRIO DA FUNESTA

— Vamos para bordo do *Tufão* — disse a mascarada do cetro, subindo para o carro.

— Hoje é impossível — disse outra do carro —, a noite está escura, e só poderemos embarcar tudo isso amanhã.

— Seja assim — respondeu ela —, Inês Racy que se encarregue do resto, eu vou com Odete. Sabe se Camila Franco conseguiu libertar Jaime Ortiz, se ele não embarcou com os presos para Fernando de Noronha?

— Ali vem ela — disse a interrogada —, pode responder-lhe.

Camila Franco, no papel de Gutemberg, aproximou-se, e sendo interrogada, respondeu:

— Fiz o que foi possível para libertá-lo, mas antes de realizar o meu plano, uma mão mais poderosa que a minha quebrou-lhe os grilhões dessa miserável existência. Vinha agora mesmo participar-vos que hoje pela manhã fiz-lhe o enterro em nome de uma sociedade beneficente dos criminosos.

— Bem — disse a Rainha do Ignoto, pois era ela a mascarada vestida de preto e coroada de espinhos de ouro.

Ela seguiu com Odete ainda no trajo da poesia, túnica de cetim branco, grandes asas, coroa de louros e uma lira com cordas de ouro. Chegaram à praia e já ali estava King com um escaler. Fiel veio-lhe ao encontro, abanando a cauda, e começou a cheirar-lhe as mãos. Ela, nas trevas da noite, na solidão da praia, alisando o azeviche do pelo do animal, dizia tristemente:

— Só tu, Fiel... só tu...

Chegaram a bordo do *Tufão*, lá não havia quase ninguém. A âncora n'água, a caldeira apagada não precisava de tripulantes. Arfava sobre as ondas, cujo rumor imprimia na alma uma tristeza pesada. A Rainha do Ignoto, passando de repente da claridade da festa carnavalesca para as solidões profundas do oceano, sentiu-se no mundo interior de sua alma, nas regiões psicológicas onde habitava o seu esquisito eu. No salão de ré, com um braço firmado na mesa redonda e a fronte descansada na mão, ela pensava. E quem adivinharia em quê?

Odete ressonava em uma espreguiçadeira, e ainda que estivesse acordada, seria o mesmo, pois a Rainha do Ignoto se tinha acostumado a considerá-la como nulidade, como fora dos enredos da vida, por isso não teve dúvida em entregar-se aos delírios de sua alma em uma intermitência febril.

Recordava talvez alguma cena da infância ao lado de sua mãe, algum sonho da mocidade, quando a vida lhe aparecia ainda sob o róseo véu da ilusão. Ergueu-se, foi ao beliche e voltou com um rolo de papéis: correu a vista rapidamente em algumas das tiras escritas e elas lhe tremiam nas mãos como se estivessem sob o abalo de um terremoto. Deixou cair os papéis sobre uma bandeja que estava sobre a mesa e chegou-lhe um fósforo. A chama ateada tinha uma cor vermelha, e a Rainha do Ignoto não teve ânimo de contemplá-la; trancou-se no beliche.

A fingida Odete, que parecia adormecida, ergueu-se de manso e procurou abafar as chamas, emborcando sobre ela uma bacia de rosto que tirou do lavatório no próximo camarote. Conseguiu, assim, salvar algumas tiras meio queimadas. Entrou também para o seu camarote e, ávido de novidade, foi o doutor Edmundo dizendo consigo:

— Achei a chave do enigma.

Enganava-se, ele só achou pensamentos destacados, alguns mesmo incompletos. Leu na primeira folha: "O diário da Funesta" — e julgou ter encontrado a história real da vida daquela mulher extraordinária que se chamava a si mesmo Funesta. Mas como, se a sua história era tão ignota como seu próprio reino? Alguém poderia ter dela um fragmento, um fato isolado, toda era impossível. Só ela mesma poderia, no íntimo de sua alma, elaborar as páginas do sofrer que havia tragado no curso da existência. O doutor Edmundo, para coordenar os fatos, começou a leitura pela data mais antiga. Eis o que dizia o diário:

O DIÁRIO DA FUNESTA

Abril de 18**, quinta-feira, 10 horas da noite,

Estou em uma capital do norte do Brasil, encravada no coração da floresta, longe de minha terra e dos meus. A tarde esteve nublada e, apesar do aspecto carregado do céu, fui à matriz para ver a cerimônia do lava-pés, hoje, quinta-feira Santa. Percorri com a vista as paredes caiadas de branco e o teto daquele vasto templo. Sombrio pela deficiência de luz e pela aglomeração de povo vestido de preto, ele me apertava o coração como em uma prensa de ferro!

De pé junto aos bancos onde se sentavam senhoras de mantilhas, eu procurava ver o altar de onde saía a voz do padre, cantando em latim os trechos próprios do ato. Aquilo não me parecia novo, mas havia no meu modo de apreciar alguma coisa nova: era a descrença! Busquei em meu coração uns restos do sentimento religioso que fora plantado em minha alma pelo doce ensino de uma mãe piedosa e não achei. Já se havia evaporado aos raios da luz da ciência... de envolta com a desventura.

Olhei para a cerimônia como para uma representação teatral. O som da matraca que um moço do coro fazia soar pelos corredores chegava aos meus ouvidos como uma coisa burlesca! Mas eu não tinha nos lábios o riso sardônico de ímpio, não, eu trazia espalhada no semblante a tristeza amarga e dolorosa do infortúnio. O meu espírito recordava com uma terna saudade a poesia doce e melancólica de outras cerimônias religiosas que havia assistido em outro tempo, quando a fé me prendia ao céu e a ilusão me prendia à terra.

Ah! Como minha alma se embriagava com a emanação do incenso do altar dos católicos, de onde me parecia jorrar uma torrente de graças concedidas aos fiéis! Nessas considerações, ajoelhei inconsciente, automaticamente, só para acompanhar o auditório e não chamar vistas curiosas sobre mim. Mas abri aquele manual... aquele mesmo livro de orações tantas vezes lido em outro tempo, e não achei nele mais que simples caracteres a passarem-me pela vista sem se deter, sem mesmo atravessar os batentes da porta do pensamento!

Voltei para casa mais triste do que havia saído dela. Uma chusma de recordações azuis, brancas e cor-de-rosa acudiram-me ao espírito desanimado. A fada mimosa da saudade, com seus finos dedos, foi arrancando o aparelho mórbido que a indiferença colocara na profunda chaga do meu pobre espírito. Senti vontade de chorar na solidão de meu quarto, mas a fonte de meus olhos está estancada, seca como o leito de um ribeiro, cujo solo estala e fende-se aos raios ardentes do sol do verão. Veio-me o sono, o único abrigo de minha alma, o calmante que me alivia o peso da existência.

O doutor Edmundo suspendeu a leitura e disse consigo:

— Já sei pelo menos que é descrente e também me parece que amou, mas a quem e onde?

Leu ainda outro papel meio enegrecido pela chama:

Exílio, 13 de junho de 18**

Este revólver... estas balas? Que ideia, meu Deus! Eu sou o náufrago perdido nas vagas do oceano! Estou exausta e não avisto ao longe nem uma barca de pescador! E não tarda a submersão! Quem me salva? Ninguém! — murmura a voz soturna da solidão indefinida.

Meu coração guerreiro, ferido, despenhou-se sobre os espinhos de um abismo de dor! Que noite! Que escuridão é essa? Será a morte que me cerra os olhos? Onde está minha mãe? Meu pai, meus irmãos? Estarão todos na eternidade? Não. E por que me deixaram só ao longo do caminho?

Lutei, quis vencer-me, mas saí vencida pelo ideal do... O que me resta? Marchar. Para onde? De todos os lados da vida, uma saraivada de balas, um atoleiro! Um monte inacessível! E eu já não tenho forças.

Que noite! Que escuridão é essa? Será a morte que me cerra os olhos? Este gelo, este frio, serão seus lábios, serão seus dedos ou minhas lágrimas que ninguém enxuga? Ai! São elas que me vão banhando com o relento desta noite eterna! Onde a aurora? Quem mudou o sol, a lua? A lua já não segue a terra. Tremem as rochas! Também vão cair! Ah, se pudessem sepultar consigo a dor sem nome que meu peito estorce...

Vou soltar a voz no espaço vazio desta treva... o grito de meu desespero romperá a cerração medonha do egoísmo dessa humanidade desumana. Nada, voltaram para mim os meus soluços... o meu clamor não foi ouvido! Vou carregar...

O resto do diário estava queimado. O doutor Edmundo exclamou, confuso:

— É um verdadeiro delírio! Já não entendo... Parece que ia suicidar-se, mas em que circunstâncias? Por que não o fez? Vejo que é impossível coordenar um juízo sobre essa esfinge.

E também influenciado pela tristeza do mar, lembrou-se de Passagem das Pedras, dos belos dias em que lá tinha gozado de tanto sossego na convivência do senhor Martins, de dona Raquel e de Carlotinha. Pela primeira vez, depois de três anos de ausência, veio-lhe à mente o semblante angélico da moça, seus olhos azuis, tão serenos como a face tranquila de um lago. Sentiu desejos de tornar a vê-la e prometeu a si mesmo voltar à paz da aldeia, tornada agora aos seus pensamentos.

OS POBRES PRECISAM DE PÃO E DEUS NÃO PRECISA DE TEMPLO PORQUE TEM POR ALTAR O UNIVERSO

O *Tufão* vinha do sul, singrando os verdes mares do Ceará. Passou pelos alvos morros do Mucuripe e fundeou diante da cidade da Fortaleza. O sol da tarde banhava de luz os vermelhos telhados das casas alinhadas em longas ruas planas e direitas como linhas geométricas. Nelas, em trajo de trabalho, se agitava uma população inteligente e empreendedora.

Aí, como nos outros portos, o desembarque foi o mesmo, feito com aparências as mais comuns. Poucas Paladinas do Nevoeiro vieram para terra, mas a Rainha do Ignoto, sempre ávida de descobrir, dentre as misérias e injustiças humanas, alguma lágrima que enxugar, alguma ferida que pensar, percorria as ruas da cidade tendo por cavalheiro Camila Franco. Chegadas ao meio de um quarteirão da Rua Amélia,[1] estacaram diante de uma casa de frente amarela e rótulas verdes. Saía de dentro dela uma espécie de gemido que mal se ouvia. A Rainha do Ignoto empurrou a rótula da porta e entrou para a sala. Não havia mobília nem se via pessoa alguma, o corredor estava deserto, assim como a sala de

---

[1] Antigo nome da Rua Senador Pompeu, que teria sido uma homenagem à segunda mulher do Imperador Dom Pedro I.

jantar. Só na cozinha uma rapariga morena, de vinte a vinte e três anos, preparava um caldo.

Falando com as recém-chegadas e conhecendo as suas boas intenções, levou-as à alcova. Ali havia dois baús, uma cômoda, tendo em cima um santuário, e um leito com rodapé de cambraia de quadrinhos e cortinas brancas. Sobre o leito estava estendida uma senhora já bastante idosa. Pela nobreza de seus traços, pela distinção de suas maneiras, pelo asseio que a rodeava na extrema pobreza em que estava, via-se que tinha pertencido à antiga fidalguia, mas estava bem patente, em suas faces emagrecidas, o enfraquecimento do seu corpo e o sofrimento de sua alma. Ergueu a vista, pasma, como interrogando as recém-chegadas.

— Decerto vos admirais de nossa presença aqui — disse a Rainha do Ignoto. — Sossegai, sou senhora de caridade. Foram os vossos gemidos que me atraíram. Se o vosso sofrimento pode ter alívio, confiai-mo e farei tudo por vós.

— Não vos conheço — disse ela.

Mas parecia opressa por um silêncio forçado e tinha necessidade de expansão. Falou então:

— Meu pai era militar, já morreu há bastante tempo. Eu conto sessenta anos, nunca me casei e sofro de uma moléstia crônica, talvez há quarenta anos. Vivo só com esta afilhada.

E apontou para a rapariga que lhe apresentava o caldo.

— Sem incomodar a ninguém — continuou a pobre senhora —, tenho vivido com o pouco que me deixaram meus pais. Possuía um terreno em um dos melhores bairros desta cidade, mas, ah!, minha boa senhora, enquanto eu permanecia em um lugar do centro da província, sentaram em meu terreno a pedra de uma igreja. Imagine: a música de pancadaria se anunciando ao longe, os foguetes estourando no ar, o povo em regozijo pelo assentamento da pedra de um templo católico, e uma pobre senhora em ânsias amargas pela mesma causa. Nessa mesma noite, não dormiu, com palpitações, e foi nessa ocasião que contraiu a enfermidade do coração que a levou à sepultura. Essa senhora, já velha, era minha irmã, a mãe de meu procurador e sobrinho, que morrera há dezoito anos de uma febre tísica. Ela soube que me espoliavam do meu maior haver, mas não pôde impedir a marcha daquela obra pia embargando o serviço porque se achava doente com o sentimento da morte do filho. Angustiada, participou-me o acontecido. Parti imediatamente para a cidade, mas já era tarde: nada pude fazer. Os promotores da obra da igreja eram ricos, gozavam de grande importância social, e eu era uma pobre senhora, velha e desconhecida. O serviço da igreja prosseguia, as paredes estavam em cima. Iam pôr o travejamento, já trabalhavam no frontispício, e os moradores de duas casinhas que me davam um pequeno aluguel vinham queixar-se que não podiam mais habitá-las por causa da chuva de fragmentos de tijolos que dos andaimes da parede da igreja lhes caíam sobre o telhado, em risco de matá-los. As casas ficavam a dois metros da porta principal da igreja. Era impossível àquela gente continuar ali. Mudaram-se e eu fui esbulhada de mais esse pequeno recurso. Em terrível angústia, fui à casa de um rábula e entreguei-lhe a questão. Ele questionou quase um ano e obteve que a Câmara Municipal pagasse pelo meu terreno indevidamente ocupado pela igreja só quatrocentos mil réis. Desses, metade coube ao rábula, que só me entregou duzentos. Fiquei aterrada. O terreno tinha me custado quatro vezes mais em tempos muito favoráveis. Esperava no futuro vendê-lo por mais do triplo e resguardar a minha velhice da extrema miséria. Mas, ah! Enganei-me, a vaidade religiosa dos ricos saiu vencedora e o meu direito curvou a fronte, envergonhado, para receber uma migalha que lhe atiravam quase por esmola. Hoje vivo de tão pouco que, por falta de meios, deixei de pagar os foros do terreno em que estão situadas duas casinhas que possuo nos arrabaldes da cidade e que me davam o pequeno aluguel. Há pouco li em um jornal que vão ser vendidas em hasta pública para satisfazer a dívida da Câmara Municipal.

— Muito bem — disse a Rainha do Ignoto —, a Câmara, que por uma pequena dívida manda executar os vossos escassos bens, é aquela mesma que, para satisfazer o capricho dos ricos, vos obriga a receber quatrocentos mil réis por um terreno desapropriado já há dois anos em vosso prejuízo. Se a lei é isso, se a religião é assim, muito folgo por me achar fora de ambas. Reconheço a vossa piedade, os vossos sentimentos católicos por esse santuário que vos fica ao lado, mas dizei-me: a vossa consciência não brada bem alto que isto foi uma iniquidade?

— Não posso maldizer de uma igreja.

— Senhora, os pobres precisam de pão e Deus não precisa de templo porque tem por altar o universo. São as forças da natureza que lhe oficiam eternamente num dilúvio de criações. São os milhões e milhões de sóis que iluminam o infinito de seu invisível culto!

— Não blasfemeis! Tenho sofrido muito, mas seja feita a vontade de Deus.

— E achais que a vontade de Deus é que os ricos e poderosos arranquem[2] as migalhas das mãos dos pobres para lhe erguerem templos onde muitas vezes vão ofendê-lo com feias ações de orgulho e de ambição?

— Não sei — disse a boa senhora —, a religião para mim é sempre santa, é sempre justa.

— Continuai em vossa singela crença, a vossa felicidade é a fé. Mas tomai esta bolsa e procurai com ela remover os obstáculos de vossa vida, e lembrai-vos de que ela foi oferecida por uma triste criatura que tem firme confiança em Deus, mas que perdeu a fé nos embustes terrestres.

---

[2] Em nota à segunda edição, Otacílio Colares observa que a autora, não sabe se por ousadia ou por descuido, conjugou no presente do subjuntivo o verbo "extorquir", que não se conjugaria neste tempo como no presente do indicativo. E que, por isso, ele o teria substituído por "arrancar".

LXII

MAIS UM CASO DAS AMARGURAS DA VIDA

A Rainha fez a volta da cidade com a alma opressa de tristeza. A narração sincera que lhe tinha feito a pobre senhora tão cruelmente deserdada pelo capricho dos ricos fez-lhe mal aos nervos. O sol já quase sem raios, redondo e avermelhado, baixava por trás das casuarinas do cemitério, e elas seguiam ao longo do muro já meio enegrecido pelo tempo. O silêncio era completo na morada dos mortos, mas além, na costa, o mar bramia soluçante, unindo os seus queixumes à tristeza da hora e do lugar.

 Uma poesia doce e compreensível só pelos filhos do infeliz e glorioso Ceará penetrava na alma sensível da Rainha do Ignoto como uma brisa impregnada do perfume das flores. Chegou até o morro mais afastado e de lá fitou uma jangada que se fazia ao largo. Havia sobre ela um caixão coberto de folhas de independência e enfeitado com muitos desses ramos verdes mesclados de amarelo. Quase ao alcance das ondas, estava ajoelhada na areia uma velhinha vestida de preto que cobria o rosto com as mãos e soluçava. Sua cabeça veneranda, coroada de cabelos brancos e curvada sob a imensidade do firmamento, só por si era uma prece sublime. A Rainha do Ignoto adiantou-se para ela e, lançando-lhe o braço à roda do pescoço, disse-lhe, muito comovida:

 — Por que derramais essas lágrimas? Derramai em meu peito as vossas dores.

— Perdi a última consolação da minha velhice — disse ela num grito soluçante arrancado do íntimo da alma.

E erguendo a vista, apontou para a jangada que fugia coberta de folhas de independência.

— Vai ali a minha filha Ester... está morta... morta! Em breve se abrirá o oceano e se fechará sobre seu corpo como uma pedra de um túmulo imenso, de um túmulo soberbo...

A velhinha, no desespero de sua dor, falava como tomada de uma súbita alucinação.

— Pressinto na treva de vossas palavras um poema negro — disse a Rainha do Ignoto com interesse. — Já sou vossa amiga, contai-me a vossa história.

— Minha história é muito longa e cheia de peripécias angustiosas.

— Basta que nos conteis os vossos últimos pesares, a causa da morte de vossa filha, o que significa o seu enterro tão extravagante.

— É tal a vossa bondade que me inspira confiança. Eis o que me sucedeu no fim da vida: sou viúva e pobre, tinha um filho e uma filha, eduquei-os nos bons princípios da moral e da religião e mandei dar-lhes a instrução que estava de acordo com os meus poucos recursos. Henrique tinha vinte e quatro anos, era de um gênio muito bondoso, muito delicado e serviçal ao extremo. O seu préstimo estava sempre à disposição de todos que o ocupavam, fossem ricos ou pobres. Na repartição em que era empregado, gozava de tanta estima e simpatia que lhe puseram o nome de anjo da paz. Ele era o meu arrimo e da irmã, que via nele quase um pai, pois ficou órfã em pequena e foi entregue aos seus cuidados fraternais. Mas, ah! Minha cara senhora, perdi o meu filho numa febre má, e eram tão escassos os meus recursos que não tive com que comprar-lhe uma sepultura, arrendei o terreno por dois anos. Passaram-se os dois anos, era Dia de Finados. Fui com Ester ao cemitério e debalde procuramos a singela cruz onde estava gravado o seu nome honrado, tão querido dos nossos corações. Eu desconfiava do motivo por que não encontrávamos a sepultura de Henrique, mas tinha receio de comunicá-lo a Ester. Ela tinha vinte anos, espírito muito elevado, coração nobre e generoso, mas de gênio altivo e violento. Toda ação bela e digna enchia-lhe os olhos de lágrimas, toda vilania a conduzia à mais alta indignação. Adivinhou logo que os ossos de Henrique tinham ido para a vala comum pelo motivo de não havermos renovado o aluguel dos oito palmos de terra onde descansavam as cinzas dele. Ester, com as faces afogueadas, os olhos incendiados numa suprema dor misturada de cólera, exclamou:

"Já sei, os proprietários desses cômodos fúnebres mandaram sacudir para fora da sepultura os ossos do meu irmão, assim como os avarentos mandam atirar para a rua os móveis desmantelados de um miserável inquilino. Não me sucederá o mesmo. Juro pela memória de meu irmão que nunca me enterrarei em um cemitério tão acanhado e tão rendoso. O mar será o meu túmulo. Que vão disputar meus restos às suas profundezas!"

— Ela falava baixo, mas na maior exaltação. De repente, como se tivesse recebido no peito uma punhalada, cambaleou, e eu, apesar da minha idade, amparei-a nos meus braços trêmulos e confundi os meus soluços com os seus. Já mais acalmadas, fomos até o pátio da capela e ali, encostadas à coluna de um mausoléu, contemplávamos em silêncio o povo vestido de preto que entrava pelo portão largo do cemitério e se espalhava pelos túmulos. Alguns homens e algumas senhoras vinham muito cheios de si porque traziam a seus mortos ricas coroas, luzes e tudo mais que pode satisfazer a vaidade humana, mas que não passa além do túmulo. Na mesma ocasião em que um sacerdote oficiava na capela das almas,[1] um moço de coro andava de papel e lápis na mão, anotando as pessoas que queriam mandar rezar responsos por seus defuntos ao preço de cento e vinte réis.

"Não, é caro!" — disse Ester, abrangendo a cena com seu olhar cintilante.

— Depois, agarrou-me pelo braço e fugiu comigo por entre a multidão que voltava às suas casas. O dia ia findando como hoje: triste assim. Minha pobre filha semelhava a imagem do desespero. Tinha uma chaga no peito. Entrou em casa sem dar uma só palavra, caiu sobre o leito atacada por uma febre horrível. Delirou toda a noite, e me cortava o coração ouvi-la dizer:

"Henrique, meu bom irmão, já não sei mais onde pairam as tuas cinzas. Ai, meu Deus! Me consolava tanto ler o seu nome nos braços daquela tosca cruz de madeira. Ai!" — dizia, soluçando. — "Já não bastavam os ossos de minha adorada ama, que não puderam ser regados com meu pranto porque não tive algumas moedas para lhe comprar um jazigo. Miséria! Miséria! Há tanta terra por esse mundo afora. Estou revoltada. Minha mãe, venha jurar-me que mandará o meu cadáver para o fundo do

---

[1]Trata-se, segundo nota da segunda edição, de uma capela que se encontra no Cemitério de São João Batista, tradicional campo santo de Fortaleza.

oceano. Já tenho um túmulo soberbo... e sem pagar aluguel. Ouvi, minha mãe: cobri o meu corpo com ramos de independência e mandai-me para o mar. É vasta, é muito vasta a praia da minha terra. Ajoelhai sobre a areia e, acompanhada pela orquestra tristonha das ondas, orai por alma de seu Henrique e também de sua Ester."

— Minha filha foi melhorando, passou a febre, mas ficou imersa em uma tristeza profunda, uma espécie de indiferença pela vida. Quase nunca falava, conservava-se o dia inteiro muda, mas quando o relógio batia aquela hora a que ela tinha ido no cemitério, e procurado em vão a cruz com o nome de Henrique, disparava a chorar e dizia: "Minha mãe, jure que mandará o meu corpo para o mar. Quero tanto ao mar! Ele soluça tanto, é tão forte, tão altivo. Na sua grandeza, me engrandecerá. Prometa!"

— Eu prometia. Assim levou mais alguns anos, e hoje pela madrugada expirou em meus braços. Lá vai ali, coberta de ramos de independência, levada para o fundo do mar, o seu sonhado túmulo.

— E como conseguistes iludir a injustiça humana e fazer a vontade da vossa filha?

— Por um meio prodigioso: apresentou-se-me um jovem pescador que eu não conhecia, mas que se mostrou senhor do meu segredo e se ofereceu para fazer tudo com a maior cautela e extrema prudência — respondeu ela.

Camila Franco disse ao ouvido da Rainha do Ignoto:

— Tenho boa vista, conheci no pescador da jangada verde a nossa Inês Racy.

— Bem, senhora — disse a Rainha do Ignoto —, não deve haver receio sobre o resultado da vossa empresa fúnebre. Quereis vir comigo?

— Estou só no mundo...

— Então, vem? O vosso nome?

— Chamo-me Severa.

E a Rainha do Ignoto, dando o braço à triste velhinha, conduziu-a para o escaler que chegava à terra, tripulado por King e Fiel. Vinham chegando algumas jangadas da pescaria. Uma mesmo passou perto do escaler de King, mas nada viu fora do natural. Eram marujos no serviço comum de algum dos navios surtos no porto.

LXIII

PROBO E O DOUTOR EDMUNDO DE ACORDO

Enquanto a Rainha do Ignoto e Camila Franco se ocupavam com a triste Severa, Probo, ao dobrar o canto da Santa Casa de Misericórdia, se encontrava com o doutor Edmundo.

— Para onde vai? — perguntou ele.

— Não sei, ando ao acaso — respondeu Probo.

— Vamos entrar no passeio público — convidou o doutor Edmundo —, hoje é quinta-feira. Teremos música e, se quiser, tomaremos um sorvete. Venha comigo.[1]

— Vou entrar somente para ver se as moças de sua terra são bonitas.

— Isso não deve interessar-lhe, senhor Probo, já não é moço. Além disso, é casado.

— Quem sabe se ainda não ficarei viúvo e...

Os dois homens entraram para o passeio. A música tocava, mas havia pouca gente, só alguns homens tomavam sorvete e uma dúzia de senhoras passeava ao longo da avenida. Eles deram uma volta e foram sentar-se em um banco muito retirado. Ali podiam conversar à vontade.

---

[1] Nota da segunda edição informa que a escritora está se referindo ao Passeio Público de Fortaleza, um local de lazer obrigatório para a sociedade da época. Consta ainda que outra romancista cearense — Francisca Clotilde, contemporânea de Emília Freitas e autora do romance *A divorciada* — fez também inúmeras referências ao lugar em seu romance.

— O *Tufão* parte amanhã às oito horas, precisamos ir cedo para bordo — disse Probo. — Já sabe? Voltamos para a Ilha do Nevoeiro.

— Sei, mas lá não voltaria se não fosse levado por força maior.

— Bravo! Já reconheceu o poder magnético da Rainha do Ignoto, o que me sucede há cinco anos já lhe está sucedendo há três.[2]

— Não me refiro ao que o senhor pensa, falo da luz serena dos olhos de um anjo, vou para eles, preso por uma recordação.

— E se não fosse isso, lá não iria?

— Decerto que não — volveu o doutor Edmundo —, já estou farto desse papel ridículo que tenho feito, em parte obrigado pelo senhor.

— Não tenho contado só com a minha força física para isso: conto também com o poder oculto dela, mas, se o senhor se rebelar, tenho que fazer consigo — disse Probo com um riso infernal.

— Não temo covardes. O senhor Probo diz muita coisa que não cumpre. Foi assim que fez queixa ao imperador dessa maçonaria de mulheres — disse o doutor Edmundo com ironia.

Probo era covarde mesmo; diminuiu a força de sua energia e, abrandando os gestos e a voz, disse:

— É verdade, não fiz queixa dela, pois, além de ser uma ingratidão, era impossível cumprir o meu desejo. O poder dessa mulher é protegido por uma sombra de ocultismos terrível que é debalde procurar vencê-la. Ouça: por mais de uma vez fui a São Cristóvão decidido a pôr em prática o meu plano contra ela. Alcancei entrar no Paço, tive ocasião de falar ao imperador, mas quer saber o que aconteceu? Ele tomou-me por mentecapto. Riu-se muito com seus cortesãos e achou que o caso nem merecia a luz da publicidade. Eu retirei-me desnorteado, convencido da minha impotência em tal assunto.[3] Deveras, doutor, ela influi poderosamente sobre toda pessoa que tenta hostilizá-la. Por mais de uma vez senti que me paralisava a língua e uma força oculta me empurrava para trás!

O doutor Edmundo ouviu Probo com atenção, mas, muito senhor de si, replicou:

— Tem tanto poder... mas não teve ainda o de adivinhar que o seu templário não é a predileta muda, é um intruso, um espião.

---

[2]Trata-se da primeira informação, em todo o romance, relativa à passagem do tempo no ambiente fantástico criado por Emília Freitas.
[3]Segundo Otacílio Colares, na primeira edição encontra-se "importância", que não faria sentido na frase. A palavra teria sido, então, substituída por "impotência".

— Vou lhe explicar isso: é porque o senhor não tem nenhuma intenção hostil contra elas, limita-se somente a satisfazer a sua própria curiosidade, é um espião inofensivo.

O doutor Edmundo revoltava-se sempre que pensava nisso ou quando Probo lhe lembrava o ridículo lugar de espião. Por isso, respondeu:

— Preciso definitivamente acabar com este viver fictício, quero tornar ao meu ser de outrora, tratar de meu futuro. Já não bastam três anos perdidos?

— Quer o senhor comprometer-me, e a si também, pela imprudência que cometeu em aceitar a minha proposição? — disse Probo.

— Sim, já considerei isso. E sugeriu-me um meio.

— Qual?

— O senhor bem sabe que Odete só morreu para nós, para elas ainda vive. Não poderia ela morrer agora e eu me libertar?

— E como arranjaríamos isso sem que o doutor ficasse debaixo da terra, bem sacado com o malho?

O doutor Edmundo expôs o plano que tinha imaginado e Probo foi do seu parecer. Prometeu-lhe fazer à vontade na cabana do caçador de onças, onde seria mais fácil executar o que tinham contratado. O doutor Edmundo saiu com Probo do passeio, dirigiram-se para a Rua do Imperador e entraram em uma casa sem vizinhos, baixa e de má aparência.

— Adriano está em casa? — perguntou o doutor Edmundo a uma mulata que lhe apareceu com uma criança escanchada em um lado.[4]

— O senhor meu irmão é um peralta, senhor doutor, entra e sai quando quer.

O marido da irmã de Adriano veio do interior da casa e disse:

— Ele está por aí mesmo, foi comprar cigarros na taverna.

Adriano apareceu no limiar da porta da rua e olhou para o doutor Edmundo, surpreendido:

— Santo Deus! É o doutor Edmundo que vejo nesta pobre casa?

— Me julgava morto?

— Ora, desde aquela manhã em que o senhor doutor se despediu de mim, nunca mais ouvi falar no senhor...

— Volto outra vez para Passagem das Pedras e quero que tu vás logo arranjar-me casa, contratar a tia Úrsula, preparar tudo mais que for

---

[4] O verbo "escanchar", muito comum no Nordeste, significa, ainda hoje, a forma da mulher sertaneja segurar a criança com as pernas abertas sobre o seu quadril.

necessário. Gostava muito que pudesses me alcançar aquela casa do fim da rua, onde já estivemos.

— Há coisas, senhor doutor, que parecem *mandinga*! — disse Adriano, muito admirado. — Um mês depois que o senhor saiu de lá, me apareceu um matuto e me entregou uma chave para guardar até o senhor voltar de uma viagem.

— E que chave é essa?

— É da casa em que morávamos na Passagem das Pedras. Disse-me o homem que o senhor doutor a tinha comprado. Tenho indagado e soube que nunca mais se abriu depois que a deixamos.

Probo e o doutor Edmundo se entreolharam.

— Foi dela a prevenção — disse Probo, muito baixo.

— Dela quem? — perguntou o doutor Edmundo.

— Da Rainha do Ignoto.

— Ela o saberá.

— Fez-me um favor.

— E talvez maior a outra pessoa.

O doutor Edmundo lembrou-se logo de Carlotinha e disse:

— Toma este dinheiro, Adriano, é para as despesas da viagem, vai esperar-me lá.

E o doutor Edmundo e Probo retiraram-se.

LXIV

O TRATADO DE AMOR SOBRE OS DEGRAUS DO TÚMULO

Chegaram as paladinas na Ilha do Nevoeiro. Passados três dias, os habitantes das margens do Jaguaribe viram reaparecer a luz da cabana do caçador de onças. Carlotinha, naquela mesma tarde, foi visitar o túmulo de Virgínia. Dona Sofia e Paulina, que vinham também, entraram no cemitério seguindo diretamente para a capela onde ia rezar um terço pelas almas do purgatório. Carlotinha, depois de ajoelhar ali e fazer o sinal da cruz, ergueu-se e saiu. Vendo um vulto de mulher sentado nos degraus de um túmulo que lhe pareceu o de Virgínia, dirigiu-se para ele e, caindo-lhe nos braços, exclamou:

— Diana! És tu? Dize!

— Sou eu mesma, Carlotinha, provavelmente me achas velha. E tu, estiveste doente?

— Não... já foi há muito tempo...

— E esses lábios desmaiados? Esses olhos amortecidos? Que tristeza é essa?

Carlotinha não respondeu. Os olhos encheram-se-lhe de lágrimas e, procurando contê-las com um esforço insuficiente, rompeu em soluços.

— Que tens, querida menina? — disse Diana, fazendo-a sentar-se ao pé de si. — Alivia o teu sofrimento contando-me o segredo de tua dor. Estamos sós na morada dos mortos, fala-me como se eu fora um deles: estou próxima a deixar a terra.

Carlotinha, confundida, sem já saber se falava a um ser vivo ou se falava a um fantasma de além-túmulo, perguntou:

— Onde estavas, Diana?

— Logo direi, quero antes saber o que te atormenta.

Ela ergueu a cabeça e, com o rosto coberto de uma vermelhidão súbita, disse:

— Tu bem disseste que não seguisse os impulsos de meu coração, que não ouvisse as falsas ilusões do amor...

— E, apesar disso, amaste?

— Muito — disse ela, cobrindo o rosto com as mãos.

— E não foste correspondida?

— Não, mas a culpa foi minha. Ele nunca soube se...

— Tu o amaste, não é assim? E que rochedo foi esse que não pôde ler a verdade refletida no lago sereno de teus olhos azuis?

— Faz três anos que não o vejo — disse Carlotinha sem atrever-se a pronunciar o nome que tinha em mente. — Henriqueta quis primeiro fazer-me acreditar que ele enlouqueceu, depois teve a perversidade de espalhar a notícia de que ele fugiu com uma quadrilha de ladrões que se ocultava na gruta do Areré.

— E acreditaste?

— Nunca! Impossível! O doutor Edmundo podia ser ingrato para mim e mesmo para ela, mas um bandido, só no pensamento de Henriqueta.

O doutor Edmundo, ainda em seu papel de Odete, estava ouvindo tudo de pé por trás do túmulo de Virgínia. A voz doce e harmoniosa daquela moça, tão bela e tão singelamente sincera, tocou em seus sentimentos como uma varinha mágica. Sentiu-se transportado ao jardim da felicidade e escutou com prazer, mas contrariou-se ouvindo a voz de Diana, que expressava-se assim:

— Ah! Já sei a que te referes, é a esse doutor Edmundo que ocupou a atenção das moças deste lugar. Talvez seja casado com alguma boneca de salão.

Carlotinha estremeceu, ficou muito pálida e Diana continuou:

— Minha menina, muito me pesa teu sofrimento, mas sou obrigada a ser franca: é muito mais fácil salvar náufragos entregues ao furor das ondas em noites de tempestade, roubar soldados da solitária de um quartel, libertar cem escravos do poder de um feroz senhor que vencer a indiferença de um coração. Nesse sentido, não haverá poder que te salve senão outro afeto mais digno de teu sincero coração. Esquece o primeiro e serás feliz.

O doutor Edmundo estava inquieto, tinha vontade de apresentar-se, arrancar a máscara de Odete e dizer:

— Aqui estou, não me condenem injustamente, ouçam-me.

Mas conteve-se e bebeu com as vibrações sonoras do ar as palavras de Carlotinha:

— Não posso, Diana, não posso, só se ama uma vez na vida.

— Como estás enganada nesse sentido, Carlotinha. O amor nem sempre é absoluto como erradamente pensa a mocidade, muitas vezes não passa de um sentimento de orgulho, de dignidade da alma iludida com o seu próprio sentir. Ora, uma menina reservada, esquiva, que faz a sua glória em não entrar no número das loureiras vulgares,[1] em ser séria, muito séria, lá um bom dia encontra em um baile um desses leões de salão que, por hábito de galanteio, ou por vaidade de triunfar de seu orgulho, deveria ser chamado discrição, lhe faz uma dessas banais e mentirosas declarações de amor que toda mulher deveria escarnecer. Ela, pela sensibilidade inerente a sua vida, arrastada pela torrente da simpatia, ouve prazenteira aquele embuste e, julgando ter encontrado o seu ideal, quando este lhe foge, chora, sofre, adoece, desespera e, às vezes, até morre. Mas, torno a repetir, Carlotinha: aquilo não foi absolutamente amor, foi um sentimento de orgulho mal entendido que a matou. Ela envergonha-se de se ter mostrado amante, de ter dado a conhecer uma predileção por um homem que a desprezou e escolheu outra esposa. Eis o que sucedeu a Virgínia, a Odete, a ti, Carlotinha, e a muitas outras.

— Não, Diana, eu sou sincera.

— Bem sei, menina, mas quero dizer-te que não te fies muito nisso que te parece ser amor porque, para que uma moça tenha certos princípios de educação, que tenha uma alma sensível e, ao mesmo tempo, elevada, e possa amar no absoluto, é preciso que o objeto de seu amor tenha senão as qualidades de coração que pertencem mais à mulher, restritamente, mas possua pelo menos algum atributo que ela admire, como o talento, a coragem e até, para alguns, a atividade laboriosa e, sobretudo, o caráter. Alguns dos mais vaidosos julgam-se loucamente amados por elas, mas se enganam tanto como essas malfadadas que choraram, adoeceram e morreram, pois se elas tivessem refletido, teriam vencido a si mesmas e mais tarde zombariam de sua ridícula escolha, ficariam pasmadas de sua cegueira e dariam parabéns à sorte por terem sido bem-sucedidas sendo

---

[1] "Loureira" significava mulher cortesã, vaidosa, geralmente vulgar.

desprezadas porque sua fortuna foi não alcançar o simulacro, o arremedo de seu ideal.

— Presentemente não me aproveitam os teus conselhos, Diana — disse Carlotinha com tristeza. — Pode ser que, com o tempo, eles venham a servir-me.

Ela foi ao encontro de dona Sofia e dona Paulina, que a chamava, já disposta a retirar-se. O doutor Edmundo, despeitado com Diana e satisfeito com a declaração de Carlotinha, dizia consigo:

— Um trato de amor sobre os degraus de um túmulo. Mas não é uma profanação. Deus manda aos espíritos que se amem além da vida terrestre.

O CORAÇÃO VENCE A CABEÇA

Diana seguiu pela margem do Jaguaribe e parou ao pé de uma moita de mofumbo, tirou um cacho daquelas frutinhas brancas e semelhantes a confeitos e olhava para elas com infinita tristeza. O inverno tinha estendido no campo o seu tapete de flores. Eram as salsas vermelhas, as xananas brancas, as jitiranas azuis, os mal-me-queres amarelos e até as flores de zabumba e carros-do-santo, todos a bordarem o solo verde onde, de espaço a espaço, se elevam para o céu as palhas das elegantes carnaubeiras a sussurrar com o vento que corre na várzea. Mais adiante, embriagavam os sentidos os água-pés da lagoa abertos ao cair da noite.

Diana parecia sôfrega em respirar perfumes. Não se cansava de admirar a natureza. A lua vinha aparecendo e os vagalumes cintilavam nos ramos dos juazeiros, nos troncos do pau d'arco e na relva florida da campina. Ela colheu um desses insetos fosforescentes, trouxe-os a Odete e disse-lhe:

— Tu, que tens uma história terrível como eu, dize-me o que vês através desta luz? Nada? Pois eu vejo o poema da minha infância feliz e animada.

Odete, ou Edmundo, em silêncio forçado, não respondeu. Ela continuou:

— A natureza tem uma alma. É a alma universal do infinito dos pensamentos dos seres. Em breve meu corpo também entrará para a corrente da vida universal. Mas aonde irá esse princípio que em mim pensa, sente e quer?

Nessas considerações, aproximou-se da gruta, seguiu com Odete pelo caminho de ferro subterrâneo e apareceu sobre os monos da costa. Na praia estava King, o seu barqueiro predileto, mas ela demorou-se contemplando a lua e contemplando o mar em seu contínuo lutar. Depois de um instante de silêncio, disse, apontando para ele:

— Meu coração foi como tu, oceano! Lidou sem cessar, mas tu continuas e ele despedaçou-se como esses navios que voam com o arfar de teu seio. Tu ficas e eu vou. Adeus, querido oceano, imagem de minhas dores, adeus! Tu guardas em teu seio tesouros que nunca foram vistos e eu guardo em meu peito segredos que não foram adivinhados. As cãs de minha fronte são comuns a tuas vagas, espuma vaporosa onde se reflete a luz da lua, o cintilar das estrelas e o clarão do sol. Adeus, irmão de minha alma, retrato de minha vida. Adeus.

E acenando com o lenço para o mar que bramia a seus pés, parecia a estátua da saudade. Tomou o bote e cobriu o rosto com as mãos. Estava em um desses momentos terríveis da vida, cheio de alternativas nervosas. E assim chegou ao Ignoto.

A noite já ia quase em meio. No céu não se via uma só nuvem. E o luar, muito belo, entrava pela janela do mirante, onde a investigadora da ciência química, a boa Edealeda Cruz, fazia as suas experiências. Ela terminou uma elaboração, leu alguns rótulos de frascos que enchiam as prateleiras, arrumou umas drogas em um almofariz e começou a misturá-las. Bateram três pancadinhas na porta.

— Quem é? — perguntou ela, levantando-se para abrir.

— Alguém que precisa de vós — disse a Rainha do Ignoto, entrando.

Ela foi sentar-se à janela e, olhando para o jardim banhado pelo luar, via-se que estava preocupada por uma ideia constrangedora.

— Venho pedir-vos o produto de mais um esforço na ciência que cultivais — disse ela.

— Será ele possível? — perguntou a boa velhinha, já receosa dos extraordinários avanços imaginados pela Rainha do Ignoto.

— Não sei... parece que sim, mas... quero...

— Ai, ai, ai! Já vou eu meter-me em dificuldades — resmungou Edealeda —, diga o que quer.

— Conversemos primeiro, o assunto é muito fino.

— Pois seja — disse Edealeda —, sei bem que me levará por bom caminho. Não temo transviar-me, sei que não há de querer o mal da humanidade.

— É para fazer o bem à metade dela que venho interromper-vos. Diga-me uma coisa: sabe onde é o inferno?

A velhinha assustou-se, deixou o almofariz onde moía as drogas e foi firmar os cotovelos em uma mesa defronte da Rainha do Ignoto. Sem desviar a vista do rosto dela, respondeu:

— Não sei, e quem saberá?

— Sei eu.

— Onde é?

— No coração da mulher que ama, a despeito de tudo que lhe deveria levar ao ódio.

— E onde está essa mulher que tem o inferno no coração?

— Está por aí além, envolta no manto do seu pundonor ou arrastando o baraço ridículo no pelourinho da opinião pública.

— Que quereis que eu faça?

— Quero um preparado que adormeça a sensibilidade, que produza a indiferença, mas uma indiferença parcial.

— Não posso.... deveis saber por quê. Me dizei para que é isso?

— Não vos importa saber.

— Sois vós, então? Amais, senhora?

— Não, Edealeda — respondeu ela com exaltação —, eu não amo porque os homens são traidores, são infiéis. E se a Rainha do Ignoto tivesse uma rival, seria uma assassina. Seria mais: arranjaria uma dinamite que atirasse pelo espaço os fragmentos deste mau planeta.

A pergunta de Edealeda exasperou-a. Tirou do bolso do vestido um pequeno revólver e o pôs sobre a mesa, junto da qual jazia de pé.

— Minha filha, o que é isto? — perguntou Edealeda, com a vista espantada.

— Tem medo? Não vos faço mal.

— Dai-me esse revólver, Di...

— Não pronuncieis esse nome que me deram em criança porque as suas sílabas terminarão com a detonação de um tiro.

A Rainha do Ignoto tinha o revólver encostado à fronte. Edealeda exclamou, prendendo-lhe o braço:

— Que ides fazer?

— Dai-me o preparado para a indiferença!

— Produz a imbecilidade.

— É melhor ser imbecil.

E dirigiu-se para as prateleiras. Edealeda quis defender os seus produtos químicos da agressão violenta da Rainha do Ignoto, mas foi tarde.

Ouviu-se uma tempestade dentro do laboratório. Os frascos caíram em fracassos no chão do gabinete. A velhinha disparou em pranto, via desaparecer uma série de resultados difíceis que eram a felicidade de sua vida.

— Sou louca, Edealeda, sou louca! Minha vida é uma loucura! — disse a Rainha do Ignoto, abraçando-a. — Perdoai-me! Perdoai-me!

E soluçava com a pobre Edealeda, que repetia:

— Eu vos desculpo, filha, não há mulher forte. O coração vence a cabeça.

LXVI

A VOLTA DA FELICIDADE

Carlotinha, de volta do cemitério, entrou em casa impressionada com o encontro que tivera. Aquilo era um acontecimento para a monotonia daqueles três anos de tristeza. Não lhe saíam do pensamento as palavras de Diana, pois lhe tiravam parte de suas ilusões e lhe deixavam ver um pouco da dura realidade da vida. Mas elas não tinham o poder de convencê-la do engano de seus próprios sentimentos, estava bem certa de que amava, e amava sem remissões. Travou-se em sua alma uma luta entre o desengano e a esperança. Esta venceu por fim, e Carlotinha concordou consigo mesma que uma mão providencial protegia o seu afeto. Estava nestas cogitações quando lhe apareceu tia Úrsula com olhos de quem traz novidade:

— Sabe, menina, quem eu vi agora?
— Quem, tia Úrsula?
— Adivinhe...
— Não sei.

Carlotinha tratava a tia Úrsula com a maior condescendência. Tomara-a a seu serviço só pelo gosto de ouvi-la falar do doutor Edmundo, elogiar-lhe os dotes físicos e morais, as boas maneiras do moço. Isso não só a consolava como poderia destruir um pouco da prevenção que Henriqueta tivera a habilidade de plantar no ânimo da senhora Martins contra ele.

— Não adivinha? — tornou ela.
— Não posso, tia Úrsula. Diga quem foi.
— O Adriano...
— Ora, disse a moça, fazendo beiço. Pensei...
— Pensou o quê? — perguntou tia Úrsula com seu bocadinho de malícia.
— Que me falava de gente — respondeu Carlotinha, sobressaltada.
— E o Adriano não é gente?
— É, mas...
— Mas o quê, menina?
— A tia Úrsula hoje está engraçada, quer me enfiar — disse ela já meio corada, meio risonha.

Então a mulata tirou do seio uma carta e atirou com ela ao colo de Carlotinha, dizendo:

— Está aí o que Adriano me entregou para a menina.

A moça, por um sentimento de dignidade, quis rejeitar a carta, mas a tia Úrsula fugiu para o quintal e dona Raquel entrou na sala. Carlotinha ocultou o papel no bolso do vestido e, beijando a mão que a mãe lhe estendia, recolheu-se ao quarto de dormir. Acendeu a luz e, enquanto abria o envelope, as mãos lhe tremiam. Seu coração adivinhava uma aurora de felicidade. Depois leu com vista turva:

> Carlotinha,
>
> Sei que tem guardado na alma singela e pura um sentimento bom a meu respeito, o que, após três anos, leva-me a procurá-la a fim de que tenha uma verdadeira ideia daquele que nunca deu motivo para se desconfiar de seu bom senso nem do seu caráter. Portanto, rogo-lhe que espere confiante o sincero agradecimento que irá, em breve, pessoalmente, levar-lhe quem se preza de ser homem de bem.
>
> E.[1]

Carlotinha devorou com a vista aquela inicial, desejou-a ligada a outras letras que formassem o nome que tinha em mente. Encheu-se-lhe o peito de um louco contentamento, e seu coração não se enganava: era

---

[1] Em nota à segunda edição, Otacílio Colares informa que, como o texto do bilhete parecia ter perdido algumas linhas na primeira edição, ele tentou dar uma lógica ao fim, acrescentando algumas palavras, mas sem dizer quais.

dele a missiva. A dor e o prazer são dois extremos. As grandes alegrias, assim como as grandes aflições, tiram o sono. Carlotinha não dormiu naquela noite.

Se o doutor Edmundo já tivesse podido abandonar o seu papel de Odete e estivesse em seu quarto de dormir da casa do fim da rua, teria ouvido ranger o armador da vizinha, como na noite em que ambos pensavam em alvos diferentes. Mas os tempos eram outros. Agora, enquanto ela, ao mole balanço da rede, recordava uma a uma as cenas do pesadelo, ele, embora distante da cabana do caçador de onças, imaginava o seu romance e dava-lhe o título: "A volta da felicidade." Ele tinha chegado ao porto de salvação depois do naufrágio nos mares funestos. Ia velejar em águas mansas, soltar a barquinha de seu coração no lago azul sereno dos olhos de um anjo.

LXVII

EIS O FIM DOS AMORES COMUNS

Probo, com o doutor Edmundo, tinham arranjado um modo de se saírem bem de sua imprudência sem a menor inconveniência, sem receio de ser descoberta a ilusão. Aproveitaram um dia de ausência da Rainha do Ignoto, e enquanto ela, só com Roberta na cabana da mata, cuidava dos preparativos de uma jornada para o dia seguinte, eles faziam enterrar, com o nome e o trajo de Odete, o cadáver de uma mulher que morrera afogada e viera ter à barra do Jaguaribe, trazida pela correnteza na enchente do rio. Só eles presenciaram o caso do cadáver aportado à ilha, e deram graças pela oportunidade de seu desaparecimento.

As Paladinas do Nevoeiro, que pouca ou nenhuma atenção davam à muda, à predileta da Rainha do Ignoto, nem se incomodaram com o caso, pois a morte era um descanso para a infeliz. Elas encarregaram Probo de fazer o enterro de Odete e tornaram ao seu estado de preocupação pelo abatimento físico e moral de uma rainha ou sua diligente. O enterro foi feito sem pompa e sem lágrimas. Odete estava destinada a não ser chorada. A sua memória era como a de uma ave atirada dos ramos pela bala do caçador e sumida nas águas profundas de um lago na floresta.

O doutor Edmundo estava livre. Voltou para sua casa do fim da rua da Passagem das Pedras. Lá encontrou Adriano, falou com a tia Úrsula e viu seus bons vizinhos, agora encantadores. Carlotinha já não lhe saía da mente. Sonhava com ela, era o seu ideal. Ele não nascera para as grandes empresas. O extraordinário lhe cansava o espírito ainda mais que o corpo. Tinha o gênio muito comum para atrever-se a amar uma Rainha do Ignoto.

Em poucos dias, tornou a ganhar as boas graças do senhor Martins e pediu-lhe a mão da filha. Carlotinha voltou às boas cores e alegria de outrora. Dona Raquel teve um motivo para sair da monotonia daqueles tempos tão insípidos e foi tratar dos preparativos das próximas bodas, pois Ana, sua afilhada, a roceira conhecedora das sortes de São João, estava depositada em sua casa, ia casar com o célebre Boão do Poço. Já ninguém falava nas inspirações da Funesta, estava esquecida, assim como os seus demônios negros. A cabana da entrada da mata também já não ocupava a atenção dos frequentadores da taberna do Vital.

A festa do casamento de Carlotinha ia ser uma festa de estrondo. E todos se julgavam com direito de fazer também algum preparativo para ela. Eis o motivo de não poder haver mais lugar para outra preocupação. Afinal, chegou o grande dia, o sino repicou, o vigário lançou as bênçãos nupciais a um mancebo vestido de preto e uma moça coroada de flores de laranjeira, e eles saíram da igreja pelo braço um do outro, seguidos pela procissão de comilões de doces e perus assados. Eis o fim dos amores comuns...

LXVIII

O AMOR DA FAMÍLIA ERA SEU CULTO

Eram cinco horas da madrugada. Em caminho da vila de União[1] via-se um velho alto, de barbas longas e brancas, acompanhado por duas camponesas que traziam à cabeça suas toalhas de renda.

— Estamos perto — disse ele —, já se avistam as torres da igreja de Senhora Santa Ana.

— Não vejo bem por causa do nevoeiro da manhã — disse a mais idosa das camponesas.

— Já vai amanhecendo — disse a outra. — Os passarinhos estão cantando e naquela granja já soltaram as ovelhas.

Com efeito, um grande rebanho passava ao lado da estrada, seguido por um cão de caça.

— Que casa é aquela? — perguntou o camponês, apontando. — Já contei quinze portas.

— Onde, senhor Probo? — perguntou a Rainha do Ignoto, pois era ela a camponesa mais nova.

— Ali ao lado da igreja — mostrou ele.

— Afinal vejo... lá está a nossa casa, aquela que o povo chamava convento. Meu Deus! — exclamou ela num transporte de amor. — Quem

---

[1] Trata-se hoje da cidade de Jaguaruana. Com o nome de União, há largo tempo foi desmembrada do município de Aracati por iniciativa de proprietários de terras, tendo à frente o pai da romancista, Antonio José de Freitas. (Nota da segunda edição.)

viverá entre aquelas paredes que serviram de templo aos sonhos poéticos de minha adolescência? Quem pisará aquele solo que beijaria transportada porque ele foi pisado pelos meus? Mas como está arruinada a nossa casa! Na décima janela fica o quarto que foi de meu avô. Ele morreu ali, em maio, no dia do Corpo de Deus, me lembro ainda. Na quarta janela era o Gabinete Verde ou a biblioteca de meu pai. Estás vendo, Roberta? Aquela sala, há vinte e três anos, era azul celeste, hoje deve não ser mais. Olha: naquele terraço de arcadas, junto àquela coluna, rimei os meus primeiros versos, tinha doze anos, era noite, a lua aparecia por cima dos leques das carnaubeiras, do lado da Serra das Antas.

A Rainha do Ignoto falava com a volubilidade de uma criança, tinha a voz trêmula de emoção. O oriente tingiu-se de rosa, as nuvens do alvorecer estavam como em uma transparência luminosa. Ela seguia pela relva do campo, dizendo:

— Era por aqui que o gado de meu pai pastava pelo inverno, quando o vaqueiro nos mandava algumas vacas para tomarmos leite. O curral era ali... já não o vejo... está tudo mudado.

Assim chegou na beira da lagoa, mergulhou com delícia as mãos naquela água que tantas recordações lhe trazia e suspirou:

— Eu me lembro: ao romper da alva vínhamos nós, um rancho de crianças, acompanhadas por nossa ama, tomar banho aqui na lagoa da igreja. Os pequeninos juntavam os uruás, que levavam no regaço, e eu colhia flores que chegavam murchas a nossa casa, tão ardente era o sol. Perdoa-me, Roberta, essas puerilidades. Desculpe-me, senhor Probo: eu vou morrer e quero, ainda uma vez, a última, embriagar-me com as recordações de minha feliz infância.

Na mesma ocasião, levantou a vista e fitou demoradamente o cercado de uma casa que tinha a frente voltada para a rua da vila, e exclamou:

— Meu Deus! Que vejo? Foi ali que passei a minha primeira infância. Já não vejo as romeiras floridas e carregadas de romã, deixando ver pela abertura da casca os seus bagos cor de rubi! Não vejo as figueiras com seus figos maduros, roxos. Ah! Mas já lá vão tantos anos! As mãos que as regavam já fazem parte de uma ossada.

As lágrimas lhe corriam pela face, e ela repetia:

— Minha mãe, minha santa mãe! Como foram belos os dias de minha infância, os dias de tua mocidade, ali.

Querendo vencer aquela invasão de ternura, tomou Roberta pelo braço e mostrou com o indicador estendido em direção da vila:

— Não vês aquela janela oval que fica ali, muito alta, como em uma torre?

— Vejo.

— Dali alcança-se, bem ao longe, abrange-se metade do horizonte do perímetro da vila. Eu tinha talvez oito anos, em uma tarde subi àquela janela que parece de uma torre e que nós chamávamos "O Óculo". Uma menina filha do lugar tinha subido também e, vendo-me com a vista presa a uma mancha acinzentada que aparecia no horizonte, com forma cônica, disse-me:

"Aquela é a terra do Areré."

"Vamos lá?" — volvi sem refletir.

"É longe" — disse-me ela com ar misterioso — "e lá existe uma gruta, onde vive uma moça encantada em cobra."

"Pois hei de pedir a meu pai para levar-me ali, quero ver a moça encantada."

"Ela te deixa ficar encantada também" — disse a menina que fora educada no seio da superstição dos pais.

— Contou-me histórias muito extravagantes de almas penadas e bruxarias. Desde aquela tarde, todas as vezes que podia, iludia a vigilância de minha mãe, que nos tinha proibido expressamente subir ao Óculo por causa da perigosa escada. Ia ali contemplar a Serra do Areré. Pensava muito tempo na moça encantada da gruta. A minha ideia elaborava um sonho brilhante de fantasias nunca cuidadas. Depois vinha um vivo desejo de penetrar na gruta, de ver a fada, de ser ela mesma, e realmente fui.

Ela terminou as suas recordações já quase à entrada do portão do cemitério. O sol resplandecia no firmamento azul com nuvens alvíssima e as borboletas amarelas adejavam alegres sobre a tristeza dos túmulos. A Rainha do Ignoto entrou e foi ajoelhar ao lado de um carneiro[2] junto ao muro da frente. Colou os lábios à pedra carcomida pelo tempo e beijou uma a uma as letras da inscrição: "Aqui jaz..."

Era aquele o nome adorado de seu pai, o nome querido que lhe entrava na alma como o perfume das flores nas partículas do ar. Ele lhe trazia ao pensamento essa cadeia de fatos reais e psíquicos de que se compõe a existência humana. Um soluço amargo lhe tomou a voz e o pensamento

---

[2] A denominação "carneiro" para o túmulo retangular e pouco elevado praticamente caiu em desuso.

por alguns momentos. Depois, ergueu-se e foi ajoelhar em outro túmulo por trás da capela. Esteve ali muito tempo, contemplando com afeto aquelas paredes já tão antigas, cuja caliça enegrecida pelas chuvas começava a despegar-se em algum canto e, erguendo-se, disse:
— Vamos.
— De quem é este túmulo? — perguntou Roberta.
— É de meu avô — respondeu ela com os olhos cheios de lágrimas.
— E o de vossa mãe, onde fica?
— Aqui — disse ela, apontando o coração, pondo a mão sobre o peito.
— Ela foi enterrada aqui. Sinto-a todos os dias, e choro a sua memória.[3]

---

[3]Segundo Otacílio Colares, teríamos em todo este capítulo informações de caráter biográfico que faria de *A Rainha do Ignoto* "um enredo ultrarromântico de fuga criadora partindo de uma realidade regional em rumo do fantástico". (Nota da segunda edição.)

A MORTE DA RAINHA DO IGNOTO

A Rainha do Ignoto, de volta de sua romaria à casa paterna e ao túmulo de seu pai, permaneceu cada vez mais abatida. Os grandes esforços gastaram-lhe a vida, assim como as vagas à dura pedra do rochedo. Ela, completamente isolada em seu gabinete de leitura, passava parte do dia sem falar com pessoa alguma. Estava redigindo o seu testamento e escrevendo um lembrete de tudo quanto desejava que as suas paladinas cumprissem depois de sua morte com relação aos pobres e aos infelizes que protegia e quase amava, se o amor pudesse abstrair-se do centro de seu coração, por esses raios divergentes.

Era ao meio-dia quando terminou ela as suas disposições. Valendo-se do invisível que sempre a protegeu das vistas dos curiosos, dirigiu-se ao rochedo mais alto e mais escarpado da Ilha do Nevoeiro. Ali, protegida dos raios do sol, oculta pelo rendilhado de uma parasita que se estendia do alto para o plano inferior, tirou do bolso um cartão em tela de ouro e, com um alfinete do mesmo metal que ela introduzia numa das veias do antebraço, ia escrevendo, inclinada para a pedra do rochedo. Se este pudesse ler, teria lido o seguinte:

> Amada! Amaria mais do que Virgínia, a pobre órfã que descansa sob a laje de uma sepultura. Amaria! Amaria mais que Odete, a infeliz condenada a um silêncio forçado. Amaria mais que a mãe ao filho que se afoga, mais que o louco ao seu tesouro imaginário, mais do que a condenada ama a

vida, mas não uns olhos lindos, uns cabelos, uns lábios, um todo elegante. Amaria a transparência divina de uma alma delicada e terna, amaria o caráter, a consciência pura de um espírito esclarecido, embora pela luz natural da inteligência...

Depois ficou absorta. Seus olhos, que deixavam ainda ver o poder dos seus primeiros encantos, tinha uma expressão meiga e triste. Em seus lábios pairava um sorriso amargo, e em seu semblante espalhava-se a resignação do mártir. Com menos agitação que da primeira vez, tirou de um pequeno estojo de veludo carmesim uma navalha de cabo de ouro com cravação de diamantes e abriu o corpete do vestido. Cortou a pele sobre o coração. E entre esta e a víscera palpitante de seu peito, colocou o pedaço de cartão, o atestado de sua fraqueza, da fraqueza nativa de todas as mulheres do mundo, embora assinaladas pelo gênio ou pela religião dos claustros.

Depois, ela tirou de um frasquinho de ouro um líquido com que estancou o sangue que corria sobre a pele de carneiro que ela tinha estendida ao colo. Não haveria estoico com mais coragem. Tão sensível às dores morais, parecia não sentir a violência daquela dor física. E foram as pedras do rochedo as únicas confidentes da sua vida. Nunca tivera outras, além das flores da campina, do espelho dos lagos, do vaivém das ondas e do cintilar das estrelas. Ainda assim, fugiu dali receosa, ao canto de um rouxinol.

O sol ia declinando, e já metade dele desaparecia por trás de um monte. Veio o crepúsculo.

A brisa da tarde espalhava no ar o perfume das rosas e dos bogaris. Mas não foi no jardim que a Rainha do Ignoto desejou dizer o seu adeus à Terra, foi no centro de seu predileto laranjal. Ali, em uma rede de mimosas trepadeiras, tinha por dossel flores nevadas e frutos dourados. Rodearam-na de tudo quanto ela tinha gostado durante a vida: flores, livros, instrumentos de música, pinturas, bordados. Em frente da enferma estavam as suas companheiras de trabalho pelo bem, todas vestidas de cor-de-rosa, com as frontes coroadas de jasmins sob um véu nevado.

Os últimos raios do sol poente, dando em cheio no rosto de cada uma daquelas moças, na fantasia do seu trajo, dava-lhes uns tons róseos e dourados que faziam a ilusão de o observador julgar-se no país das fadas, num reino encantado. Elas não choravam. Estavam silenciosas, esperando a voz de sua diretora. E ela falou, muito comovida:

— Companheiras, ouvi-me e condenai-me se eu merecer. Vós, que vistes em mim a coragem, a resignação, o modelo de outras virtudes que só vós possuís, ides ficar pasmadas quando souberdes que a Rainha do Ignoto era a mais fraca e mais infeliz de vós todas! Ah! Quantas vezes vos animava a viver alegres e dedicadas ao bem, trabalhando para uma indústria, uma arte, em uma ciência, e tinha o coração despedaçado por uma desolação sem nome.

— E chamais a isso fraqueza, senhora? É o que fazem os heróis — falou Clara Benício.

— Sim — tornou ela. — Eu passei impávida por entre as multidões que me chamavam a estátua, mas, por trás da máscara de gelo que corria o meu semblante, nunca deixei de combater no campo escuro do sentimento e nunca venci a mim mesma. Nunca fui verdadeira asceta. O meu coração ferido por um golpe mortal, apenas salvo e não cicatrizado, tornava a entrar para o campo do sentimentalismo, e eu desejava esmagá-lo para o não ver tão louco. Quanto fel bebeu! Quanta cicuta! Nos dias da infância, dilatava-se pelo espaço da Terra e do Céu para abranger as cenas da natureza, e lhe parecia ver uma alma doce e sensível em cada onda, em cada flor, em cada estrela e até em cada pedra que a tempestade faz rolar do cimo de um rochedo para o fundo de um abismo.

A Rainha do Ignoto calou-se um pouco e continuou mais triste e mais comovedora:

— Pobre coração! Foste leal, sincera e pura. Enxugaste tantas lágrimas e ninguém viu o pranto amargo em teu deserto. Semeaste tantos benefícios, e foram eles como uma sementeira maldita onde caíram e germinaram cardos. Amaste, e teu amor, cada vez que se erguia de teu íntimo, era para te levantar uma força e te estrangular de dor! Teus sonhos remontaram às nuvens, tomaram as transparências luminosas do sol. Mas evaporaram-se, e como rolos negros de fumo, subiam para o ar, deixando após si a caveira descarnada do esquecimento de tuas ilusões.

Um soluço amargo lhe irrompeu do peito, mas, passados alguns minutos, ergueu a fronte e apontou a lua, que vinha aparecendo sobre a ramada do laranjal. E disse:

— Também me foi ingrata. Noites e noites fitei embevecida a sua face, pendi a fronte cismadora, contei-lhe as minhas mágoas, carpi saudades, e ela, que me ouvia compassiva outrora, diz-me hoje: "Este luar não é para tua tristeza, ele ilumina a felicidade de outros seres que zombam de tuas dores, que não te compreendem nem te conhecem."

Calou-se depois de ter pedido a harpa, aquela mesma que o doutor Edmundo tinha ouvido tocar em um batel nas águas do Jaguaribe. Desde aquela bela noite em que encantara ao viajante, nunca mais havia tocado nela. Tirou da harpa uns sons fracos e começou a cantar com voz ainda mais fraca a balada da ópera de Verdi — *La forza del destino*.

As notas da música e do canto iam morrendo com o esmaecer da tarde. Fechou-se a noite, fez-se o silêncio: era a vida da Rainha do Ignoto que se apagava como a duna consumida pelo vento. O seu rosto apareceu como era na realidade, e um grito soou de cada lado:

— Diana!
— Blandina Malta!
— Zuleica Neves!
— Zélia!

Mas nenhuma das Paladinas do Nevoeiro pronunciou o verdadeiro nome da Rainha do Ignoto. Elas só conheciam os benefícios que com ela haviam praticado. A história de sua vida era semelhante às hipóteses feitas sobre os habitantes de outro planeta. O que se disse dela foram meras conjecturas fundadas em observações longínquas, em falsas aparências.

E ali estava, morta diante da esplêndida natureza que lhe tinha ocupado o deserto do coração, que lhe tinha fornecido o grandioso espírito. Morreu pranteada pelo desaparecer do sol, pelo despontar da lua, pelo orvalho da noite e pelo perfume das flores de laranjeira que caíam sobre o seu corpo como uma chuva de bênçãos. Naquele trono de verdura foi conduzida para a pira onde ardiam as plantas mais odoríferas do jardim. Seguia a procissão das Paladinas do Nevoeiro vestidas de cor-de-rosa, coroadas de jasmins, sob longos véus.

O corpo foi posto na chama vivíssima da fogueira que o consumiu em poucas horas. As cinzas foram recolhidas em um vaso de ouro, e enquanto os instrumentos da orquestra de Angelina Dulce choravam, tocando à surdina a música mais triste que já se ouviu na Terra, as Paladinas do Nevoeiro tomavam punhados das cinzas da Rainha do Ignoto e os espalhavam no ar. Correu o vento frio da madrugada, e o pó da que foi funesta somente a si mesma entrou na corrente da vida universal.

Depois, o galo cantou e o relógio do palácio do Ignoto bateu lentamente doze badaladas — meia-noite...

LXX

A ILHA DO NEVOEIRO

CONCLUSÃO

Alguém que não tiver bem compreendido sob que forma de ocultismo foram passados os acontecimentos do romance da Rainha do Ignoto, e principalmente o local do seu palácio, perguntará:

— Onde existiu a Ilha do Nevoeiro? Qual era a sua latitude? Em que altura do mar ficava? Por que os geógrafos não a mencionam? Tão perto da costa e os navegantes não a veem, nunca a avistaram?

Vai saber.

As Paladinas do Nevoeiro, que eram seres de carne e osso, como o leitor, carregaram o *Tufão*, o *Grandolim* e o *Neblina* com todas as riquezas do Ignoto. Cada uma delas, conforme as instruções que recebera, levava seu rumo e o encargo de estabelecer pessoas que estiveram na Ilha e fora dela, sob a proteção da Rainha do Ignoto.

Reunidas a bordo do *Tufão*, estavam preparadas para a última sessão espírita. Clara Benício servia de médium e Marciana invocou o espírito da Rainha do Ignoto. Uma claridade de tons gradualmente azulados invadiu o saião de ré. Todas as paladinas tornaram-se videntes e fitaram pasmadas um ser de estatura elevada que se apresentou diante delas.

Seu corpo vinha coberto por uma longa túnica branca, mas trazia os pés descalços completamente esfolados e sangrentos. As mãos e o rosto estavam da mesma maneira, sem pele, e da boca e dos olhos do fantasma corriam vagarosamente grossos rios de sangue. O coração, aparecendo através do linho da túnica, semelhava uma chaga. Todas as assistentes foram tomadas de um grande terror. Ficaram pálidas, tremiam sem poder articular palavra. Marciana fez um esforço de coragem e perguntou:

— Quem sois? Em nome de Deus, dizei-nos.

— Sou aquela que chamastes Rainha do Ignoto — respondeu com uma voz tão doce, triste e harmoniosa como uma orquestra divina.

O som angélico daquela voz sossegou todos os corações e comoveu até o íntimo o mais endurecido deles. Marciana tornou a falar:

— Sofreis ainda? Por que vos vemos neste estado?

— Porque não posso mostrar-me no que estou presentemente, e quero que vejais o meu espírito com a mesma forma que teve durante a vida, enquanto esteve encarnado.

— O espírito não é fluido?

— Sim, mas o meu era como se não fosse, tinha grande massa para a pequenez de seu corpo, e assim se feria, contido por ele que não tinha espaço para os estremecimentos causados pelas dores morais.

— E quais eram essas dores?

— Aquelas que vós todas sentis, punhaladas invisíveis, tratos desconhecidos que ficam na escuridão do mundo psíquico.

— E entrastes nesses combates da existência?

— Sim, além dos golpes da deslealdade vilã, da ingratidão monstruosa, do orgulho mal-entendido, da injustiça cruel, da inveja destruidora, tive que lutar contra a legião de meus próprios defeitos, contra o dragão de meu sentimentalismo exclusivista em seus afetos, entusiasta com o bem e intolerante com o mal.

— Qual foi a vossa missão na terra?

— Não sei, nem vim para dizer-vos isto. Avaliai por vós mesmas os meus atos, classificai-os e deixai-me em paz, sofri muito na Terra, não gosto de voltar a ela.

— Explicai-nos ao menos o mistério da Ilha do Nevoeiro — pediu Marciana.

— O daquela ilha onde viram tantas maravilhas, onde ficou o Palácio do Ignoto?

— Sim.

— Vou dizer-vos: ela foi possessão de todos os espíritos que encarnaram e me precederam na ordem genealógica da família. Ela foi passando de meus avós e deles a meus pais, que me conferiram o governo dela ainda no período de minha existência terrena. Eles me auxiliavam no meio de ocultá-la dos olhos humanos e me davam força e sabedoria para governar o meu reino onde só se cuidava da elevação ao caráter e do bem do próximo, esse onde a virtude achava refúgio e ante o qual a verdade não recuava com medo de ser batida como uma vil inimiga. Mas, ah! A ilha do Nevoeiro vai desaparecer por um fenômeno natural. Ninguém o verá. É noite, não há navios por estes mares, afastai os vossos destes lugares, se não quereis ficar sepultadas no fundo do oceano.

O espírito da Rainha do Ignoto desapareceu com a flama azulada que tinha aparecido ali. Os navios se afastavam com rapidez. Já à distância suficiente para salvarem-se, ouviram as paladinas um estrondo horrível. Uma enorme coluna de fumo aberta em forma de leque elevou-se às nuvens. Depois, línguas de fogo vermelho iam crescendo em lençóis de chamas movediças, que dançavam no espaço. As águas daquele mar ficaram em ebulição, cresceram até formar uma enorme montanha que subiu e desceu repentinamente, para engolir tudo que lhe ficava ao alcance.

A Ilha do Nevoeiro era de origem vulcânica, desapareceu no seio do oceano, como a Rainha do Ignoto no meio do infinito.